코스미안은 사랑의 화신이다

코스미안은 사랑의 화신이다

초판 1쇄 인쇄 2021년 4월 25일
초판 1쇄 발행 2021년 5월 5일

지은이 이태상
펴낸이 전승선
펴낸곳 자연과인문
북디자인 D.room

출판등록 제300-2007-172호
주소 서울시 종로구 인사동7길 12(백상빌딩 별관 11층)
전화 02)735-0407
팩스 02)6455-6488
홈페이지 http://www.jibook.net
이메일 jibooks@naver.com

ISBN 979-11-86162-43-9 03810
값 15,000원

이태상 지음

코스미안은 사랑의 화신이다

자연과
인 문

우주의 축소판이
모래 한 알이고,
물 한 방울이며,
영원의 축소판이
한순간이라면,
우린 모두 순간에서 영원을 살고,
그 누구든 그 무엇이든 자신이 사랑하는
그 대상을 통해 온 우주를 사랑하게 되는 것이리라.

2021년 봄
이태상

목차

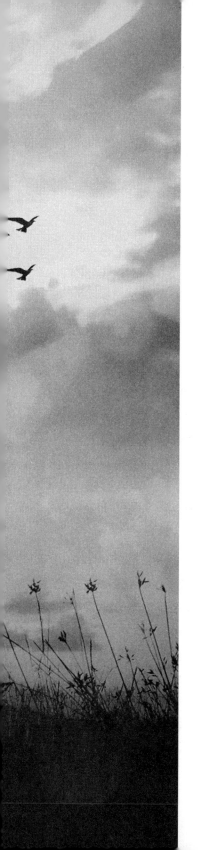

1장

모든 건 다 마음짓이다

코로나(CORONA)의 코(CO), 바이러스(VIRUS)의 비(VI), 디지스(DISEASE)의 드(D) 그리고 2019년 발생했다고 해서 '코비드-19(COVID-19)'로 줄인 약자의 전 세계적인 역병이 지구촌을 엄습하기 몇 년 전부터 그 낌새라 할까 조짐이 보였던 것 같다.

"창작의 열기나 양적인 면에서 이 땅은 여전히 시의 나라라 할 만하다는 생각이 듭니다. 난숙한 자본주의하에서도 그와 무관한 시의 생산이 전혀 위축되지 않는 것을 보면 기현상으로 보일 정도예요. 젊어서부터 시는 꼼꼼하게 읽는 것이라고 배웠습니다. 하지만 세월이 지나면서 시가 시대의 반영이란 생각이 강해지는 것 같아요. 시인들이 미처 인식하고 쓰지 못했더라도 그 안에 담긴 시대적 의미를 발견하는 것이 지금 비평가들의 몫이 아닐까 생각합니다."

지난 2016년 '지상의 천사'로 제27회 팔봉비평문학상을 수상한 이혜원(당시 50세) 고려대 미디어문예창작학과 교수가 한 인터뷰에서 한 말이다. 비단 시에서뿐만 아니라 최근 정치에서도 아웃사이더 전성시대라며 시대정신이란 말이 유행어가 되어왔다. 바야흐로 종교에서도 탈종교 현상이 일어나고 있는 것, 아니 일어나야 할 것 같다. 이미 전 세계적으로 기독교의 가톨릭과 개신교 할 것 없이 신자 수가 급속도로 줄어 많은 성당이나 교회가 문을 닫는가 하면, 화석화되어 가던 이슬람의 과격파 극단주의가 중동지역을 위시해 아프리카와 동남아 일부 지역에서 기승을 부리고 있지만, 시대착오적인 일시적 현상이리라.

그럼 최근에 와서 서양에도 많이 전파된 불교 쪽을 좀 살펴보자. 얼마 전 탤런트 신세경이 유네스코 한국위원회 특별 홍보대사 자격으로 소외 여성들을 만나기 위해 인도로 떠났다는 기사를 봤다. 낮은 임금과 노동력 착취 등으로 생계를 꾸리기가 힘든 여성들은 카스트 제도와 종교적 차별, 가부장적 문화 등으로 지위가 낮고 성차별과 조혼 등의 이유로 교육의 기회를 대부분 박탈당하고 있다. 신세경은 "단순히 빵이나 생필품만으로 빈곤의 악순환을 해결하는 데 한계가 있다. 유네스코 한국위원회의 지구촌 교육 지원 현장을 방문해 배움으로 새 희망을 품고 사는 여성들을 만나게 돼 기쁘고 특별대사로서 책임을 느낀다."라고 전했다.

네팔 왕국에서 왕자로 태어난 부처는 인간의 생로병사란 수수께끼를 풀어보려고 29세 때 왕궁을 떠나 인도로 가서 6년 고행 끝에 '연기법'이란 도를 깨쳤다고 하는데 이 연기법이란 뭘 말하는 것일까. '연緣'은 인연因緣을, '기起'는 생긴다는 뜻으로 부처는 모든 것은 무상無常이라며 모든 것은 인연 따라 항상 변해가고, 일체가 무상이기에 일체가 '고苦' 곧 고통이며 일체가 무상이기에 또한 일체가 무아無我라고 했다는데, 이는 '나'라고 하는 실체가 없다는 말일 테다. 그런데 다른 종교에서는 '나'가 있고, 기독교에서는 '나'가 죽으면 천당 아니면 지옥에 간다고 주장하지만, 불교에서는 '나'라는 주체가 없어 '무아'라 한다면, 어떻게 다음 세상에 다시 태어날 수 있을 것인가. 그리고 불교에서는 다시 태어나는 것을 고통으로 보고 있다. 왜냐하면 다시 태어나면 또 늙어서 병들고 죽어야 하니까. 그래서 불교의 궁극적인 목적은 생과 사의 윤회에서 벗어나는 해탈解脫이라고 하나 보다.

독실하게 믿는 신자들에게는 몹시 모욕적이고 대단히 미안한 말이지만 적어도 나에게는, 같은 뿌리에서 나온 유대교, 기독교, 이슬람교의 교리가 구약 성서의 창세기를 비롯해 하나같이 독선 독단적인 억지 주장이라면, 불교사상은 너무도 수동적이고도 부정적으로 허무주의적 구름잡이 같은 소리로밖에 안 들린다. 인생무상이니, 모두 다 인과응보의 자업자득이니, 인생은 고해와 같으니, 차라리 '앓느니 죽지' 하는 식으로 마치 이 세상에 태어남이 축복이 아닌 저주처럼 무아지경의 '공空' 사상을 뇌까리는 공염불空念佛이 말이다. 네덜란드 문화사학자 요한 하위징아Johan Huizinga 1872-1945가 그의 1938년 저서 '놀이하는 인간 Homo Ludens-Playing Man'에서 놀이가 인류문화의 기원이고 원동력이며 놀이의 본질은 재미라고 했듯이, 우리 삶은 원초적으로 더할 수 없는 축복이요 즐거움이지, 그 어찌 저주스러운 고통이라 할 수 있으랴. 그렇다면 오늘날 우리가 절실히 필요로 하는 시대정신이란 어떤 것일까? 내 생각으로는 그동안 온갖 비극과 불행만 초래한 공산주의, 자본주의, 선민, 이방인, 또는 남자다 여자다, 선이다 악이다. 백이다 흑이다, 나 아니면 남이라는 2분법으로 배타적이고 치졸한 각종 이념과 사상 및 종교를 어서 한시바삐 졸업하고, 새장 속의 새나 우물 안 개구리 신세를 벗어나기 위해, 우린 모두 하나같이 우주적 존재로서 '코스미안Cosmian'이란 자의식을 갖는, 우주 만물이 다 나라는 사실을 깨닫는 것이리라.

발라드의 황제 이승철이 얼마 전 MBC 예능 프로 '복면가왕' 판정단과 함께 출연해 출연자인 슬램덩크에게 한마디를 던졌다. "제 경험상 가수로서 목소리는 지문 같다고 생각한다. 아무리 숨기려 해도 숨겨지지 않는 존재감이 반가웠다." 이게 어디 목소리뿐이랴. 우리가 하는 말, 쓰는 글, 짓는 표정, 몸짓 하나하나가 다 우리 각자 마음의 지문 아니겠는가.

인도의 산스크리스어로 바퀴wheels나 원반disk을 뜻하는 '차크라chakra/camera'는 우리말로는 마음에 해당한다. 모든 건 마음에서 생기는 마음짓이란 말일 게다. 산에 있는 모든 바위와 나무와 동물이 산심山心의 발현發現/發顯이고, 바다에 있는 모든 물고기와 해초와 산호가 해심海心의 발로이며, 하늘에 있는 모든 별들이 천심의 발산이요 발광發光/發狂이라면, 우리가 느끼는 사랑은 이 모든 마음의 발정發情/發精이 아니랴.

또 산스크리스트어로 '아바타avatar'는 신神의 화신化身으로 신이 천상계에서 지상계로 내려와 육체적 형상을 입는 것을 뜻하는데, 그럼 우주 만물이 다 우주의 마음宇心의 아바타로 삼라만상森羅萬象이 되는 게 아닌가. 그러니 내 마음은 내 마음이 아니고 '우심宇心'이고, 이 '우심'이란 다름 아닌 '사랑'임에 틀림없어라. 따라서 만물은 이 '사랑'의 세포요 분자分子이어라. 꽃이 피는 것이 그렇고, 별이 반짝이는 것이 그러하며, 내가 너를 사랑하는 것이 그러하리라.

BE STILL, MY HEART

Arise, my heart.
Arise and move with the dawn.

For night is passed
and the fears of night have vanished
with their black dreams.

Arise, my heart,
and lift your voice in a song;

For he who joins not the dawn
with his singing is but a child of darkness

— 칼릴 지브란(Kahlil Gibran)

우린 사랑이 꽃피고
반짝이는 별들이어라

2020년 5월 24일 뉴욕타임스 서평 주간지 The New York Times Book Review에 실린
'바이 더 북By the Book' 인터뷰에서 세계적인 첼리스트 요요마Yo-Yo Ma는 다음과
같은 질문에 이렇게 대답한다.

질문: 누구나 나이 스물한 살이 되기 전에 어떤 책을 읽어야 할까요? What
book should everybody read before the age of 21?

답변: "어린 왕자The Little Prince" 경이로움과 슬기로움과 천진난만함으로 충
만한 어린아이의 눈으로 우주를 바라보는 (코스미안의) 눈길을 우리가 어
른이 되어서도 결코 잃고 싶지 않지요. "The Little Prince." Looking at
the universe through a child's gaze, full of wonder, wisdom and
innocence, is a perspective we never want to lose as adults.

지난 2016년 5월 10일 미국 항공우주국NASA은 우주 망원경 케플러의 데이
타를 분석해 1,284개의 행성을 찾아낸 뒤 이 중 9개를 '제2의 지구' 후보 목
록에 올렸다. NASA에 따르면 외계행성 1,284개 중 550개는 지구처럼 암석
으로 이뤄졌고, 크기도 지구와 비슷하다. 행성은 구성 성분에 따라 암석으로
이뤄진 것과 목성처럼 가스로 이뤄진 것으로 분류되는데 천문학자들은 암
석형 행성에 생명체가 존재할 가능성이 높은 것으로 보고 있다. NASA에 의
하면 550개 가운데 9개는 이른바 생명체 존재 가능 영역에 속하는데 중심별
과의 거리를 따져봤을 때 행성 표면에 물이 액체 상태로 존재할 수도 있다

는 뜻이다. 생명체 생존 가능 영역에 위치한 행성을 천문학자들은 '골디락스 Goldilocks'라고 부르는데 지금까지 발견된 외계 골디락스 중 지구와 크기가 유사한 행성은 10여 개로 NASA가 발표한 9개를 합하면 20여 개나 된다. 이 가운데 암석형이면서 실제로 물이 존재하고 대기의 양과 압력 등이 적절한 행성이 있다면 '제2의 지구'일 가능성이 크다고 한다.

이와 같은 외계행성 탐색과는 반대로 우리 내계행성 탐색의 결실이라 할 수 있는 책이 한 권 나왔다. 2016년 5월 출간된 "유전 인자: 그 내밀한 역사 The Gene: An Intimate History by Siddhartha Mukherjee"이다. 퓰리처상 수상작이면서 베스트셀러인 "모든 병의 황제 The Emperor of All Maladies, 2010"의 저자이기도 한 암 전문의 싯다르타 무커지 박사의 신간은 "과학사상 가장 유력하고 위험한 아이디어 중 하나(유전인자)의 탄생, 성장, 영향, 그리고 미래 the birth, growth, influence, and future of one of the most powerful and dangerous ideas in the history of science."를 탐색한다.

이렇게 우리 인간의 유전인자의 역사를 고찰한 후 저자는 "우린 스스로 자신을 읽고 쓰자. We will learn to read and write ourselves, ourselves."고 역설한다. 주어진 유전자를 악용하지 말고 잘 쓰자는 말이다. 과학자들은 한 인간을 만드는 데 21,000개의 유전인자가 있어야 한다고 보는데, 이 유전인자란 하나의 메시지로 어떻게 프로테인을 만들 것인지를 알려주는 지시 사항이란다. 그리고 이 프로테인이 형태와 기능을 만들어 유전인자를 규정짓게 된다고 한다.

또 한 권의 책이 우리 우주를 안팎으로 관찰한다. 2016년 5월 출간된 "잠 안 오는 밤에 읽는 우주 토픽"으로 '천문학 콘서트' 저자 이광석은 강화도 산속에 천문대를 세우고 낮에는 천문학책, 밤에는 별을 보면서 우주를 읽으면 인생이 달라진다를 몸소 실천해왔다고 한다. "이 대우주의 속성이 일체무상一切無常이다. (14-16) 인간의 몸을 이루는 원소들은 어디에서 만들어졌을까. 모두 별에서 왔다. 수십억 년 전 초신성 폭발로 우주를 떠돌던 별의 물질들이 뭉쳐서 지구를 짓고, 이를 재료 삼아 모든 생명체들과 인간을 만들었다. 물아일체物我—體다. (144-145)"

이렇게 저자는 우주를 쉽고 재미있게 설명해준다. 단순히 과학 지식의 나열이 아니라, 문학, 역사, 철학, 수학, 화학, 물리학, 생물학 등을 동원한 종횡무진 다양한 비유와 예시로 천문학과 우주학을 풀어준다. 우린 어렸을 적, 시골집 마당에 펴놓은 멍석에 누워 밤하늘에 떠 있는 수많은 별들을 보면서, 별하나, 나 하나, 별 둘 나 둘, 별 셋 나 셋… 하지 않았었나. 피아일체彼我—體라고 너와 내가 하나라는 말이 있지만, 우주에 관한 한 안팎이 따로 없는 내외일체內外—體라 해야 하리라. 그렇다면 이 내외일체인 우주의 화신이요 분신인 우리 각자의 정체성은 무엇일까? 전 세계 팬들에게 폭발적인 사랑을 받는다는 일러스트레이터 '퍼엉Puuung' 본명은 박다미 씨의 2016년 출간된 아름다운 그림 에세이집 "편안하고 사랑스럽고 그래"에는 사소하지만 숨 막힐 정도로 로맨틱한 젊은 연인의 일상을 옮겨낸 일러스트레이션 작품들이 담겨 있다. 퍼엉은 그의 그림 에세이집을 통해 이렇게 말한다.

"누구에게나 공감을 끌어낼 수 있는 소재가 사랑이고 그 사랑은 소소한 일상에서 스치듯 빛을 발한다고 생각해요. 저는 이런 일상 속에 숨어 있는 의미들을 찾아서 옮겨 그리는 작업을 하고 있습니다."

그러니 우주는 안팎으로 다 사랑이고 우리 각자는 각자 대로 이 사랑의 화신이요 분신으로 이 우주의 사랑이 꽃피고 반짝이는 별들이어라.

코스미안은 사랑의 화신이다

큰 그림이 숙명이라면 작은 그림은 운명이라고 할 수 있으리라. 우주에 존재하는 수많은 별 가운데 지구라는 별에, 수많은 생물 중에 인간으로, 어떤 나라와 사회 그리고 지역에, 어느 시대와 시기에, 어떤 부모와 가정환경에, 어떤 신분과 여건에, 어느 성별로 태어나느냐가 어쩔 수 없는 숙명이라면 이를 어떻게 받아들이고 대응하는가가 운명을 결정한다고 할 수 있지 않을까? 숙명宿命의 '숙宿'은 머무를 숙 자字이고 운명運命의 '운運'은 흐를 운 자字인 것이 흥미롭다. 그렇다면 고정된 것이 숙명이고 변하는 것이 운명이란 뜻이 아닌가. 영어로는 destiny, doom, fate, fortune, lot 등의 단어가 사용된다. 영어 노래 제목에도 있듯이 '넌 나의 운명You Are My Destiny'이라고 할 때는 '넌 나의 종착지'란 의미에서 '넌 나의 숙명'이라고 해야 할 것 같다.

캐나다 가수 폴 엥카Paul Albert Anka, 1941- 가 부른 노래 가사 첫 구절을 우리 한번 함께 음미해보리라.

넌 나의 숙명
You are my destiny
그게 바로 너야 나에게는
That's what you are to me
넌 나의 행복
You are my happiness
그게 바로 너야

That's what you are

영어로 "It was my fate to be or to do"라 할 때 "내가 어떻게 되거나 뭘 하게 될 운명 또는 숙명이었다."고 하는가 하면, '운명의 총아'라 할 때는 'a child of fortune'이라고 행운아란 뜻이고, '누구와 운명을 같이 한다' 할 때는 'cast one's lot with some- one'이라고 내 몫my lot을 누구에게 건다고 한다. 그리고 'He met his doom bravely.'라 할 때처럼 'doom'은 불행한 종말을 가리킨다. 최근 영국에 사는 친구가 영국 여왕Queen Elizabeth II, 1926 - 의 어렸을 때부터 찍힌 사진들을 동영상으로 보내온 것을 보고 나는 이렇게 한마디 코멘트를 답신으로 보냈다.

"왕관의 노예로 90여 평생을 살고 있는 모습 보기 정말 딱하다."

물론 세상에는 이 영국 여왕의 신세를 부러워할 사람들이 많겠지만 나는 사랑을 위해 대영제국의 왕위를 버린 윈저공Duke of Windsor, Edward VIII, Former King of the United Kingdom 1894-1972을 떠올렸다. 조지 5세George V 1865-1936의 아들로서 1936년 43세의 나이로 왕위에 올랐으나 재위 1년을 채우지 못하고 미국의 이혼녀 심슨 부인Wallis Simson1896-1986과의 사랑 때문에 퇴위한 에드워드 8세 얘기다. 당시 라디오를 통해 퇴위를 발표한 그의 퇴임사를 옮겨본다.

"오래 고심 끝에 몇 마디 내 말을 할 수 있게 됐다. 난 언제나 아무것도 숨기려 하지 않았으나 지금까진 헌법상 밝힐 수가 없었다. 몇 시간 전에 왕이자 황제로서 내 마지막 임무를 마쳤고 이젠 내 아우 요크공이 왕위를 계승했으므로 내가 할 첫 마디는 그에 대한 내 충성을 선언하는 것이다. 이를 나는 충심으로 하는 바이다. 백성 모두가 내가 퇴위하게 된 이유를 잘 알고 있겠지만 내가 결심하는 데 있어 지난 25년 동안 웨일즈 왕자 그리고 최근에는 왕으로서 섬기려고 노력해온 이 나라와 제국을 잠시도 잊지 않았음을 알아주기 바라노라. 그러나 내가 사랑하는 여인의 도움과 뒷받침 없이는 왕으로서의 막중한 책무를 수행하기가 불가능하다는 것을 깨달았다는 내 말을 백성들이 믿어주기를 바라노라. 또한 이 결정은 나 혼자 한 것임을 알아주기를 바라노라. 전적으로 나 스스로 판단해서 내린 결정이었음을. 내 곁에서 가장 걱정해준 사람은 마지막까지 내 결심을 바꿔보려고 애썼다는 사실도 무엇이 궁극적으로 모두에게 최선이겠는가. 이 단 한가지 생각으로 내 인생의 가장 심각한 이 결심을 나는 하였노라.

이렇게 결심하기가 좀 더 쉬웠던 것은 오랫동안 이 나라의 공적인 업무수행 교육을 잘 받아왔고 훌륭한 자질을 겸비한 내 아우가 즉시 내 뒤를 이어 제국의 발전과 복지에 아무런 차질이나 손실 없이 국사를 잘 볼 것이라는 확신이 있었기 때문이고, 또 한 가지는 많은 백성들도 누리지만 내게는 주어지지 않았던 축복, 처자식과 행복한 가정을 내 아우는 가졌다는 사실이었노라. 이 어려운 시기에 나의 어머님 국모님과 가족들로부터 난 위안을 받았고, 내각 특히 볼드윈 수상이 항상 나를 극진히 대해 주었으며, 각료들과 나 그리고 나와 국회, 우리 사이에 헌법상 어떤 이견도 없었노라. 내 선친에게서 헌법에 기준한 전통을 이어받은 나는 그런 일이 일어날 것을 결코 허용하지 않았을 것이었노라. 내가 웨일즈 왕세자로 책봉된 이후 그리고 왕위에 오른 뒤 대영제국 어디에 거주했든 간에 가는 곳곳마다 각계각층 사람들로부터 받은 극진한 사랑과 친절에 깊이 감사하노라. 이제 내가 모든 공직에서 떠나 내 짐을 벗었으니 외국에 나가 살다가 고국에 돌아오려면 세월이 좀 지나겠지만 언제나 대영제국의 번영을 기원하면서 언제라도 황제 폐하께 공인이 아닌 개인의 자격으로 섬길 일이 있다면 주저치 않을 것을 천명하노라. 자, 이제, 우리 모두 새 왕을 맞았으니 그와 그의 백성 모두에게 행복과 번영이 있기를 충심으로 기원하노라. 백성 모두에게 신의 축복이 있기를! 왕에게 신의 가호가 있기를!"

At long last I am able to say a few words of my own. I have never wanted to withhold anything, but until now it has not been constitutionally possible for me to speak. A few hours ago I discharged my last duty as King and Emperor, and now that I have been succeeded by my brother, the Duke of York, my first words must be to declare my allegiance to him. This I do with all my heart. You all know the reasons which have impelled me to renounce the throne. But I want you to understand that in making up my mind I did not forget the country or the empire, which, as Prince of Wales and lately as King, I have for twenty-five years tried to serve. But you must believe me when I tell you that I have found it impossible to carry the heavy burden of responsibility and to discharge my duties as King as I would wish to do with- out the help and support of the woman I love. And I want you to know that the decision I have made has been mine and mine alone. This was a thing I had to judge entirely for myself. The other person most nearly concerned has tried up to the last to persuade me to take a different course. I have made this, the most serious decision of my life, only upon the single thought of what would, in the end, be best for all.

This decision has been made less difficult to me by the sure knowledge that my brother, with his long training in the public affairs of this country and with his fine qualities, will be able to take my place forthwith without interruption or injury to the life and progress of the empire. And he has one matchless blessing, enjoyed by so many of you, and not bestowed on me, a happy home with his wife and children. During these hard days I have been comforted by her majesty my mother and by my family. The ministers of the crown, and in particular, Mr. Baldwin. the Prime Minister, have always treated me with full consideration. There has never been any constitutional difference between me and them, and between me and Parliament. Bred in the constitutional tradition by my father, I should never have allowed any such issue to arise. Ever since I was Prince of

Wales, and later on when I occupied the throne, I have been treated with the greatest kindness by all the classes of the people wherever I have lived or journeyed throughout the empire. For that I am very grateful. I now quit altogether public affairs and I lay down my burden. It may be some time before I return to my native land, but I shall always follow the fortunes of the British race and empire with profound interest, and if at any time in the future I can be found of service to his majesty in a private station, I shall not fail. And now, we all have a new King. I wish him and you, his people, happiness and prosperity with all my heart. God bless you all! God save the King!"

— 에드워드 8세(Edward VIII) 11 December, 1936

그럼 (만으로) 나이 94세인데도 자식이나 손주에게 물려주지 않고 백발에 왕관을 쓰고 있는 현 영국여왕 엘리자베스 2세와 달리 윈저공의 경우는 왕관의 노예가 아닌 사랑의 노예였다고 해야 하나. 하지만 권력이나 명예나 재산의 노예가 되기보다 사랑의 노예가 되는 게 비교도 할 수 없이 그 얼마나 더 행복한 일일까. 그렇지 않고서야 어찌 왕위까지 버릴 수 있었을까. 그런데 사랑보다 더 무서운 건 생각하기에 따른 사상과 믿기에 따른 신앙이란 허깨비들이 아닐까.

지난 2016년 5월 17일 서울 강남역 인근 화장실에서 20대 여성이 칼에 찔려 살해된 채 발견됐었는데 범인은 정신 병력을 가진 30대 남성으로 "여자들이 나를 무시해서 그랬다."고 밝혔단다. 따라서 여성혐오 범죄에 대한 각성을 촉구하는 사회 운동이 일어났었는데, 동서양을 막론하고 여성혐오의 근본 원인을 좀 찾아보자.

영어로 여성혐오는 misogyny라 하는데 여성을 싫어하고 미워한다는 뜻 말고도 성차별을 비롯해서 여성에 대한 폭력, 여성의 성적 도구화까지 다양하다. 서양에서는 아담의 갈비뼈로 이브를 만들었다는 둥, 아담에게 금단의 선악과를 따먹게 해서 낙원에서 쫓겨나도록 한 것도 여성인 이브라는 둥, 구약성서 창세기 설화가 있는가 하면, 봉인된 판도라의 항아리를 열어 세상에 죽음과 질병, 질투와 증오 같은 재앙을 불러온 것도 최초의 여자 '판도라'라는 그리스 신화가 있지 않은가.

동양에서도 남존여비 사상이 뿌리 깊어 우리 한국에서는 여성은 알게 할 것이 없고 다만 좇게 할 것이라는 유교적 이데올로기가 그 근본이었다. 그래서 "암탉이 울면 집안이 망한다."는 속담까지 있어 오지 않았나. 중국에는 전족纏足이라고 계집아이의 발을 어려서부터 피륙으로 감아 작게 하던 풍속이 있었으며 일본에서는 공식 석상에서 아내는 남편과 나란히 걷지 못하고 세 걸음 뒤에서 따라가야 하는 등 온갖 폐습이 있지 않은가. 어디 그뿐인가. 중동에선 여성들만 히잡을 착용, 마치 닌자처럼 복면을 하고 다녀야 하고, 아프리카에선 여성에게만 하는 검열 삭제라고 여성 생식기를 못 쓰게 만드는 미개한 짓거리가 아직도 자행되고 있다.

우리 귀에도 익숙한 노래 "My my my Delilah Why why why Delilah"라는 팝송의 후렴구 'Delilah'는 웨일즈 출신 가수 톰 죤스Tom Jones, 1940- 의 노래로 웨일즈인들에게는 국가에 해당하고, 2012년 엘리자베스 2세 즉위 60주년 행사에선 '떼창'을 했었는데 그 노랫말은 한마디로 하자면 '데이트 살해'다. 사랑한 여인에게 다른 남자가 있다는 걸 알고 칼을 휘두르는 내용이다. 그러니 아직까지도 세계 곳곳에서 계속되고 있는 마녀사냥의 사냥개나 숙명이든 운명이든 모든 신화와 전설과 인습의 노예가 되느니 차라리 모든 걸 초월할 수 있는 사랑의 노예가 되어보리. 남녀 불문하고 우리 어서 남신男神은 그 씨를 말려버리든가 흔적도 없이 화장해 버리고 여신女神 시대로 천지개벽하자는 뜻에서 정현경의 '여신의 십계명'을 받아 우리 모두 지켜보리라.

여신은 자신을 믿고 사랑한다.
여신은 가장 가슴 뛰게 하는 일을 한다.

여신은 기, 끼, 깡이 넘친다.

여신은 한과 살을 푼다.

여신은 금기를 깬다.

여신은 신나게 논다.

여신은 제멋대로 산다.

여신은 과감하게 살려내고, 정의롭게 살림한다.

여신은 기도하고 명상한다.

여신은 지구, 그리고 우주와 연애한다.

정녕코, 코스미안은 사랑의 화신化神/化身이어라.

지상의 삶은 우리 모두의 갭 이어

"린든 존슨 대통령 같은 사람이 그랬을지 모를 정도로 이 백악관 자리를 탐내지 않은 나로서 결코 잃지 않은 것은 내가 마지막 숨을 쉬는 순간 난 국민건강보험 법안에 서명한 것이나 유엔에서 연설한 것이 아니고 내 딸들과 보낸 순간을 기억할 것이라는 확신이다. The one thing I never lost, in a way somebody like L.B.J. might have-who was hungry for this office in a way I wasn't-is my confidence that, with my last breath, what I will remember will be some moment with my girls, not signing the health care law or giving a speech at the U.N."

2016년 5월 초에 백악관에서 영화와 브로드웨이 쇼에서 미국 제36대 대통령(1963-1969) 린든 존슨Lyndon B. Johnson 1908-1973으로 분한 배우 브라이언 클랜스턴Bryan Cranston, 1956 - 과 가진 대담에서 오바마 대통령이 한 말이다. 이 말에 청소년 시절 읽은 톨스토이Leo Tolstoy 1828-1910의 단편소설 "이반 일리치의 죽음The Death of Ivan Ilyich, 1886"이 떠올랐다.

모범생으로 법대를 나와 판사가 되고 러시아의 상류사회로 진입, 출세 가도를 달리던 40대 이반 일리치가 새로 장만한 저택 커튼을 달다가 사다리에서 떨어져 시름시름 앓다가 죽어가면서 마지막 순간에 그가 기억하고 위안받는 건 다름 아닌 그의 어린 시절 벗들과 과수원에 몰래 들어가 서리해온 설익은 자두를 입에 물었을 때 그 시고 떫은 맛을 감미롭게 떠올리는 것이었다. 마지막 숨을 거두는 순간 나는 뭘 생각하게 될까. 얼핏 떠오는 건 비록 피한 방울 섞이진 않았어도 2008년 9월 25일 조산아로 태어나면서부터 내 외손자 일라이자_{Elijah}와 지난 12년 가까이 같이 보낸 순간순간들일 것 같다. 천국이 따로 없었음을 너무도 절실히 절감하게 되리라.

최근 3~4년 전부터 '갭 이어_{gap year}'란 단어가 미국에서 매스컴의 각광을 받기 시작했다. 오바마 대통령의 큰 딸 말리아가 하버드대 진학을 1년 미루고 갭 이어를 갖는다는 뉴스 때문이었다. 이 '갭 이어'란 고교 졸업생이 대학 진학을 늦추고 한 학기 또는 1년간 여행을 하거나 봉사활동을 하면서 사회경험을 통해 진로를 모색하는 기간을 말한다. 영국을 비롯한 유럽에선 일반화된 제도이지만 미국에는 2000년대 들어 하버드대, 예일대 등 아이비리그를 중심으로 도입되어 실시되어 오고 있다.

1978년 여름, 나의 세 딸이 여섯, 일곱, 아홉 살 때 영국을 떠나 우리 가족이 하와이로 이주, 한국과 미국 각지로 6개월 동안 여행하고 애들 음악교육 때문에 영국으로 돌아갔을 때 한 학기 학교 수업을 몽땅 빼먹었는데도 애들 학업성적이 뜻밖에도 전보다 뒤지기는커녕 더 좋아져서 놀란 적이 있다. 어떻든 우리 달리 좀 생각해 보자. 이 지상에 태어난 사람이면 얼마 동안, 이 지구별에 머물게 되든 우주 나그네 코스미안으로서 우리 모두의 삶이 '갭 이어'라 할 수 있지 않으랴. 이 지구촌에서 수도修道의 세상 경험을 쌓으며 각자의 우주적 진로를 탐색해 보라고 주어진 기회가 아닌가. 최근 역사에서 극히 대조적인 삶을 살다 간 한두 사례를 생각해 보자. 같은 서유럽이라는 공간(영국과 오스트리아)과 엇비슷한 시간(1889년 4월 16일과 20일)에 출생한 찰리 채플린_{Charlie Chaplin 1889-1977}과 아돌프 히틀러(1889-1945), 그리고 일제 강점기인 식민지 치하 조선인으로 1917년 태어난 윤동주와 박정희 말이다.

'천국은 네 안에 있다.'고 예수도 말했듯이, 우리가 이 지상에서 천국을 보지 못한다면 지구 밖 우주 어디에서도 천국을 찾을 수 없으리라. 하느님 나라는 눈에 보이는 모습으로 오지 않는다. 또 여기에 있다고 하고 저기에 있다고 사람들이 말하지 않을 것이다. 보라. 하느님 나라는 너희 안에 있다고 누가복음 17장 21절에 쓰여있다. 조물주 하느님이 지구를 포함해 우주의 모든 별들과 그 안에 있는 만물을 창조하셨다고 할 것 같으면, 우리가 지금 살고 있는 이 지구란 별 자체가 하느님 나라이고 인간은 물론 만물이 다 하느님의 분신分身/分神들이 아니면 무엇이랴!

흥미롭게도 이 하느님의 분신이었을 히틀러를 소년 크기의 조형물로 표현해 뒤에서 보면 무릎을 꿇고 있는 어린이 형상이지만, 앞에서 보면 두 손을 맞잡고 콧수염을 기른 우울한 모습의 이탈리아 행위예술가이자 조각가 마우리치오 카텔란Maurizio Cattelan, 1960 - 의 작품이 지난 2016년 5월 8일 뉴욕 경매에서 1,719만 달러, 우리 돈으로 약 200억 8,500만 원에 낙찰됐다. 인간을 포함해 만물이 하느님의 분신이라 할 것 같으면 어떻게 히틀러나 김정은 같은 폭군이 될 수 있을까? 절대로 그럴 수 없이 모두가 착하게만 살도록 미리 프로그램되어 있었다면, 그건 결코 하느님의 분신이 아닌, 너무도 재미없는 로봇에 불과할 것이다.

다른 모든 우주 만물과 달리 인간에게만 주어진 특전과 특혜가 있다면 우리 각자가 각자의 삶에서 성군도 폭군도 될 수 있는 선택의 자유가 주어졌다는 것 아닐까. 인간 이상의 신격으로 승화될 수도 있는, 다시 말해 각자의 삶을 천국으로도 아니면 지옥으로도 만들 수 있는 자유 말이어라. 그럼 어떤 삶이 천국이고 어떤 삶이 지옥일까? 모름지기 후회 없는 삶이 천국이라면 후회스런 삶은 지옥이 되리라. 깊은 이해와 용서와 사랑의 삶이 후회 없는 것이라면, 오해와 분노와 증오의 삶은 후회만 남기는 것이리라.

친구가 보내준 '순간의 분노가 평생 후회를'이란 글을 통해 그 한 예를 들어보리라.

"중국을 통일하고 유럽까지 정복한 칭기즈칸은 사냥을 위해 매를 한 마리 데리고 다녔다. 그는 매를 사랑하여 마치 친구처럼 먹이를 주며 길렀다. 하루는 사냥을 마치고 왕궁으로 돌아오는 길이었다. 그는 손에 들고 있던 매를 공중으로 날려 보내고 자신은 목이 말라 물을 찾았다. 가뭄으로 개울물은 말랐으나 바위틈에서 똑똑 떨어지는 샘물을 발견할 수 있었다. 그는 바위틈에서 떨어지는 물을 잔에 받아 마시려고 하는데 난데없이 바람 소리와 함께 자신의 매가 그의 손을 쳐서 잔을 땅에 떨어뜨렸다. 물을 마시려고 할 때마다 매가 방해하자 칭기즈칸은 몹시 화가 났다. 아무리 미물이라도 주인의 은혜를 모르고 이렇게 무례할 수가 있단 말인가라고 하면서 한쪽 손에 칼을 빼들고 다른 손으로 잔을 들어 물을 다시 받았다. 잔에 물이 차서 입에 대자 또다시 바람 소리와 함께 매가 잔을 들고 있는 손을 치려고 내려왔다. 칭기즈칸은 칼로 매를 내리쳤다. 그가 죽은 매를 비키면서 바위 위를 보게 되었는데 거기에는 죽은 독사의 시체가 샘물 안에 썩어 있었다."

우주의 축소판이 모래 한 알이고, 물 한 방울이며, 영원의 축소판이 한순간이라면, 우린 모두 순간에서 영원을 살고, 그 누구든 그 무엇이든 자신이 사랑하는 그 대상을 통해 온 우주를 사랑하게 되는 것이리라. 그러니 우리에게 주어진 이 지상의 '갭 이어'를 잘 활용해 그 더욱 경이로운 우주 여정에 오르게 되는 것이리.

풀리지 않는 수수께끼

— '멍때리기'의 진화

"우리는 수수께끼가 필요하다. 우린 아직 답이 없는 문제가 필요하다. 세상을 우리가 설명할 수 있다는 우리의 자신감에 바람을 빼고 소금을 뿌리는 존재가 뱀장어들이다. We need enigmas. We need questions that aren't answered yet. Eels argue with our confidence that the world is explained."

스웨덴의 언론인 패트릭 스벤슨Patrick Svensson, 1972 - 이 최근 한 인터뷰에서 하는 말이다. 스웨덴에서는 이미 베스트셀러로 스웨덴의 가장 명예로운 문학상인 '오거스트상the August Prize'을 수상한 그의 저서 '뱀장어 책The Book of Eels: Our Enduring Fascination with the Most Mysterious Creature in the Natural World'은 자연사自然史natural history와 개인사個人史 personal history, memoir 그리고 형이상학적인 사유를 잘 합성한 책으로 2020년 5월 5일 영문판으로도 미국에서 출간되었다.

"억압과 약탈과 자포자기에 맞선 우리의 대답은 삶"이라며 이런 삶을 사실적으로 보도하는 언론은 이 세상에서 가장 좋은 직업이고 따라서 언론인의 가장 중요한 덕목으로 창의성을 문학 장르로 규정한 기자 출신 콜롬비아의 노벨문학상(1982) 작가 가브리엘 가르시아 마르케스1927-2014 Gabriel Garcia Marquez의 글이 아닌 말의 기록 "나는 여기에 연설하러 오지 않았다. I'm Not Here to Give a Speech"는 2016년 나왔다.

"저는 한 줄 한 줄 글을 쓸 때마다 항상, 그 성과가 크든 작든, 시라는 포착하기 힘든 정신을 불러일으키려고 애씁니다. 그리고 단어 하나하나에 제 애정의 증거를 남기려고 노력합니다. 시가 지닌 예언적인 힘, 그리고 죽음이라는 숨죽인 힘에 맞서 거둔 영원한 승리이기 때문입니다."(1982년 노벨문학상 수상 소감 연설문에서 발췌)

"이 땅에 가시적인 생명체가 출현한 이후 3억 1만 년이 더 흐르고 나서야 아름다워야 한다는 것 이외에는 다른 책임을 지지 않는 장미가 생겼습니다. 고생대, 중생대, 신생대, 원생대를 지나서야 비로소 인간은 증조부인 자바 원인과 달리 사랑 때문에 죽을 수 있게 되었습니다. 그러니까 이곳에 삶이 존재했고, 그 삶 속에 고통이 만연하고 부정부패가 판을 쳤지만, 우리가 사랑이라는 것을 알았고, 심지어 행복을 꿈꾸었다는 사실을 알 수 있도록 말입니다."

가브리엔 가르시아 마르케스의 이 말을 내가 한 구절로 줄인다면 "산문 같은 삶이 시적으로 승화된 게 사랑"이라고 할 수 있으리라. 이럴 때 우리 삶은 숨 하나하나가 꽃이 되고 별이 되며 무지개를 올라타게 되지 않으랴. 그렇다면 어떻게 해야 우리 삶이 시가 될 수 있을까?

어쩜 '멍때리기'가 그 한 방법이 될 수 있지 않을까. 원래는 "멍하니 넋을 놓고 있다."는 뜻으로 쓰였으나 2013년 정신과 전문의 신동원의 '멍때리기'란 제목의 에세이가 나온 후 휴대폰과 인터넷에 혹사당하는 뇌를 쉬게 하라는 의미로 사용되어 왔다고 한다. 불교 용어인 무념무상無念無想이니, 고요의 경지에 들어간다는 선정禪定, 그리고 선정에 이르는 수양법인 참선參禪과 일맥상통한다고 할 수 있겠다.

그 이후로 이 멍때리기가 유행처럼 2014년에 서울시청 앞 광장에서 처음으로 멍때리기 대회가 열렸고, 2015년 중국 베이징 대회를 거쳐, 2016년 5월 7일엔 경기도 수원에서 제3회 국제 멍때리기 대회, 그리고 5월 22일엔 서울시가 이촌 한강공원 청보리밭 일대에서 '2016 한강 멍때리기 대회'를 개최했다고 한다. 이 같은 멍때리기가 모바일과 인터넷 스트레스라는 공해에서 벗어나려는 현상이었다면, 2019년 말부터 지구촌을 엄습한 코비드19로 상상도 못 했던 인류의 실존적인 '멍때리기' 초현상이 현재 전 세계적으로 벌어지고 있지 않은가. 어떻든 돌이켜 보자면, 얼마 전에 있었던 다음과 같은 외신 기사 두 개는 다르다면 좀 다르겠지만 그래도 일종의 멍때리기가 아니었을까. 대조적으로 하나는 형이하학적이고, 또 하나는 형이상학적으로 사랑의 샘을 파는, 아니면 사랑의 숨을 쉬는 멍때리기 말이다. 하나는 서양 사회를 대표하는 영국, 또 하나는 동양 사회를 대표하는 중국에서의 일이다.

최근 다양한 오디션 프로그램이 시청자들 사이에서 인기를 끌고 있는 가운데 해외에서 방송 예정인 '포르노 배우 오디션'이 화제였다. 영국 일간지 '데일리 미러The Daily Mirror'를 포함한 각종 외신 매체들은 2016년 5월 17일 영국 인기 오디션 프로그램 '엑스 팩터The X Factor'를 패러디한 '섹스 팩터The Sex Factor'가 인터넷 방송 형식으로 방영될 예정이라고 보도했다. 그 당시 보도에 따르면 제작사 측은 남녀 각각 8명의 참가자를 선정했으며 최종 우승자는 100만 달러의 상금을 거머쥐게 된다. 이 프로그램은 총 10회로 제작된다. '섹스 팩터'는 여타 오디션 프로그램과 진행방식이 크게 다르지 않다. 차이점은 출연자들이 춤이나 노래를 뽐내는 대신, 최고의 '포르노 배우'가 되기 위한 경쟁을 펼친다는 점이다.

심사위원은 현지 최고 포르노 스타들이 맡을 예정이다. 이들은 포르노 선배로서 후배들을 지도한다. 심사위원의 자격으로 방송에 합류하게 된 '키란리'는 영국의 포르노 스타로, 총 1,000편이 넘는 포르노에 출연했다고 한다. 리는 현지 언론과의 인터뷰에서 "포르노 시장에 새로운 활력을 불어넣고 차세대 스타를 발굴하고 싶었다."라고 밝혔다. 제작 관계자는 "포르노 행위에 초점을 맞추기보다 참가자들의 이야기와 개성을 보여주고자 한다. 새로운 성인 포르노 프로그램 시장을 개척할 것"이라고 덧붙였다.

다음은 중국에서 한 여성이 병든 남편과 함께 10년간 화장실에서 생활하며 두 아들을 명문대에 보낸 사연이다. 코비드19 바이러스 발생지로 악명이 높아진 중국 후베이성 우한에 있는 A대학교 사람들이 잘 다니지 않는 이 학교의 체육센터 2층 구석에는 10㎡가 채 안 되는 화장실이 있다. 바로 왕슈메 씨가 눈이 거의 보이지 않는 병든 남편과 함께 10년째 기거해온 공간이다. 왕 씨는 이런 처지에서도 남편의 약값과 두 아들의 학비를 벌어야 했다. 오전 5시에 일어나 노래방, 학교, 찻집, 식당 등 청소와 음식점 서빙도 병행했다. 심지어 점심시간에도 청소 아르바이트를 했다. 고된 하루는 밤 11시가 다 돼서야 끝이 났다. 수면 시간은 4~5시간에 불과했다. 왕 씨의 이런 치열한 삶은 어디 내놔도 부끄럽지 않은 두 아들이 있었기에 가능했다.

큰아들 샤오광은 2007년 재수 끝에 전국 명문대 중 한 곳인 우한대학에 입학했다. 샤오광은 졸업 뒤 최고의 명문 베이징대 대학원에 들어가겠다는 목표를 갖고 있었지만, 시험에서 떨어진 뒤 저장성에 있는 기업에 취직했다. 그러나 그는 꿈을 접지 않았고, 2014년 마침내 모친에게 베이징대 대학원 합격이라는 낭보를 전할 수 있었다. 회사에 사표를 내고 세 차례 도전 끝에 이룬 쾌거였다. 둘째 샤오쥔은 2015년 부모가 생활하는 A대학교를 졸업한 뒤 이 학교 대학원에 진학했다. A대학교 역시 중국정부의 고등교육 기관 집중 육성 프로젝트인 '211공정'에 포함된 지방의 주요 명문대다. 현지 신문인 형초망은 2016년 5월 23일 샤오광, 샤오쥔의 성공은 학업에 대한 모친의 전폭적인 지원과 격려가 없었다면 불가능했을 것이라고 전했다. 왕 씨는 형초망과의 인터뷰에서 자신은 예전에 고향에서 임시교사로 일해본 적이 있다며 배우는 것이야말로 운명을 바꿀 수 있다는 신념을 갖고 있었다고 말했다.

연어 이야기가 떠오른다. 어미 연어는 알을 낳은 후 그 곁을 지키고 있는데, 이는 갓 부화되어 나온 새끼들이 아직 먹이를 찾을 줄 몰라 어미의 살코기에 의존해 성장할 수밖에 없기 때문이란다. 어미 연어는 극심한 고통을 참아내며, 새끼들이 자신의 살을 마음껏 뜯어 먹게 내버려 둔다. 새끼들은 그렇게 성장한다. 어미는 결국 뼈만 남아 죽어가면서 세상의 가장 위대한 모성애를 보여준다는 얘기 말이다. 내 젊은 날 에피소드 하나 적어보리라.

1960년대 내 첫 직장에서 3박 4일의 연가로 첫 휴가를 얻어 나는 비행기로 어머니를 모시고 동해안 속초로 갔다. 가서 보니 내 또래 젊은이들은 모두 애인이나 친구들이랑 왔지 홀어머니랑 온 사람은 나뿐이었다. 일본강점기 때 서울의 승동소학교를 나와 정신여고 8회 졸업생인 모친께선 처녀 때 학부형 자격으로 남동생이 다니던 학교의 담임선생님으로 상처한 홀아비의 후처가 되었다. 전처의 전실 자식 셋에다 자식 열둘을 낳아 여섯은 어려서 잃고 나이 사십 대에 과부가 되셨다. 내가 현재 유일하게 아직도 살아 숨 쉬고 있는 자식일 뿐이다.

문득 칼릴 지브란Kahlil Gibran 1883-1931의 몇 마디가 떠오른다. 그의 경구집警句集 '모래와 거품Sand and Foam, 1926에 기록된 글이다.

영원토록 나는 이 바닷가를 거닐고 있지.
모래와 물거품 사이를
만조의 밀물은 내 발자국을 지우고
바람은 물거품을 날려버리지.
그러나 바다와 바닷가는 영원토록 남아 있지.

I am forever walking upon these shores,
Betwixt the sand and the foam,
The high tide will erase my foot-prints,
And the wind will blow away the foam.
But the sea and the shore will remain
Forever.

한 번 내 손 안에 물안개를 채웠지.
쥐었던 손을 펴 보니, 보라
손안에 있던 물안개가 벌레가 되었어.
손을 쥐었다가 다시 펴 보니, 보라

한 마리 새가 되었어.

그리고 다시 한번 손을 쥐었다 펴 보니,

슬픈 얼굴을 한 사람이 위를 바라보고 있었어.

그래서 다시 한번 손을 쥐었다 펴 보니

아무것도 없는 물안개뿐이었어.

하지만 엄청나게 달콤한 노랫소리가 들렸지.

Once I filled my hand with mist.

Then I opened it and

lo, the mist was a worm.

And I closed and opened my hand again,

and behold there was a bird.

And again I closed and opened my hand,

and in its hollow stood a man with a sad face,

turned upward.

And again I closed my hand,

and when I opened it

there was naught but mist.

But I heard a song of

exceeding sweetness.

코스모스바다로 돌아갈거나

"우리의 삶은 카오스에서 생기는 무지개이지. We live in a rainbow of chaos."

- Paul Cazanne

2020년 5월 26일자 뉴욕타임스 과학 섹션에 사진과 함께 "저기 은하계 PKS-55, 엄청나게 큰 하나의 X-요인 Out There in Galaxy PKS 2014-55, a Really Big X Factor"이란 제목의 짤막한 기사가 실렸다. 괴물 같은 블랙홀이 장난치는 또 하나의 역학의 수수께끼를 천문학자들이 풀어냈다고

많은 은하계에서 마치 용암을 뿜어내듯 우주의 폭발적인 에너지가 우주 중심에 있던 블랙홀에 의해 밖으로 솟구쳐 우주 속 반대 방향으로 분출된다는 것이다. In many galaxies, jets of energy are squeezed outward by black hole that lurks at the center, and go shooting off in opposite directions into space.

우주 공간 주위를 둘려 싸고 있는 가스로 형성된 은하계의 존재가 있을 수 없다고 그동안 천문학자들은 생각해왔었는데 우주가 어떻게 성장하는가에 대한 우리의 생각을 쇄신하게 될 수도 있을 것이란 말이다. the galaxy that astronomers thought couldn't exist… a vast wheel of gas near the edge of space may change our idea of cosmic growth.

언제부터인가 많이 쓰이는 영어 단어가 전부란 뜻의 'everything' 이다.

14세기부터 쓰이기 시작했다는 이 'everything'은 존재하는 모든 것의 대명사로 구어체로는 현재 상황을 말해준다. 그야말로 '모든 것은 모든 것 everything is everything'이라고, 모든 걸 지칭한다. 그 예를 들자면 부지기수이다. 몇 가지만 들어보리라.

신神이 전부다. God is everything.

돈이 전부다. Money is everything.

네가 내겐 전부다. You are everything to me.

이게 전부다. This is everything.

네가 무엇에 대해 알아야 할 모든 것 전부 Everything you need to know about something

어떤 일이 생길 때는 다 그럴 만한 이유가 있다. Everything happens for a reason.

물론 이런 표현이 과장된 허풍성세虛風聲勢일 수도 있겠지만 또 한편으로는 일편단심의 고백일 수도 있으리라. 어떤 상황과 처지에 있든 간에 무엇에 정신을 팔고 마음을 쓰느냐에 따라서 세상이 변하고 내 삶이 달라지지 않던가. 흔히 아는 만큼 보인다고 하지만, 찾는 것만 눈에 띄고 꿈꾸는 것만 이루어지며 웃는 대로 즐겁지 않던가. 하지만 우리 칼릴 지브란Kahlil Gibran의 산문시 '눈물과 미소 A TEAR AND A SMILE'를 깊이 음미해보자.

내 가슴속 슬픔을 나는 많은 사람들의 기쁨과 바꾸지 않으리.

그리고 슬픔에서 샘솟아 내 온몸 구석구석으로 흐르는

눈물을 즐거운 기쁨의 웃음으로 바꾸지 않으리.

다만 내 삶은 언제나 눈물인 동시에 미소이어라.

I would not exchange the sorrows of my heart

for the joys of the multitude.

And I would not have the tears that sadness makes

to flow from my every part turn into laughter.

I would that my life remain a tear and a smile.

내 가슴을 깨끗이 정화하고
삶의 숨겨진 비밀들을 알게 해줄 눈물,
나와 같은 신의 분신들에게 접근하고
나 또한 신의 화신이 되게 해줄 미소말이어라.

A tear to purify my heart and give me
understanding of life's secrets and hidden things.
A smile to draw me nigh to the sons of my kind
and to be a symbol of my glorification of the gods.

상처 입은 가슴의 눈물과 하나가 될 눈물 한 방울;
존재의 기쁨을 나타내는 하나의 미소 말이어라.

A tear to unite me with those of broken heart;
a smile to be a sign of my joy in existence.

나는 무기력과 절망감으로 사느니
나는 사모하고 그리워하다 죽으리라.

I would rather that I died in yearning and
longing than that I lived weary and despairing.

내 가장 깊은 곳에 사랑과 아름다움에 대한
목마름과 굶주림이 있기를 갈망하리.
왜냐하면 부족함 없이 만족한 사람들이
가장 비참한 걸 나는 보았기 때문이지.
사모하고 그리워하는 자의 탄식 소리가

이 세상 그 어떤 감미로운
멜로디보다 더 감미롭기 때문이지.

I want the hunger for love and beauty
to be in the depths of my spirit,
for I have seen those who are satisfied
the most wretched of people.
I have heard the sigh of those
in yearning and longing, and
it is sweeter than the sweetest melody.

저녁이 되면 꽃은 꽃잎들을 접고
그리움을 품고 잠들었다가,
아침이면 입술을 열고 해와 입맞춤 하지.

With evening's coming the flower folds
her petals and sleeps, embracing her longing.
At morning's approach she opens her lips
to meet the sun's kiss.

꽃의 삶이란
그리움이자 결실.
눈물과 미소이지.

The life of a flower is
longing and fulfillment'
A tear and a smile.

바다의 물방울들은 물안개로 변해

하늘로 피어올라 구름이 되지.

The waters of the sea become vapor
and rise and come together and are a cloud.

그리고 구름은 언덕과 골짜기들 위로 떠돌다가
산들바람을 만나면 울면서 들로 떨어져
시냇물과 강물을 만나 고향 바다로 돌아가지.

And the cloud floats above the hills and valleys
until it meets the gentle breeze, then falls weeping
to the fields and joins with the brooks and rivers
to return to the sea, its home.

구름의 삶이란
이별과 만남,
눈물과 미소이지.

The life of clouds
is a parting and a meeting.
A tear and a smile.

그렇게 영혼도 더 큰 영혼으로부터
떨어져 물질세계에서 구름처럼
슬픔의 산골짜기와 기쁨의 들판 위로 떠돌다가
죽음의 산들바람을 타고 온 곳으로 돌아가리.

And so does the spirit become separated from
the greater spirit to move in the world of matter

and pass as a cloud over the mountain of sorrow

and the plains of joy to meet the breeze of death

and return whence it came.

사랑과 아름다움의 대양,

하늘님에게로.

To the ocean of Love and Beauty

to God.

내 나이 열 살 때 지은 동시 '바다'를 74년이 지나 다시 읊어본다.

영원과 무한과 절대를 상징하는

신의 자비로운 품에

뛰어든 인생이련만

어이 이다지도 고달플까

애수에 찬 갈매기의 꿈은

정녕 출렁이는 파도 속에

있으리라

인간의 마음아

바다가 되어라

내 마음

바다가 되어라

태양의 정열과

창공의 희망을 지닌

바다의 마음이 무척 부럽다

순진무구한 동심과
진정한 모성애 간직한
바다의 품이
마냥 그립다

비록 한 방울의 물이로되
흘러흘러
바다로 간다.

The Sea

Thou symbolizing eternity
Infinity and the absolute
Art God.

How agonizing a spectacle
Is life in blindness
Tumbled into Thy callous cart
To be such a dreamy sod!

A dreamland of the gull
Of sorrow and loneliness full
Where would it be?
Beyond mortal reach would it be?

May humanity be
A sea of compassion!

My heart itself be

A sea of communion!

I envy Thy heart

Containing passions of the sun

And fantasies of the sky.

I long for Thy bosom

Nursing childlike enthusiasm

And all-embracing mother nature.

Although a drop of water,

It trickles into the sea.

소년시절 내가 그려본 우리 모두의 자화상 아니 자서상을 여기 펼쳐보리라.

코스모스

소년은 코스모스가 좋았다.
이유도 없이 그냥 좋았다.

소녀의 순정을 뜻하는
꽃인 줄 알게 되면서
청년은 코스모스를
사랑하게 되었다.

철이 들면서 나그네는
코스미안의 길에 올랐다.
카오스 같은 세상에서

코스모스 같은 우주를 찾아

그리움에 결코
지치지 않는 노인은
무심히 뒤를 돌아보고
빙그레 한 번 웃으리라
걸어온 발자국마다
무수히 피어난
코스모스를 발견하고

무지개를 좇는
파랑새의 애절한 꿈은
정녕 폭풍우 휘몰아치는
먹장구름 너머 있으리라.

무지개를 올라탄
파랑새가 된 코스미안은
더할 수 없이 황홀하리라

사랑의 무지개배 타고서
어기여차 뱃놀이하면서

하늘하늘 하늘에서 춤추는
코스모스바다 위로 날면서

코스모스 칸타타
노래 부르리라

모든 건 더할 수 없이

다 아름답다고
다 좋다고
다 경이롭다고
믿을 수 없도록

Cosmos

When I was a boy
I liked the cosmos,
Cozy and coy
Without rhyme or reason to toss.

Later on as a young man,
I fell in love with the cosmos,
Conscious of the significance
Of this flower for me sure,
The symbol of a girl's love pure,

As I cut my wisdom teeth,
Traveling the world far and near
In my pursuit of cosmos
In a chaotic world.

Upon looking back one day,
Forever longing, forever young,
Never aging, never exhausted
By yearning for cosmos,
I'd found unawares numerous cosmos
That had blossomed all along the road

That I had journeyed.

A dreamland of the bluebird,
Looking for a rainbow,
Where could it be?

Over and beyond the stormy clouds,
Lo and behold, there it is,
The wild blue yonder
Where you can sail and soar
In the sea and sky of Cosmos
Arainbow, chanting
Cosmos Cantata:

All's beautiful!
All's well!
All's wonderful!
Beyond belief!

아, 우린 모두 하나같이 이런 코스모스바다에서 출렁이고 춤추는 사랑의 피와 땀과 눈물방울들이어라. 우린 모두 하나같이 이런 하늘하늘 하늘에 뜨는 무지개가 되기 위한 물방울들이어라. 아, 우린 모두 하나같이 코스모스바다로 돌아갈거나!

코스미안 프로젝트

"21살이던 7년 전만 해도 한국어를 몰랐고 한국인을 만나 본 적도 없어요."

지난 2016년 5월 16일 한강의 소설 '채식주의자The Vegetarian'를 영어로 번역해 맨부커상the 2016 Man Booker International Prize For Fiction을 공동수상한 데보라 스미스(Deborah Smith 당시 28세)의 말이다. 영국 국영방송 BBC는 이렇게 보도했다. 21세까지 영어밖에 모르던 스미스는 영문학 학위를 런던대학에서 받으면서 영한 번역가가 부족하다는 사실을 알게 돼 번역가가 되기로 결심했다. 그러면서 스미스의 말을 인용했다.

"난 한국문화와 아무런 접촉이 없었다. 그래도 나는 번역가가 되길 원했다. 왜냐하면 번역은 읽기와 글쓰기를 겸해 동반하기에 나는 외국어를 배우고 싶었다. 한국어가 이상하게도 내게는 명백한 선택어 같아 보였다. 실제로 영국에서 한국어를 공부하거나 아는 사람이 없는 까닭에서였다. I had no connection with Korean culture. I don't think I had even met a Korean person but I wanted to become a trans-lator because it combined reading and writing and I wanted to learn a language. Korean seems like a strangely obvious choice, because it is a language which practically nobody in this country studies or knows."

소설 채식주의자는 스토리 중심의 구성이 아니어서 번역이 쉽지 않은 작품이라 절제된 문체에 함축된 의미를 영어로 표현하기가 극히 어려웠을 텐데,

문학평론가 보이드 톤킨Boyd Tonkin 심사위원장은 "완벽하게 적합한 번역"이라고 극찬하며 "소설이 지닌, 아름다움과 공포의 기괴한 조화를 영어로 대목마다 잘 표현했다. Deborah Smith's perfectly judged translation matches its uncanny blend of beauty and horror at every turn."고 평했다. 어려서부터 이중 언어를 자유자재로 구사하는 이중원어민도 아니고 같은 동양권도 아닌 서양 여성으로 21세 때 처음으로 한국어를 한국도 아닌 영국에서 교재를 통해 배우기 시작해, 평생토록 매달렸어도 불가능했을 이런 기적 같은 일이 어떻게 가능할 수 있었을까. 내가 추리해 판단해 보건대, 데보라 스미스가 '번역'을 하지 않고 '반역'을 해서인 것 같다. 흔히 번역도 창작이라고 하지만 그냥 창작이 아니고 '반역反逆'의 창작을 했기 때문이리라.

일찍이 독일의 시인 칼 빌헬름 프리드리히 슐레겔Karl Wilhelm Friedrich Schlegel 1772-1829은 "좋거나 훌륭한 번역에서 잃어버리는 것이 바로 최상의 것이다. What is lost in the good or excellent translation is precisely the best."라고 했다는데 '반역의 창작'을 의미하는 것이었으리라. 이 '반역의 창작'은 문학작품 번역에만 적용되는 게 아니고 인생 전반 각 분야 삶 전체에 해당하는 것이 아닐까. 해 아래 새것이 없다고 하지만, 우리는 늘 새롭게 느끼고 생각하며 체험하는 걸 창의적이고 독자적으로 표현하는 것이리라. 데보라 스미스의 경우, 우리가 주목해야 할 점은 우선 그녀가 남들이 안 하는 한국어를 선택했다는 거다. 남의 뒷다리나 긁지 않고, 다들 서쪽으로 우르르 떼 지어 몰려갈 때 자신은 그 반대로 남이 안 가는 동쪽으로 향했다는 말이다. 이것이 개척정신이요 모험심이며 탐험가의 기질이 아니겠는가.

다음으로 내 경험상 짐작하건대 그녀는 '채식주의자' 한 문장 한 문장, 한 구절 한 구절, 한 단어 한 단어, 한 음절 한 음절을 결코 직역하지 않고 한국어가 아닌 영어식으로, 그것도 다른 서양인이나 영국인이 아닌 자기만의 스타일로 의역했음이 틀림없다. 그렇지 않고서야 그토록 특출나게 뛰어난 쾌거를 이룩할 수 없었으리라. 불후의 미국 고전 영화 '에덴의 동쪽East of Eden'과 '이유 없는 반항Rebel Without a Cause' 그리고 '자이언트Giant' 이렇게 단 세 편만 찍고 요절한 전설적인 배우 제임스 딘James Dean 1931-1955의 생전 인터뷰 기사를 읽은 적이 있다. 이 인터뷰에서 그는 자신이 연기를 하지 않고 자신이 역을 맡은 인물이 돼서 그 인물의 삶에 순간순간 완전몰입해서 살았노라고 했다.

내가 1955년 대학에 진학해 얼마 안 됐을 때, 청소년 영화 신인 남자 주인공 배우를 찾는다는 광고를 보고 응모해 수백 명의 경쟁자를 제치고 최종 선발되었으나, 6개월 동안 지방 로케를 해야 한다고 해서 휴학을 하나 잠시 고민하다가 고사하고 포기한 적이 있다. 그 당시 오디션에서 나는 건네받은 대사 대본을 읽어보지도 않고 즉흥적으로 내키는 대로 연기 아닌 '실연'을 해 보였던 기억이 있다. 아마도 그래서 낙점이 되었으리라. 또 모르긴 해도, 남들처럼 다 지망하는 정치과다 법과다 의과다 상과다 경제과다 또는 신학에 목을 매었더라면 지난 84여 년간 살아온 내 삶을 살아보지 못했을 것이다. 세상이 주는 의미 없는 '상'을 타거나 그 누구의 '추천'을 받아 문단에 '시인'이나 '작가'로 등단한 일 없어도, 내가 꼭 쓰고 기록하고 싶은 책을 그동안 20여 권 낼 수 있었던 것만으로도 나는 더할 수 없이 만족스럽고 행복할 뿐이다. 이것이 어려서부터 내 나름의 '반역의 창작'적 삶을 살아온 결실이리라.

몇 년 전 서울 지하철 강남역 10번 출구에서 여성 혐오 반대 운동이 벌어지고 있던 2016년 5월 21일 분홍색 코끼리 인형 옷을 입은 이가 등장, "육식동물이 나쁜 게 아니라 범죄를 저지르는 동물이 나쁜 겁니다. 선입견 없고 편견 없는 주토피아 대한민국 주토피아 세계 치안 1위지만 더 안전한 대한민국 남녀 만들어요."라는 글귀가 적힌 보드를 들고 있었단다.

2015년 노벨문학상 수상 작가 스베틀라나 알렉시에비치Svetlana Alexandrovna Alexievich, 1948 - 는 논픽션이란 사실적인 서술로 하나의 큰 문제를 던지고 있다. "왜 사람들의 역사적인 수난이 자유로 이행되지 않는가." 이 문제가 이차대전 후 러시아의 구전口傳 역사를 다룬 저서 밑바탕에 깔려있다. 2016년 5월 그녀의 첫 영문판 작품으로 '중고시간: 소련연방의 최후Secondhand Time: The Last of Soviets'이 미국에서 출간되었을 때 뉴욕타임스의 서평 전문기자 드와이트

가너 Dwight Garner는 5월 25일자 서평에서 지난 2006년 푸틴의 생일날 암살당한 저널리스트 안나 팔릿콥스카야Anna Politkovskaya 1958-2006와 스베틀라나 일렉시에비치를 맥심 고르키Maxim Gorky 1868-1936의 단편소설 '단코의 불타는 심장Danko's Burning Heart: Russian Folktale'에 나오는 단코가 상징하는 인물들이라고 평했다.

이 소설에서 사람들 한 무리가 한밤중에 숲속에서 길을 잃는다. 단코는 이들을 안전하게 인도하고 싶은 열망에 가슴이 불타오른다. 그러다 그는 이 불타는 심장을 그의 가슴에서 뽑아내 길을 밝힌다. 알렉시에비치가 직접 청취해 수집한 수천 명의 생생한 증언들 가운데 '체르노빌에서 들리는 목소리Voices from Chernobyl'에 등장하는 한 여인이 있다. 남편이 방사선병으로 죽어가기 전에 극심한 고통에서 비명을 지를 때면 여인이 할 수 있는 건 둘뿐이었다. 식도용 튜브에 보드카를 퍼붓든가 망가진 남편 몸에 섹스를 하는 것이었다. 전쟁 스토리에 지친 알렉시에비치는 현재 두 권의 저서를 집필 중인데 이 실화 모음집에 실릴 이야기 들은 모두 나이 듦과 사랑에 관한 것들이라며 픽션을 써볼 생각은 해보지 않았느냐는 질문에 "삶 자체가 훨씬 더 흥미롭다."고 대답한다. 흔히 "진실은 픽션보다 이상하다. Truth is stranger than fiction"라고 한다. 일간 신문 한두 장만 들춰봐도 확인되는 사실이다. 그 어떤 허구보다 진실인 사례 하나 들어보리라.

영국 국영방송 BBC가 한강과 '채식주의자' 번역가 데보라 스미스의 세계 3대 문학상인 영국의 맨부커상 인터내셔널 부문 수상 후 2016년 5월 17일 "채식주의자: 한국어를 배우고 상을 타는 방법"이란 제목의 뉴스에서 스미스가 2010년부터 한국어를 배운 사실을 언급하면서 한국어가 어떤 언어인지를 살펴봤다. BBC는 세종대왕이 빌려 쓴 한자 대신 28개 자음과 모음으로 구성된 한글을 만들었고 이로 인해 백성들이 쉽게 글을 읽고 쓸 수 있게 됐다며 "슬기로운 자는 아침을 마치기도 전에 깨우칠 것이고, 어리석은 자라도 10일 안에 배울 수 있다."는 훈민정음 해례본의 문구를 전했다. 그러면서 본질적으로 익히기 쉬운 언어는 없다는 언어학자들의 통상적인 견해를 소개했다. 로버트 파우저Robert J. Fouser 전 서울대 교수는 "한국어 배우기 난이도는 학습자가 이미 알고 있는 언어가 무엇이냐에 따라 달라진다."고 말했다.

미국인 외교관들에게 언어를 가르치는 미국외교원(FSI)은 한국어를 배우기에 "굉장히 어려운 언어"로 분류했다. 영어를 모국어로 쓰는 사람들이 영어와 유사성이 있는 덴마크어와 네덜란드어, 프랑스어, 이탈리아어, 노르웨이어, 포르투갈어 등을 일반적, 전문적으로 능숙한 수준으로 배우려면 575~600시간(23~24주) 수업이 필요하지만, 한국어의 경우엔 2,200시간(88주)이 필요하기 때문이라는 것이다. 하지만 BBC는 10개가 넘는 언어를 익힌 호주 번역가 도너번 나이절이 1년간 한국에 체류했을 때 3~4개월 만에 꽤 의사소통을 잘할 수 있었고 8개월 만에는 편안하게 유창한 수준으로 말할 수 있었다는 사례를 언급했다. 나이절은 한국어가 문법이 복잡하지 않으며, 영어와 달리 보통 쓰는 방식대로 발음하면 된다고 말했다. 또한 명사에 '하다'를 붙이면 동사나 형용사를 쉽게 만들 수 있다고 설명했다.

그러나 번역은 언어를 배우는 것과 다르다. 창의적인 과정이며, 스미스가 장편 '채식주의자'를 번역해 상을 공동 수상한 이유이다. 심사위원단은 해당 소설이 "영어로 완전한 목소리를 갖췄다."고 평가한 것으로 알려졌다. 한글 및 영문 버전으로 이 책을 읽은 한국인 독자는 "번역본도 원작만큼 좋은 작품"이라고 평했다. 번역가 스미스는 책의 리듬을 찾으려고 했다면서 "당신이 위대한 한국 문학 작품을 번역하고 있다면, 그 번역은 영문학으로도 훌륭해야 한다."고 강조했다. 이어 "방해가 될 뿐이라면 통사론(문장의 구조나 구성을 연구하는 방법)을 두고 씨름할 필요가 없다."고 덧붙였다. BBC는 "번역가는 상을 받을 만하며, 세종대왕도 마찬가지다."고 전했다. '세종대왕도 마찬가지다' 정도가 아니고 비교도 할 수 없이 노벨상, 맨부커상 등 그 어떤 상을 탈 정도가 아니라 그 이상 가는 '세종대왕상'을 줄 입장이어라.

이런 뜻에서 2018년 7월 5일 글로벌 온라인 신문 코스미안뉴스가 창간되었고 2019년 제1회 코스미안상을 공모해 2019년 10월 19일 시상식과 응모작 선집 '69 프로젝트' 출판기념회가 서울 세종문화회관에서 거행되었으며

2020년 가을에 제2회 코스미안상 시상식과 응모작 선집 '49프로젝트'가 발간되었다. 최근 미국과 영국에서 동시에 출간된 우생의 영문판 '코스미안 랩소디COSMIAN RHAPSODY' 마지막 챕터로 영문으로 실린 '초대장'을 아래와 같이 옮겨본다.

An Ode to Us All

Candidates for the second [2020] Annual Cosmian Prize of Nonfiction Narrative are being cordially invited to represent "Cosmians" as the Spirit of this Age(Zeitgeist).

Faced with the climate change resulting in the pollution of what we breathe, drink and eat, all caused by our capitalist materialism and industrial technology, we have to change our perspective and vision completely, if we are to survive as a species.

First of all, we have to realize our true identity as brief sojourners on this most beautiful and wonderful planet earth, a tiny starlet, like a leaf-boat floating in the sea of cosmos.

As such, we have to appreciate everything, including ourselves, with love and respect, believing in the oneness of us all, not only human beings and our fellow creatures but also all things in nature.

In order to come to this realization, we must get rid of all the arbitrary and self-righteous dogmatism of ideology, nationalism, racism, sexism, and what not; in other words, the false dichotomy between black and white, right and wrong, us and them, etc.

If I were to put 84 odd years of my lifelong credo in a nutshell, it could be this:

Writing is not to be written but to be lived; words are not to be spoken but to be acted upon; no matter how great works of arts and literature are, they are at best mere images and shadows of life and nature; no love, philosophy, religion, thought, truth or way can be caged, like the cloud, light, water, and wind or stars.

Hence, the global online newspaper CosmianNews was launched in July 2018 to share our real-life narrative as described in the inaugural address.

All of us, born on this star called the planet earth to leave after a short stay, each living with whatever kind of love, in whatever style of life, in whatever color, shape and form, in one's own way, each can say something special for one sentence, as different from each other. And yet if we were to find one common denominator, could it not be that "we all are Cosmians?"

So on this proposition that "we all are Cosmians," I am inviting each one of you to share that sentence of yours. Each will be the song of a pearl-like life, or rather of a rainbow-like love.

I'd like to dedicate the poem, Praise Be, written by the American publisher of my book Cosmos Cantata, as the common motto for us all.

Praise be to those

who in their waning years
make others happy

Praise be to those
who find light in the darkness
and share it with others

Praise be to those
who can spread joy
through trust and tolerance

Praise be to those
who look far beyond themselves
to their place in the cosmos

For Lee Tae-Sang, November 15, 2013

Doris R. Wenzel

I sincerely trust that all of you will kindly accept this invitation.

Gratefully yours,

Lee Tae-Sang
Founder of CosmianNews

2장

순간순간의 숨이 시가 되어라

요즘 코로나바이러스 감염증(코로나19)에 우울증이나 불안증 증상을 보이는 미국인이 급증해 3분의 1에 달하는 것으로 나타났다. 그뿐만 아니라 집콕하면서 술만 많이 마시다 보니 가정폭력이다 살인이다 자살이다 이혼 사례도 폭증하고 있다는 보도다. 몇 년 전 내 직장 동료인 러시아어 법정통역관으로부터 들은 조크를 옮겨본다.

두 남자가 술 파는 가게 앞으로 늘어선 줄에 서 있다. 보드카를 사기 위해서다. 한 남자가 다른 남자에게 제 자리를 좀 지켜달란다. 이게 다 고르바초프의 반反 알코올 정책 때문이라며, 크렘린으로 달려가서 고르바초프 얼굴에 한 방 먹이고 오겠노라고 했다. 몇 시간이 지나 돌아온 그에게 그의 자리를 지키고 있던 남자가 정말 고르바초프 얼굴에 주먹을 한 방 날리고 왔냐고 묻자, 아니라고 낙담한 표정으로 하는 그의 말이 "크렘린에 늘어서 있는 줄은 여기보다도 더 길더라. The line at the Kremlin was even longer."라고 말한다.

'로빈슨 크루소Robinson Crusoe, 1719'의 영국 작가 다니엘 디포Daniel Defoe 1660-1731의 다른 작품 '잭 대령Colonel Jack, 1722'에 술의 마력을 잘 나타낸 이런 대목이 나온다.

악마가 한 젊은이를 보고 그의 아버지를 살해하라고 꾀었다. 그러나 젊은이는 그건 못 할 짓이라고 말을 안 들었다. 그러면 어머니와 동침하라고 꼬드겼다. 그것은 절대로 못 할 짓이라고 완강히 거부했다. 그렇다면 집에 가서

술이나 퍼마시라고 꼬셨다. 그러자 "아, 그야 할 수 있지" 대답하고 정말 진탕만탕 술을 마신 후 이 젊은이는 곤드레만드레 되어 술기운으로 그의 아버지를 살해하고 그의 어머니를 겁탈했다. 디포가 남긴 말 중에 이런 것들이 있다.

"신이 어디든 '기도의 집'을 세울 때마다 거기에 악마는 언제나 예배당을 짓는다. 그런데 잘 좀 살펴보면 후자에 신도들이 가장 많다. Whenever God erects a house of prayer, the devil always builds a chapel there; and it'll be found, upon examination, the latter has the largest congregation."

"우리가 원하는 것에 대한 모든 불만은 우리가 갖고 있는 것에 대해 감사할 줄 모르는 데서 생기는 것 같다. All our discontents about what we want appeared to spring from the want of thankfulness for what we have."

"문제 중의 문제로 삼아야 할 일은 문제를 배가해 사태를 더욱 악화시키는 일이다. In trouble to be troubled, is to have your trouble doubled."

"다이아몬드 원석같이 영혼은 육체 속에 담겨 있다. 갈고 다듬지 않으면 그 광채를 영원토록 발하지 못하리라. The soul is placed in the body like a rough diamond, and must be polished, or the lustre of it will never appear."

술이 그 좋은 예가 되리라. 그리고 어원학적으로 술의 성분 알코올과 영혼이란 뜻의 영어 단어가 같은 spirit이란 사실이 매우 신기하고 흥미롭다. 오늘날 미국에서 급증하고 있는 자살률의 그 주된 이유가 알코올과 마약 중독때문이라고 한다. 경제 사정이 나쁘고 앞날이 캄캄해 희망이 없어서, 사회적인 거리두기로 촉발된 심리적인 거리감 까닭에 너무 외로워서, 삶의 스트레스가 너무 크고 사는 재미가 너무 없어서, 등을 구실 삼아 많은 경우 현실 도피책으로 술이나 마약에 의존하게 되는가 보다. 내가 직접 겪었고 내 주위에서 일어난 예를 좀 들어보리라.

나도 젊었을 때 술을 너무 좋아하다 못해 주점 '해심海心'이란 이색 대폿집까지 차렸었고, 만취 상태에서 제대로 데이트 한 번 안 해본 아가씨와 사고치는 바람에 서로 맞지 않는 가정불화의 결혼 생활을 하느라 20년 동안 우리 두 사람은 다 마음고생을 많이 했었다. 내 현재 아내는 서독 간호사로 갔다가 만난 미군병사와 결혼해 딸 둘을 낳고 이혼한 여인으로, 나와 재혼해 30여 년째 살고 있는데, 큰딸은 어려서부터 보고 자란 아빠 같은 알코올이나 마약중독자를 치료해 보겠다고 정신과 전문의가 되었다. 그러다 20여 년 전 별세한 자기 아빠와 많이 닮은 남자 변호사를 만나 결혼했으나 남편이 자신은 결코 알코올 중독자가 아니라며 치료받기를 계속 거부해 십 년 가까이 갖은 설득과 노력을 다해본 끝에 결국 이혼한 후 전 남편은 몇 년 전 타계하고 말았다.

술이나 섹스나 돈이나 명예나 권력이든 또는 어떤 종교나 이념이나 사상이든, 거품이나 구름 같은 이 신기루에 홀리고 취한 사람 치고 자신이 중독자라고 인정하는 사람은 극히 드문 것 같다. 무엇에 흥분 도취 열중 중독되게 하는 마취제 같은 걸 영어로 intoxicate라고 하는데 toxic은 독성毒性이 있다는 뜻이고, toxin이란 독소毒素에서 파생된 말들이다. 현재 온 지구촌에 창궐하고 있는 코로나 독성 바이러스를 비롯해 독약 같은 음식이거나 물귀신 같은 사람이고 간에 독성이 있는 건 무조건 피하고 멀리하는 게 상책이리라. 그뿐만 아니라 현실과 삶 자체에서 모든 자극과 흥분, 슬픔과 기쁨, 희망과 실망, 환상과 환멸, 쓰고 단 맛을 다 볼 수 있고, 변화무쌍한 날씨와 사정을 다 겪으며, 하늘과 땅과 사람 천지인天地人의 다양하고 다채로운 자연적 삶의 축복을 누리기만도 너무너무 벅찬 일인데, 원석을 보석으로 깎아 빛낼 일만도 시간이 너무너무 부족하기만 한데, 그 어찌 우리가 한순간인들 가공의 허깨비에 홀려 허송할 수 있으랴.

술 마시지 말자 하니, 술이 절로 잔에 따라진다.
먹는 내가 잘못인가. 따라지는 술이 잘못인가.
잔 잡고 달에게 묻노니, 누가 그른가 하노라.

이와 같은 작자를 알 수 없는 시조가 있듯이 초반에는 사람이 술을 먹다가
조금 지나면 술이 술을 먹게 되고 종국에는 술이 사람을 먹는다는 주당들의
격언이 있지 않은가.

아침 깨니
부실부실 가랑비 내리다
자는 마누라 지갑을 뒤져
백오십 원 훔쳐 아침 해장으로 간다.
막걸리 한 잔에 속을 지지면
어찌 이리도 기분이 좋으랴!

근대사에 마지막 기인으로 불렸던 천상병의 '비 오는 날'이란 시다. 시집
'요놈요놈 요 이쁜놈'에 실려 있는 이 시 '귀천歸天'을 나도 무척 좋아한다. '신
경림의 시인을 찾아서'란 책에서 "순진무구한 어린아이의 마음과 눈"이라고
천상병은 소개되고 있으며, 많은 사람들이 경애하는 시인이지만, 나는 천상
병 시인을 무책임하고 무능한 인간실격자요 인생낙오자의 표본으로 보고 싶
다. 물론 우리는 동백림사건 때 모진 고문을 받고 집행유예로 풀려난 천상병
은 이미 제정신이 아니었다는 역사적인 사실을, 이 너무도 어처구니없이 비
통하고 비참한, 군사정권 아니 동서 냉전의 강요 된 남북 이데올로기에 희생
된 대표적인 제물임을 망각할 수 없는 일이다. 하지만 내가 존경하고 사랑하
는 시인은 우주 자연 만물을 극진히 사랑하면서 삶에 미치도록 몰입해 순간
순간에서 영원을 사는 사람이다. 황홀하도록 사랑에 취해 살다 코스모스바
다로 돌아가는 사람이다.

그 한 예를 들어보리라. 지난 2016년 5월 31일 세계 서핑 리그 피지 여자선

수권 대회에 출전해 3위를 차지한 베타니 해밀톤Bethany Hamilton은 몸으로, 그것도 팔이 하나 없는 몸으로 더할 수 없도록 아름다운 시 한 편을 썼다. 하와이 출신 베타니는 서핑 좋아하는 부모 따라 걷기 전부터 바다에서 살면서 13살 때인 2003년 10월 이른 아침 서핑을 나갔다가 상어의 공격을 받아 왼쪽 팔을 잃었다.

또 한 예를 들어보자. 2016년 6월 3일 세상을 떠난 무하마드 알리Muhammad Ali1 942-2016도 팔이 아니라 백인이라는 백상어에게 물려 두 날개를 잃고도 '나비처럼 떠서 벌처럼 쏘는' 밤하늘에 반짝이는 시를 썼다. 흑인이란 이유로 레스토랑 입장을 거절당하자 알리는 올림픽에서 딴 금메달을 오하이오 강물에 던져버리고, 백인들이 노예에게 지어 준 성을 쓰지 않겠다며 자신의 캐시어스 클레이Cassius Clay란 이름도 버리고 개시어스 엑스라는 이름으로 개명했다가 이슬람 지도자 엘리야 무하마드Elijah Muhammad1897-1975의 이름을 따 아예 '무하마드 알리Muhammad Ali로 이름을 바꿨다. 그리고 그는 "나는 알라를 믿고 평화를 믿는다. 백인 동네로 이사할 생각도 없고 백인 여자와 결혼할 생각도 없다. 나는 당신들 백인이 원하는 챔피언이 되지 낳을 것이다."라고 외쳤다.

옛날 로마시대 노예들을 검투사로 죽기 살기로 싸움을 붙여 즐겨 관람하던 잔인한 경기의 잔재인 복싱이란 링에서보다 링 밖의 세계란 무대에서 알리는 약자들의 인권 챔피언이었다. 1942년 흑인 노예의 손자로 태어난 알리는 스스로를 '민중의 챔피언 people's champion'이라고 불렀고, 1967년 베트남전 징집 대상이 되었지만, "이봐, 난 베트콩과 아무런 다툴 일도 없다. 어떤 베트콩도 나를 깜둥이라고 부르지 않는다. Man, I ain't got no quarrel with them Viet Cong. No Viet Cong called me nigger."며 양심적 병역거부를 해 선수 자격을 박탈당하고 징역 5년 실형을 선고받았다. 알리가 남긴 수많은 시적인 말 중에 내가 특히 좋아하는 15마디만 인용해보리라.

1. 내가 얼마나 지독한지 약조차 병이 나 않게 된다.
2. 너를 지치게 하는 건 네가 오를 산들이 아니고 네 신발 속에 들어간 돌 조각이다.

3. 어떤 생각이 내 머릿속에 떠오르면 내 가슴이 믿게 되고 그러면 내가 그 생각을 현실로 만들 수 있다.

4. 하루하루 매일매일이 네가 살 마지막 날인 것처럼 살아라. 그런 날이 꼭 올 테니까.

5. 상상력이 없는 사람은 날개가 없는 거다.

6. 불가능이란 말은 단지 그들에게 주어진 바꿔야 할 세상을 그들이 바꿀 수 있는 가능성을 탐색하는 대신 그 현실에 안주하려는 소인배들이 둘러대는 거창한 단어일 뿐이다. 불가능이란 사실이 아니고 의견이며 결코 선언이 아니다. 도전에 맞서는 대담성이다. 따라서 불가능이란 가능성이고 한시적이며 아무것도 아니다.

7. 다른 사람에게 봉사하는 일은 네가 지불할 이 지상에서의 네 숙박료다.

8. 날짜를 세지 말고 매일이 보람되게 하라.

9. 위험을 무릅쓸 만큼 용감하지 못한 자는 인생에서 아무것도 성취하지 못하리라

10. 나는 네가 원하는 사람이 될 필요가 없다.

11. 나이는 네 생각대로다.

12. 나는 얼마나 빠른지 어젯밤 호텔방 전기 스위치를 끄고 불이 나가기도 전에 침대에 들어갔다.

13. 내가 하는 조크는 진실을 말하는 거다. 그게 세상에서 제일 재미있는 농담이다.

14. 강들, 연못들, 호수들, 시내들 모두가 다른 이름이지만 다 물이듯이 종교들도 다른 이름들이지만 모두가 진리들이다.

15. 노년은 한 사람 일생의 기록이다.

아, 우리 각자의 삶, 아니 순간순간의 숨이 시가 되어라, 황홀하도록 사랑에 취해 살다 코스모스바다로 돌아가는 사람이다.

우린 모두 살아 숨 쉬는 책이다

몇 년 전 '태양의 후예' 송중기가 정재계 여성리더들의 모임 '미래회 바자회'에 그의 애장도서인 '아이처럼 행복하라(알렉스 김 지음 공감의 기쁨 2012년 3월 27일 출간)'를 기부했는데 그 책의 판매가 급증했다는 반가운 소식이었다. 이 책 제목만으로도 행복하지 못한 모든 어른들에게 너무도 절실한 메시지가 아니었을까. 독서 인구는 준다는데도 수많은 책이 계속 출간되고 있지만 어떤 책이 읽히는 것일까. 그 해답을 JTB '톡투유-걱정말아요 그대' MC 김제동이 내놓았던 것 같다. 한국에서 엑스트라 취급받고 사는 사람들이 끽소리 내는 프로그램 진행 1주년을 앞두고 가진 인터뷰에서 좋은 방송이 뭐냐고 묻자 김제동은 "재미만 있으면 허무하고, 의미만 있으면 지루하다. 원래 주인공인 사람들을 자기 자리로 돌려놓는 일"이라고 설명했다.

지난 4월 23일은 셰익스피어와 세르반테스가 죽은 지 404년이 되는 날이었다. 유네스코는 이날을 '세계 책의 날'로 정해 기리고 있다. 신神과 내세來世 중심이던 내러티브를 인간의 현세로 초점을 맞추기 시작한 대표적인 서양의 작가가 셰익스피어와 세르반테스라고 할 수 있으리라. 셰익스피어 작품의 주인공들이 주로 왕족이나 귀족이었다면, 성경 다음으로 널리 번역되고 2002년 노벨 연구소가 세계 주요 문인들을 상대로 한 여론 조사에서 '가장 위대한 책' 1위로 뽑힌 돈키호테는 다들 알다시피 어린아이도 이해할 수는 편력 기사 돈키호테와 하인인 산초 판사가 함께하는 수많은 모험 이야기를 통해 겉모습과 그 실체, 현실과 이상, 존재와 당위 같은 인간의 근본적이고 본질적인 문제에 대해 수수께끼 같은 질문을 던지고 있다. 세르반테스가 하는 다음과 같은 말을 우리 심사숙고해 보자.

"너무 정신이 멀쩡한 거야말로 미친 것인지 모를 일이다. 미친 일 중에 가장 미친 일이란 살아야 할 삶이 아닌 주어진 삶을 주어진 그대로 사는 일이다. Too much sanity may be madness and the madness of all, to see life as it is and not as it should be."

그럼 살아야 할 삶이란 어떤 삶일까. 생각해 볼 것도 없이 '아이처럼 행복하게' 사는 삶이 아니랴. 돈키호테처럼 살아보기가 아닐까. 1605년 이 소설이 나오자마자 큰 인기를 얻었고 당시 스페인 국왕 펠리페 3세는 길가에서 책을 들고 웃고 우는 사람을 보고 "저 자는 미친 게 아니라면 돈키호테를 읽고 있는 게 틀림없다."고 말했다는 일화가 전해오고 있다. 2014년 12월 '돈키호테' 1, 2권을 5년 넘게 매달린 끝에 모두 1,600쪽이 넘는 우리말 번역서를 완역한 안영옥 고려대 서어서문학과 교수는 한 인터뷰에서 이런 말을 했다.

"우리는 흔히 엉뚱한 괴짜나 황당한 사람을 두고 돈키호테 같다고 하지요. 하지만 몰라서 하는 말입니다. 돈키호테 원작을 제대로 읽고 나면 생각이 달라질 수밖에 없어요. 처음엔 낄낄대며 웃지만, 마지막 장을 닫고 나면 울게 되는 책이지요. 데카르트는 '생각한다. 고로 존재한다.'고 했지만, 돈키호테는 '행동한다. 고로 존재한다.'고 말합니다. 돈키호테가 풍차를 거인으로 보고 돌진하고, 양떼를 군대로 보고 싸우는데 그가 싸운 괴물의 정체는 당시 스페인의 억압적인 정치 종교 체제입니다. 주인공을 광인으로 설정한 것도 검열이나 법적 구속에서 자유롭기 위한 장치였다고 볼 수 있습니다. 또 웃음으로 모든 권위를 해체시킬 수 있었습니다."

이 번역서 마지막 부분에는 돈키호테가 죽고 난 후 그의 묘비명이 나온다.

"그 용기가 하늘을 찌른 강인한 이달고 이곳에 잠드노라. 죽음이 죽음으로도 그의 목숨을 이기지 못했음을 깨닫노라. 그는 온 세상을 하찮게 여겼으니,

세상은 그가 무서워 떨었노라. 그런 시절 그의 운명은 그가 미쳐 살다가 정신 들어 죽었음을 보증하노라."

안 교수는 돈키호테 2권 423번 각주에 이렇게 적었다.

"돈키호테가 미쳐서 살다가 제정신을 찾고 죽었다는 것을 이야기 하고 있는 이 대목은 우리에게 심오한 삶의 교훈을 준다. 이성의 논리 속에서 이해관계를 따지며 사는 것이 옳은 삶인지, 아니면 진정 우리가 꿈꾸는 것을, 그것이 불가능한 꿈이라 할지라도 실현시키고자 하는 것이 옳은 삶인지를 말이다."

아, 모든 아이는 돈키호테나 김삿갓처럼 우주의 나그네 코스미안으로 태어나는 거라면, 우리 모두 현재 신종 코로나바이러스 감염증(코로나19)이 일깨워주고 있는 오늘날의 새로운 시대정신의 화신으로서 개명 천지 코스미안 시대를 열어볼거나. 우린 모두 살아 숨 쉬는, 의미도 있고 재미도 있는 삶의, 아니 우주의 책이니까.

스웨덴의 심리학자 케이 앤더스 에릭슨K. Anders Ericsson, 1947 - 은 수십 년간의 연구조사를 통해 '10,000시간 법칙the 10,000 Hour Rule'을 발견, 노력의 중요성을 강조해왔다. 무슨 일이든 성취해 성공하려면 최소한 10,000시간을 들여 그 일에 전심전력해야 한다는 말로, 영어 속담에도 있듯이 "연습이 완벽을 기한다. Practice makes perfect"는 뜻이다. 우리말에도 구슬이 서 말이라도 꿰어야 보배라고 하지 않나. 하지만 노력보다 훨씬 더 절대적으로 중요한 것은 영감靈感이라고 해야 하지 않을까. 영감 없이 쏟는 노력은 도로徒勞에 그치고 말 테니까. 이 영감이란 단어는 영어로 'inspiration'이라 하는데 라틴어인 'inspirare'에서 유래한 말로 '숨을 불어 넣는다 to breathe into'란 의미이다. 예부터 부지 부식 간에 시도 때도 없이 불현듯 생각이 떠오르는 게 마치 어디선가 한 줄기 신선한 돌풍이 느닷없이 불어오듯 말이다. 미국 메뫄 작가memoirist 로저 로젠블라트Roger Rosenblatt, 1940 - 는 그의 에세이 '그게 전부인가Is That All There Is

의 결론 부분에서 이런 영감에 대해 이렇게 언급하고 있다.

"어찌 보면, 모든 글은 에세이 쓰기다. 호러에서 미美를, 결핍에서 숭고함을 발견하려는 끝없는 시도이다. 벌과 상 그리고 사랑을 거부하는, 자연적인 모든 인간사에서 처벌하거나 포상하고 사랑하려는 노력 말이다. 이는 아주 힘들고 아무도 알아주지 않는 일로서 마치 신(뭐라 하든 신적인 존재)을 믿는 일과 다르지 않다. 때로는 글을 쓰는 동안 내가 다른 누군가의 디자인에 따라 어떤 하나의 예정된 기획의 일부를 수행하고 있다는 느낌을 갖게 된다. 그리고 어느 날 그동안 내가 한 모든 일들을 돌이켜보면서 생각하리라. 이게 신이 내게 의도한 전부일까. 하지만 그것이 내게 주어진 전부이어라. In a way, all writing is essay writing, an endless attempt at finding beauty in horror, nobility in want-an effort to punish, reward and love all things human that naturally resist punishment, rewards and love. It is an arduous and thankless exercise, not unlike faith in God. Sometimes, when you are in the act of writing, you feel part of a preordained plan, someone else's design. That someone else might as well be God. And then one day you rear back and survey everything you have done, and think, Is this all God had in mind. But it's all you got."

그런데 이런 영감이란 우리 머리와 가슴이 그 어떤 선입견과 편견이나 고정관념 또는 욕심으로 가득 차 있지 않고 텅 비어 있을 때라야 생길 수 있는 신비스런 현상이리라. 아, 그래서 미국의 유명한 컨트리 음악 가수 지미 딘 Jimmy Dean 1928-2010도 이렇게 말했으리라.

"바람이 부는 방향을 바꿀 수는 없어도 내 돛을 언제나 내 목적지에 도착할 수 있도록 맞출 수는 있다. I can't change the direction of the wind, but I can adjust my sails to always reach my destination."

그리고 미국의 시각, 청각 중복 장애인으로서 작가, 교육자, 사회주의 운동가로 활약했던 헬렌 켈러Helen Keller 1880-1968도 이렇게 말했으리라.

"세상에서 제일 좋고 아름다운 것들은 볼 수도 만질 수도 없다. 가슴으로 느껴야만 한다. The best and most beautiful things in the world cannot be seen or even touched. They must be felt with the heart."

또 미국의 흑인 여류 시인 마야 앤저로우Maya Angelou 1928-2014는 이렇게 역설한다.

"누군가의 구름에 하나의 무지개가 되도록 노력하라. Try to be a rainbow in someone's cloud."

그뿐만 아니라 이런 말도 있지 않나.

"우리의 삶이란 우리가 놓치는 것들까지를 포함한 수많은 기회로 정의되고 한정된다. Our lives are defined by opportunities, even the ones we miss."

오늘날 전 세계 온 인류가 겪고 있는 코로나 사태라는 이 엄청나게 큰 위기 또한 그만큼 엄청나게 큰 변혁의 좋은 기회로 삼아야 할 일 아니랴. 그런데 미국의 발명왕 토머스 에디슨Thomas Edison 1847-1931은 말한다.

"대부분의 사람들이 기회를 놓치는 건 그 기회가 작업복을 입고 있거나 일처럼 보이기 때문이다. Opportunity is missed by most people because it is dressed in overalls and looks like work."

이 말은 우리 모든 어른들도 세상살이 인생살이를 어린아이들 소꿉놀이하듯 즐기라는 뜻이리라. 더 심각한 문제는 우리가 그 어떤 영감이나 사랑도 못 느끼면서 로봇같이 기계적으로 노력하거나 마지 못해 억지 쓰듯 습관적으로 사는 삶이 아닐까. 우리 셰익스피어의 '베니스의 상인'에 나오는 다음과 같은 한 구절 음미해보리라.

제 안에 음악이 없는 인간,
감미로운 음의 선율에도 감동할 줄 모르고,
배신과 계략과 약탈만 일삼는다.
그의 정신력은 밤처럼 아둔하고
그의 감성은 에레부스
(카오스에서 태어난 태초의 암흑)처럼
캄캄하다.
그런 사람을 믿지 마라.
음악을 기리라.

The man that hath no music in himself,
Nor is not moved with concord of sweet sounds,
Is fit for treasons, stratagems, and spoils;
The motions of his spirit are dull as night,
And his affections dark as Erebus.
Let no such man be trusted.
Mark the music.

아, 너도나도 우리 삶은 음악이 되어라. 그러자면 우리 삶에 사랑이 있어야 하리라. 그리고 모든 영감이란 사랑에서 뜨는 무지개이리. 그리고 이 사랑이란 것도 새장 같은 그 어떤 틀에 박힌 것일 수는 없으리라.

얼마 전 미국 유타주의 한 빈민가 식당에서 일곱 가족의 식대를 대신 내고 유유히 사라진 한 남성이 화제였었다. 소셜 미디어에서 '미지의 남성The Mystery Man으로 불린 의문의 주인공 이 한 언론과 인터뷰를 했다. KRIV에 따르면 이 남성은 유타에 있는 대중 간이 식당 데니스 Denny's에서 식사를 한 뒤 총 2,521

달러를 지불했다. 자신의 식대는 단 21달러였다. 1,000달러는 다른 테이블에서 식사 중이던 사람들의 음식값이었다. 서빙을 한 직원에게도 1,500달러에 달하는 팁을 줬다. 그는 2시간 동안 사람들이 음식을 맛있게 먹는 모습을 보고 앉아 있다가 신원을 밝히지 않은 채 떠났다. 그러나 이렇게 거액의 팁을 받은 직원이 이 남성의 사진을 찍어 페이스북에 올리면서 미담은 급속도로 퍼져나갔다. 페이스북 게시물에는 '좋아요Like'를 39만 개 이상 받았으며 17만 5,000 이상의 공유를 기록했다.

"나는 홀어머니 밑에서 매우 가난하게 자랐다. 집이 없어 어머니 친구 집을 전전했다. 그래서 어머니 친구분들의 도움이 너무 감사했다. 그럼에도 나는 폭행을 일삼다 감옥에도 갔고, 많은 문제를 일으킨 청소년이었다. 운이 좋게도 어른이 되어서 성공한 사업가가 됐다. 이제는 받았던 도움을 돌려줄 때라 생각했다."

팁을 받은 직원은 자신이 집이 없어 복지 시설을 전전하는 홈리스homeless였는데 "1,500달러로 당분간 지낼 곳을 마련했다. 눈물 나게 고맙다. 당시 식사를 했던 일곱 가족들도 형편이 어려운 사람들이었다."고 페이스북에 썼다. 그 영문 일부만 옮겨본다.

"Today I met an angel. You came into a Denny's I work at in Utah. You asked me, 'Can I have a waitress who is a single mother?' I thought it was very odd, but I sat you in Crystal's section. You sat there for 2 hours just watching people. Seven families came in and ate while you were there and you paid every one of their bills, over $1,000 you paid for people you didn't even know. I asked, 'Why did you do that'? You simply said, 'Family is everything. I've lost all mine.'"

"가족이 전부다. Family is everything. 난 내 가족을 다 잃었다. I've lost

all mine."라는 이 사람이야말로 제 소小가족을 잃은 대신 제 대大가족인 인류라는 '인간가족'을 찾아 얻었음에 틀림없어라. 이런 사랑은 또 '인간가족'에만 국한되지 않고 우주 만물에 적용되는 것이리라.

매년 5,000 마일을 멀다 하지 않고, 생명의 은인을 만나기 위해 찾아오는 펭귄이 있어 화제다. 2012년 브라질 리우데자이네루 Rio de Janeiro에 있는 작은 섬 해안에서 기름투성이가 되어 굶주린 채 죽어가던 마젤란 펭귄 Magellanic penguin 한 마리를 주앙 페레이라 드 수자(Joao Pereira de Souza 당시 71세) 씨가 발견하여, 깃털에 달라붙어 있는 검은 타르를 정성껏 닦아주고 물고기를 잡아 먹여 살렸던 것이다. 11개월을 함께 지낸 어느 날, 딘딤 Dindim이란 이름의 이 펭귄은 돌연 모습을 감추었고, 다시는 볼 수 없으리라 생각했다. 그러나 딘딤은 해마다 6월이 되면 할아버지를 찾아와서 8개월을 같이 지낸 후 번식기인 2월이 되면 아르헨티나나 칠레로 돌아간다. 할아버지는 딘딤을 자신의 친자식처럼 사랑하며, 딘딤도 할아버지를 좋아한다.

서양에선 20세기 초엽부터 꿈을 연구하는 과학자들의 관심을 끌어온 "lucid dream"이란 말이 있다. 자신이 꿈을 꾸고 있다는 사실을 잘 알면서 꾸는 꿈을 일컫는데, 우리말로는 자각몽自覺夢이 되겠다.

우리가 밤에 자면서 꾸는 꿈뿐만 아니라 잠에서 깨어나 사는 우리 하루하루의 삶 자체가 자각몽이라 할 수 있다면, 우리가 아무것, 아무 일에도 너무 집착하거나 지나치게 심각할 필요가 전혀 없으리라. 다만 내가 만나 접촉하게 되는 모든 사물과 사람을 통해 만인과 만물을, 아니 나 자신을 가슴 저리고 아프게 죽도록 미치도록 사랑할 뿐이어라. 이것이 바로 우리 모두가 각자는 각자 대로 살아 숨 쉬는, 의미도 있고 재미도 있는 삶의, 아니 우주의 책을 쓰고 읽는 것이 되리라.

모든 사람과 사물에서
최선의 가능성을 찾아보리

네이버 사전엔 냉소주의의 뜻이 이렇게 정의되어 있다.

"인간이 인위적으로 정한 사회의 관습, 전통, 도덕, 법률, 제도 따위를 부정하고, 인간의 본성에 따라 자연스럽게 생활할 것을 주장하는 태도나 사상이지만, 비관적 태도가 지나쳐 허무주의에 빠지는 것은 바람직하지 않다."

이를 다시 좀 풀이해보자면 또 이렇게 말할 수도 있지 않을까.

2016년 5월호 미국의 지성 월간지 하퍼스HARPERS 권두사卷頭辭 '안락의자Easy Chair'의 '매우 냉소적인 사람들의 습성The Habits of Highly Cynical People'에서 필자인 미국 작가 레베카 솔닛Rebecca Solnit, 1961 - 은 지적한다.

"단순하고 순진한 냉소주의자들은 어떤 상황에서나 사태의 복합성은 물론 모든 가능성을 묵살하고 부정해버린다. Naïve cynics shoot down possibilities, including the possibility of the full complexity of any situation."

그러나 변화와 불확실성을 수용하려면 사고의 융통성이 필요하다고 필자는 역설한다.

"이 융통성이란 좀 더 느슨한 자아의식으로 사태에 다양하게 적응할 수 있는 능력이다. 어쩜 그래서 고정관념에 사로잡혀 있는 사람들은 한정된 성공을 불안해하는지 모르겠다. 실패로 다시 돌아가는 게 일종의 방어기제가 되고 있다. 지상의 삶이 제공하는 언제나 불완전하면서도 중요한 승리를 궁극적으로 외면하려는 기술이다. 그 정도와 차이를 불문하고 모든 사물을 이쪽 아니면 저쪽, 한통속으로 몰아 넣어버리는 버릇 말이다. Accommodating change and uncertainty requires a looser sense of self, an ability to respond in various ways. This is perhaps why qualified success unsettles those who are locked into fixed positions. The shift back to failure is a defensive measure. It is, in the end, a technique for turning away from the always imperfect, often important victories that life on earth provides-and for lumping things together regardless of scale."

그러면서 필자는 그 대안도 제시하고 있다.

"단적인 냉소주의의 대안은 무엇인가. 벌어지는 사태에 대한 수동적이 아니고 능동적인 대응책이란, 어떤 일이 일어날지 사전에 알 수 없다는 사실을 인정하는 것이고, 어떤 일이 생기든 대개는 축복과 저주의 혼합임을 받아들이는 태도이다. 단적인 냉소주의는 세상보다 냉소주의 그 자체를 더 사랑하면서 세상 대신 스스로를 변호하고 두둔한다. 나는 어떤 주의나 사상보다 세상을 더 사랑하는 사람들에게 흥미를 느끼고 관심을 갖게 되며 날이 면 날마다 소재에 따라 변하는, 이들이 하는 말을 경청하게 된다. 왜냐하면 우리의 행동이란 우리가 뭘 할 수 있다는 믿음에서부터 시작하기 때문이다. 그리고 이런 행동이란 가능성에 개방적이고 복합성에 자극되는 데서 비롯하는 까닭에서다. What is the alternative to naïve cynicism? An active response to what arises, a recognition that we often don't know what is going to happen ahead of time, and an acceptance that whatever takes place will usually be a mixture of blessings and curses. Naïve cynicism loves itself more than the world; it defends itself in lieu of the world. I'm interested in the people who love the world more, in what they have to tell us, which varies from day to day, subject to subject. Because what we do begins with what we believe we can do. It begins with being open to the possibilities and interested in the complexities."

이 논지를 내가 단 한마디로 요약해본다면 '인간만사와 세상만사엔 언제나 양면이 있음을 잊지 말자.'는 얘기인 것 같다. 이를 세계 각국에서 모여든 인종과 문화의 종합세트 같은 나라 미국의 정치와 경제, 특히 지난해 대선 공화와 민주 양당의 후보 도널드 트럼프와 조 바이든을 통해 한 번 살펴보도록 하자. 올해 민주당 후보인 조 바이든이 거의 무색무취無色無臭인 반면 도널드 트럼프는 좀 지나칠 정도로 유색유취라 한다면, 이번 민주당 대선 주자인 조 바이든보다 지난번 민주당 대선 후보였던 힐러리 클린턴을 대비시켜 보자.

막가파식 거친 막말을 거침없이 해대는 트럼프와 논리 정연하게 이지적으로 세련된 클린턴은 정 반대 극과 극의 대조적인 것처럼 보였지만, 겉으로 보이는 외양처럼 그 실체도 실제로 그런 것이었을까. 클린턴을 '위선자'라 한다면 트럼프를 '위악자'라 부를 수도 있지 않았을까. 2008년 대선 때 오바마의 선거 참모로 활약한 데이빗 액셀로드David Axelrod, 1955 - 는 얼마 전 한 인터뷰에서 트럼프를 '늑대 탈을 쓴 양a sheep in wolf's clothing'이라고 지칭했다. 트럼프 자신도 언론인들에게 사석에서 실토했다고 한다. 투표할 유권자와 대중매체의 주의와 관심을 끌기 위해 과장해서 하는 자신의 말을 너무 곧이곧대로 액면 그대로 받아들이지 말라며, 자신이 뜻하거나 의미하지 않으면서 마구 지껄이는 말들은 그냥 '쇼'로 봐 달라고 했다지 않나. 그리고 1%가 99%를 착취한다고 버니 샌더스가 지난번에 이어 이번에도 대선 예비 선거 운동 기간 입에 거품을 물고 성토했지만, 마이크로소프트의 빌 게이츠와 페이스북의 마크 저크버그 등 많은 기업인들이 창출한 기업이윤 대부분을 자선사업으로 사회에 환원하고 있지 않은가.

몇 년 전 보도된 또 한 예를 들어보자. 경영진과 직원들의 지나친 임금 격차 문제가 전 세계적으로 논란 이 되는 가운데, 미국의 유명한 요거트 브랜드인 '초바니Chobani' 회장이 2016년 4월 26일 직원들에 대한 보상 강화 차원에서 회사 지분의 10%를 전 직원에게 약속했다고 뉴욕타임스 등 주요 언론들은 회사 성장의 결실을 직원들과 나누는 대표적인 사례라고 소개했다. 주인공은 그리스식 요거트, 일명 '그릭 요거트Greek Yogurt'로 억만장자가 된 함디 울루카야Hamdi Ulukaya, 1972 - 회장으로 터키 이민자 출신인 그는 2005년 초바니를 만들었으며 이 회사의 가치는 (2016년 기준) 적게는 30억 달러에서 많게는 70억 달러로 추산되었었다. 울루카야는 "회사가 크게 성장할 수 있었던 것은 열심히 일한 2,000여 명의 직원이 있었기 때문이며 이제 직원 스스로 각자의 미래를 만들어가게 됐다."고 말했다. 그는 발표 뒤 직접 주식이 담긴 봉투를 직원들에게 나눠줬다. 회사 가치를 최소치인 30억 달러라고 해도 직원들이 평균 15만 달러어치의 주식을 받게 된 것이다. 장기 근속자는 100만 달러가 넘어 곧바로 백만장자 대열에 들어서게 됐다. 당시 뉴욕타임스는 2015년 미국의 전자결제 업체인 그래비티 페이먼츠Gravity Payments가 직원들의 최소 연봉을 이 회사 최고 경영자(C.E.O.)와 같은 7만 달러로 책정한 것과 마찬가지로 초바니의 주식 분배도 기업 이익을 직원들에게 적극적으로 환원하는 조치라고 평가했다. 그러니 냉소주의자가 되느니 우리 모든 사람과 사물에서 최선의 가능성을 찾아보리라.

나도 즐겨 시청하는 MBC 예능프로그램 '일밤-복면가왕'에서 18주 동안 9연승을 올리면서 수많은 명곡을 '레전드 무대'로 만들어 시청자들과 팬들에게 진한 감동과 여운을 남기고 151일 만에 가면을 벗은 '우리 동네 음악대장' 하현후(국가스텐)가 10연승을 달성하지 못한 것을 본인 자신을 위해 천만다행이라고 나는 생각했다. 미완의 여백과 여운을 남겨서… 특히 그가 부른 신해철(1968-2014)의 노래 'Lazenca, Save Us'와 '일상으로의 초대', '민물장어의 꿈' 3곡이 지난 2016년 6월 5일 '복면가왕' 방송 이후 음원으로 출시되었다. 신해철 부인인 윤원희 씨는 "음악대장의 인상적인 무대에 감동했고, 그의 복면가왕 무대 덕분에 시청자가 남편의 작품을 다시 한번 접하게 된 것 같아 좋았다."며 음원 출시 소감을 밝혔다. 가수 신해철의 사망 사고가 의료

과실이었다고 이 사건을 수사한 경찰이 그 당시 결론 내렸다지만, 어떻든 죽음이란 블랙홀에 빠져들어 간 고인의 노래가 되살아난 게 아닌가.

"하나의 검은 구멍에 털 한 오라기도 없다." 이는 미국의 저명한 물리학자로 'black hole'이란 천문학 용어를 일반에게 널리 소개한 존 아치볼드 휠러 John Archibald Wheeler 1911-2008의 말이다. 이 'black hole'이란 과학이 마술 부리듯 조작해낸 가장 가공할 악마 같은 존재로 물리학자, 특히 천체물리학자들이 평생토록 붙들고 씨름하듯 싸워온 괴물 중의 괴물이다. 밀도 끝도 없이 깊고 밀도가 치밀해 이 우주의 함정에 한 번 빠지면 빛이든 생각이든 아무것도 빠져나올 수 없다는 것이 오랫동안 정설이 되어왔었다. 그러나 꼭 그렇지 않을 수도 있다는 이론이 몇 년 전 제기되었다. 2016년 6월 6일자 '물리학 평론지Physical Review Letters에 발표한 논문에서 영국의 천체물리학자 스티븐 호킹Stephen Hawking 1942-2018과 그의 두 동료 천체물리학자인 미국 하버드 대학의 앤드루 스트로밍거Andrew Stronminger, 1955 - 그리고 영국 케임브리지 대학의 맬컴 페리Malcom J. Perry, 1951 - 는 이 'black hole'에서 빠져나올 수 있는 단서를 찾았다고 주장했다. 이와 관련해 가진 인터뷰에서 하는 호킹 박사의 말을 좀 들어보자.

"우리가 누구인지는 과거가 말해준다. 과거가 없다면 우리의 정체성을 잃게 된다. 무엇이 우리 인간을 인간답게 하는가? 중력은 우리를 땅에 붙잡아 두나 난 비행기를 타고 여기 뉴욕까지 왔다. 난 내 목소리를 잃었지만 목소리 인조 합성 재생기 하나로 말할 수가 있다. 이런 한계를 우리가 어떻게 초월할 수 있을까? 우리 정신과 기계로 가능하다. It's the past that tells us who we are. Without it we lose our identity. What makes human unique? Gravity keeps us down, but I flew here on an airplane. I lost my voice, but I can speak through a voice synthesizer. How do we tran-scend these limits? With our minds and our machines."

옳거니, 비록 우리 모두 각자가 조만간 앞서거니 뒤서거니 사고사事故死든 자연사自然死든 죽음이란 'black hole'에 빠져 아무런 흔적도 남기지 않고 사라질 것 같지만 꼭 그렇지가 않은 것이리라. 자식이란 육체적인 씨가 되었든 아니면 사상이란 정신적인 씨가 되었든 또는 음악과 글과 그림이란 예술적 씨가 되었든 'big bang'으로 'black holes'에 뿌려진 씨가 제각기 소우주micro-cosmos로 열매 맺어 이 모든 소우주들이 대우주macro-cosmos 코스모스바다The Sea of Cosmos를 이루게 되는 것이리라. 그러니 우린 모두 하나같이 하늘과 땅이, 음陰과 양陽이, 하나로 합일해서 피어난 코스모스로 하늘하늘 하늘에서 노래하는 '복면가왕'의 '음악대장'이어라.

1970년대 젊은 시절 읽고 기억에 남는 글 하나가 있다. 한국어로도 번역 소개되어 잘 알려진 버트란드 러셀Bertrand Russell 1872-1970의 자서전 서문 "뭘 위해 내가 살아왔나 What I Have Lived For"에 나오는 말이다.

"세 가지 단순하나 압도적으로 강렬한 열정이 내 삶을 지배해 왔다. 사랑과 지식과 인류가 겪는 고통에 대한 견디기 힘든 연민의 정이다. Three passions, simple but overwhelmingly strong, have governed my life: the longing for love, the search for knowledge, and unbearable pity for the suffering of mankind."

여기서 그가 말하는 사랑은 남녀 간의 사랑이고, 지식이란 진리 탐구이며, 연민이란 인류애를 뜻한다. 이는 우리 모두의 가장 중요한 일 아닌가. 관심 있는 독자들을 위해 그 영문 서문 전문을 인용해보리라.

"Three passions, simple but overwhelmingly strong, have governed my life: the longing for love, the search for knowledge, and unbearable pity for the suffering of man-kind. These passions, like great winds, have blown me hither and thither, in a wayward course, over a great ocean of anguish, reaching to the very verge of despair.

I have sought love, first, because it brings ecstasy-ecstasy so great that I would often have sacrificed all the rest of life for a few hours of this joy. I have sought it, next, because it relieves loneliness-that terrible loneliness in which one

shivering consciousness looks over the rim of the world into the cold unfathomable lifeless abyss. I have sought it final-ly, because in the union of love I have seen, in a mystic miniature, the prefiguring vision of the heaven that saints and poets have imagined. This is what I sought, and though it might seem too good for human life, this is what-at last-I have found.

With equal passion I have sought knowledge. I have wished to understand the hearts of men. I have wished to know why the stars shine. And I have tried to apprehend the Pythagorean power by which number holds sway above the flux. A little of this, but not much, I have achieved.

Love and knowledge, so far as they were possible, led upward toward the heavens. But always pity brought me back to earth. Echoes of cries of pain reverberate in my heart. Children in famine, victims tortured by oppressors, helpless old people a burden to their sons, and the whole world of loneliness, poverty, and pain make a mockery of what human life should be. I long to alleviate this evil, but I cannot, and I too suffer.

This has been my life. I have found it worth living, and would gladly live it again if the chance were offered me."

그러니 생전에 그는 이런 말도 했으리라.

코스미안은 사랑의 화신이다

"그 어떤 신중함보다 참된 행복에 가장 치명적인 것은 어쩜 사랑에 신중함이다. Of all forms of caution, caution in love is perhaps the most fateful to true happiness."

우리 16대 미국 대통령 에이브러햄 링컨Abraham Lincoln 1809-1865이 남녀 간의 사랑에 대해 한 말을 음미해보자.

"어떤 여인이 나와 운명을 같이 하기로 결정한다면, 나는 전력을 다해 그 여인을 행복하고 만족하게 해주리라. 이렇게 하는데 실패한다면 이보다 더 날 비참하게 하는 일은 없으리라. Whatever woman may cast her lot with mine, should any ever do so, it is my intention to do all in my power to make her happy and contended; and there is nothing I can imagine that would make me more unhappy than to fail in the effort."

우리 김구金九 1876-1949 선생님의 말씀도 되새겨보리라.

대붕역풍비 생어역수영大鵬逆風飛 生魚逆水泳

"커다란 새는 바람을 거슬러 날고, 살아있는 물고기는 물을 거슬러 헤엄친다. 사랑의 문화와 평화의 문화로 우리 스스로 잘 살고 더불어 인류 전체가 의좋고 즐겁게 살도록 하자. 네 인생의 발전을 원하거든 너 자신의 과거를 엄하게 스스로 비판하고, 한마음 한뜻으로 덕을 쌓고 네 앞날을 개척할지어다. 마음속의 3.8선이 무너져야 땅 위의 3.8선도 무너질 수 있다. 인류 전체로 보면 현재의 자연과학만으로도 충분히 편안하게 살아갈 수 있다. 인류가 불행해지는 근본 이유는 인의가 부족 하고, 자비가 부족하며, 사랑이 부족한 까닭이다. 개인의 자유를 주창하되, 그것은 저 짐승들과 마찬가지로 저마다 자기의 배를 채우기에 급급한 그런 자유가 아니라, 제 가족을 제 이웃을 제 국민을 잘살게 하는 자유이어야 한다. 또한 공원의 꽃을 꺾는 자유가 아니라, 공원에 꽃을 심는 자유이어야 한다. 우리가 남의 것을 빼앗거나 남의 덕을 입으려는 사람이 아니라 가족에게, 이웃에게, 동포에게 나눠주는 것으로 보람을 삼는 사람들이다. 이른바 선비요, 점잖은 사람들인 것이다. 사랑하는 처자를 가진 가장은 부지런할 수밖에 없다. 한없이 주기 위함이다. 힘든 일은 내가 앞서 행하니 그것은 사랑하는 동포를 아낌이요, 즐거운 것은 남에게 권하니 이는 사랑하는 자가 잘되길 바라기 때문이다. 우리 조상이 추구했던 인후지덕仁厚之德이란 그런 것이다."

앞에 인용한 러셀의 '뭘 위해 내가 살아왔나'를 우리 모두 스스로에게 물어볼 일 아닌가. 우린 모두 하나같이 사랑의 구도자라면 말이어라. 러셀도 링컨도 김구도 지구별에 앞서 다녀간 코스미안들로서 뒤에 오는 모든 코스미안들의 사표師表가 되었어라.

꿀벌같이 살아볼거나

영국의 진화생물학자 리처드 도킨스Richard Dawkins, 1941 - 는 어머니 자궁에서 아빠의 정자와 엄마의 난자가 만나 잉태되는 확률이 아라비아 사막에 있는 모래알 숫자보다 많은 수 가운데 하나라고 했다. 이런 확률은 더 낮아진다. 왜냐하면, 복권 당첨이란 우리가 임신하기 전부터 시작되기 때문이다. 하늘의 별처럼 수많은 사람 중에 우리 부모가 될 남녀가 만나야 하고 이 두 사람의 성적性的 관계를 통해 불가사의하게도 내가 수정受精 수태受胎된 까닭에서다.

어디 그뿐이랴. 상상을 절絶하는 태곳적에 크게 한탕 치는 빅뱅Big Bang을 통해 우주의 원초적 정자들이 검은 구멍 '블랙홀Black Holes'에 몰입해 수많은 별들이 탄생했을 터이고, 부지기수의 별들 가운데 하나인 이 지구라는 아주 작은 별에 생긴 무수한 생물과 무생물 중에서 당첨되는 이 복권이야말로 더할 수 없는 '행운의 여신Dame Fortune'의 은총, 우리 말로는 삼신할머니의 점지란 축복이 아니라면 무엇이겠는가.

앨버트 아인슈타인Albert Einstein 1979-1955은 "신神이 세상과 주사위 놀이를 한다. God plays dice with the world."고 믿고 싶지 않았다지만, 신 또는 신적인 존재가 관여했든 안 했든 간에 천문학적으로 기적 이상의 복권 당첨으로 일단 인간으로, 그것도 우리 부모가 즐겁게 나눈 사랑이란 무지개를 타고 이 지구별에 태어난 우리 모든 코스미안들은 이 지상에 머무는 동안 만큼은 이 '행운의 주사위 놀이'를 해봄 직하지 않은가. 가능한 한 고생苦生이 아닌 낙생樂生을 해보자는 말이다.

내 동료 법정 통역관 중에 로물로Romulo라는 아주 젊고 남성미 철철 넘치는 스패니쉬가 있다. 나와 스스럼없이 성적 농담도 즐겨 나누는 친한 사이다. 내가 이 친구에게 붙여준 별명이 '제비 왕자Prince Gigolo'이다. 이 친구는 얼굴에 시커멓게 난 수염도 안 깎는다. 자기는 공화당원Republican이 아니고 민주당원 Democrat이라면서 씨익 웃는다. 우리 둘 사이에서는 이 두 단어가 정치적이 아니고 성적으로 쓰인다. 빌 클린턴처럼 여성으로부터 오럴 서비스를 받기만 좋아하면 공화당원이고 주는 걸 더 좋아하면 민주당원이다. 이런 관점에서 볼 때 트럼프는 물론이겠지만 지난번 민주당 대선 후보였던 힐러리 클린턴도 공화당원이었으리라. 만일 그렇지 않고 그녀가 열성 민주당원이었었더라면 빌 클린턴과 모니카 르윈스키의 스캔들도 없지 않았었을까.

얼마 전부터 미국에선 '슈거 대디Sugar Daddy'와 '슈거 마미Sugar Mummy'란 말들이 대유행이다. 부부나 애인 또는 사랑하는 자녀에게 흔히 달콤한 꿀단지 같다고 '허니Honey'라는 애칭을 쓰듯이, 당뇨병과 비만증 등을 유발해 건강에 해로운 설탕Sugar보다는 '허니 대디, 허니 마미, 허니 베이비Honey Daddy, Honey Mummy, Honey Baby'라 하는 게 더 좋지 않을까. 얼마 전 주요 일간지에 AP통신 기획 기사가 기재되었다. 대학 등록금이 매년 치솟자 돈 많은 아버지뻘 남자Sugar Daddy와 원조 교제를 통해 학비를 해결하는 여대생이 크게 늘어나고 있다는 얘기였다. '슈거 베이비Sugar Baby'로 불리는 여대생들을 '슈거 대디Sugar Daddy'와 연결해주는 SeekingArrangement.com 등의 웹사이트도 성업 중이란다.

지난해 미국 대학졸업생들은 1인당 평균 5만 달러, 대학원 졸업생들은 10만 달러, 법대나 의과대학 졸업생들은 몇십만 달러의 학자금 빚을 지고 있다. 이런저런 장학금과 융자금으로 겨우 등록금을 해결한 다음에도 기숙사나 아파트 월세와 용돈을 벌기 위해 변변치 않은 보수의 아르바이트를 할 수밖에 없는 여대생들이 찾는 편리한 대안이 바로 '슈거 대디'라고 청순미와 지성미를 갖춘 슈거 베이비들이 아버지뻘 슈거 대디의 비즈니스 여행에 동반하기도 하면서 낮엔 비서로, 밤엔 연인으로 섹스 서비스를 제공하는 대가로 받는 월평균 용돈 수입이 수천 달러인데, 한 슈거 대디는 지난 2년간 3명의 슈거 베이비들과 사귀면서 수십만 달러를 썼다고 한다.

전문 웹사이트 SeekingArrangement.com은 2010년 7만 9천 4백여 명이었던 등록자 수가 그 후로 매년 수백만 명으로 늘어났고, 이들 중 약 3분의 1이 여대생이며, 매일 수천 명이 등록하지만, 등록금 납부시즌인 8월과 1월엔 등록자가 평소의 몇 배로 폭증한다고 한다. 미국의 슈거 베이비들은 성인이므로 법적제재 대상도 아니라서 앞으로 계속 증가할 전망이라고, 특히 요즘처럼 코로나 사태로 대학졸업생들이 일자리를 찾기가 하늘의 별 따기만큼 어려워진 상황과 처지에선 수많은 젊은이들에게는 거의 유일한 생존전략이 될 수밖에 없지 않을까. 그뿐만 아니라 남녀평등사회를 지향해서인지, 슈거 대디와 맞먹는 슈거 마미도 증가추세라고 한다. 사회적으로 성공한 재력 있는 커리어 여성들이 아들뻘 되는 젊은 남성을 슈거 베이비로 삼는데, 이런 청년들은 한국의 제비족처럼 꼭 남자 대학생이 아닐 수도 있단다. 내가 새파랗게 한창 젊었을 때 내 주위에도 이런 친구가 하나 있었는데 실은 나도 내심 이 친구를 많이 부러워하기만 했었다.

"모든 전문 직종의 직업인들이란 일반 대중을 등쳐먹는 음모의 공범자들이다. All professions are conspiracies against the laity."

이렇게 일찍이 아이리쉬 극작가 조지 버나드 쇼George Bernard Shaw 1856-1950는 갈파했다. 이는 극히 자연스럽고 상식적인 진실을 외면한 채 괜히 어렵고 복잡하게 점잔을 빼며 이러쿵저러쿵 공연한 말로서 유식하게 말 팔아먹는 전문가들을 풍자한 것이었으리라. 너 나 할 거 없이 우린 모두 뭣인가를 팔아먹고 산다. 육체노동이든 정신노동이든 감정노동이든 노동을 파는 자가 노동자라면, 우린 모두 하나같이 노동자일 뿐이다. 그런데도 그 알량한 지식을 파는 사람을 학자다, 선무당 같은 의료기술이나 법률기교를 부리는 사람을 의사다 법관이다 변호사다 하면서 높으신 양반들로 떠받든다.

어디 그뿐인가. 사람 노릇도 제대로 못 하면서 신神의 이름과 권위를 빙자해 빈말로 기도 팔아먹고 살면서 사람 이상이라도 된 듯 '성직자聖職者'로 행세하는 서커스와 쇼가 있지 않은가. 우리 깊이 좀 생각해 보면 구체적인 몸을 파는 게 추상적인 정신을 파는 것보다 더 정직하고 실질적이 아닌가. 더군다나 추상적인 정신보다 더 막연한 가공의 예술을 판다는 건 그 더욱 구름잡이가 아닐까. 같은 몸을 팔더라도 인명을 살상하는 전쟁과 폭력의 용병이 되기보단 나부터 즐겁고 동시에 너도 즐겁게 해주는 성性노동이 억만 배 낫지 않겠는가 말이다.

이렇듯 정치적으로, 법적으로, 사회적으로, 학문적으로, 예술적으로 또는 종교적으로 오리무중五里霧中의 독선 독단적 정신과 영혼을 파는 거창한 형이상학적인 구두선口頭禪의 남창들과 창녀들보다는 차라리 형이하학적으로 솔직하게 몸을 파는 것이 훨씬 더 자연스럽고 인간적이 아닐까.

내가 조숙했던 것일까. 사춘기 때 벌써 사추기思秋期를 맞았었는지 그 당시 지어 불렀었던 가을 노래를 70여 년이 지나 이제 새삼스럽게 읊조려 본다. 돌이켜 보면 어쩜 사춘기 이후로 나는 언제나 가을을 타는 '가을살이'를 해왔는지도 모르겠다.

가을 노래

낙엽이 진다
타향살이 나그네 가슴 속에
낙엽이 진다
그리움에 사무쳐
시퍼렇게 멍든 내 가슴 속에
노랗게 빨갛게 물든 생각들이
으스스 소슬바람에 하염없이
우수수 흩날려 떨어지고 있다

왕자도 거지도 공주도 갈보도
내 부모형제와 그리운 벗들도
앞서거니 뒤서거니 하나둘 모두
삶의 나무에서 숨지어 떨어지고 있다
머지않아 나도 이 세상천지에서
내 마지막 숨을 쉬고 거두겠지
그러기 전에 내 마음의 고향 찾아가
영원한 나의 님 품속에 안기리라.
엄마 품에 안겨 고이 잠드는 아기같이
꿈꾸던 잠에서 깨어날 때
꿈에서 깨어나듯

꿈꾸던 삶에서 깨어날 때
삶의 꿈에서도 깨어나
삶이 정말 또 하나의 꿈이었음을
비로소 깨달아 알게 되겠지

그렇다면
살아 숨 쉬며
꿈꾸는 동안
새처럼 노래 불러
산천초목의
춤바람이라도
일으켜볼까

정녕 그렇다면
자나 깨나
꿈꾸는 동안
개구리처럼 울어
세상에 보기 싫고
더러운 것들 죄다
하늘의 눈물로
깨끗이 씻어볼까
정녕코 그렇다면

숨 쉬듯 꿈꾸며
도道 닦는 동안
달팽이처럼 한 치 두 치
하늘의 높이와 땅의 크기를
헤아려 재어볼까

아니면
소라처럼
삶이 출렁이는
바닷소리에
귀 기울여볼까

아니야
그도 저도 말고
차라리 벌처럼
갖가지 아름다운
꽃들 찾아다니며
사랑의 꿀을 모으리라
그러면서
꿀 같이 단꿈을
꾸어 보리라

Autumn Song

Autumn leaves are falling

I've been traveling far away from home.
Autumn leaves tinted in yellow and red

Are falling in my pining heart
Bruised black and blue.

Prince and pauper,
Princess and harlot,
Father and mother,
Brothers and sisters,
Friends and neighbors,
All are falling one by one
From the tree branches of life.

Soon it'll be my turn to fall.
Before then I've got to go home
To fall fast asleep like a baby
Deep in peace in the bosom of Mother Earth.

As I realize it was only a dream
When I wake up in the morning,
I'll be realizing life too was but a dream,
When I wake up from life, dreaming.

If so, while breathing and dreaming,
Shall I sing like a bird to raise a wind
To dance with trees and grasses of
The mountains and streams of the valleys?

If so, while breathing and dreaming,
Shall I croak like a frog for rain
To cleanse the earth of all the dirty and ugly things

With the teardrops of the heaven?

If so, while breathing and dreaming,
Shall I stretch out stalks like a snail
To measure up inch by inch the height of
The sky and the size of the earth?

Or shall I listen to the song of
The waves like a conch shell?

Nah, like a bee,
I'd rather call on
The beautiful flowers
And dream sweet dreams,
Collecting the honey of love.

이렇게 하니 비Honey Bee같이 고생 아닌 낙생의 삶을 우리 모두 살아볼거나!

"나는 초대장 없이 이 지구에 와서 가슴 뛰는 대로 살았다. 순간순간마다 사랑에 취해 살았다. 살아 숨 쉬는 매 순간이 기적이었다. 부질없는 신의 영원보다 위대한 인간의 한순간이 기적이라고 믿으며 살았다. 인생은 절대 진지하지 않다. 비밀스럽고 신비해서 감탄스럽다. 만일 죽음이 나를 찾아오면 나는 춤을 추면서 맞이할 것이다. 나를 행복하게 했던 한 줄기 바람, 쏟아지는 햇살, 아이들의 웃음소리, 풍뎅이의 바스락거림, 별들의 노래를 기억하면서… 그녀들을 만나러 왔지만 나는 그녀들이 어디 있는지 모른다. 그대가 내게 그녀들이 있냐고 묻는다면 나는 있다고 말할 수 없다. 다시, 그대가 내게 그녀들은 없냐고 묻는다면 나는 없다고 말할 수 없다. 그녀들은 있기도 하고 없기도 하다. 그녀들은 전체이면서 하나이다. 그대도 알고 있지 않은가 침묵은 시간이 지나가면서 내는 소리라는 것을, 그녀들은 시간 안에서도 시간 밖에서도 침묵으로 흐르고 있을지 모른다. 그러니 그대들이여 나에게 그녀들을 묻지 마라. 그녀들은 무지개를 올라탄 코스미안들이다. 여기 지금, 이 순간 살아있는 그대들이 바로 코스미안이기 때문이다. I came here on earth uninvited and lived as my heart beat, always drunk on love. Every breath I breathed was a miracle, believing that one human moment was much more worthwhile than the divine eternity meaningless to mortals. Life is not so serious, and yet full of mystery and wonder. I was so happy with a whiff of wind, a ray of sunshine, a child's laughter, and everything of the world as anything was better than nothing. I came to meet the ladies, but I didn't know where they were. If you ask me if they exist, I cannot say they do. If you ask me if they don't exist, I cannot say they don't. They are the whole as one. You know that silence is the sound of time passing. Don't you? They may be passing in silence, in and out of time. So please don't ask me about the ladies. They are Cosmians Arainbow. For all of you, living here and now, are very Cosmians. Thus. as a Cosmian myself, my cosmic journey is open-ended."

Excerpted from 'Cosmian' (p. 127) by Lee Tae-Sang published by AUSTIN MACAULEY PUBLISHERS, London-Cambridge-New York-Sharjah, 2019

언제나 기적 이상의 일이 일어나리

"나도 숨을 쉴 수 없다. I too cannot breathe." 최근 미국에서 백인 경찰의 과잉 단속 과정에서 사망한 흑인 조지 플로이드George Floyd 사건에 대한 항의 시위가 전 세계로 번지고 있다. 최근에 영국 런던 중심가에 수천 명이 결집해 미국 시위대에 지지를 보냈다고 AP 통신이 보도했다. 독일, 덴마크, 스위스, 뉴질랜드 등 여러 나라에서도 미 대사관 앞 시위대가 몰렸다는 뉴스다.

2020년 6월 2일자 뉴욕타임스에는 '조지 플로이드에게 바치는 헌사獻詞獻辭'로 마틴 루터 킹 주니어Martin Luther King Jr. 1929-1968의 다음과 같은 말이 전면광고로 게재되었다.

"Only way we can really achieve freedom is to somehow hunker the fear of death. But if a man has not discovered something that he will die for, he isn't fit to live. Deep down in our nonviolent creed is the conviction-that there are some things so dear, some things so precious, some things so eternally true, that they're worth dying for.

And if a man happens to be 36 years-old, as I happen to be, some great truth stands before the door of his life-some great opportunity to stand for that which is right and that which is just. And he refuses to stand up because he wants to live a little longer, and he's afraid his home will get bombed, or he's afraid that he will lose his job, or he' s afraid that he will get shot, or beat down by state troopers. He may go to live on until he's 80. He's just as dead at 36 as he would be at 80. And the cessation of breathing in his life is merely the belated announcement of an earlier death of the spirit. He died.

A man dies when he refuses to stand up for that which is right. A man dies when he refuses to stand up for justice. A man dies when he refuses to take a stand for that which is true.

So we're going to stand up amid horses. We're going to stand up right here, amid the billy-clubs. We're going to stand up right here amid police dogs, if they have them. We're going to stand up amid tear gas!

We're going to stand up amid anything they can muster up, letting the world know that we are determined to be free!"

이상의 인용문을 미국 건국 국부의 한 사람이었고 초대(1776-1779)와 제6대(1784-1786) 버지니아주 주지사를 지낸 패트릭 헨리Patric Henry 1736-1799가 1775년 행한 영국으로부터 미국의 독립을 쟁취하자는 연설문의 한 문장 "자유가 아니면 죽음을 달라! Give me liberty or give me death!"로 대체할 수 있으리라. 이는 동서고금을 통해 계속되는 이슈Issue가 아닌가. 좋든 싫든 적자생존適者生存과 약육강식弱肉强食의 인간세계뿐만 아니라 자연계에 상존하는 '정글의 법칙The Law of the Jungle'이 아닌가 말이다. 이를 내가 다른 말로 표현하자면 누구든 언제 어디에서나 최종 결과라 할까 가장 중요한 생존 법칙의 요점은 단 한 구절로 요약될 수 될 수 있으리라.

"가라앉지(익사하지) 않으려면 헤엄쳐라. Sink or Swim."
"내 탓이 아니고, 네 탓이지 Your fault, Not mine"

이솝우화에 나오는 이 이야기는 각자가 제 운명의 주인이라는 교훈을 주고 있다.

"한 나그네가 긴 여정에 지쳐 깊은 우물가에 쓰러졌다. 전해오는 얘기로, 그가 물에 빠지기 직전에 행운의 여신이 나타나 그를 잠에서 깨우면서 말하기를 안녕하세요, 선생님, 빌건대 정신 좀 차리고 일어나세요. 당신이 물에 빠져 죽으면 사람들은 내 탓이라며 내게 오명을 씌울 거예요. 사람들은 아무리 자신들의 어리석음으로 초래했더라도 모든 불행을 내 탓으로 돌린답니다. A traveler, wearied with a long journey, lay down over-come with fatigue on the very brink of a deep well. Being within an inch of falling into the water, Dame Fortune, it is said, appeared to him and, waking him from his slumber, thus addressed him: Good Day, sir, pray wake up; for had you fallen into the well, the blame will be thrown on me, and I shall get an ill name among mortals; for I find that men are sure to impute their calamities to me, however much by their own folly they have really brought them on them-selves."

미국의 유명 흑인 토크쇼 호스트, 배우, TV 제작자, 미디어 경영자로 자선 사업가인 오프라 윈프리Oprah Winfrey, 1954 - 의 아래와 같은 말도 유비무환有備無患의 교훈을 준다.

"내 인생에서 행운이란 없다. 아무것도 없다. 많은 은총과 많은 축복과 많은 신적神的인 디자인 설계가 있었을 뿐이나 나는 행운을 믿지 않는다. 나에게는 행운이란 준비상태로 기회의 순간을 포착하는 것이다. 기회의 순간을 맞을 준비 없이는 행운 이란 없다. 나로 말할 것 같으면 내 손, 그리고 또 하나의 손, 내 손보다 크고 내 힘보다 큰 힘이 있었기에 나 자신도 모르는 방식으로 내가 준비되어 왔다는 사실이다. 나와 모든 사람에게 이 진실은 우리 삶에 일어나는 모든 일 매사가 우리를 앞으로 닥칠 순간에 대비 시켜 준다는 거다. Nothing about my life is lucky. Nothing. A lot of grace, a lot of blessings, a lot of divine order, but I don't believe in luck. For me, luck is preparation meeting the moment of opportunity. There is no luck without you being prepared to handle that moment of opportunity. And so what I would say for myself is that because of my hand, and a hand and a force greater than my own, I have been prepared in ways I didn't even know I was being prepared for. The truth is, for me and for every person, every single thing that has ever happened in your life is preparing you for the moment that is to come."

자, 이제 지난 2016년 미국 대선 공화당 경선에서 거의 모든 사람의 예상외로 16명의 쟁쟁한 미국 공화당 정치인 경쟁자들을 따돌리고 최종 지명자가 됐을 뿐만 아니라 11월 본선에서도 또한 모든 사람들의 예상 밖으로 민주당의 막강한 힐러리 클린턴을 제치고 당선자가 된 도널드 트럼프의 다음과 같은 말도 좀 음미해보자.

"당신은 '행운이란 기회가 준비를 만날 때 찾아온다.'는 말을 들었을 것이다. 난 이 말에 동의한다. 누구는 운이 좋다고 마치 자신들은 그렇지 못하다는 걸 강조하듯이 사람들이 말하는 걸 자주 들었다. 내가 생각건대 사실은 불평하는 사람들이 운이 좋도록 노력하지 않는다는 거다. 당신의 운이 좋아지려면 큰일을 준비하시라. 그렇다. 영화를 보는 게 더 재미있겠지만 당신이 영화산업에 뛰어들 생각이 없다면 시간 낭비다. 당신의 재능을 개발하려면 노력이 필요하고, 노력이 행운을 가져온다. 성공에 대해 이런 마음가짐과 태도를 갖는 것이 당신의 보람 있는 인생코스를 밟는 지름길이다.

한동안 말들이 많았다. 좌절감이다 걱정거리다 하는 것들을 가슴 밖으로 발산해버리는 게 건강에 좋다고 어느 한도까진 그럴 수도 있겠지만 지나치면 곤란하다. 최근 글을 하나 읽었는데 아무런 대책 없이 불평만 하는 건 육체적으로나 정신적으로나 해롭다 는 거였다. 인터넷 시대가 도래해 블로그 등 각종 매체가 있어 사람들이 너무 많은 시간을 부정적인 데 소모하고 있는데, 불균형이 강조되고, 이런 부정적인 포커스는 상황을 호전시키지 못한다. 어떤 문제에 대한 해결책을 생각해 보기도 전에 그 문제에 빠져 허우적거리느라 진이 다 빠지지 않도록 할 일이다. 그러는 건 미친 짓이다. 긍정적이고 창의적으로 생각하고 관찰하기 위해서는 열정적인 정신력과 에너지가 있어야 한다. 부정적으로 되기는 쉽고 안일하다. 당신 정신력의 포커스를 적극적인 해결책에 맞추라. 그러면 이런 네 정신상태가 네 행운을 창조할 것이다. You may have heard the saying 'Luck is when opportunity meets preparedness.' I agree. I've often heard people talking about so-and-so is so lucky as if to emphasize that they themselves are not lucky. I think what's really happening is the complainers aren't working themselves into luck. If you want to be lucky, prepare for something big. Sure, it might be more fun to watch movies, but unless you're going into the film industry, it's not the best use of your time. Developing your talents requires work, and work creates luck. Having this attitude toward success is a great way to set your self on a rewarding course for your life.

There was a lot of talk for a while about venting your frustrations and anxieties and how it might be healthy to get them off your chest. To a point, yes, but to an exaggerated degree, no. I read an article recently about how complaining without doing anything about it is actually detrimental to physical and mental well-being. With the advent of blogging and all the other sorts of opinion-gushing venues available to everyone now, people are spending way too much time harping on negative themes. The emphasis is out of balance, and the negative focus doesn't help the situation. Don't dwell so much on a problem that you've exhausted yourself before you can even entertain a solution. It just doesn't make sense. It takes brainpower and energy to think positively and creatively-and to see creatively and positively.

Going negative is the easy way, the lazy way. Use your brain-power to focus on positives and solutions, and your own mind-set will help create your own luck."

이상과 같은 트럼프의 말은 미국의 발명왕 토머스 에디슨Thomas Edison 1847-1931의 말을 상기시킨다. "천재는 1%의 영감과 99%의 땀이다. Genius is one percent inspiration and ninety-nine percent perspiration." 동시에 미국의 신화종교학자 조셉 캠벨Joseph Campbell 1904-1987의 말이 떠오른다.

"아모르 파티amor fati란 니체의 사상이 있다. 직역하자면 네 운명을 사랑하라는 말이지만 실은 네 삶을 사랑하라는 말이다. 그의 말대로 네게 일어나는 단 한 가지 일이라도 부정하면 이에 얽힌 모든 일이 풀어져 허물어지게 된다. 그뿐만 아니라 동화 수용될 사정과 상황이 도전적이고 위협적일수록 너를 큰 사람으로 만들어 준다. 네가 용납하는 귀신은 네게 그의 마력을 넘겨주고, 삶의 고통이 클수록 그 보람도 큰 법이다. There is an important idea in Nietzsche of amor fati, the love of your fate, which is in fact your life. As he says, if you say no to a single factor in your life, you have un- raveled the whole thing. Furthermore, the more challenging or threatening the situation or context to be assimilated and affirmed, the greater the stature of the person who can achieve it. The demon that you can swallow gives its power, and the greater life's pain, the greater life's reply."

영어 속담에 "아침에 일찍 일어나는 새가 벌레를 잡는다. The early bird catches the worm."고 하지만 "일찍 일어나는 벌레는 잡아 먹힌다. The early worm gets eaten."는 사실도 명심할 일이다. 9·11사태 때 일찍 출근한 사람들은 죽고 늦은 사람들은 살지 않나. 독일 철학자 아르투어 쇼펜하우어Arthur Schopenhauer 1788-1860가 그의 '삶의 지혜에 대한 에세이들The Essays on the Wisdom of Life, 1851'에서 하는 말도 우리 좀 곱새겨보자.

"옛날 선인先人이 진실로 말하기를 세상에 세 가지 큰 세력이 있다. 슬기와 힘과 운인데 내 생각에는 그중에서 운의 영향력이 제일 크고 유효하다. 한 사람의 삶은 배를 타고 항해하는 것과 같아 운이란 바람에 따라 배가 빨리 가기도 하고 길을 잃기도 한다. 사람이 할 수 있는 일이란 별로 없다. 열심히 계속해서 노를 저으면 항해에 도움이 되겠지만 갑자기 돌풍이라도 불게 되면 노를 젓기는 헛수고가 된다. 그러나 순풍을 만나게 되면 노를 저을 필요도 없이 순항하게 된다. 운의 위력이 스페인의 한 속담에 잘 표현되어 있다. '네 아들에게 행운을 주고 바닷물에 던져버려라.' 하지만 일컫노니 이 우연이란 고약한 놈이라서 믿을 게 못 된다. 그래도 우리에게 빚진 것도 없고 또 우리가 받을 권리나 자격은 없지만 어디까지나 일방적으로 선심과 은총에서 주는 선물로 주겠다면 이런 은혜를 찬스 말고 그 누가 우리에게 우연히 베풀 수 있겠는가? 다만 우리는 언제나 겸허히 기쁘게 이를 받을 희망을 품을 뿐이다. 누구나 시행착오의 미로를 통해 한평생을 살아온 삶을 돌이켜 보면 지나치게 부당한 자책을 하기보단 여러 시점에서 행운을 놓치고 불행을 맞은 사실을 발견하게 된다. 왜냐 할 것 같으면 한 사람의 인생살이가 전적으로 자신의 소관 사항이 아닌 두 가지 요인의 산물인 까닭에서다. 일어난 일련의 사태와 이를 어떻게 자신이 처리해왔는가로 이 둘이 항상 상호작용하면서 서로를 수정해왔기 때문이다. An ancient writer says, very truly, that there are three great powers in the world: sagacity, strength, and luck. I think the last is the most efficacious. A man's life is like the voyage of a ship, where luck acts the part of the wind and speeds the vessel on its way or drives it far out of its course. All that the man can do for himself is of little avail; like rudder, which if worked hard and continuously may help in the navigation of the ship; and yet all may be lost again by a sudden squall. But if the wind is only in the right quarter, the ship will sail on so as not to need any steering. The power of luck is nowhere better expressed than in a certain Spanish proverb: 'Give your son luck and throw him into the sea.' Still, chance, it may be said, is a malignant power, and as little as possible should be left to its agency. And yet where is there any giver who, in dispensing gifts, tells us quite clearly that we have no right to them, and that we owe them not to any merit on our part, but wholly to the goodness and grace of the giver-at the same time allowing us to cherish the joyful hope of receiving, in all humility, further undeserved gifts from the same hands-where is there any giver like that, unless it be Chance, who under-stands the kingly art of showing the recipient that all merit is powerless and unavailing against the royal grace and favor? On looking back over the course of his life-that labyrinthine way of error-a man must see many points where luck failed him and misfortune came; and than it is easy to carry self-reproach to an unjust excess. For the course of a man's life is in no way entirely of his own making; it is the product of two factors-the series of things that happened, and his own resolves in regard to them, and these two are constantly interacting upon and modifying each other."

이상의 말을 한 구절로 줄인다면 '운에 맡기기 trusting the luck'가 될 테고, 우리말로는 진인사대천명盡人事待天命이 되리라. 하지만 우리가 시도하고 도모하는 일이 성사되든 안 되든, 그 결과가 어떻든 상관없이 모두가 다 남는 장사가 아니겠는가? 우리 생각 좀 해보면 이 얼마나 기막힐 기적 이상의 행운인가! 우리가 이 세상에 태어나 삶을 살아본다는 것은 축복 중의 축복이 아니랴. 우리 각자 두뇌 속에 하늘의 수많은 별들만큼의 신경 세포인 '뉴론들neurons'이 있다고 하지 않는가. 우리 모두 우주 나그네 코스미안들로서 이 지구별을 방문하지 않았더라면 이 아름답고 경이로운 곳에 머무는 동안 해보지 못했을 일들도 하늘의 별만큼 많지 않은가 말이어라.

기어도 보고, 걸어도 보고, 날아도 보고,
온갖 아름다운 풀, 꽃, 산과 들, 강과 바다도 보고,
갖가지 시고 맵고 짜고 달고 맛있는 음식도 먹어보고,

새소리, 빗소리, 바람 소리, 천둥소리, 자연의 소리 들어보고,
가슴에서 샘솟는 시와 노래지어 읊고 부르기도 듣기도 해보고,
기쁨과 아픔과 슬픔의 사랑도, 그 좋은 섹스도 할 만큼 해보고,
영고성쇠榮枯盛衰 파란만장波瀾萬丈한 삶을 살아본다는 것,
그리고 끝으로 죽어도 본다는 것, 이 모든 것이 우리 각자 모두
사랑의 무지개배를 타고 망망대해茫茫大海 코스모스바다로
황홀하게 항해해보고 하늘하늘 코스모스하늘로 날아본다는 것
이 얼마나 기차도록 기막힐 기적의 행운이 아니고 무엇이겠는가.

이처럼 우리 삶이 우주항해이고 우주비행이며 우주여행의 우주 놀이라면
우리가 어떻게 이런 놀이를 더 좀 신나고 재밌게 해볼 수 있을까? 길잡이로
옛날이야기 하나 해보리라. 유방을 도와 중국 한나라를 건국한 장량의 이야
기다.

진시황은 중국을 제패하여 통일제국을 이룩했다. 멸망한 나라의 무관 귀
족 출신이었든 젊은 장량은 진시황을 암살할 계획을 가지고 자기 나라의 재
건을 도모한다. 한때 장량은 진시황의 마차를 습격하였으나 실패하고 쫓기
는 신세가 되어 자신의 신분을 감추며 떠돌이 생활을 하던 중, 한 시골에서
다리에 걸터앉아 있는 노인을 만난다. 노인은 장량보고 신발이 다리 아래로
떨어졌으니 주워 달란다. 장량이 힘들게 다리 아래로 내려가 신발을 주워 오
자 노인은 이제 신발을 신겨 달란다. 신발을 신겨 주자 노인은 신겨 준 신발
을 다리 아래로 떨어뜨리고는 다시 주워오란다. 반복되는 노인 부탁에 장량
은 화가 났지만, 여러 번이나 참으며 노인의 신발을 주워 오자, 노인은 선물
을 줄 터이니 다음날 보자고 했다.

다음날 장량이 다리에 나오자 노인이 버럭 화를 낸다. 젊은 놈이 노인보다
미리 나와 있어야지 하면서 내일 다시 오라 한다. 다음 날 다시 일찍 그 다리
에 가보니, 노인이 또 먼저 와 있었다. 다시 늦게 왔다고 야단치며 다음날 다
시 나오라고 한다. 장량은 그날 아예 집에 가지 않고 그 다리에서 밤을 새우

고 기다렸다. 그러나 다음날 해가 지도록 노인이 나타나지 않아 떠나려고 일어날 즈음 나타난 노인이 책 한 권을 건네주면서 "천하 통일을 하려면 이걸 미리 꼭 읽고 준비하라."고 말하고는 사라진다. 장량은 자신의 마음을 읽은 노인의 독심술에 감탄하며 이 책을 수도 없이 여러 번 읽고 또 읽은 후 유방과 한신을 만나 함께 한나라를 건국하게 된다. 노인이 장량에게 건네준 책이 바로 '소서素書'라는 비서로 정신수양과 지혜에 관한 중국 고서 중 하나이다. 이 소서를 탐독한 장량은 물고기를 잡기 전에 먼저 그물을 짰다고 한다. 원불교 창시자 소태산 대종사는 "일이 없을 때는 항상 일 있을 때 할 것을 준비하고 일이 있을 때는 항상 일 없을 때의 심경을 가질지니, 만일 일이 없을 때 일 있을 때의 준비가 없으면 일을 당하여 창황전도蒼惶顚倒함을 면하지 못할 것이요, 일 있을 때 일 없을 때의 심경을 가지지 못한다면 마침내 판국에 얽매인 사람이 되고 마나니라."라고 말했다 한다.

전해오는 이야기로 히말라야 설산에는 야명조夜鳴鳥라는 새가 있는데 '밤에는 집을 짓겠다고 우는 새'라는 뜻에서 붙여진 이름이라고 한다. 이 새는 몸집이 크고 추위를 잘 타는데 밤이면 추워 울면서 내일 날이 밝으면 집을 짓겠다고 결심하지만 아침이 되어 기온이 따뜻해지면 놀러 다니다가 밤이 되면 다시 내일은 반드시 꼭 둥지를 지어야지 하며 다시 결심하면서 운다고 한다.

아는 만큼 보이고 보이는 만큼 알게 된다지만, 우리 각자는 각자대로 자신의 삶을 사랑하고 사는 만큼 사는 것이리라. 끝으로 우리 독일계 미국 시인 찰스 부코우스키Charles Bukowski 1920-1994의 시 한 편 음미해보리라.

무리의 천재성

인간에겐 언제나
군대가 필요로 하는
배반과 증오와 폭력과 부조리가 있지

살인을 제일 많이 하는 건 살인하지 말라고
설교하는 자들이고
제일 심하게 미워하는 건 가장 큰 목소리로
사랑을 외치는 자들이며

전쟁을 제일 잘하는 건
평화를 주창하는 자들이지

신을 전파하는 자들이야말로
신이 필요하고
평화를 부르짖는 자들이야말로
평화를 모르며
평화를 부르짖는 자들이야말로
사랑을 모르지

경계하라 설교하는 자들을
경계하라 안다는 자들을
경계하라 늘 독서하는 자들을
경계하라 빈곤을 싫어하거나
자랑스러워 하는 자들을
경계하라 칭찬을 받으려고
먼저 칭찬하는 자들을
경계하라 제가 모르는 게 두려워서
남 비난하는 자들을
경계하라 혼자서는 아무것도 아니기에
세상 무리들을 찾는 자들을
경계하라 보통 남자와 보통 여자를
경계하라 그들의 사랑을
그들의 사랑은 보통이기에

보통을 찾지

그러나 그들의 증오엔
천재성이 있어
널 죽이고 아무라도 죽일 수 있지
고독을 원하지도 이해하지도 못해
자신들과 다른 것은
뭣이든 다 파괴하려는 자들을
예술을 창조할 수 없어
예술을 이해할 수 없는 그들은
제 잘못이 아니고
모든 게 세상 탓이고
제 사랑이 부족한 건 깨닫지 못한 채
네 사랑이 불충분하다고 믿으면서
널 미워하느라
그들의 미움이 완전히 지독해지지

빛나는 다이아몬드같이
칼날같이
산 같이
호랑이같이
독초같이

그들 최상의 예술이지

The Genius Of The Crowd Poem by Charles Bukowski

There is enough treachery, hatred, violence, absurdity

in the average

Human being to supply any given army on any given day

And the best at murder are those who preach against it

And the best at hate are those who preach love

And the best at war finally are those who preach peace

Those who preach god, need god

Those who preach peace do not have peace

Those who preach peace do not have love

Beware the preachers

Beware the knowers

Beware those who are always reading books

Beware those who either detest poverty

Or are proud of it

Beware those who are quick to praise

For they need praise in return

Beware those who are quick to censor

They are afraid of what they do not know

Beware those who seek constant crowds for

They are nothing alone

Beware the average man the average woman

Beware their love, their love is average

Seeks average

But there is genius in their hatred

There is enough genius in their hatred to kill you

To kill anybody

Not wanting solitude

Not understanding solitude

They will attempt to destroy anything

That differs from their own

Not being able to create art

They will not understand art

They will consider their failure as creators

Only as a failure of the world

Not being able to love fully

They will believe your love incomplete

And then they will hate you

And their hatred will be perfect

Like a shining diamond

Like a knife

Like a mountain

Like a tiger

Like a hemlock

Their finest art

이 시를 두 개의 사자성어로 내가 줄인다면 인자견인仁者見仁, 지자견지知者見知 라고 할 수 있으리라. 아니 우리 삶의 궁극을 네 글자로 줄인다면 '수수께끼' 라고 해야 하지 않을까. 미국 시인 리타 다브Rita Dove, 1952 - 의 시구처럼 "이상 하게 느끼면 이상한 일이 생기리. If you feel strange, strange things will happen to you."

우리가 우리 가슴 뛰는 대로 사노라면 언제나 이상하고 별스럽게 기적 같 은 아니 기적 이상의 일이 일어나리.

운우지락豊雨之樂의
무지개에 오르리

성격性格이나 인격人格으로도 번역될 수 있는 영어 단어가 있다. 다름 아닌 캐릭터character이다. "성격 혹은 인격이 운명 또는 숙명이다. Character is Destiny." 이 말은 '성격' 없인 '인격'도 없다는 뜻이리라.

1990년대 중반이었나. 한 젊은 여성 시인의 성性에 대한 도발적인 표현에 독자들은 혼비백산魂飛魄散했다는 뉴스를 접하고 이 무슨 눈 가리고 아옹 하듯 호들갑 떠는 야단법석野壇法席인가 하면서 나는 이 여성 시인의 솔직한 용기에 손뼉을 쳤다. 동시에 가슴 밑으로 찡한 전율까지 느끼면서 극심한 연민憐憫/憐愍에 찬 감정이입感情移入의 엠퍼시empathy라는 뜨거운 용암鎔巖이 하늘로 솟구치는 것이었다.

"아아 컴퓨터와 씹할 수만 있다면"이란 구절이 실린 최영미 시인의 시집 '서른, 잔치는 끝났다'는 베스트셀러가 되었고, 당시 무려 52쇄까지 찍으며 어마어마한 돌풍을 일으켰다고 하지 않나. 독자들은 "입안 가득 고여 오는 마지막 섹스의 추억"이란 시 구절에서 한 번쯤 경기驚氣가 들렸다고 했다. 오죽 씹할 상대로 남자나 여자 인간 아니면 개 같은 동물 또는 가지, 오이, 옥수수, 바나나 같은 식물조차 없었으면 '컴퓨터 같은 기계'하고라도 하고 싶었을까, 생각하니 관세음보살觀世音菩薩의 대자대비大慈 大悲 이상의 측은지심惻隱之心이 발동하는 것이었다.

여고생들의 원조교제를 다루어 화제를 모았던 김기덕 감독의 작품 '사마리아'가 생각난다. 제 54회 베를린 국제영화제에서 한국 감독으로는 처음으로 은곰상(감독상)을 수상한 그의 열 첫 번째 작품 '사마리아'의 줄거리를 이 영화를 보지 못한 독자들을 위해 간략히 소개해보리라. '사마리아'는 버림받은 사람이라는 뜻과 죽은 마리아 또는 성녀聖女의 반대 의미이나 영화에서는 역설적으로 쓰였다고 한다. 원조교제를 하는 여고생과 그러한 딸의 원조교제를 알게 된 아버지의 복수와 화해를 그린 작품으로 '소외된 자들의 시선으로 세상을 관찰하면서 그 속에 상징과 풍류 알레고리allegory를 담은 영화'라는 평가를 받았으나, 일부에서는 영화로 포장된 여성 혐오 영화라는 비판도 있었다. 그 줄거리는 이렇다.

유럽 여행을 갈 돈을 모으기 위해 채팅에서 만난 남자들과 원조교제를 하는 여고생 여진과 재영이 주인공인데 재영은 창녀, 여진은 포주 역할이다. 여진이 재영이 인척 남자들과 컴으로 채팅을 하고 전화를 걸어 약속을 잡으면, 재영이 모텔에서 남자들과 만난다. 낯모르는 남자들과 섹스를 하면서도 재영은 항상 웃음을 잃지 않는다. 모르는 남자들과 만나 하는 섹스에 의미를 부여하는 재영을 이해할 수 없는 여진에게 어린 여고생의 몸을 돈을 주고 사는 남자들은 모두 더럽고 추한 존재들일 뿐이다. 그러던 어느 날, 모텔에서 남자와 만나던 재영은 갑자기 들이닥친 경찰을 피해 창문에서 뛰어내리다 여진의 눈앞에서 죽게 된다.

재영의 죽음에 커다란 충격을 받은 여진은 재영의 죽음을 애도하기 위해 재영의 수첩에 적혀 있는 남자들을 차례로 찾아가 재영이 받았던 돈을 돌려주자 남자들은 오히려 평안을 얻게 된다. 남자들과의 잠자리 이후 남자들을 독실한 불교 신자로 교화시켰다는 인도의 창녀 '바수밀다婆須蜜多'처럼 여진 또한 성관계를 맺은 남자들을 정화시킨다고 믿는 해괴한 논리를 실천해 나가는 것이다. 형사인 여진의 아버지는 살인사건 현장에 나갔다가 우연히 옆 모텔에서 남자와 함께 나오는 자신의 딸 여진을 목격하게 된다. 아내 없이 오직 하나뿐인 딸만을 바라보며 살아온 아빠에겐 딸의 매춘은 엄청난 충격이다. 딸을 미행하기 시작한 아빠는 딸과 관계를 맺는 남자들을 차례로 살해하고 복수를 하지만, 고통은 여전하다. 영화는 아버지가 딸의 원조교제를 용서하고 자신의 죗값을 치르게 되면서 끝난다.

영화의 끝부분에서 아빠는 딸과 함께 여진의 엄마 산소를 찾아갔다가, 그 근처에서 딸에게 운전을 가르쳐주고 나서 미리 자수해 연락해 놓은 동료 형사에게 체포된다. 이 사실을 모른 채 차를 계속 몰던 여진은 아버지가 수갑을 차고 끌려가자 서툰 운전으로 쫓아가다 진흙에 빠져 차는 움직이지 못하게 된다. 요즘 젊은 여성 사이에서 뜨거운 반응을 얻고 있는 신조어가 있는데, 이름하여 '시선 폭력'이니 '시선 강간'이란다. 원치 않는 타인의 시선이 폭력을 당하는 것처럼 불쾌하고, 남성의 음흉한 시선을 받는 것만으로도 강간에 준하는 정신적 고통을 느낀다는 의미라고 한다.

세월이 변한 것일까. 아니면 사람이 변한 것일까. 음양조화의 자연의 섭리와 이치가 변하지는 않았을 텐데, 내가 갖고 있는 상식으로는 도저히 이해할 수가 없다. 여자는 남자를 위해, 남자는 여자를 위해 있는 존재라면 말이다. 성性이 불결하다고 잘못 세뇌된 만성 고질병이 아니라면 중증重症의 결벽증潔癖症으로 볼 수밖에 없을 것 같다. 내가 아무한테도 눈에 띄지 않고 하등의 흥미나 관심 밖의 전혀 매력 없는, 있어도 없는 것 같은 존재라면, 이보다 더 슬프고 비참한 일이 또 어디 있으랴. 꽃이 아름답게 피어도 봐 줄 사람이 없거나 찾아오는 벌과 나비가 한 마리도 없다면 꽃의 존재 가치와 존재 이유가 있을 수 있겠는가.

누가 날 쳐다본다는 건, 내가 아직 살아있고, 젊었으며, 아무도 찾지 않는 시베리아 같은 불모지지不毛之地이거나 '씨 없는 수박'이 아니란 실증이 아닌가. 물론 나 자신의 실존적인 존재감은 다른 사람의 시선과는 전혀 상관없이 자존자대自尊自大의 자가보존自家保存하고 자아실현自我實現하며 자아완성自我完成해야 생기는 것이라고 하더라도 말이다. 얼마 전 아래와 같은 '남녀의 지리학The Geography of Male vs Female'이 항간에 널리 회자되었다.

여성의 지리학 The Geography of a Woman

18세부터 22세까지의 여성은 아프리카와 같다. 반쯤은 발견 되었으나 나머지 반은 아직 미개의 야생적으로 비옥한 자연 그대로의 아름다움을 지니고 있다. Between 18 and 22, a woman is like Africa. Half discovered, half wild, fertile and naturally beautiful.

23세부터 30세까지의 여성은 유럽과 같다. 잘 발달했고 특히 재력 있는 사람에게 흥정이 가능하다. Between 23 and 30, a woman is like Europe. Well developed and open to trade, especially for someone of real value.

31세부터 35세까지의 여성은 스페인과 같다. 굉장히 정열적이고 느긋하며 자신의 아름다움에 자신만만하다. Between 31 and 35, a woman is like Spain. Very hot, relaxed and convinced of her own beauty.

36세부터 40세까지의 여성은 그리스와 같다. 기품 있게 나아 들었으나 아직도 따뜻하고 방문할 만한 곳이다. Between 36 and 40, a woman is like Greece. Gently aging but still a warm and desirable place to visit.

41세부터 50세까지의 여성은 영국과 같아 영광스러운 정복의 과거를 지니고 있다. Between 41 and 50, a woman is like Great Britain, with a glorious and all conquering past.

51세부터 60세까지의 여성은 이스라엘과 같다. 산전수전 다 겪었기에 똑같은 실수를 반복하지 않고 신중히 일을 처리한다. Between 51 and 60, a woman is like Israel. Has been through war, doesn't make the same mistakes twice, takes care of business.

61세부터 70세까지의 여성은 캐나다와 같다. 자신을 잘 보존하면서도 새 사람을 만나는데 개방적이다. Between 61 and 70, a woman is like Canada. Self-preserving, but open to meeting new people.

70세 이후로는 그녀는 티베트와 같아 신비스러운 과거와 만고의 지혜로 자연의 아름다움을 발산하면서도 영적인 지식을 갈망하는 모험심의 소유자다. After 70, she becomes Tibet. Wildly beautiful, with a mysterious past and the wisdom of the ages. An adventurous spirit and a thirst for spiritual knowledge.

남성의 지리학The Geography of a Man

한 살부터 90세까지 남성은 북한과 짐바브웨와 같아 (멍청한) 불알 두 쪽의 지배를 받는다. Between 1 and 90, a man is like North Korea and Zimbabwe; ruled by a pair of nuts.

아, 그래서 서양에선 자고이래로 "남자는 子枝로 생각한다. A man thinks with his penis"라고 하나 보다. 그렇다면 "여자는 珤持로 느낀다. A woman feels with her vagina"라고 해야 하리라. 이것이 남녀의 지리학이라기보다 지징의知情憌의 풍수지리설風水地理說이 되리라.

자, 이제 우리 홍용희 문학평론가의 '시집 깊이 읽기' 평론, <문정희 시선잡> '사랑의 기쁨' 그 끝부분을 같이 심독深讀해 보자.

"문정희의 시 세계가 도처에 거침없고 원색적이고 엽기적인 면모를 노정하는 것은 에로스의 후예로서 누구보다 정직하고 충실하다는 반증이다. 그렇다면, 그의 이러한 시적 삶의 의미와 가치는 무엇일까? 다음 시편은 이에 대한 대답을 깊고 유현하게 암시하고 있는 것으로 보인다. 에로스적 삶과 상상은 종교적 신성성의 경지 이전이면서 동시에 그 이후라는 견성을 열어 보이고 있다.

돌아가는 길

다가서지 마라
눈과 코는 벌써 돌아가고
마지막 흔적만 남은 석불 한 분
지금 막 완성을 꾀하고 있다
부처를 버리고
다시 돌이 되고 있다
어느 인연의 시간이
눈과 코를 새긴 후
여기는 천년 인각사 뜨락
부처의 감옥은 깊고 성스러웠다
다시 한 송이 돌로 돌아가는
자연 앞에 시간은 아무 데도 없다
부질없이 두 손 모으지 마라
완성이라는 말도
다만 저 멀리 비켜서거라

    석불이 석불마저 내려놓고 있다. 그리하여 다시 돌이 되고 있다. 이때 돌은 부처의 경지 이후이다. 부처가 된 이후에 다시 회귀하는 돌이기 때문이다. 절대적인 완성의 경지라고 할 수 있을 것이다. 부처의 눈과 코를 새긴 어느 인연의 시간을 넘어서고 있는 것이다. 부처의 감옥은 깊고 성스러웠으나, 그 깊고 성스러움 마저 버리고자 하는 것이다. 여기에서 더 나아가 시상의 흐름은 부처 이후의 완성의 경지라는 말도 내려놓고자 한다. 어떤 규정이나 굴레로부터 완전히 벗어난 자유자재의 세계를 노래하고 있다. 문정희가 에로스의 정령과 에로스의 모순적 삶을 집중적으로 추구하는 시집에서 다시 한 송이 돌로 돌아가는 자연을 노래하고 있는 까닭이 무엇일까? 그것은 에로스의 욕망은 종교적 신성성을 넘어서는 절대적 근원의 영역임을 일깨워 주고 있는 것이 아닐까? 에로스의 환희와 절망이 교차하는 전쟁 같은 원초적 과정이 부처의 세계보다도 더 크고 본질적이라고 말하고 있는 것이 아닐까? 따라서 시선집 '사랑의 기쁨'은 부처의 감옥이나 완성이라는 말에서도 자유로운 절대적인 근원의 자연을 추구하고 있음을 전하고 있는 것이 아닐. 위의 시편은 에로스의 존재성과 이 시집 전반의 의미에 대한 질문과 답변을 지속적으로 제기한다."

어쩜 그 '질문과 답변'이란 모름지기 자(연)지(구), 보(존)지(구) 이리라. 우리 문정희 시인의 '늙은 꽃'을 감상해보자.

어느 땅에 늙은 꽃이 있으랴
꽃의 생애는 순간이다
아름다움이 무엇인가를 아는 종족의 자존심으로
꽃은 어떤 색으로 피든
필 때 다 써버린다
황홀한 이 규칙을 어긴 꽃은 아직
한 송이도 없다
핏속에 주름과 장수의 유전자가 없는
꽃이 말을 하지 않는다는 것은 더욱 오묘하다
분별 대신 향기라니

이 시에 오민석 시인은 이렇게 주석을 단다.

"꽃은 한 번 필 때 모든 것을 다 써버림으로써 순간의 생애를 산다. 그것은 순간에 완벽을 이룬다. 순식간에 만개하고 멈춰 버리는 삶은 늙을 틈이 없다. 그러니 어느 땅에 늙은 꽃이 있으랴. 이 황홀한 규칙은 시간을 초월해 있다. 시간의 계산이 개입할 수 없는 이 생애, 그것은 너무나 짧고도 완벽하기 때문에 분별을 필요로 하지 않는다. 오직 향기뿐."

아, 정녕 그렇다면, 남녀노소 할 것 없이 우리 모든 코스미안들은 하나같이 이 지구별에 잠시 피었다 시들고 사라지는 별꽃들이리. 문득 1939년에 나온 미국의 뮤지컬 영화 '오즈의 마법사The Wizard of Oz'에서 캔자스시티의 농장 소녀 도로시Dorothy 역을 맡은 16세 주디 갈란드Judy Garland 1922-1969가 회오리바람에 휩쓸려 황홀한 여행을 하기 전, 황량하고 광막한 벌판 위 농장에서 '어딘가 무지개 위로Somewhere Over The Rainbow'를 부르며 먼 하늘을 바라보는 장면이 떠오른다. 그리고 도로시의 친구들, 뇌 없는 허수아비, 심장 없는 깡통 나무꾼, 겁 많은 사자도 우리 그 노랫말을 따라 불러보리라. 이 노래를 부르며 우리도 파랑새처럼 운우지락雲雨之樂의 무지개에 오르리.

Somewhere over the rainbow, way up high
There's a land that I heard of, once in a lullaby
Oh, somewhere over the rainbow, skies are blue.
And the dreams that you dare to dream
Really do come true

푸른 꿈이여, 영원하리

한 사람에 하나의 역사
한 사람에 하나의 별
70억 개의 빛으로 빛나는
70억 가지의 세계

최근(2020년 6월 7일) "디어 클래스 오브 2020 Dear Class of 2020, headlined by Barack and Michelle Obama"의 대미를 장식한 BTS의 노래 '소우주 Mikrokomos' 가사 한 토막이다.

"글 쓰는 사람에게 일어날 수 있는 최악의 일은 작가가 되는 것이다. The worst thing that can happen to a writer is to become a Writer."

미국 작가 메리 맥카시Mary McCarthy 1912-1989의 말이다. 이 말은 글 쓰는 일이 사랑을 하고 삶을 사는, 삶을 사랑하는 일을 대신할 수 없다는 말일 게다. 다시 말해 글과 삶이 같아야 한다는 뜻일 것이다. 이런 뜻에서 나 또한 작가가 되고 싶지 않았다. 다만 사랑하며 살아온 삶의 흔적을 조금이나마 다른 사람들과 나누고 싶었을 뿐이다. 그것도 너무 진지하고 심각하지 않게 말이어라. "심각한 체하는 건 아직 엷을 때"란 우리말이 있고, 영어로는 "Don't take yourself too seriously."라고 한다. 그래서 이 글도 우리 매사에 지나치게 진지하고 심각하지 말자는 비망록備忘錄이다.

이제 광복 75주년이 내일 모래인데 아직까지도 억지 이념과 사상으로 꽁 꽁 얼어붙어 있는 모든 한을 풀고 우리 모두 가슴 뛰는 대로 살았으면 좋겠 다. 봄 아지랑이처럼 하늘하늘 오르는 코스모스무지개 타고 가볍게 하늘로 피어오르기를 간절히 바라고 빌 뿐이다. 미국 출생의 영국 시인 티에스 엘리 엇T.S. Eliot1888-1965의 시 'Four Quartets'의 한 구절 우리 함께 음미해보리라.

우리는 탐험을 멈추지 않을 것이고
우리가 하는 모든 탐험의 목적은
우리가 출발한 지점에 도착해서
이곳을 우리가 처음으로 알게 되는 것이리.

We shall not cease from exploration,
and the end of all our exploring
will be to arrive where we started
and know the place for the first time.

아울러, 다음과 같은 두 사람의 대조적인 말도 우리 한 번 깊이 곱씹어보리라.

"세상에 내가 무언가를 작곡해 그 곡을 들어보는 것 이상의 더 큰 기쁨 과 희열은 없다. 예술을 위해 사는 것 이상의 행복을 나는 상상조차 할 수 없다. There is nothing greater than the joy of composing something oneself and then listening to it. My imagination can picture no fairer happiness than to continue living for art."

독일의 피아니스트 클라라 슈만Clara Schumann 1819-1896의 말이다.

내가 비록 세계 최고의 명작을 썼다 한들
내가 비록 세계 최고의 교향곡 심포니를 작곡했다 한들
내가 비록 세계 최고의 아름다운 그림을 그렸다 한들

내가 비록 세계 최고의 절묘한 조각을 새겨 만들었다 한들
내가 낳은 내 아기를 내 가슴에 안았을 때처럼
고양된 창조감을 느껴보진 못했으리라.

어떤 인간도 내 아이가 이 세상에 태어난 후 내가
자주 느끼는 이 엄청난 사랑과 기쁨의 충만감을
수용할 수도 감당할 수도 없으리. 이와 함께
숭배하는 경모심도 생겼어라.

If I had written the greatest book
composed the greatest symphony
painted the most beautiful painting or
carved the most exquisite figure
I could not have felt the more exalted creator
than I did when they placed my child in my arms.

No human creature could receive or contain
so vast a flood of love and joy as I often felt
after the birth of my child. With this came
the need to worship and adore.

미국 언론인 작가로 사회개혁가 도로시 데이_{Dorothy Day 1897-1980}의 말이다. 이 말의 핵심核心은 어린아이가 우리 모두의 신神이란 뜻이리라. 그렇다면 5월 5일 만이 아니고 일 년 365일 매일이 우리의 주일主日인 '어린이날'이어라.

"우리나라의 교육제도는 해마다 바뀌고 여러 정책이 늘 제시되지만 정작 바뀌지 않는 것이 있다. 바로 우리 사회의 가치관이다. 우리 자라나는 청소년들이 진정으로 건강하고 행복해지기 위해서는 이들이 고전을 읽어야 한다고 생각했다. 여러 동서양의 고전을 통해 지식을 살찌우고 지혜롭고 창의적

인 사고를 하며 건강한 가치관을 정립하기를 원했다. 그래서 '올재'를 설립했다."

'올재'의 홍정욱(1970 -) 대표의 말처럼 이 출판사는 저작권 문제가 없는 동양과 서양의 고전을 최대한 읽기 쉬운 한글 번역본과 누구나 갖고 싶은 멋스러운 디자인으로 출판하여, 대기업에서 후원을 받아 한 권당 2,000원에서 3,000원대의 가격으로 대중에게 판매하고, 전체 발간 도서의 20%를 저소득층과 사회 소수계층에게 무료로 나누어 주는 일종의 소셜 비즈니스 회사라고 한다.

1970년과 2012년 영화로도 만들어진 '나의 달콤한 오렌지 나무My Sweet Orange Tree/Meu Pe' de Laranja Lima by Jose' Mauro de Vasconcelos 1920-1984란 소설이 있다. 1968년 출간되어 브라질 초등학교 강독 교재로 사용됐고, 미국, 유럽 등에서도 널리 번역 소개되었으며, 전 세계 수십 개 국어로 번역 출판되었다. 한국에서는 1978년 '나의 라임오렌지나무'로 첫선을 보인 후 50여 곳 이상의 출판사에서 중복 출판되어 400만 부 이상 팔린 초대형 베스트셀러로, 2003년 'MBC 느낌표'에 선정되었고, 지금도 꾸준히 사랑 받고 있는 성장 소설의 고전이다.

저자 바스콘셀로스는 1920년 리우데자네이로의 방구시에서 포르투갈계 아버지와 인디언계의 어머니 사이에서 태어나 권투선수, 바나나 농장 인부, 야간 업소 웨이터 등 고된 직업을 전전하며 불우한 어린 시절을 보냈지만 이 모든 고생이 그가 작가가 되는 밑거름이 되었다. 우리나라는 물론 세계 모든 나라에서 흙수저를 물고 태어난 모든 어린이들에게 바치는 '헌사献詞/献辭'라고 할 만한 이 저자의 자전적 소설에서 독자는 자신의 모습을 보게 된다. 극심한 가난과 무관심 속에서도 순수한 영혼과 따뜻한 마음씨를 가진 여덟 살짜리 소년 제제Zeze가 티 없이 짜릿 풋풋한 눈물과 웃음을 선사한다. 장난꾸러기 제제가 동물과 식물 등 세상의 모든 사물과 소통하면서 천사와 하나님이 따로 없음을 실감케 해 준다. 바스콘세로스는 이 작품을 단 12일 만에 썼지만 20여 년 동안 구상하면서 철저하게 체험을 바탕으로 했다고 한다.

한 권의 소설을 단 한 줄로 쓰는 것이 시라면, 마찬가지로 한 권의 자서전을 한 편의 단문으로 쓰는 게 에세이나 수필이라 할 수 있지 않을까. 그뿐만 아니라 그림을 그리든 글을 쓰든 화가나 작가가 어떤 가치관을 갖고 어떤 색안경을 쓰고 쓰느냐에 따라 그 내용이 판이해지듯 그림을 보고 글을 읽는 사람도 어떤 시각과 관점으로 보고 읽느냐에 따라 보고 읽는 내용이 전혀 달라지는 것이리라. 그러니 동심의 눈으로 보면 모든 게 꽃 천지요 별세계다. 돌도 나무도, 벌레도 새도, 다 내 친구요 만물이 다 나이며, 모든 것이 하나이고, 어디나 다 놀이터 낙원이다. 이렇게 우리는 모두 요술쟁이 어린이로 태어나지 않았는가.

1590년에 나와 "불태워지는 대신 불처럼 번져나갔고, 불타오르듯 읽혔다."는 중국 당나라 때 진보적 사상가였던 이탁오^{李卓吾 1527-1602, 서양에는 Li Zhi로 알려진}는 그의 대표적 저술로 시와 산문 등을 모아 놓은 문집 '분서_{焚書}'에서 이렇게 말한다.

"어린아이는 사람의 근본이며 동심은 마음의 근본이다. 동심은 순수한 진실이며 최초의 한 가지 본심이다. 만약 동심을 잃는다면 진심을 잃게 되며, 진심을 잃으면 참된 사람이 되는 것을 잃는 것이다."

'시야 놀자'의 서문에서 섬진강 시인 김용택은 이렇게 말하고 있다.

"동심은 시의 마음입니다. 동심을 잃어버린 세상을 상상할 수 없습니다. 시는 사람들이 사는 세상 속에서 가장 기본적인 정신이기 때문에 동심을 잃어버리지 않은 어른들이 시를 씁니다. 동심은 우리가 사는 세상에 대한 호기심과 세상에 대한 궁금증을 어떻게 하지 못합니다."

우리 윤동주의 동시 세 편을 같이 읊어보리라.

나무

나무가 춤을 추면
바람이 불고
나무가 잠잠하면
바람도 자오

반딧불

가자가자 숲으로 가자
달 조각을 주우러 숲으로 가자

그믐달 반딧불은
부서진 달 조각

가자가자 숲으로 가자
달 조각을 주우러

내일은 없다

내일 내일 하기에
물었더니
밤을 자고 동틀 때
내일이라고
새날을 찾던 나는
잠을 자고 깨어보니
그때는 내일이 아니라
오늘이더라
무리여! 동무여!
내일은 없나니

통신 이론상 신호를 멀리 보내기 위해서는 낮은 주파수만이 아니라 낮은 속도의 전송 신호를 사용해야 한다고 한다. 와이파이 같은 통신기기는 사용자와의 거리가 수십 미터 정도이니까 1초에 5억 비트 정도까지 전송할 수 있지만, 5,000만 km가 넘는 화성의 탐사선까지 보내려면 1초에 수백 비트 정도 낮은 속도로 보내야 한다고 한다. 실제로 낮은 소리의 말은 귀보다는 가슴에 들리고 마음에 전달되는 것 같다. 내가 딸 다섯을 키우면서 애들이 아주 어렸을 때부터 항상 애들한테 고작 한 말이 낮은 목소리로 "네가 더 잘 알아 You know better"라고 하면 애들이 정말 더 잘 알아서 하고 했으니까. 내 피는 안 섞였지만, 사랑으로 키운 막내딸의 결혼식 전날 저녁 양가 가족들과 친구만 초대한 식사 자리에서 신랑과 신부에게 나는 다음과 같은 짧막한 조언을 하자 젊은 친구들로부터 큰 박수를 받고 환호성을 들었다.

Good Evening.

This is a very good and special evening to us all, as we are here to celebrate the cosmic union, if not reunion, of Ben and Jackie (for Jacqueline), their families and friends. May it be the start of a wonderful journey together full of fun for the completion of their, or rather, our preordained unity.

My wife, Kay (for Kilja), who is esteemed the perfect matriarch, and I, Tae-Sang, her loyal attendant, we are extremely happy to have Ben (for Benjamin) as our son-in-love, I repeat, son-in-love, not son-in-law, because we believe in love, not in law. For the whole tribe of Kay's, life means love, nothing else.

I think there is a close affinity between Jewish and Korean. (Ben is Jewish.) Now, let me have Ben's attention for a moment, please. I want you to look at Jackie's Mom tonight. Even if you like her today, take a look at her tomorrow. If you still admire and adore her as I do, then, close your eyes. Yes, go ahead and marry her daughter as planned.

Ladies are said to be fickle like the weather. They say men can never understand women. I have a tip for you, Ben. Just stand under. I mean under the umbrella of love. You may get wet and suntanned a little from time to time, but never soaked or sun-burnt. There will be no bad weather, only different kinds of good weather for you Ben as long as you stay under the magic umbrella. You know what! You might even soar high above the clouds occasionally.

Here are the luckiest young man and the most beautiful and lovely girl.

I'd like to propose a toast to the blessed couple.

Cheers!

2015년 12월 4일자 미주판 중앙일보 오피니언 페이지 칼럼 '문명의 이기는 어디로부터 오는가'에서 문유석 인천지법 부장판사는 이렇게 진단한다.

"샤를리 에브도 테러와 파리 테러는 모두 프랑스에서 이루어졌다는 점에서 서구 문명에 대한 공격적 의미가 크다. 자유, 평등, 박애라는 프랑스 대혁명 정신을 토대로 수 세기에 걸쳐 유럽은 인류역사상 최고 수준의 진보한 사회를 건설했다. 넘치는 자유, 다양성의 존중, 민주주의, 높은 수준의 복지, 그런 사회 내부에서 성장한 이민자 자녀들이 사회에 대한 증오를 토대로 극단주의 테러리스트가 되었다. 이들의 공격은 서구 문명이 건설해 온 소중한 가치들이 모래성처럼 취약했다는 것을 드러내고 말았다."

그러면서 그는 그 해법도 제시한다.

"장벽을 허물고 세계를 평평하게 만들어 온 것은 서구 문명의 경제적 토대인 자본주의다. 자본은 쉴 틈 없이 경계를 해체하며 새로운 시장과 싼 노동력, 풍부한 자원을 확보하려 한다. 저커버그가 드론을 띄워 아프리카 오지까지 인터넷을 제공하듯 말이다. 장벽을 쌓고 먼 곳에 있는 테러리스트를 겨냥해 보내는 폭격기들의 부수적 피해, 즉 민간인 희생자들에 대한 분노는 제거한 테러리스트 숫자보다 훨씬 많은 자생적 테러리스트를 새로 공급한다. 결국 서구 문명이 건설한 가치 자체가 문제였을까. 아니면 그것을 장벽 내에서 자기들만 누린 것이 문제였을까. 어느 쪽을 문제로 보느냐에 따라 해답도 달라질 것이다."

"맥스Max, 태어난 걸 축하해. 정말 멋진 엄마와 아빠를 뒀구나. 두 분의 결정을 듣고 흥분했어." 마크 저커버그Mark Zuckerberg, 1984 - 페이스북 CEO와 아내 프리실라 챈Priscilla Chan, 1985 - 부부가 딸 맥스를 낳은 뒤 페이스북 지분의 99%(당시 시가 약 52조 원)를 자선사업에 기부하겠다고 밝힌 2015년 12월 1일에 멀린다 게이츠Melinda Gates, 1964 - 가 저커버그의 페이스북에 남긴 글이다. 그리고 멀린다는 저커버그 부부에게 이런 말도 했다. "씨가 뿌려졌고, 이제 자랄 겁니다. 수십 년 동안 열매를 맺겠지요." 멀린다는 남편인 마이크로소프트 설립자 빌 게이츠Bill Gates, 1955 - 와 재단을 만들어 자선활동을 펴고 있다. 2008년까지 360억 달러(당시 약 42조 원)를 기부했고 매년 추가로 기부하고 있다.

얼마 전 미국 미네소타주州 로즈마운트의 연말 구세군 자선냄비에 한 노부부가 50만 달러의 수표를 내놓았다. 미국 구세군 자선냄비에 이만큼 거액의 기부금이 들어온 것은 처음이라고 했다. 이 노부부는 익명을 요구하며 젊었을 때 식료품점 앞에 버려진 음식으로 연명했었다며 이제는 이렇게 다른 사람들을 도울 수 있게 되어 말할 수 없이 기쁘고 행복하다고 했다.

저커버그는 대학을 중퇴하고 비즈니스를 시작하면서 얼마나 앞날이 불안했을까. 게다가 그는 녹색과 빨간색을 구분 못 하고 파란색이 가장 잘 보인다는 적록색맹이라니 또 얼마나 불편했을까. 하지만 그는 '푸른 꿈'을 꾸면서 그 '파란색' 꿈을 이뤄 인류에게 또한 그 '푸른' 꿈을 심어주고 있다.

3장

사死가 아닌 생生의 찬가讚歌

2020년 5월 24일자 뉴욕타임스 오피니언 페이지에 인기 고정 칼럼니스트 모린 다우드Maureen Dowd, 1952 - 는 '코비드 꿈들, 트럼프 악몽들Covid Dreams, Trump Nightmares'이라는 제목으로 쓴 글에서 요즘 밤에 자면서는 코로나 꿈으로, 아침에 잠을 깨면서부터는 '트럼프 악몽들'에 시달린다며 묻고 있다. "이 남자가 실제로 대통령이라는 게 어떻게 가능한 일인가? How is it possible that this man is actually president?"

그러면서 그녀는 우리 모두의 현재의 실정을 이렇게 묘사한다.

"(코로나) 바이러스를 물리치기 위해 보호마스크를 쓰는 우리는 (그동안 우리가 일상적으로 쓰고 있던) 얼굴화장이라든가, 패션이라든가, (가식적인) 기교의 전문적인 직업 마스크를 벗는다. 따라서 우리는 얼굴 치장이나 머리 손질하지 않은 사회 저명인사들과 언론인들의 있는 현재 그대로의 모습을 보게 되고, 그들은 좀 더 (자연스럽게) 충실한 인간들로 보인다. (지구촌) 어디에서나 인간성 휴머니티Humanity가 드러나고 있다. 역설적이게도 마스크를 쓰지 않는 트럼프는 그 예외로 하고 Those of us who have donned protective masks to fight the virus have taken off our professional masks-makeup, fashion, artifice. Now we see celebrities and journalists in their own habitats without hair and makeup, and that has made them seem more fully human Humanity is showing through-everywhere except, ironically, with the unmasked Trump."

이는 오늘날 가장 웃기는, 아니 실소失笑케 하는, 광대 중의 광대는 트럼프, 아니 그런 실소조차 잃게 하는 장본인張本人이 트럼프란 말이리라. 지난번 미국의 오바마 대통령 시절, 그의 연설문 담당 선임비서 관으로, 주로 대통령의 농담과 유머 수석 작가로 불린 데이빗 리트David Litt는 24세였던 2011년 백악관에 입성해 2016년 1월까지 근무하다 2월 전문 코미디 제작사 '웃기지 못하면 죽어버려라'로 자리를 옮겼다. 뉴욕타임스 등 미국 매체들은 당시 이 소식을 전하면서 앞으로 미국의 정치풍자가 더 재미있어질 것으로 기대된다고 보도했다. 오바마 대통령뿐만 아니라 역대 성공한 대통령들은 모두 국민을 웃기는 일이 얼마나 중요한지를 잘 알고 하나같이 '웃기는 대통령'이었다.

1996년 미국 대선에서 공화당 대통령 후보였던 밥 돌Bob Dole, 1923 - 전前 상원의원은 2000년 '위대한 대통령의 위트Great Presidential Wit: Laughing (Almost) All the Way to the White House'란 책을 내고, 역대 대통령의 순위를 유머 감각을 기준으로 매기기도 했다. 1위에 오른 제16대 미국 대통령 에이브러햄 링컨Abraham Lincoln 1809-1865이 '두 얼굴의 이중인격자two-faced'란 비난에 "내게 얼굴이 둘이라면, 이 못생긴 얼굴을 하고 있겠습니까? If I were two-faced, would I be wearing this one?"라고 대꾸했다는 일화는 유명하다. 이처럼 유머의 진수는 남의 약점을 이용하지 않고 자신의 약점을 들춰내 스스로를 낮추고 망가뜨리는 데 있는 것 같다.

한국은 세계에서 고령화가 가장 빠른 속도로 진행되고 있는 나라라고 한다. 그래서인지 웰빙well-being이니 웰다잉well-dying이니 하는 말들이 많이 회자되고 있지만, 잘 죽기 위해서는 먼저 잘 살아야 할 일 아닌가. 그럼 잘 살기 위해서는 무엇보다 먼저 언제 어디서든 닥칠 죽음을 항상 의식하면서 삶에 집착하지 않는 것이리라.

'다음 날, 아무도 죽지 않았다'로 시작되는 장편소설 '죽음의 중지Death with Interruptions'의 첫 장면이다. 1998년도 노벨문학상을 받은 포르투갈 작가 주제 사라마구Jose' Saramago 1922-2010가 쓴 소설이다. 선견지명이 있었던 것일까. 작가는 노화는 진행되지만 아무도 죽지 않는 나라에서 벌어지는 혼란과 갈등을 그리는데, 죽고 싶어도 죽을 수 없게 된 세상은 천국이 아닌 지옥임을 사실적으로 실감 나게 묘사하고 있다.

일제 강점기 한국의 대표적인 근대 작가 이상李箱 1910-1937이 그랬듯이 1960~1970년대의 미국을 겁 없이 제멋대로 살았던 저항운동가요 반항아였던 애버트 호프만Abbot Hoffman, better known as Abbie Hoffmann, 1936-1989이 수면제 과다복용으로 숨지자 가까웠던 친구들은 그가 나이 든 자신이 싫고, 활력을 잃어버린 청년세대가 못마땅했으며, 보수로 회귀한 80년대를 살아내기 힘들어 세상을 일찍 하직했을 거라고 했다. 이상의 친구 소설가 구보 박태원1909-1986은 이상에 대해서 "그는 그렇게 계집을 사랑하고 술을 사랑하고 벗을 사랑하고 또 문학을 사랑하였으면서도 그것의 절반도 제 몸을 사랑하지 않았다. 이상의 이번 죽음은 병사에 빌었을 뿐이지, 그 본질에서는 역시 일종의 자살이 아니었던가. 그러한 의혹이 농후하여진다."라고 했다지 않나.

모차르트가 1787년 4월 22일 그의 나이 서른한 살 때 그의 아버지에게 쓴 편지를 우리 한 번 같이 읽어보자. (이 편지글은 1864년 출간된 '아마데우스 모차르트 서한집' 221면에서 옮긴 것이다.)

"지난번 편지에 안녕하신 줄 알고 있었는데 편찮으시다는 소식을 듣는 이 순간 몹시 놀라고 걱정됩니다. 제가 언제나 최악의 사태를 예상하는 버릇이 있지만, 이번만은 어서 빨리 아버지께서 쾌차하시다는 보고를 받게 되기를 간절히 바라고 희망합니다. 그렇지만 잘 좀 생각해 볼 때 죽음은 우리 삶의 참된 행선지임으로 저는 진작부터 우리 인간이 믿을 수 있는 이 좋은 친구와 친하게 지내왔기 때문에 우리가 죽는다는 사실이 놀랍거나 무섭지가 않을 뿐만 아니라 되레 가장 평화롭고 큰 위안이 되며 (제 말을 이해하시겠죠) 이 죽음이야말로 우리가 느낄 수 있는 우리의 진정한 지복감至福感의 열쇠임을 내가 깨달아 알 기회를 주신 나의 하늘 아버지에게 감사해왔다는 말입니다. 제가 아직 젊지만, 밤마다 잠자리에 들면서 생각 안 하는 때가 없습니다. 내일 새벽이 밝기 전에 나라는 사람은 이미 이 세상에 더 이상 존재하지 않게 될는지 모른다는 것을요. 그런데도 나를 아는 아무도 나를 접촉해 사귀면서 내가 한 번도 침울해한 적이 있더라고 말할 사람이 단한 사람도 없지요. 이처럼 내가 언제나 밝고 명랑하게 행복한 성정을 갖게된 데 대해 저는 날마다 저의 창조신께 감사하면서 모든 세상 사람들과 피조물들이 다 나처럼 늘 행복하게 삶을 즐기기를 진심으로 바랍니다. I have this moment heard tidings which distress me exceedingly, and the more so that your last letter led me to suppose you were so well; but I now hear you are really ill. I need not say how anxiously I shall long for a better report of you to comfort me, and I do hope to receive it, though I am always prone to anticipate the worst. As death (when closely considered) is the true goal of our life, I have made myself so thoroughly acquainted with this good and faithful friend of man, that not only has its image no longer anything alarming to me, but rather something most peaceful and consolatory; and I thank my heavenly Father that He has vouchsafed to grant me the happiness, and has given me the opportunity, (you understand me) to learn that it is the key to our true Felicity. I never lie down at night without thinking that (young as I am) I may be no more before the next morning dawns. And yet not one of all those who know me can say that I ever was morose or melancholy in my intercourse with them. I daily thank my Creator for such a happy frame of mind, and wish from my heart that every one of my fellow-creatures may enjoy the same."

우리 상상 좀 해보자. 죽지 않고 영원히 산다고, 늙지 않고 영원히 젊다고. 그러면 사는 것도 젊은 것도 아니리라. 그래서 미국의 시인 월트 휘트만Walt Whitman 1819-1892도 그의 시 '나 자신의 노래Song of Myself'에서 이렇게 읊었으리. "죽는다는 것은 그 어느 누가 생각했던 것과도 다르고 더 다행스러운 일이리라. To die is different from anyone supposed, and luckier." 그리고 스코틀랜드의 극작가 제임스 매튜 배리Sir James Matthew Barrie 1860-1937도 그의 작품 '피 터 팬Peter Pan'에서 "죽는다는 건 엄청나게 큰 모험 To die will be an awfully big adventure."이라고 했으리라. 그러니 모차르트와 같이 죽음까지 사랑할 수 있어야 진정으로 삶을 사랑할 수 있으리라.

사랑의 전설 카든 씨

가슴 뛰는 대로 살다 죽은 '꽃을 든 남자' 이야기 하나 해보리라.

1811년 아일랜드에서 태어나 영국에서 교육을 받고 자기 집 농토의 지주로서 바레인 성주城主가 된 카든 씨 이야기다. 이렇게 평범한 지주였던 그가 사랑 때문에 전설적인 인물이 되어버린 이야기다.

어려서부터 여자를 좋아했고 여자들한테 인기가 있던 그가 나이 40이 넘은 노총각일 때 어떤 여자를 한번 보고 깊은 사랑에 빠져 죽는 날까지 헤어나지 못한다. 카든 씨는 어느 날 친구 집 파티에 갔다가 열여덟 살 난 처녀한테 홀딱 반해버렸다. 그와 처녀 집 가족은 이날 이후 자연스럽게 친해져 서로 방문하며 같은 파티에도 참석한다. 그러나 한결같이 예의 바르고 상냥한 처녀에게 그는 좀처럼 사랑을 고백할 기회를 얻지 못했다. 그도 그럴 것이 그 당시만 해도 직접 상대방에게 구애하거나 청혼을 하지 않고 간접적으로 의사를 타진하는 게 상례였을 때였으니까.

그래서 처녀의 언니를 통해 처녀에게 청혼을 했는데 그만 거절을 당했다. 그러나 처녀 본인의 의사가 아니고 가족들의 반대 때문일 것이라고 그는 생각했다. 처녀의 본심에서라고 믿고 싶지 않아, 분명 타의에 의한 거라는 희망을 그가 품게 되었는지 모를 일이다. 물에 빠진 사람이 지푸라기 한 오라기라도 붙잡으러 들듯 그는 자기가 믿고 싶은 쪽으로 안간힘을 썼으리라. 처녀만 단독으로 만나 시간을 갖고 얘기할 수 있으면 처녀가 속으로 자기를 좋아하고 있다는 사실을 확인할 수 있으리라 생각하며 처녀가 가족들의 포로가 된 채 그가 구출해 줄 날만을 기다리고 있을 것이라고 그는 굳게 믿었다. 그래서 그는 처녀에게 나와 함께 남몰래 사랑의 도피행을 하자는 정열적인 편지를 썼다. 편지를 받은 처녀는 이를 가족에게 공개했고, 그는 천하의 치한癡漢이 되고 말았다. 곧바로 그가 정중한 사과 편지를 썼으나 처녀의 집안에선 그와 더 이상 상종하지 않았고, 처녀는 그로부터 받은 모욕을 용서할 수 없다는 짤막한 답장을 보내왔다.

이렇게 실연失戀한 그는 한동안 폐인처럼 지내면서 온갖 궁리를 다 해 봤다. 처녀를 잊기 위해 먼 외국 땅 웨스트 인디스로 이주할 생각까지 해보았다. 그래도 처녀를 잊을 수 없어 마침내 목숨을 걸고 그는 처녀를 납치해서라도 구출해야겠다는 결심을 굳힌다. 그해 가을 스코틀랜드 스카이섬에 사는 친구를 방문하러 가는 길에 마침 스코틀랜드 인버네스에서 열리는 무도회에 가는 처녀의 집 가족 일행과 같은 한배를 타게 되어 처녀의 행선지를 알게 된 그는 여정을 바꿔 처녀가 참석한 무도회에 나타난다. 그리고 처녀만 따라다니면서 처녀에게 계속 눈길을 준다. 그가 세운 납치 계획은 처녀를 일행으로부터 끌어내 여러 마리의 말에 번갈아 태워 고어웨이 해안까지 가서 거기에 대기시켜 놓은 요트를 타고 스카이섬에 도착하면 그의 친구가 그들을 반갑게 맞아주리라는 것이었다.

사랑의 도피행을 위해 매입한 요트 내부를 거금을 들여 초호화판으로 새로 꾸미고, 처녀가 입고 쓸 값비싼 옷과 화장품 등을 비치해 놓은 다음, 처녀와 안면이 있어 낯설지 않을 자기 바레인성屋의 하인들이 처녀의 시중을 들도록 그는 만반의 준비를 다 했다. 처녀를 납치할 준비를 착착 진행하는 동안에도 그는 계속 처녀가 가는 곳마다 따라다녔다. 처녀와 처녀의 가족이 피지에 가면 그도 따라가서 처녀의 주변을 맴돌았고, 처녀의 일행이 아일랜드로 돌아가면 그도 돌아갔다. 드디어 처녀를 납치할 준비가 다 되었으나 뜻하지 않은 사고로 그 실행이 지연된다. 처녀가 말을 타다 발목을 삐게 된 것이다. 처녀의 집을 방문할 수 없는 그는 간접적으로 처녀의 소식을 수시로 알아보는 수밖에 없었다. 그러면서 그는 다리를 다친 처녀를 가족들이 잘 보살 펴주지 않고 있으리라는 상상 아니 망상까지 한다.

생각하다 못해 그는 처녀의 오빠와 친하게 지내면서 협조를 얻어 보려고 한다. 때마침 오빠가 인도에 가게 되었는데 인도까지 가는 여정 일부를 처녀 와 동행하게 될 것을 알게 되자 이 여행 중 오빠가 처녀와 자기를 만나게 해 줄 수 있으리라고 그는 믿는다. 그때 그렇게 해서 처녀를 만날 수 있었더라 면 처녀를 납치할 계획을 포기했을 것이라고 그는 훗날 말했다. 오빠의 여 행 출발 날짜가 되어서도 처녀의 발이 다 낫지 않아 처녀는 오빠와 동행할 수 없게 된다. 절박해진 그는 몇 번씩이나 처녀의 집으로 찾아가 처녀를 한 번 만나볼 수 있게 해달라고 간청했으나 번번이 거절당한다. 자기와 처녀가 결혼할 수 있게 해주면 자기의 전 재산을 처녀의 집안에 넘겨주겠노라는 편 지를 보냈으나 이 편지는 사태를 악화시켰을 뿐이다. 처녀의 발목이 다 나아 처녀의 언니가 처녀를 데리고 파리로 가자 그도 따라가지만, 이번에는 처녀 가까이 접근하기를 삼간다. 아일랜드로 돌아온 그는 그의 요트를 고어웨이 해안에 정박시킨 다음 해안에 이르는 길 중간중간에 말들을 대기시켜 놓고 힘세고 믿을 수 있는 장정들을 동원, 만일을 위해 마취약까지 준비한다. 보쌈 당해 가는 아가씨들이 흔히 히스테리칼 해질 수 있다는 말을 들었기 때문이 었다.

1854년 그러니까 그들이 처음 만난 지 2년 후 7월 2일 일요일 마침내 그가 기다리던 기회가 왔다. 그날 아침 처녀의 세 자매가 가정부와 함께 교회 성 당에 간다. 성당 뜰에서 서성거리던 그가 이들을 따라 성당 안으로 들어간다. 빗방울이 떨어지기 시작하자 처녀 일행을 태워 온 마부가 마차를 집으로 몰 고 가 덮개 있는 마차로 바꿔온다. 미사가 끝나 처녀 일행은 마차를 타고 귀 갓길에 올랐는데 그가 말을 타고 달려온다. 그의 행동에 익숙해진 처녀 일행 은 아직까진 별로 놀라지 않는다. 그런데 이들이 탄 마차가 갑자기 멈춰서더 니 건장한 젊은이 셋이 길가 고랑에서 뛰어나와 마차를 끌던 말들 고삐를 풀 어버린 다음 마부를 칼로 위협하는 동안 카든 씨는 마차 뒷문으로 가서 처녀를 끌어내리려 한다. 처녀 일행이 성당 갈 때 타고 갔던 덮개 없는 마차였더라면 그는 쉽게 처녀를 잡아챌 수 있었을 텐데 미사 보는 동안 비가 오는 바람에 마부가 덮개 마차로 바꿔 온 탓에 일이 어렵게 되고 말았다.

그가 마차 속으로 달려들자, 뒷문 쪽에 앉아 있던 가정부가 그의 얼굴을 주먹으로 때려 코피가 나면서 그는 피투성이가 된다. 처녀를 끌어내리기 전에 이 황소 같은 가정부를 처치해야겠다는 생각에서 그는 가정부를 마차에서 길가로 떠다밀었다. 이 순간 그의 부하들은 그 즉시 납치 대상인 처녀를 가정부로 잘못 알고 가정부를 들어다 근처에 대기시켜 놓았던 마차에 태운다. 이러는 동안 처녀의 언니가 마차에서 뛰어내려 집으로 달려가 도움을 청하자 하인들이 마부와 합세해 카든 씨의 괴한들과 싸우기 시작한다. 가정부와 처녀의 언니가 빠진 마차에 남게 된 처녀와 처녀의 동생 두 자매 중 우선 동생을 마차 밖으로 끌어낸 다음 처녀를 끌어내려는 순간 그는 머리 뒤통수를 몽둥이로 얻어맞고 나가동그라진다. 그러면서도 카든 씨는 안고 있던 처녀를 다치지 않도록 조심스럽게 의자에 내려놓는다. 처녀의 저택에선 하인들이 있는 대로 몰려나와 합세하게 되자, 카든 씨는 부하들에게 미리 마련해주었든 총을 쏘라고 한다. 그러나 이미 중과부적으로 그는 말을 타고 그의 부하들은 처녀 집 가정부를 태운 마차로 도망간다.

그러다가 경찰추격대에게 잡혀 카든 씨는 감옥에 갇힌다. 이 소식이 퍼지자 많은 사람들, 특히 부녀자들이 감옥 입구에 몰려들어 그를 영웅으로 추켜 환호했으며, 아일랜드의 모든 지주들이 크게 동정하여 감옥으로 그를 방문, 그의 구애가 앞으로 성취되기를 빌어주었다. 그의 재판은 당시 굉장한 인기가 있어 아일랜드의 귀족 집안 부인들과 딸들이 방청석을 얻으려 애썼다. 참으로 사랑은 동서고금 누구의 가슴 속에나 있는 꿈이 아니런가. 납치, 납치미수, 폭행 상해죄, 세 가지 죄목으로 그는 재판받았다. 재판받으면서도 처녀가 재판장에 증인으로 나오게 되면 처녀를 가까이 볼 수 있는 것만으로도 그는 기뻐했다. 그는 자기 변호인에게 자기는 사형언도를 받게 되어도 좋으니 자신에게 유리한 증언을 받아내기 위해 처녀를 조금도 괴롭히지 말아 달라고 했다. 처녀는 추궁이나 심문을 받지 않았는데도 사실대로 그가 마차에서 자기를 끌어내리지 못했다고 증언을 해 납치미수죄만 그에게 적용되어 그는 중노동의 2년 징역형을 받았다. 첫째 죄목 납치와 함께 셋째 죄목 폭행 상해죄는 방청객들이 너무 심하다고 분노하는 바람에 배심원들이 무죄 평결을 내렸다.

재판장은 그가 다시는 처녀를 괴롭히지 않겠다는 각서를 쓰면 그를 석방해주겠다고 했으나 처녀를 그가 포기한다는 것은 그로서는 상상조차 할 수 없는 일이었다. 그런 각서를 쓰느니 차라리 크리미아 전쟁에 사병으로 자원 입대 출전하겠노라고 했으나 허락되지 않아 그년 2년의 징역살이를 했다. 1856년 형을 다 산 그는 그의 출옥을 환영하는 무리를 피해 조용히 형무소를 떠났다. 세상 사람들이 낭만적인 영웅으로 자기를 치켜세워도 그는 이런 인기에 관심 없었고, 재판받는 동안에도 그랬지만 그 후에도 언제나 처녀와 처녀의 가족들에게 죄송하다 사과하면서도 처녀를 한시도 잊거나 포기하지 않았다. 그는 처녀의 오빠를 인도로 찾아가 처녀와의 결합이 이루어지도록 도와달라고 해보았으나 허사였고, 아일랜드로 돌아와 처녀 집안 어른들에게 재삼, 재사 청을 드려봤으나 소용없었다. 이렇게 끝까지 그가 처녀를 단념할 수 없었던 것은 처녀가 마음속으로는 자기를 남모르게 사랑하고 있을 것이라는 확신이랄지 망상을 계속 키워나갔기 때문이었으리라. 처녀 집안에서 일하던 한 하녀가 어떤 이유에서인지 쫓겨나자, 이는 필시, 자기한테 비밀로 보내는 처녀의 편지를 하녀가 갖고 나오다 발각됐기 때문일 것이라고 단정한 그는 이 하녀를 만나 확인해 보려고 했다. 이런 약점을 이용하려는 하녀의 한 친척이 거짓말로 자기가 처녀와 자주 몰래 연락이 있는데 실은 처녀가 카든 씨를 열렬히 사랑하고 있을 뿐만 아니라 그를 미치게 보고 싶어 한다고 그에게 말해줬다.

이로 인해 카든 씨와 처녀는 다시 법정에 서게 되었고, 처녀는 판사 앞에서 카든 씨를 혐오하고 두려워하기 때문에 다시는 보기를 원치 않는다고 진술했다. 따라서 카든 씨에게는 앞으로 처녀를 더 이상 괴롭히지 말라는 법원의 접근금지 명령이 떨어졌다. 그러나 처녀의 법정 진술조차 처녀의 진심이 아니고 처녀의 가족들이 강요한 것이라고 믿는 까닭에 그에게 법원명령은 아무 효력이 없었다. 그 후로도 여러 해를 두고, 그는 처녀가 가는 곳마다 그림자처럼 따라다녔다. 그러던 어느 날, 파리에서 그는 처녀가 혼자 있는 방에 들어갈 수 있었다. 처녀와 단둘이 있어 보기는 처음이었다. 처녀는 카든 씨보고 단호하게 말했다. 이 방에서 당장 나가 달라. 안 그러면 자기가 나가겠다고 아무 말 없이 그 방을 나와 그는 아일랜드로 돌아왔다. 그리고는 행여나 처녀가 찾아올까 하여 그날을 대비해서 자기 바레인성城 내부를 대대적으로 개조하고 터키식 목욕실을 비롯해 온갖 호화시설을 다 갖춰놓았다. 이렇게 처녀가 자기를 찾아줄 날만 기다리며 살다 그는 1866년 세상을 떠났다. 한편 처녀는 아일랜드 사람들로부터 무정하고 교만한 여자라고 욕을 먹고 마음대로 밖에 나다니지도 못하게 되었다. 카든 씨 말고 구애하는 남자도 없어 끝내 아무하고도 결혼을 못 한 채, 독신으로 스코틀랜드에 사는 여동생의 집에 가서 조카들 가정교사로 있다가 죽었다.

카든 씨의 처녀납치사건에 대한 반응은 아일랜드와 영국이 판이했다. 영국 언론에선 풍자 섞인 조롱 조로 이 사건으로 유명해진 카든 씨의 인기를 꼬집었다. 수 세기에 걸쳐 영국의 식민지 백성인 아일랜드 사람들의 다혈질적인 야만성의 한 표본이라며, 이러한 원시적 구애법이나 관습이 개명된 영국에까지 전염병같이 파급되어서는 안 된다는 것이었다. 특히 영국의 전통적인 귀족 계급의 유산 상속녀 신붓감들이나 이들의 후견인들에게는 경종이 아닐 수 없었다. 유괴행위가 돈 많이 들고, 복잡한 결혼식 절차보다 얼마나 값싸고 간편한 수단이 되겠냐고 비꼬는 영국 언론에 아랑곳없이 이 사건은 세월이 가도 잊히지 않고, 모든 아일랜드 사람들이 즐겨 부르는 수많은 민요를 통해 전해오면서, 만인의 심금心琴을 울려주고 있다. 이 사건을 소재로 삼은 노래의 가사로 퍼시 프렌치란 사람이 지었다는 '바레인성城 샘터에 앉아'가 있다.

나 바레인성 샘터에 앉아
그 사내를 그려보네.
제멋대로 고집 세고
애틋한 환상에 사로잡힌
가엾은 그 사내를.

너무도 아름답고 매력 있는
그 처녀를 잊지 못해
헤일 수 없이 수많은
미행과 납치 계획으로
지새우며 보낸 밤과 나날들
잘 달리는 말들과
호화롭게 꾸민 요트
그의 전부를 다 바쳐
그의 목숨과 삶을 건
도박이요 모험이었지.

이렇게 일편단심으로
추구한 이 한 가지 행복을
그는 놓치고 말았다네.
그의 생명보다 소중했던
바로 그 처녀가
그의 짝이 되지 않겠다고
그녀의 작은 두 주먹으로
그를 두들겨 패는 바람에.

오, 태곳적 옛날에
사랑을 했던 우리 조상들은
이렇지 않았었지.

선사시대 원시인들은
이러쿵저러쿵 말할 것도 없이
좋아하는 처녀를 덥석 안아
제 동굴로 가는 것이
관습이었지 죄가 아니었다네.

내가 재판장이었더라면
난 그 사내를
감옥에 넣지 않았을 거야.

내가 비록 그 사나이처럼
용감무쌍하고 날 사로잡을
아름답고 매력 있는
처녀를 만나지 못했지만
그 처녀를 위해 파 놓은
이 사랑의 샘가에 앉아
그 사내가 못다 부른
이 노래를 불러보네.

그 사내가
그 처녀를 위해
헛되이 파 놓은
이 사랑의 샘터에 앉아
어쩌면 이 세상보다
더 아름답고
신비로운 세상에서
그들이 다시 만나는 걸
상상해 본다네.

그곳에는 그 사내를 불태울
정열의 태양이나
그 처녀를 두려움에 떨게 할
얼음 바다가 없을는지 몰라도

해법解法은 '하나'님이다

"트럼프 집안에 우리 할아버지가 만들어 논 분열의 분파적 분위기는 나의 작은 삼촌 도널드가 언제나 유영해온 (썩은) 못 물이었고, 이 계속되는 분열의 분단과 분쟁은 다른 모든 가족 희생의 대가로 그만을 이利롭게(?)할 뿐이다. The atmosphere of division my grandfather created in the Trump family is the water in which Donald has always swum, and division continues to benefit(?) him at the expense of everybody else."

주注: 이 인용문의 괄호 속 (썩은)과 이利롭게 다음 물음표(?)는 필자가 마음대로 자의로, 삽입 첨가한 것임.

2020년 7월 14일 출간된 트럼프 대통령의 여조카 메리 트럼프Mary L. Trump, 1965 - 가 그녀의 신간 '가족 메봐Family memoir 과잉過剩과 불만족不滿足 : 어떻게 우리 집안이 세상에서 가장 위험한 인물을 만들었나 Too Much and Never Enough: How My Family Created the World's Most Dangerous Man'에서 하는 말이다. 이 책 내용을 한두 단어로 줄인다면 '독성적毒性的 긍정의 힘' 영어로는 'toxic positivity'이라고 할 수 있으리라. 저자 메리 트럼프는 트럼프 대통령의 알코올 중독자였던 맏형 프레드 트럼프 주니어Fred Trump, Jr. 1938-1981의 딸로서 임상 심리학 박사Ph.D. in clinical psychology이다.

이 책을 내가 아직 읽어보진 않았지만, 만천하 세계 모든 사람들이 이미 다 잘 알고 있는 사실들을 새삼 폭로, 진단하고 있는 내용이 틀림없을 것 같다.

이것이 어디 비단 한 가정 한 사람에게만 해당하는 것일까. 인류 역사를 통틀어, 동서양을 막론하고, 모든 부계사회에서, 그것도 만물萬物의 영장靈長이란 허상虛像/虛想에 사로잡혀 온 우리 모두에게 해당하지 않으랴!

여호와 하나님 아버지니 알라니 뭐니, 너무도 근시안적이고 소아병적이며 자멸적인 선민사상, 남존여비, 백인우월주의 등, 우주 자연 만물을 인간의 희생양 제물로 삼아 온 인본주의 자본주의 물질문명의 결과로 날로 심해가는 기후변화와 자연 생태계 파괴로 인한 오늘날 코로나 펜데믹, 그리고 앞으로 그 이상의 천재지변天災地變이 명약관화明若觀火해지고 있지 않은가 말이다. 너 죽고 나만 살자는 이 만성 고질병을 치료하기 전에는 백약이 무효, 신음하고 있는 우리 인류에겐 단말마斷末魔의 비명悲鳴만이 있을 뿐이리라. 그렇다면 그 근본적인 해법解法은 무엇일까?

2014년 3월 15일 출간된 우생의 졸저 '무지코: 무지개를 타고 지상으로 내려온 코스미안' 서두에 실린 글 '온 인류에게 드리는 공개편자코스모스 바다Open Letter-The Sea of Cosmos'를 아래와 같이 옮겨보리라.

2013년 9월 12일자 뉴욕타임스 오피니언 페이지에 실린 블라디미르 푸틴 러시아 대통령의 글 '러시아로부터 미국의 주의注意를 촉구하는 호소문'을 읽고 나는 극히 외람되나마 전 세계 인류 가족에게 드리는 이 편지를 이렇게 쓰게 되었습니다.

푸틴 대통령은 지난 9월 10일 미국 대통령이 전 미국 국민에게 행한 연설문을 신중히 검토해본 결과, 미국 정책의 '예외성'을 강조한 버락 오바마 대통령의 주장에 동의할 수 없다며 "그 동기야 어떻든 사람들로 하여금 스스로를 예외적이라고 생각하도록 독려하는 것은 극히 위험하다"고 했습니다. 그의 적절한 지적에 독자의 한 사람으로 나도 전적으로 동감입니다. 인간뿐만 아니라 자연의 모든 존재물이 동물, 식물, 광물 할 것 없이 다 같은 '하나'님이라는 진리를 나는 굳게 믿습니다. 유사 이래 인류 대부분의 비극은 두

가지 사고방식에서 기인했다는 것이 내 생각입니다.

그 하나는 독선독단적인 '선민사상選民思想'이고 또 하나는 어린 시절부터 세뇌되고 주입되어 온, 백해무익한 '원죄의식原罪意識'이라고 나는 봅니다. 우리 동양 선인들의 지혜로운 말씀대로 '피아일체彼我一體'와 '물아일체物我一體' 곧 너와 내가, 모든 물체와 내가 하나임을 진작부터 깨달았더라면 우리가 사는 세상이 비교도 할 수 없이 훨씬 더 좋아졌을 것입니다. 쉽게 말해서, 내가 너를 해치거나 도우면 나 자신을 해치거나 돕는 것이고, 자연을 파괴하거나 헤아릴 때 이는 나 자신을 파괴하거나 헤아리는 것이 됩니다. 그래서 독일의 신비주의자 야콥 뵈메1575-1624가 말했듯이 "영원이란 우리가 사랑하는 대상 그 자체가 되는 그 일순간"인가 봅니다.

나 자신의 얘기를 예로 들어보겠습니다. 나는 지금은 북한 땅이 되어버린 평안북도 태천에서 태어났습니다. 이차대전 종전으로 36년간의 일제식민지 통치가 끝나면서 한반도가 남북으로 분단될 때 나는 남쪽에 있었습니다. 미국과 소련연방 마소 냉전 긴장의 분출구로 동족상잔의 한국동란이 일어났으며 아직까지도 그 후유증이 계속되고 있는 상황이 아닙니까. 요행과 '죽기 아니면 살기'의 생존본능에 따라 모든 행운을 하나도 놓치지 않고 순간순간 최선을 다해 살아오다 보니, 세상에 버릴 것은 아무것도 없었습니다. 12남매 중 11번째로 태어나 다섯 살 때 아버지를 여의고 한국전쟁 당시 나이 열셋에 집 없는 거리의 소년이 된 나는 어린 나이에 길을 떠났습니다. 삶의 의미와 나 자신의 진정한 자아의식을 찾아서.

동양서양, 남쪽북쪽, 어디 출신이든 큰 그림에서 볼 때 우리는 우주라는 큰 바다에 표류하는 일엽편주一葉片舟와도 같은 아주 작은별 지구에 잠시 무지개를 타고 (어레인보우 Arainbow) 머무는 우주적 나그네 '코스미안Cosmian'입니다.

현재 있는 것 전부, 과거에 있었던 것 전부, 미래에 있을 것 전부인 대우주를 반영하는 소우주가 모래 한 알, 물 한 방울, 풀 한 포기, 그리고 인간입니다. 이런 코스모스 우주가 바로 나 자신임을 깨닫게 되는 순간이 사람이라면 그 어느 누구에게나 다 있을 것입니다. 이러한 순간을 위해 우리 모두 하나같이 인생순례자 '코스미안'이 된 것이 아닐까요. 우리 모두 다 함께 '코스모스 칸타타'Cosmos Cantata' 합창을 부르며 하늘하늘 하늘에 피는 코스모스바다가 되기 위해.

15년 전 전립선암 진단을 받고 나는 다섯 딸에게 남겨 줄 유일한 유산으로 아빠가 살아온 삶을 짤막한 동화형식으로 작성하기 시작했습니다. 이 글에서 내가 강조하고 싶었던 것은 아무리 힘들고 슬프고 절망할 일이 많다 해도 이 세상에 태어난 것이 태어나지 않은 것보다 얼마나 다행스러운가. 실연당한다 해도 누군가를 사랑해 본다는 것이 사랑 못 해 보는 것보다 얼마나 아름다운가. 이렇게 사랑하며 사노라면 우리는 비상飛翔하게 되지 않겠느냐는 것이었습니다.

43세가 되도록 제 눈에 드는 남자를 만나지 못해 혼자 살아오던 내 둘째 딸은 한 남자를 만나 사랑하게 되었습니다. 영국 특수부대 비행기 조종사로 의병 제대한 피부암 말기 환자로 암환자 기금 마련을 위해 산티아고 순례길을 걸으며 올린 블로그를 보고 교신 끝에 지난해 2월 16일엔 그의 임박한 장례식 대신 그의 삶을 축하하고 기리는 파티를 스코틀랜드 에든버러 성에서 열었고, 3월 16일엔 에든버러 아카데미에서 결혼식을 올렸습니다. 이 결혼식에서 나는 아래와 같은 시 한 편을 낭송했습니다. 이 시는 2013년 미국에서 출간된 졸저 '코스모스 칸타타: 한 구도자의 우주여행Cosmos Cantata: A Seeker's Cosmic Journey'의 출판사 대표이자 시인 도리스 웬젤이 써준 축시입니다.

내가 알지 못하는 남녀 한 쌍에게

내가 만난 적은 없어도 이 두 젊은 남녀는
이들을 아는 사람들에게 깊은 인상을 주고
이들을 모르는 사람들에게도 큰 감동을 주네.

내가 만난 적은 없어도 이 젊은 연인들은
서로에 대한 헌신으로 똘똘 뭉쳐 오롯이
호젓하게 그리고 다른 사람들과 함께
삶의 축배를 높이 드네.

내가 만난 적은 없어도 이 두 사랑스런 영혼들은
저네들만의 세상을 만들어 전 세계에 여운으로
남는 감미로운 멜로디를 창조하네.

결혼식을 올린 지 5개월 후 8월 24일 46세로 남편이 타계했다는 소식을
듣고 나는 다음과 같은 이메일을 딸에게 보냈습니다.

사랑하는 딸 수아에게

사랑하는 남편 고든이 평화롭게 숨 거두기 전에 네가 하고 싶은 모든 말들을 다 하고
그가 네 말을 다 들었다니 그 영원한 순간이 더할 수 없도록 복되구나. 난 네 삶이 무척
부럽기까지 하다. 너의 사랑 너의 짝을 찾았을 뿐만 아니라 그 삶과 사랑을 그토록 치열
하게 시적으로 살 수 있다는 것이.

사람이 장수하여 백 년 이상을 산다 한들 한 번 쉬는 숨, 바닷가에 부서지는 파도의 포
말에 불과해 우주라는 큰 바다로 돌아가는 것 아니겠니. 그러니 우리는 우리 내면의 코스
모스바다를 떠날 수 없단다.

사랑하는 아빠가

다음은 딸 아이의 조사弔辭 일부입니다.

그를 만난 것이 얼마나 어처구니없도록 크나큰 행운이었는지. 우리가 같이
한 13개월이란 여정에서 아무런 후회도 없고, 나는 내 삶에서 완벽을 기하거

나 완전을 도모하지 않았으나 어떻게 우리 자신 속에서 이 완전함을 찾았으며, 우리는 불완전한 대로 완전한 사랑이란 절대균형을 잡았습니다.

(In September 2013, I wrote "An Open Letter: The Sea of Cosmos," which was sent to U.S. President Obama and Russian President Putin.)

The Sept. 12, 2013, Op-Ed article in The New York Times: "A Plea for Caution From Russia" by Vladimir V. Putin, president of Russia, prompted me to write this letter to all my fellow human beings all over the world. In concluding his plea, Mr. Putin says that he carefully studied Mr. Obama's address to the nation on Tuesday (September 10, 2013) and that he disagreed about the case President Obama put forth when he stated that the United States' policy is, "What makes America different. It's what make us (the United States) exceptional."

I, for one, concur with President Putin's apt comment that "it is extremely dangerous to encourage people to see themselves as exceptional, whatever the motivation." From time immemorial, most, if not all, human tragedies have been visited upon us, in my humble opinion, by two major mindsets: One is the self-serving "chosen-species-racist" view, and the other is the harmful concept of "original sin" instilled in childhood.

I firmly believe in the truth that we, not only human beings, but all things in Nature are one and the same. We'd be far better off if we were enlightened early on to realize that we are related-part of each other-as the ancient aphorism goes: '피아일체' "pee-ah-il-che" in Korean phonetic alphabet and '彼我一體' in Chinese characters, meaning that "we (you and I) are one and the same."

Another aphorism goes: '물아일체' "mool-ah-il-che" in Korean phonetic alphabet and '物我一體' in Chinese characters, meaning that "all things and I are one and the same." Simply put, when I hurt or help you, I'm hurting or helping myself; when I destroy or divine Nature, I'm destroying or divining myself.

Perhaps that's why and how it's possible that eternity consists of a flash of a lightning-like moment when we become the very object of our love, as the German mystic Jakob Boehme(1575-1624) believed. Let me further present my case in point. Born in now-North Korea, I happened to be in the south when the country was divided at the end of World War II, which ended the 36-year-old colonial rule of Korea by Japan; hence the Korean War in the heat of the Cold War tension between the two superpowers, U.S.A. and Soviet Union, and its ongoing aftermath.

By virtue of serendipity and survival instinct of "sink or swim," I've always counted every stroke of luck as a blessing and believed nothing was to be discarded. Eleventh of 12 children, I became fatherless at the age of five and homeless when I was thirteen during the Korean War, Consequently, I went on a journey at an early age, in search of the sublime in our human condition, seeking my cosmic identity in the greater scheme of things.

No matter where one is from, if we look at things from the big picture, we all are "cosmians arainbow" passing through as fleeting sojourners on this tiny leaf-boat-like planet earth floating in the sea of cosmos. If each one of us, be it a grain of sand, a drop of water, a blade of grass, or a human being, is indeed a micro-cosmos reflecting a macro-cosmos of all that existed in the past, all that exists in the present, and all that will exist in the future, we're all in it together, all on our separate journeys to realize that we must all sing the Cosmos Cantata together. No one is exceptional and all of us are exceptional.

When I was diagnosed with prostate cancer fifteen years ago, I started to compose a short, true story of my life in the form of a fairy tale for my five daughters as my only legacy. All I wanted to say in my writing was this:

Always changing and impermanent though life is,
Troubled and sorrowful though life is,
What a blessing it is to be born than not be born at all!
What felicity it is to love somebody,
Even if you may be crossed in love and heartbroken!
Isn't it such a beautiful, blissful and wonderful experience?
To live and to love!
By so doing we learn to fly and to soar.

And a small portion of my daughter's recent eulogy to her husband reflects those sentiments:

I spoke of how ridiculously lucky I felt to have met him.
How I had no regrets about anything on our journey.
I told him that I had never sought for perfection in anything in my life.
But that somehow, I had found it.
I had found it in "us."
We were perfect.

Perfect in our imperfections too.
Our imperfectly perfect balance.

And Doris Wenzel, the American poet and publisher of my book
Cosmos Cantata, reflected on their exceptional lives in:

To The Couple I Do Not Know

I have never met those two young people,
Impressing those who know them,
Inspiring those who don't.

I have never met those two young lovers,
Wrapped in devotion to one another,
Celebrating life alone and with others.

I have never met those two sweet souls,
Securing a world of their own
While creating a lingering melody for the world.

After I learned of his (Gordon's) passing at the age of 46, I emailed
the following short message to my daughter:

Dearest Su-a

It is good to know that Gordon listened and understood what you
had to say for an "eternal" hour before he stopped breathing and he
was gone so "peacefully."

Su-a, you are such an amazing girl. I'm even envious of you, not only for having found "the love of your life" but more for living it to the best, to the fullest, so intensely, so poetically, very short thought it was only for 13 months. Even if one lives to be over a hundred, still it will be nothing but a breath, a droplet of waves breaking on the shore, returning to the sea of cosmos. Thus we never leave "the sea inside."

Love, DadXX

어떻든 전 세계를 식민지화하고 자연생태계의 질서를 파괴해온 서양 물질 문명의 '원죄의식'과 '선민사상'에서 어서 탈피하여 우리나라의 홍익인간과 홍익만물, 다시 말해 인내천 사상을 온 세상에 펼치는 것이 답이 되리라. 자연의 섭리를 따르는 것 말이어라. 자, 우리 아메리카 인디언들이 신앙처럼 받드는 다음과 같은 말을 깊이 되새겨 보리라.

강물은 자신의 물을 마시지 않고
나무는 자신의 열매를 따 먹지 않는다.

햇빛은 스스로를 위해 비추지 않고
꽃들은 스스로를 위해 향기를 내뿜지 않는다.

남을 위해 사는 것이 자연이다.

네가 행복할 때 네 삶은 좋다.
하지만 너 때문에 남들이 행복하면
그것이 훨씬 더 좋은 삶이다.

남을 위해 살지 않는 자는

삶을 살 자격이 없다.

우리의 본질은 봉사하는 것이다.

The rivers don't drink their own water,
The trees don't eat their own fruits.

The sun doesn't shine for itself;
the flowers don't give their fragrance
to themselves.

To live for others is nature's way.

Life is good when you are happy;
but life is much better when others are happy
because of you.

Who doesn't live to serve,
doesn't deserve to live.

Our nature is service.

이것이 바로 우리 모두 우주 나그네 '코스미안'의 참된 소명이고 친인파親人派/波 친지파親地派/波 친천파親天派/波로서 상생相生과 공생共生하는 길이 되는 것이리.

코스모스 연가 戀歌

청소년 시절 셰익스피어의 '오셀로Othello, 1565'를 읽다가 그 작품 속의 주인공 오셀로가 악인 이아고에게 속아 넘어가 선량하고 정숙한 아내 데스데모나를 의심, 증오와 질투심에 불타 그녀를 목 졸라 죽이면서 그가 그녀를 너무 사랑하기 때문이란 말에 나는 펄쩍 뛰었다.

사랑이라고?
사랑은 무슨 사랑?
사랑과 정반대를 한 것이지.
사랑이란 말 자체를 모독하고
사랑이란 가장 숭고하고 아름다운
인간의 진실을
더할 수 없이 모욕하고 모독한
어불성설語不成說이다!

격분해서 씩씩거렸다. (아직도 좀 그렇지만) 오셀로가 진정으로 그의 부인 데스데모나를 사랑했었다면 첫째로 그가 경솔하게 부인을 의심한 것부터 잘못이다. 둘째로 그가 진정으로 부인을 사랑했었다면 설혹 그녀가 정부와 정을 통하고 있는 현장을 자기가 직접 제 눈으로 목격했다 하더라도 그녀의 행복을 위해 자기가 물러나 부인을 그녀가 사랑하는 남자에게 보내줄 수밖에 없지 않았을까? 셋째로 그가 자신의 경솔했던 잘못을 깨닫고 자살이란 간편한 방법으로 쉽게 책임 회피, 현실 도피를 하고 말았는데, 그럴 것이 아니라 부인이 못다 살고 간 몫까지 합해서 몸은 죽고 없는 혼이라고 함께, 그야말로 한 몸, 한마음, 한 영혼으로 한데 뭉쳐 아무리 괴롭더라도 목숨이 다하는 순간까지 끝까지 살았어야 하리라. 이렇게 나는 속으로 되뇌었다.

또 언젠가 미국 음악 영화 '로즈 마리 Rose Marie, 1936'를 보다가 그 끝 장면에 나는 무릎을 치면서 그 스토리의 결말이 좋아 쾌재快哉를 불렀었다. 사람은 누구나 각자 제 속에 지니고 있는 것만을 밖에서 감지할 수 있듯이 우리 모두 각자가 저마다 거울처럼 바깥세상에서 제 자신의 모습을 찾아볼 수 있기 때문이었으리라.

백인 기마대가 어느 아메리카 인디언 부락을 습격, 남녀노소 가리지 않고 죄다 학살했는데, 어떻게 한 어린 소녀가 살아남은 것을 이 기마대 상사가 거둬 자식처럼 키웠다. 그러나 이 아이가 커서 아름다운 처녀가 되자 상사는 이 처녀를 마음속으로 사랑하게 된다. 이 인디언 처녀는 상사 아저씨를 생명의 은인으로 고맙게 생각하고 존경하면서 은혜에 보답하기 위해서라도 상사 아저씨가 원하면 그와 결혼해야겠다고 마음먹는다. 그러던 어느 날 처녀는 뜻밖에 어떤 젊은 사냥꾼을 만나 둘이 서로 사랑하게 된다. 상사 아저씨를 저버리고 이 사냥꾼을 따라나설 수 없어 고민하는 처녀를 상사 아저씨가 제일 좋은 말에 올려 태우고 망 엉덩이를 손바닥으로 '탁' 쳐서 처녀를 기다리고 있는 사냥꾼에게고 보내준다.

이 영화를 보고 나는 내 나름대로 추리를 해보았었다. 만약 기마대 상사 아저씨가 제 욕심만을 채우기 위해 억지로 인디언 아가씨를 잡아두고 결혼까지 했었다면 결국 아가씨도 사냥꾼도 불행하게 만들고, 불행한 아가씨와 사는 자기 자신도 결코 행복할 수가 없었을 텐데, 자기가 사랑하는 아가씨의 진정한 행복을 위해 아가씨가 사랑하는 남자에게 그녀를 보내줌으로써 한 쌍의 젊은이들이 행복했을 것은 물론이고, 자기가 사랑한 아가씨가 행복하리라는 확신에서 또 그녀의 행복을 계속 빌어 주는 마음으로 제 가슴이 늘 아리고 저리도록 흐뭇 짜릿하게 그 자신 또한 행복하였으리라고 청소년 시절 내가 보게 된 또 하나의 미국영화 서부활극 '셰인Shane, 1953'이 나는 너무너무 좋았다. 총잡이 셰인이 총잡이 생활을 청산하고 길을 가다가 머물게 된 어느 시골 농촌 마을에서 선량한 그 마을 사람들이 일당의 악당으로부터 온갖 고통과 피해를 입고 있는 것을 보다 못해 안 잡겠다던 총을 다시 잡아 혼자서 여러 명의 총잡이 악당을 통쾌하게 해치우고 떠나가는 스토리였다.

어느 농가의 어린애와 잠시지만 친하게 지내면서 그 아이의 엄마, 농부의 아내가 보내는 사모의 정 어린 시선을 뒤로 하고 그 농부 가정의 행복을 빌며 냉정히 떠나가는 끝 장면이 무척 인상적이었다. 아이가 뒤쫓아가며 "셰인, 셰인" 부르는 소리가 먼 산울림으로 메아리치고.

그 영화 스토리에서와 같은 환경에 태어났었다면 나도 바로 그 주인공 셰인 같이 행동했으리라고 공명, 공감했었다. 하기야 그 당시 그 영화를 본 친구들과 가족까지도 (젊었을 때) 내 외모나 성품이 셰인 역을 맡은 배우 아란 랏드Alan Ladd 1913-1964 같다 했었으니까. 어쩜 그도 그럴 것이, 지금 와 돌이켜 봐도, 내가 살아온 삶이 아닌게 아니라 셰인과 좀 비슷한 데가 있었는지 모르겠다. 군복무 시절이나 직장생활에서도 셰인처럼 나도 조용하면서도 담차게 '일조 유사시'엔 마치 '일기당천—騎當千'하듯 '악당'을 멋있게 해치웠고, '억강부약抑强扶弱'했지 '자전거 타듯' 강자나 윗사람에게는 고개 깊이 숙여 '네, 네' 절절 굽신거리면서 아랫사람 약자를 짓밟고 못살게 굴지는 않았었으니까 말이다.

우리 생각 좀 해보면 세상에 그 어느 누구도 남을 밟고 얼마나 높이 올라설 수 있는지, 또 다른 사람의 불행 위에 얼마나 마음 편안한 행복의 꽃을 피울 수 있는지 정말 의심스럽지 않은가. 적극적으로 상대방을 행복하게 해줄 수 있으면 최선이겠지만 그럴 수 없을 때는 최소한 상대방을 괴롭혀 불행하게 하지는 말아야지. 이것이 차선지책次善之策이 아니겠는가.

얼마 전 언론에 보도된 실화가 있다. 미국에 이민 온 인도 가정의 이야기다. 딸이 인도의 전통적 신분제도인 카스트가 다른 청년을 사랑하게 되어 집을 나가 그 청년과 살다가 이 사실이 친지들에게까지 알려지게 되자 아버지는 딸을 찾아내 살해하고 말았다. 그 이유는 가족의 '수치'라는 것이었다.

요 얼마 전부터 전 세계적으로 '미투 운동The Me Too movement'이 벌어지고 있는 오늘날에도 인도, 파기스탄 등 중동지역에서는 아직까지도 '명예살인honor killing'이 자행되고 있다지 않은가. 아내나 딸 또는 누이가 성폭행을 당하면 가족의 명예를 더럽혔다고 피해자를 다른 사람도 아닌 가족이 살해한다니 말이 될 법이나 한 일인가. 피해자를 보호해주지 못한 가족이 자책하고 속죄할 일이지 어찌 피해자를 죽여버릴 수가 있을까.

내가 초등학교 시절 한 급우가 연필 한 자루 훔쳤다는 의심을 받자 자기의 결백을 증명하겠다고 자살한 일이 있었다. 나중에 밝혀진 사실이지만 도적 맞았다는 그 연필이 연필통에 있었는데 책상 서랍에 있던 것이 없어졌다고 소동이 일어났던 것이었다.

옛날 '악법도 법'이라며 독약을 먹고 자살한 소크라테스를 비롯해 동서고금을 막론하고 수많은 사람이 스스로 자신의 목숨을 끊어 왔지만, 이 '자살'이란 최선最善은 물론 차선次善은 커녕 最惡의 해법解法이 아닐까? 전태일 열사처럼 분신자살할 수밖에 없을 경우도 있겠지만 이런 경우라도 죽기보다는 살아서 시지프스처럼 마지막 숨이 끊어지는 순간까지 마지막 한 방울의 피와 땀과 눈물을 쏟아가며 운명의 바위를 밀어 올려야 하지 않을까? 그러다 보면 이 피와 땀과 눈물이 아롱아롱 아지랑이처럼 하늘로 피어올라 깜깜하던 카오스 같은 하늘에 아름다운 코스모스 무지개로 피어나는 것이리라. 동트기 직전이 가장 어둡고 하늘이 깜깜할수록 하늘에 별이 그 더욱 빛날 수 있으며 우리가 날리는 연鳶도 바람을 탈 때보다 거스를 때 가장 높이 뜨지 않던가. 마찬가지로 우리가 '자살'을 거꾸로 읽으면 '살자'가 되듯이 사노라면 절대로 풀릴 수 없을 것 같은 문제도 스스로 저절로 풀리게 되는 것을 경험하게 되는 것 같다. 영어로 표현하자면 "When you don't know what to do, just wait and see. More often than not, things sort themselves out."이다

내가 직접 겪은 예를 하나 들어보리라. 대학 진학 때 어떤 전공과목을 선택할까 생각하다가 나는 다음과 같은 결론을 내렸다. 대학 과정은 하나의 교양 과정에 불과할 것이다. 앞으로 일생을 살아가는데 학문적인 기반, 경제적인 기반, 사회적인 기반, 다 필요하겠지만 무엇보다도 정신적인 기반을 닦는 것이 급선무라고. 인생은 망망대해에 떠도는 일엽편주-葉片舟 같다지만 그런대로 내 나름의 방향감각을 갖고 내 마음대로 내 뜻대로 항해해 보기 위해서는 나침반 같은 인생관을 무엇보다 먼저 확립해 봐야겠다고. 그래서 선택한 과목이 종교철학이었다.

대학 시절 이승만 대한민국 초대 대통령의 영구집권을 반대, 돈키호테처럼 '일인거사-人擧事'를 도모했다가 수포가 된 데다, 설상가상으로 첫인상이 코스모스 같았던 아가씨와의 첫사랑에 실연당해 나는 동해에 투신까지 했었다. 매년 가을이 되면 한국에는 가는 곳마다 길가에 깨끗하고 고운 코스모스가 하늘하늘 피어 길가는 나그네의 향수를 달래준다. 이때면 예외 없이 나는 가슴앓이를 하게 된다. 아물어가던 가슴 속 깊은 상처가 도져 다시 한번 '코스모스 상사병'을 앓게 된다.

1910년 8월 29일 한일 합병 조약에 의해 한국의 통치권을 일본에 빼앗긴 우리나라 국치國恥의 한일합방韓日合邦 이후 전국 각지에서 일어난 의병군에 가담하셨다가 만주로 떠나신 뒤 1945년 8월 15일 해방이 된 다음에도 아무 소식 없는 외할아버지와 외삼촌들 이야기를 듣고 자라서였을까, 어려서부터 나는 내가 좀 더 일찍 태어났더라면 나도 안중근 의사나 윤봉길 의사 못지않은 애국 투사가 되었을 텐데 하면서 어린 두 주먹을 꼭 쥐고 작은 가슴을 쳤었다. 그러다 보니 나는 4.19세대가 되었다. 대학 다닐 때 선거 운동을 좀 한 것이 주목되었었는지 오래전에 고인故人이 되셨지만 당시 야당인 민주당의 중진

급 국회의원이시던 모 인사께서 나보고 자기 비서로 일해 달라는 청을 사절하고 독불장군처럼 나는 엉뚱한 일을 남모르게 혼자 추진하고 있었다. 어린 나이에도 앞으로 우리 세계는 정치, 경제, 문화 할 것 없이 모든 것이 국제무대가 될 것이라는 생각에서 외국어를 아는 것이 '현대인'의 필수적인 상식에 속할 것으로 판단하고, 나는 중고등학교 때부터 영어는 물론 일어, 독일어, 프랑스어, 스페인어까지 자습했고, 지금은 거의 다 잊어버렸지만, 대학에서는 라틴어, 그리스어, 히브리어, 러시아어, 중국어, 아랍어까지 배웠다.

그래서 대학생 시절 나는 영·독·프랑스·스페인어를 다른 대학생들과 군 장성 및 회사 사장님들에게 개인교수도 했다. 때는 자유당 말기, 이승만 대통령이 독선적인 자아도취에 빠져 부정선거를 통해 영구집권을 꾀하고 있었다. 초대나 2대만 하고 물러나셨다면 미국의 조지 워싱턴처럼 대한민국의 국부가 되실 텐데 자신의 남은 여생을 그르치고 한국 역사의 바람직한 흐름을 망쳐 놓고 계신 것이 아닌가. 젊은 혈기에 나는 분통이 터졌다. 미숙하고 설익은 나이 탓이었겠지만 남자로 태어나서 갖지 못할 직업이 세 가지가 있다고 나는 생각했었다. 첫째는 비서직, 둘째는 대변인직, 셋째는 대서나 대필업으로 얼마나 오죽잖게 못났으면 제 일을 못하고 남의 심부름이나 하고, 제 말을 못하고 남의 말이나 옳기며, 제 글을 못 쓰고 남의 글이나 대신 써주랴 싶었다. 그러니 국회의원이라면 몰라도 국회의원 비서직은 직업으로 여겨지지도 않았을뿐더러 이왕이면 대통령 비서 노릇을 해보리라. 그것도 대통령 비서직이 탐나서가 아니고, '호랑이를 잡자면 호랑이 굴게 들어가는 것이 상책'이 아니겠나 하는 생각에서였다. 그렇다고 내가 그 누구를 암살이라도 하겠다는 생각은 꿈에도 없었다.

세간에 나도는 얘기로는 이 대통령께서 간신배, 모리배, 아첨배 무리들의 인人의 장막에 가려 민의民意와 세정世情을 제대로 살피시지 못하기 때문이라고 하니 내가 측근자가 되어 사심 없이 직언直言을 해보리라. 그래서 지금은 청와대라 하지만 그때는 경무대로 불리던 대통령 비서실의 의전비서가 되기로 마음먹고 당시 유력한 고위층 모모 인사의 천거까지 받았다. 한편 만일 계획

대로 나의 간언陳言이 주효하지 않을 경우에 대비해 나는 학생운동에도 참여하고 있었다. 그러던 어느 날 서울 종로에 있는 고려당 빵집에 들렸다가 우연히 나는 한 아가씨와 눈이 마주쳤다. 그 아가씨는 너무도 코스모스처럼 청초하고 아름다웠다. 뒤를 밟아 신촌까지 따라가서 인사를 나누고 그 후로 우리는 몇 번 만나 식사도 하고 영화도 보고 음악 감상실에도 갔었다.

아가씨는 경남여고를 나와 이화여대 약학과에 다니고 있었다. 내가 대학을 졸업하던 1959년 겨울 방학으로 부산에 있는 집에 내려가면서 아가씨가 내게 주는 크리스마스 선물로 단테의 '신곡 Divine Comedy' 원서 한 권을 나는 받았다. 내가 추진하는 일이 성사되는 대로 부산으로 내려가 아가씨의 부모님을 찾아뵙겠다고, 만일 그렇지 못할 경우에는 개학해서 아가씨가 상경한 후 다음 해 2월 14일 성聖 발렌타인 축일St. Valentine's Day에 '호수 그릴'에서 만나기로 약속하고 헤어진 며칠 후 나는 증발되고 말았다. 갖은 고초를 겪고 구사일생으로 은신하면서 나는 나의 '코스모스 아가씨'에게 편지를 썼다. 약속된 시간과 장소에서 만나볼 수 없게 되었지만 나를 꼭 기다려 달라는 간곡한 편지를 그냥 종이 에다 팬과 잉크로 쓰기는 성의가 부족한 것 같고 성性에 안 차 나는 주사기로 피를 한 대접 뽑아 붓으로 창호지에다 혈서를 써 소포로 부쳤다.

이 혈서를 받아보고 질겁을 했는지 '코스모스 아가씨'에게서 자기를 잊어 달라는 짤막한 답장이 왔다. 목숨을 걸고 무모하게 꾀하던 일이 틀어져 나락을 헤매면서도 '코스모스 아가씨'에 대한 사랑으로 간신히 버티어 오던 나에게 이 마지막 희망의 불빛이 꺼지자 너무도 깜깜 절벽 절망뿐이었다. 더 이상 살아 볼 삶의 의욕을 상실하고 어려서부터 미리 짜 놓았던 '마지막 코스'를 밟기로 나는 결심을 했다. 이 '마지막 코스'란 내가 할 수 있는 나의 최선을 다한 결과, 최악의 경우에 직면해서 내가 취할 수밖에 없는 '최후 조치'였다. 시험이고 사업이고, 연애이고 간에 무슨 일이든 시작할 때 미지수인 결과에 전전긍긍하다 보면 불안감과 초조한 마음으로 말미암아 사람 꼴이 안 되는 것 같아, 물론 최선의 결과를 희망하고 기대하며 어떤 일이든 시작하지만, 그러면서도 동시에 처음부터 최악의 경우까지 각오해 놓으면 '밑져 봤자 본전' 격으로 이미 마음의 준비가 되어있는 최악의 사태보다 더 나쁠 수는 없지 않 겠나 하는 발상에서 나온 조치였다.

사사건건 일마다 최악의 경우를 각오하는 것보다는 몰아서 한꺼번에 해두 는 것이 더 유유자적하듯 마음의 여유가 생길 것 같아 나는 '최악 중의 최악' 을 각오했었다. 하다 하다 안 되면 자폭하면 되지 않겠나? 살다 살다 못 살겠 으면 죽어버리면 되겠지만, 그것으로도 충분치 않다고 할 때, 가령 내세가 있 다고 가정해서 지옥하고도 그 지옥 맨 밑바닥까지 갈 각오만 되어있으면 세 상에 두려울 것이 없었다. 그렇다 치고, 그럼 '최악 중의 최악'의 경우 어떻게 자살을 할 것인가? 나는 그 구체적인 방법까지 강구해 두었다. 배라도 한 척 구할 수 있으면 인생 자체에 비유되는 망망대해로 노를 저어 가는 데까지 가다 죽으리라. 그렇지도 못하다면 그냥 바다에 뛰어들어 헤엄쳐 가는 데까 지 가다 죽으리라. 이것이 내가 선택한 나의 죽는 방법인 동시에 나의 사는 방법이었다. 목숨이 다하는 순간까지 나의 최선을 다 해보겠다는 나의 결심 과 의지였다. 이렇게 해서 마치 오래 비장했던 전가傳家의 보도寶刀를 뽑듯.

미치고
못난
놈이라
욕하셔도
바다
코스모스의
품에
뛰어
들겠습니다

이런 유서를 '코스모스 아가씨'에게 띄우고 나는 동해바다에 투신했다. 정 말 인명은 재천이었을까. 구사일생이 아닌 구십구사일생으로 목숨을 건져 척

추 디스크 수술을 받으며 서울에 있는 '메디컬 센터'에 내가 입원해 있는 동안 4.19가 났다. 하루는 신문에서 '코스모스'라고 한 4.19 의연금 기부자가 명단에 있는 것을 보고 틀림없이 '코스모스 아가씨'가, 내가 4.19운동에 관여 동참했다가 희생된 것으로 알고 나를 생각하는 추모의 정情이라고 단정, 나는 감읍感泣했다.

이 순간 죽어도 한이 없을 만큼 나는 행복했다. 이 행복감을 만끽하면서 나는 영원히 잠들고 싶었다. 그래서 한 번 수술 받고 괜찮은 몸을 꾀병을 앓아 두 번, 세 번 수술을 받았다. 수술을 받다가 마취에서 깨어나지 않으면 제일 좋겠고, 다시 깨어난다 해도 '코스모스'의 추억만으로 나는 남은 여생, 행복하게 살 수 있을 것 같았다. 그러자면 내가 차라리 성불구가 되는 것이 편리하지 않겠나 하는 속셈에서였다. 척추 수술을 받으면 성불구가 된다는 말을 나는 들은 적이 있기 때문이었다. 이렇게 자나 깨나 '코스모스'를 생각하면서 일 년 가까이 입원해 있던 어느 날, 다시 신문에서 이대 졸업반 학생들에게 앙케트로 설문 조사한 여학생들의 결혼관에 대한 기사를 나는 읽게 되었다. 나의 '코스모스'도 졸업반이었다. 그 가운데 '결혼하지 않겠다'는 몇몇 학생의 말이 내 눈에 띄었다. 또 그중에서 "남자의 생애가 너무도 모질고 비참한 그것 같아…." 이 말이 내 가슴을 무섭게 쳤다.

이렇게 내가 살아있는데 죽은 줄만 알고 나를 못 잊어 결혼도 안 하겠다고 하는구나. 내가 참으로 못 할 짓을 하고 말았구나. 한시라도 빨리 이 끔찍한 고통에서 '코스모스'를 해방시켜야겠다고 생각하니 나는 또 자신이 없었다. 혹 내가 이미 성불구자가 되지 않았을까? 그렇다면 '코스모스' 앞에 나타날 수 없지. 성불구가 아니라도 아빠 구실, 아빠 노릇을 하는 아빠가 될 수 있을까? 나는 심히 미심쩍었다. 그래서 나의 정충精蟲 정자精子 검사까지 해보고 나서야 안심하고 나는 '코스모스'에게 편지를 썼다. 1961년 2월 14일 '호수 그릴'에서 만나자고 이날은 집안 어른들도 그 자리에 나오시도록 한 터라 학교로 보낸 나의 편지를 '코스모스'가 받아보았는지 확인하려고 이대로 찾아가 보았더니 편지를 수신자 본인이 찾아가지도 않은 상태였다. 나는 그 편지를 되찾아 '코스모스'가 서울에서 거처하는 주소를 물어 찾아갔다.

그야말로 '착각은 자유, 망상은 바다'라고 만나보니 내가 그동안 너무도 크게 착각, 얼토당토않게 터무니없는 망상, 망념에 사로잡혀 온 것을 비로소 깨닫게 되었다. '코스모스'는 나와 헤어진 후 교제하는 다른 남자가 있다고 했다. 진심으로 행복을 빌어주고 돌아오는 나는 허탈감과 공허감에 빠져 눈앞이 아찔했다. 하늘이 무너져 내리고 땅이 꺼졌다. 바로 조금 전까지만 해도 이 세상에 (죽었다가) 새로 태어난 것처럼 말할 수 없는 희열과 희망에 차 '코스모스'와 함께 할 한없이 보람되고 복된 아름다운 우리의 앞날을 꿈꾸었었는데….

스웨덴의 정치가로 국내 정치 무대 진출이 여의치 않자 국제 정치 무대에서 활약 1961년 노벨평화상을 수상한 전 유엔사무총장 닥 함마슐트 Dag Hammarskjold 1905-1961처럼 나도 외교관이 되어 우리나라의 명실상부한 자주독립과 우리 민족의 숙원인 평화적인 남북통일을 위해 힘써보리라는 포부와 야심으로 전엔 거들떠보지도 않던 고등고시용 법률책들을 한 보따리 사 놓고 몸도 추스르고 요양할 겸 설악산에 있는 어느 절에 가서 행정고시 준비를 하기로 했었는데… 나는 자포자기 끝에 코르셋을 한 몸으로 자원입대, 의병 면제된 병역 의무를 '사서' 군대 생활을 했다. (고시 공부하려던 책들은 다 불태워 버리고)

60년이 지난 오늘에 와서 돌이켜 보면 나의 첫사랑이 이루어졌더라면 평생토록 코스모스를 그리워하면서 키워온 '코스미안 사상과 철학'도 싹트는일이 없었으리라. 그러니 이래도 저래도, 얻어도 잃어도, 다 좋고 괜찮다고 해야 하리라. 가는 길이 오는 길 되고, 오는 길이 가는 길 되며, 저 바다의 밀물과 썰물처럼 말이어라.

데미안 Demian 에서 코스미안 Cosmian 으로

내가 좋아하는 말 세 마디가 있다. 프랑스 작가 귀스타브 플로베르Gustave Flaubert 1921-1880가 남긴 말이다.

늘 하늘을 바라보노라면 날개가 달린다고 나는 믿는다. I believe that if one always looked at the skies, one would end up with wings.

세상에 진리나 진실은 없다. 직감이 있을 뿐이다. There is no truth. There is only perception.

현실이 이상에 부합되는 게 아니고 '현실現實이 이상理想을' 확인시키는 거다. Reality does not conform to the ideal, but confirms it.

이를 내가 겪은 예로 그 실증을 한두 개 들어보리라. 1946년 노벨문학상을 수상한 독일 태생의 스위스 작가 헤르만 헤세Hermann Hesse 1877-1962가 그의 1919년 작 '데미안Demian에서 말하듯이 "사람 누구에게나 오직 한 가지 천직과 사명이 있을 뿐이다. 이것은 자신의 운명을 발견하는 것이고, 이 자신의 운명을 완전히 단호하게 자신 속에서 자신의 삶으로 살아버리는 것이다. 이 운명이란 자신이 선택하는 것은 아니지만"

'데미안'에서 데미안의 엄마 에바 부인이 아들 친구 싱클레어에게 어느 한 별을 사랑했던 한 젊은이 이야기를 해준다. 이 젊은이는 하늘의 한 별을 사랑하게 되었다. 자나 깨나 그는 그 별생각뿐이었다. 꿈까지 늘 꾸면서. 그렇지만 아무리 사모해도 인간이 하늘의 별을 자기 품에 안을 수 없다는 것을 그는 알고 있었다. 아니면 알고 있다고 그는 생각했다. 그러나 이루어질 수 없는 이와 같은 사랑을 하는 것이 그의 운명으로 생각하고 이러한 운명이 가져오는 고뇌와 자학을 통해 그는 자신을 정화하고 순화하려 했다. 그러던 어느 날 밤 바닷가 높은 절벽에 서서 별을 바라보며 그리움이 온몸에 사무치는 순간 그는 별을 향해 몸을 던졌다. 그 순간 '이것이 불가능한 일인데'란 생각이 떠오르자 그는 바닷가에 추락하고 말았다.

그는 사랑하는 법을 알지 못했다. 몸을 던지는 순간 그의 사랑이 이루어질 것을 굳게 믿었다면 그는 하늘 높이 솟아올라 그 별과 결합했을 것이다. 에바 부인은 또 다른 얘기를 해준다. 이번에도 짝사랑하는 젊은이 이야기다. 실연당한 이 젊은이에게는 푸른 하늘도 녹색의 숲도 보이지 않았다. 시냇물 소리도 들리지 않고 좋아하던 음악 소리조차 즐겁지가 않았다. 세상만사 숨 쉬고 사는 것이 다 무의미했다. 부유하고 행복했던 그는 가난하고 비참해졌다. 그런데 타오르는 그의 정열의 불길이 그의 심신을 다 태우고 더욱더 강렬해지면서 이 젊은이를 숯덩이 자석처럼 만들었다. 그러자 그 눈부시도록 아름다운 여인이 그의 자력磁力 같은 매력에 끌려 그에게 다가왔다.

두 팔을 벌려 여인을 끌어안는 순간 잃어버린 모든 것을 그는 되찾게 되었다. 여인이 젊은이 품에 안기자 모든 것이 새롭고 찬란하게 되돌아 왔다. 한 여인을 얻은 것이 아니고 온 천하를 얻은 것이다. 하늘의 모든 별들이 그의 눈 속에서 빛나고 더할 수 없는 기쁨이 그의 몸속으로부터 솟구쳐 샘솟았다. 사랑했고, 사랑함으로써 그는 자신을 찾았다.

"사랑은 애원도 요구도 해서는 안 된다. 사랑은 사랑이 반드시 이루어질 것이라는 확신에 도달할 수 있는 신념과 용기, 열정과 정열이 있어야 가능하다. 이때 비로소 끌리는 동시 끌어당기기 시작한다. 넌 지금 내게서 매력을 느끼고 있다. 그렇지만 아무리 그래도 네 매력이 나를 끌어당길 때, 나는 너의 여자가 될 것이다. 나 자신을 선물처럼 그냥 줄 수 없고, 네가 먼저 내 마음과 혼을 사로잡아야 한다."

이렇게 에바 부인이 싱클레어를 타이른다. 이런 얘기들이 가공적 허구이든 아니든 간에 사람은 누구나 인생을 살아가면서 수많은 갖가지 고난과 시련을 겪는다. 새 생명을 출산하기 위한 해산의 진통, 이가 나고 날개가 돋기 위한 잇몸 살과 날개 몸살 등등 말이다. 때로는 꿈꾸던 일이 뜻밖에 실현되는가 하면 이따금 꿈도 못 꾸던 '기적' 같은 일까지 경험하게 된다. 군복무 시절 펜팔로 사귀던 아가씨와 제대 후 서울에서 잠시 사귀다 아가씨 어머님의 반대로 헤어진 후 1988년 25년이 지나 뉴욕에서 우리는 다시 만나 드디어 맺어졌던 일이나, 또 내가 대학을 졸업하던 해 1959년에 만난 내 첫사랑 '코스모스 아가씨'와 이루지 못한 사랑이 나의 소우주 '코스모스'를 잃어버리는 바람에 60년 만에 대우주 '코스모스'를 품게 된 것이야말로 더 이상 바랄 수 없는 축복 중의 축복으로 감사할 뿐이다.

'반쪽Demian'이 온전한 하나 '코스미안Cosmian'으로 진화進化 발전發展한 것이어라.

사랑의 주문呪文-사슴의 노래

'시련은 인생을 아름답게 한다'는 다음과 같은 일화가 있다. 형의 갑작스러운 죽음으로 왕위를 이어받게 된 영국의 왕 조지 5세. 그에게 왕의 자리는 많은 시련과 어려움을 가져다주었다. 조지 5세는 막중한 책임감과 긴장감에서 오는 불안으로 날마다 힘들어했다. 그러던 어느 날, 평소 도자기에 관심이 많았던 그는 작은 도시에 있는 한 도자기 전시장을 방문하게 되었다. 모처럼 편안한 마음으로 도자기 작품을 관람하면서 도자기의 아름다움에 크게 감탄하던 조지 5세는 두 개의 꽃병만 특별하게 전시된 곳에서 발걸음을 멈추었다. 두 개의 꽃병은 같은 자료를 사용하였고, 무늬까지 똑같은 꽃병이었지만 하나는 윤기가 흐르고 생동감이 넘쳤는데 다른 하나는 전체적으로 투박하고 볼품없는 모양을 하고 있었다. 이상하게 여긴 조지 5세는 관리인에게 물었다.

"어째서 같은 듯 같지 않은 두 개의 꽃병을 나란히 진열해 놓은 것인가?"

그러자 관리인이 대답했다.

"이유는 간단합니다. 하나는 불에 구워졌고, 다른 하나는 구워지지 않은 것입니다. 우리 인생도 이와 같아서 고난과 시련은 우리 인생을 윤기 있게 하고 생동감 있게 하며 무엇보다 아름답게 한다는 것을 보여주기 위해서 특별히 함께 따로 전시해놓은 것입니다."

내 세 딸이 어렸을 때 밤이면 애들 잠들 때까지 내가 읽어주던 동화 중에 '쪼끄만 까만 수탉' 이야기가 있다. '꼭끼독 꼬끼오' 하고 쪼끄만 수탉 한 마리가 아침이면 닭장 위에 올라서서 울었다. 때로는 '꼬꺄독 꼭꾜' 하기도 했지. 제 목청이 얼마나 좋은가 뽐내면서. 그렇지만 이 쪼끄만 수탉은 자신이 살고 있는 닭장이 구질구질하고 지겨워졌다. 그는 제 몸이 새까만 대신 번쩍번쩍 눈부시게 빛나는 황금빛이었으면 했고 좁은 닭장을 떠나 넓은 세상 구경하고 싶었다. '꼭고댁 꼭꼭' 하고 울기만 해서는 안 되겠다고 생각하고 하루는 큰맘 먹고 닭장을 떠나 세상 구경하러 나섰다. 얼마만큼 가다 보니 상점들이 많은 어느 마을이 나왔다. 한 상점을 들여다보니 눈부시게 번쩍거리는 물건들이 상점 안에 가득 차 있었다. 그는 상점 안으로 들어갔다. 가게 뒤편에 있는 커다란 작업장에서 일하고 있는 주인아저씨를 보자 그는 말했다.

"아저씨, 저는 쪼끄만 수탉 신세가 싫어요. 저도 아주 근사하게 황금빛이 되어 세상을 두루 보고 싶어요. 제발 좀 도와주세요 아저씨."

"네가 정 그렇다면 내가 널 도와줄 수 있지. 암, 있고말고 너 이 마룻바닥에 금가루 보이지. 자, 그럼, 이 바닥에 네 몸을 뒹굴리거라. 그러면 네 몸이 햇빛처럼 황금빛이 될 테니."

주인아저씨가 시키는 대로 그는 신이 나서 금가루 속에 막 뒹굴었다. 머리 끝부터 발끝까지 온몸이 정말 황금빛이 될 때까지. 이때 마침 이 마을 성당 신부님이 성당의 성탑 꼭대기에 세울 바람개비를 주문하러 상점에 들르셨다. "신부님이 원하시는 물건이 바로 여기 있습니다"라고 말하면서 가게 주인아저씨는 이 쪼끄만 수탉을 가리켰다. '꼭끼어 댁 꼬끼오' 하고 그는 좋아서 목청껏 울었다. 곧 이 수탉은 성당의 성탑 꼭대기에 왕자처럼 올라앉아 세상을 내려다보게 되었다. 그런데 좀 있으니까 혼자서 그는 외로워졌다. 이것이 황금빛으로 근사하게 높이 올라앉아 세상을 내려다보는 대가였다.

여기서 우리 칼릴 지브란Kahlil Gibran 1883-1931의 우화집 선구자先驅者 The Forerunner

1920'에 나오는 '바람개비 The Weathercock'를 감상해보자.

바람개비

바람개비가 바람 보고 말했다.
"넌 왜 늘 한 방향으로만
내 얼굴을 향해 불어오지.
단조롭고 지겹게도 말이야.
너 좀 제발 다른 방향으로
반대쪽으로 불어 볼 수 없겠니?
난 너 때문에 내가 타고 난
천성 천품 내 평정심平靜心을 잃고 있어."

바람은 아무 대답하지 않고
허공 보고 웃을 뿐이었다.

The Weathercock

Said the weathercock to the wind.
How tedious and monotonous you are!
Can you not blow any other way but in my face?
You disturb my God-given stability."

And the wind did not answer.
It only laughed in space.

아, 그래서 미국 작가 에드거 앨런 포Edgar Allan Poe 1809-1849도 이런 말을 했으리라.

"시련이 없다는 것은 축복받은 일이 없다는 거다. Never to suffer would

161

never to have been blessed."

"우리가 보거나 보이는 모든 건 꿈속의 꿈일 뿐이다. All that we see or seem is but a dream within a dream."

"우리는 사랑 이상의 사랑으로 사랑했노라. We loved with a love that was more than love"

아, 그래서 영국의 미술 평론가 존 러스킨John Ruskin 1819-1900도 또 이렇게 말했으리라.

"세상에 삶 이상의 부富와 재산이 없다. (누군가를 사모하고 또는 무언가에 경탄하며 찬미하는) 사랑과 기쁨으로 충만한 삶 말이다. There is no wealth but life, including all its power of love, of joy, and admiration."

인생이 소일거리가 아니라면 사랑 또한 탕진할 욕정이 아니고 성취할 자아 완성이리. 사랑이 무엇으로 만들어진 것인지 모르지만, 사랑의 이슬방울 방울마다 세상의 모든 아름다움을 비춰 주고, 그 속에 삶의 모든 열정과 힘이 들어있으리.

소녀, 소년, 여자, 남자가 무엇으로 만들어졌는지 모르지만, 우리 모두가 다 누구나 하나같이 사랑과 삶을 나누는 사랑과 삶의 물방울들로 흘러흘러 코스모스바다로 가고 있으리. 봄에는 아지랑이로, 여름에는 소나기로, 가을에는 서리로, 겨울에는 눈꽃과 고드름으로 우리 모양새가 바뀌지만.

코스미안대학 설립

　기독교인들이 주기도문主祈禱文 외우듯이 청소년 시절부터 내가 불러오고 있는 신종新種 주기도문 별곡別曲이 있다.

　독일 태생 스위스 작가 헤르만 헤세Hermann Hesse 1877-1962의 '데미안Demian 1919'에서 에바 부인은 "사람이 그 어떤 무엇을 절대적으로 절실하게 필요로 하고 아쉬워하다가 그토록 간절히 원하던 것을 찾아 얻게 될 때 이것은 결코 우연이 아니고 필연인 것으로 다름 아닌 자신의 절절한 소망과 꿈이 갖다 주는 것이다."라고 말했다. Just as Frau Eva in Hermann Hesse's Demian says: "You must not give way to desires which you don't believe in… You should, however, either be capable of renouncing these desires or feel wholly justified in having them. Once you are able to make your request in such a way that you will be quite certain of its fulfillment, then the fulfillment will come."

　우리말에 '말이 씨가 된다'고 하고 '입턱이 되턱 된다'고 하지 않는가. We have a saying in Korea: "Watch your words. They become seeds. What you utter comes true."

　중국에도 이런 설화說話가 있다. 어떤 신령神靈 할아버지가 어느 시골 소년에게 신비神秘스런 붓 한 자루를 준다. 그 붓으로 그리거나 쓰는 건 다 사실이 된다.

미국의 만화 작가이자 아동 도서 삽화가 크로켓 존슨Crockett Johnson, the pen name of the American cartoonist and children's book illustrator David Johnson Leisk 1906-1975의 '해롤드와 보라색 크레용Harold and the Purple Crayon, 1955'이란 어린이 그림책이 있다. 해롤드가 그리는 것은 무엇이든 다 현실이 된다는 이야기다. 아, 그래서 미국의 32대 대통령 프랭클린 델러노 루스벨트 Franklin Delano Roosevelt 1882-1945의 부인 엘리너 루스벨트 Anna Eleanor Roosevelt 188401962도 이런 말을 남겼으리라.

"미래는 자신이 꾸는 아름다운 꿈(이 이루어질 것)을 믿는 사람의 것이다. The future belongs to those who believe in the beauty of their dreams."

한국전쟁으로 잿더미 속에서 불사조처럼 일어난 한국이 그 좋은 예가 아니랴. 세계 최 빈민국의 하나였고, 지게와 소달구지밖에 없던 나라에서 한국산 전자제품이 세계 각국 가정에 보급되고 한국산 자동차와 배가 전 세계 각국 도로와 오대양을 누빌 날이 있을 것을 그 누가 상상이나 했던 일인가. 한국인 반기문이 유엔사무총장을, 김용이 세계은행총재를 역임하리라고, BTS가 비틀스를 능가하는 세계적인 인기를 끌 날이 있으리라고, 한국의 영화가 세계적인 영화제에서 최고의 작품상, 감독상, 주연상, 인기상 등을 타게 될 날이 있을 것이라고, 한국의 '아리랑'이 세계에서 가장 아름다운 노래로 선정될 날이 있으리라고, 현재 코비드19 방역에 있어서 한국이 모범국가가 되리라고, 세계인의 여행지 선호도에서 한국이 최우선이 될 날이 있을 것을 그 누가 꿈속에서라도 예측 예언할 수 있었을까.

지난 1988년 하계 올림픽 때 4강까지 오른 한국, 우리의 구호가 "꿈은 이루어진다 Dream Comes True"였듯이, 앞으로도 우리 대망의 꿈은 계속해서 하나둘 이어서 반드시 이루어지리라. 그 선발주자先發走者로 지난 2018년 7월 5일 창간된 글로벌 인터넷신문 코스미안뉴스와 장차 노벨상을 능가할 제2회 코스미안상 공모, 그리고 지난 동계올림픽이 열렸던 강원도 평창에 글로벌 온라인 코스미안대학 설립이 현재 추진 중이다. 그래서 세계 각국으로부터 한국으로 유학 올 날이 머지않았으리라.

국가적인 차원에서뿐만 아니라 나 한 사람의 개인적인 사례를 들어보더라도, 한국동란 때 미군부대 하우스보이로 일하면서 당시 미군부대 사령관의 입양과 뉴욕의 줄리아드 진학 제의를 사절했었고, 또 그 이후로 그 당시 대전에 있던 CAC(유엔의 한국원조 기구) 영국인 부사령관의 영국 옥스퍼드대학 진학 제의가(술과 담배를 많이 해서였는지 영국으로 귀국 전에 부사령관이 암으로 세상을 떠나) 수포가 되었었다. 하지만 세상일 정말 알 수 없어라. 내가 꿈도 꾸지 않았었고, 또 내가 어린 딸들에게 전혀 한 번도 언급조차 한 일 없었는데, 어쩜 아빠가 갈 뻔했었던 미국 뉴욕의 줄리아드 음대와 영국의 옥스퍼드대학에 내 큰 딸 해아와 둘째 딸 수아가 가게 되었어라. 그뿐더러 우리 한국의 홍익인간과 인내천, 그리고 우리 동양의 피아일체와 물아일체 사상에 기초한 코스미안 사상을 전 세계 온 지구촌에 펼쳐, 종래의 인본주의人本主義와 자본주의資本主義 물질문명物質文明의 약육강식弱肉强食의 패러다임paradigm을 어서 극복, 졸업, 탈피해서 상부상조相扶相助의 상생相生과 공생共生을 도모하는 새로운 코스미안 시대를 열어볼 수 있는 절호의 기회가 현 코로나 사태로 도래하였어라.

지난 2018년 11월 4일 코스미안뉴스에 올린 [격문] '변혁의 논리, 태서泰誓'를 옮겨보리라.

코스미안대학 설립

고대 중국 하나라 걸왕에게 은나라 탕왕이 띄운 격문, '탕왕의 호소'를 빌어 아주 특별한 서약을 해봅니다.

사람들이여, 함께 생각해 봅시다. 우리 모두 하나같이 지구라는 이 작은 별에 태어나 잠시 살다 우주로 되돌아갈 나그네인 '코스미안Cosmian'이 아닌가요. 이 세상에 존재하는 만물이 모두 대우주의 축소판인 소우주라면 너를 사랑하는 것이 곧 나를 사랑하는 것이며 결국 온 우주를 위하는 것임을 알 수 있습니다. 그러면 이 세상의 모든 문제는 다 해결됩니다.

그동안 잃어버렸거나 망각했던 우리 자신의 우주적 정체성과 본질을 깨닫고 되찾아 우리의 삶과 사랑을 나누는 일을 증진시키고자 기존 대학과는 전혀 다른 '코스미안대학'을 설립하게 되었습니다. 여러분의 적극적인 동참을 바랍니다.

코스미안뉴스 회장 이태상

우리 모두 각자는 이러한 코스미안으로서 각자의 신화神話를, 따라서 각자 자신의 사랑의 피와 땀과 눈물방울로 쓰여지는 인생역정人生歷程 천지인화天地人話를 창조하는 것이어라. So, as a Cosmian, each and every one of us is creating one's own myth and thereby one's own life journey written in one's own blood, sweat and teardrops of love, worthy of the divinity of the Cosmos and of the humanity.

4장

우주의 원리_{Entropy}

"일본은 자연재해_{自然災害}가, 한국은 인재_{人災}가 가장 큰 걸림돌이다."

최근 한 영국 언론 한국주재 특파원의 촌평이다. 각론_{各論}으로는 맞는 말일 수도 있겠지만 총체적인 총론_{總論}으로는 오늘날 기후변화로 인한 폭염과 홍수사태 등도 인재_{人材}로 봐야 하지 않을까. 마찬가지로 최근 한국에서 잇따르는 정치인, 체육인, 연예인 등의 '자살'도 어찌 보면 '타살'이라고 해야 하지 않을까. 세상만사 매사에는 양면이 있는 법이다. 마치 낮과 밤처럼 동전의 양면같이 둘이 불가분의 하나라고 봐야 할 것 같다. 거의 모든 것이 다 가면_{假面}을 쓰고 있다는 말이다. 그래서 영어로도 Blessings and/or Curses in Disguise 라 하는 것이리라. 소탐대실_{小貪大失}을 영어로는 Penny Wise, Pound Foolish라고 한다. 반대로 소실대득_{小失大得}은 Penny Foolish, Pound Wise라고 할 수 있으리라. 이 소실대득의 일화를 옮겨본다.

미국의 어느 작은 슈퍼마켓이 갑자기 정전으로 불이 꺼졌다. 그 슈퍼가 지하에 있었기 때문에, 주위가 칠흑같이 어두워졌다. 더 큰 문제는 계산기가 작동하지 않는 것이었다. 언제 다시 전기가 들어올지 모르는 상황 인지라, 어둠 속에서 계산을 기다리던 손님들이 웅성대기 시작했다. 이때, 슈퍼마켓 직원이 이렇게 안내 방송했다.

"정전으로 불편을 끼쳐 죄송합니다. 전기가 언제 들어올지 알 수 없는 상황입니다. 그러니, 바구니에 담은 물건은 그냥 집으로 가져가십시오 그리고 그

값은 여러분이 원하는 자선단체에 기부해 주십시오. 모두 안전하게 나갈 수 있도록 제가 도와드리겠습니다. 조심해서 따라서 오십시오."

이 사건은 언론을 통해서 세상에 알려졌다. 손님의 안전을 먼저 생각한 직원의 조치에 대하여 칭찬이 잇따랐다. 얼마 뒤, 슈퍼마켓 본사 감사팀이 그곳으로 조사차 나왔다. 그날 나간 상품 금액은, 대략 4천 달러였는데, 일주일간 언론에 노출된 회사의 긍정적인 이미지로 인해서 얻은 광고효과는 40만 달러에 이르렀다고 한다.

동서고금 언제 어디서나 '갑질'이 있었지만 잘 좀 살펴보면 그 대가代價는 '갑절'('갑질'이 아니고 '갑절')보다도 훨씬 그 이상의 '갑갑절' 아니던가. 얼마 전 친구로부터 전달받은 이야기를 옮겨본다.

어떤 한 아주머니가 있었습니다. 그녀는 남편이 사업실패로 거액의 빚을 지고 세상을 떠나자 마지못해 생계를 위해 보험 회사의 일을 하게 되었습니다. 하지만 그동안 집안에서 살림만 하던 여자가 그 험한 보험 일을 한다는 것이 생각처럼 그리 쉬운 일이 아니었습니다. 대학교에 다니는 딸만 아니면 하루에 수십 번도 하던 일을 그만두고 싶을 정도로 힘겨운 나날의 연속이었습니다. 추운 겨울날이었습니다. 거액의 보험을 들어준다는 어느 홀아비의 집에 방문했던 아주머니는 그만 봉변을 당할 뻔했습니다. 가까스로 위기를 모면한 그녀는 근처에 있는 어느 한적한 공원으로 피신을 했습니다. 사는 게 너무 힘들고 서러워서 자살까지 생각하며 한참을 울고 있을 때였습니다. 누군가 그녀 앞으로 조용히 다가왔습니다. 손수레를 끌고 다니며 공원에서 커피와 음료수 등을 파는 할머니였습니다. 할머니는 아주머니에게 무슨 말을 해주려고 하더니 갑자기 손수레에서 꿀차 하나를 집어 들었습니다. 따뜻한 물을 부어 몇 번 휘휘 젓더니 아주머니 손에 살며시 쥐여주며 빙그레 웃어 보였습니다. 마치 조금 전에 아주머니에게 무슨 일이 있었는지 다 알기라도 한 듯한 표정으로 말입니다.

비록 한마디 말도 하지 않았지만 할머니의 그 따스한 미소는 아주머니에게 그 어떤 위로의 말보다 큰 힘이 되었습니다. 아침까지 거르고 나와서 너무나도 춥고 배고팠던 아주머니는 할머니의 따뜻한 정에 깊이 감동하면서 눈물로 꿀차를 마셨습니다. 그리고는 힘을 얻어 다시 일터로 나갔습니다. 그 후 몇 년의 세월이 흐른 어느 가을날이었습니다. 공원에서 차를 팔고 돌아가던 할머니가 오토바이사고를 당하게 되었습니다. 다행히 수술이 무사히 끝나 생명엔 지장이 없었지만 뺑소니 사고였기 때문에 할머니는 한 푼도 보상을 받지 못했습니다. 퇴원하는 날이 가까워져 오면서 할머니는 거액의 수술비와 병원비 때문에 밤잠을 이룰 수가 없었습니다. 할머니의 딸이 퇴원 절차를 위해 원무과로 찾아갔을 때였습니다. 원무과 여직원은 할머니의 딸에게 병원비 계산서 대신 쪽지 하나를 건네주었습니다. 그 쪽지에는 이렇게 쓰여 있었습니다.

수술비+입원비+약값+기타비용/총액=꿀차 한 잔

할머니의 딸이 두 눈을 크게 뜨며 놀래자 서무과 여직원은 빙그레 웃으면서 다음과 같이 말했습니다.

"5년 전, 자살을 생각했다가 꿀차 한 잔에 다시 용기를 얻고 지금은 보험왕이 된 어떤 여자분이 이미 지불하셨습니다. 그분이 바로 저의 어머니이십니다."

차 한 잔이든 꽃 한 송이든 받는 사람에게 기적을 일으키고 주는 사람 가슴을 사랑으로 채워 행복하게 해주는 좋은 예인 것 같다. 우리 모두 두 손을 갖고 태어난다. 한 손으로는 주기 위해, 또 한 손으로는 받기 위해, 다름 아닌 사랑을 주고받기 위해서다. 두 손이 합해지면 합장合掌으로 기도祈禱와 축원祝願이 된다. 세상에 근본적인 원리를 찾기 어렵지만 과학적인 몇 가지 근본 원리는 자연현상을 설명해주고 있다. 예를 들자면 만유인력萬有引力이다 상대성원리相對性原理다, 에너지 불변의 법칙이다, 그리고 열역학 제2법칙이라고 하는 '엔트로피_{entropy}'가 있다. 어원학적으로 변화를 뜻하는 라틴어에서 유래한 이 '엔트로피'란 단어는 열역학_{thermodynamics}에서 자연현상 중에 발생하는 에너지의 압력, 온도, 밀도 등의 변화를 의미하는 원리가 오늘날 정보통신의 근간을 이룬다고 한다. 말하자면 물은 아래로 흐르고 산은 낮아지며 골짜기는 높아지는가 하면 우주는 팽창한다는 식으로 모든 자연현상 세상만사가 다 연결되고 차이가 없어져 평형을 이루게 된다는 원리이다.

이것이 바로 옛날부터 우리 동양에서 말하는 음양陰陽의 이치요, 만고불변 사랑의 원리가 아닌가. 이 사랑의 원리를 우리 일상생활에 적용해보자. 유대인들이 지키는 10계명이 있다.

1. 그 사람의 입장에 서보기 전에는 절대로 그 사람을 욕하거나 책망하지 말라.
2. 거짓말쟁이에게 주어지는 최대의 벌은 그가 진실을 말했을 때에도 사람들이 믿지 않는 것이다.
3. 남에게 자기를 칭찬하게 해도 좋으나, 제 입으로 자신을 칭찬하지 말라.
4. 눈이 보이지 않는 것보다 마음이 보이지 않는 쪽이 더 두렵다.
5. 물고기는 언제나 입으로 낚인다. 인간도 역시 입으로 걸린다.
6. 당신의 친구가 당신에게 벌꿀처럼 달더라도 전부 다 핥아먹어서는 안 된다.
7. 당신이 남들에게 범한 작은 잘못은 큰 것으로 보고, 남들이 당신에게 범한 큰 잘못은 작은 것으로 보라.
8. 반성하는 자가 서 있는 땅은 가장 성聖스러운 성자聖者가 서 있는 땅보다 거룩하다.
9. 세상에서 가장 행복한 남자(또는 여자)는 좋은 아내(또는 남편)을 얻은 사람이다.
10. 술이 머리에 들어가면, 비밀이 밖으로 새 나온다.

이상의 10계명을 내가 하나로 줄인다면 우주와 내가 같은 하나라는 우주의 원리 곧 사랑의 원리를 깨닫는 것이리라.

사다리와 흔들의자
그리고 고무풍선의 교훈

서양사람들이 나누는 얘기 가운데 사다리와 관계되는 것이 두어 가지 있다. 그 하나는 영국 사람들이 '돌대가리'라고 놀리는 아일랜드 사람들의 미욱함과 미련함을 조롱하는 조크이고, 또 하나는 자식의 독립심과 자립심을 키워주기 위해 의타심依他心을 갖지 말라는 아버지의 교훈적인 일언이다.

첫째 이야기는 보통 사다리와 다르게 아일랜드 사람들이 쓰는 사다리 맨 윗막이 칸에는 '정지stop' 표지판이 붙어 있다고 한다.

둘째 이야기는 어린 아들이 사다리 타고 지붕 꼭대기에 오르게 한 다음 사다리를 치워 놓고 아빠가 하는 말이 "앞으로 세상 사는 동안 너는 절대로 아무도 믿지 마라. 너 자신밖에는"이라고 했다.

소년 시절 읽은 또 하나의 이야기를 어느새 할아버지가 되어버린 내가 젊은이들과 나누고 싶어 옮겨본다. 이는 미국의 어느 출판사 사장이 된 사람이 어렸을 때 그의 할아버지한테서 들은 이야기이다.

이 할아버지가 옛날에 유럽에서 배를 타고 대서양을 건너 미국으로 이민 올 때, 심한 풍랑으로 배에 탄 사람들이 모두 멀미를 몹시 해 음식을 먹지 못하는데 할아버지는 혼자서 멀쩡하게 꼬박꼬박 제 끼니를 다 챙겨 먹는 것을 본 배 식당의 한 웨이터가 용하시다고 감탄하며 어떻게 뱃멀미 안 하실 수 있느냐고 묻자, 할아버지 선실에 흔들의자가 있어 요람처럼 이 의자에 앉아

파도 따라 배가 움직이는 대로 같이 몸을 움직이다 보니 괜찮더라고 할아버지는 대답하셨단다. 이 말씀을 귀담아들은 손자도 자라면서 인생의 파도 타는 법을 배웠다는 것이다. 이 손자가 자라면서 또 깨달은 것이 있다. 이 세상에 태어난 사람들이 모두 신체적으로나 정신적으로 다 똑같은 조건으로 태어나지 않았다는 것, 어떤 사람은 신체가 불구로 또는 약골로 아니면 남보다 둔하게 타고났다는 것, 그렇지만 하느님께서는 인간에게 그가 극복할 수 없는 시련이나 풀 수 없는 문제는 주시지 않았다는 것, 그리고 생존의 비결은 자기에게 주어진 악조건惡條件을 호조건好條件으로 역이용逆利用하고 자신의 약점弱點을 강점强點으로 바꿔버릴 수 있는 기지機智와 저력底力에 있다는 것이었다.

단 하나의 도구, 도끼 한 자루 갖고, 사람들은 광야를 길들이며 개척했고, 눈구덩이 속에서 에스키모인들은 몸을 보온하고, 얼음을 깨 고기를 잡으면서, 그들의 생존을 위협하는 자연현상을 극복, 그들의 문화를 이룩했다는 것이다. 그래서 심지어 소아마비로 발을 쓰지 못하는 자기 같은 불구아동도 자신에게 주어진 두뇌와 발 이외의 다른 근육의 힘을 동원하면 얼마든지 씩씩하게 살아갈 수 있다는 것을 알게 된 것이다. 이 불구 소년이 자라면서 발견한 또 하나의 놀라운 사실은 생존을 위해 온갖 역경을 극복키 위한 투쟁이 신체장애인들에게만 국한된 것이 아니란 것이었다. 세상에는 신체적인 결함은 없어도 정신적인, 심리적인 불구로 절름발이처럼, 앉은뱅이처럼, 귀머거리처럼, 장님처럼 인생을 눈감고, 귀 막고, 절고 기듯 사는 사람들이 너무도 많다는 사실 이었다. 이를테면 눈뜬장님, 귀 뚫린 귀머거리, 사지 멀쩡한 병신, 산송장 같은 사람들 말이다. 이 소년이 점차로 깨닫게 된 것은 누구나 무엇보다 먼저 자기 자신과 싸워 이겨야 한다는 것이었다. 자신의 무지를 깨고, 자신의 약점을 극복, 누구의 도움도 없이 제힘으로 일어서야 한다는 거였다. 한 발도 내딛지 못하던 이 불구 소년이 어떻게 걷게 되었는지 그는 정확히 말할 수 없어도, 한 가지 분명한 것은 기도의 힘도, 믿음의 기적도 아니었다고 한다. 아마도 불요불굴不撓不屈의 정신력과 투쟁심이 있었길래, 그가 첫걸음을 걷게 된 것은, 그가 자기 연민憐憫의 감정을 씻은 듯 말끔히 가셔 버리고, 그야말로 칠전팔도七顚八倒 끝에 구기九起한 순간이었다. 열 번, 백 번, 천 번 넘어지고도 포기하지 않고 다시 한번 일어난 순간이었다.

 오늘날도 세계 각처에서 자기처럼 남의 도움 없이 제힘으로 일어서 걸어 보려고 애쓰는 수많은 불구아동이 있을 테고, 이들이 현대 문명의 이기를 갖고도 단 몇 주 또는 몇 달 만에 쉽게 걸음마를 배울 수는 없을 테지만, 다음에 길에서 만나게 되는 불구아동을 좀 유심히 관찰해 보란다. 수 없는 좌절을 무릅쓰고 다시 한번 일어서 보는 그의 밝은 표정 속에 어두웠던 그늘이 사라지는 것을 볼 수 있으리라는 거다. 그는 누구한테서 동정을 받고 싶지 않다는 것이다. 왜 동정을 필요로 하겠느냐며 그는 스스로를 아주 자랑스럽게 느낄 뿐이란다. 자기 자신을 이겨볼 기회와 기쁨을 맛보는 순간, 과거의 모든 쓰라린 실패의 기억은 흔적도 없이 사라지고 자신이 성취한 보람에 안주할 수 있다는 거다. 이러한 자아 방어기제로 정신 승리精神勝利의 희열을 맛볼 수 있을 때까지는 절망의 고배를 거듭해서 마셔 볼 수밖에 없다 해도.

 이 불구 소년이 다섯 살 때 아빠가 영화관에 데리고 갔었는데 갑자기 불이 났었다. 극장 안은 수라장이 된 채 모두들 제각기 먼저 빠져나가려고 아우성치는데, 아빠가 아들을 번쩍 들고 이 병신 자식 좀 먼저 나가게 해달라고 소리소리 질렀지만 아무도 비켜주지 않자, 아빠도 남들처럼 사력을 다해 남들을 밀어제치면서 실력행사로 화재 현장에서 빠져나올 수 있었다. 이때부터 이 어린 소년 가슴엔 공포심이 생겨 힘을 기르고 실력을 쌓게 되었다는 거다. 이 세상은 제힘으로 제 실력으로 살아가야 한다는 것을 배운 것이다. 이것이 어디 개인에 있어서만 그러랴. 국가와 민족에 있어서도 그렇고, 강대국에 의해 분단된 우리 한반도의 통일은 결코 강대국의 힘을 빌려 이루어질 일이 절대로 아니고 우리 스스로의 힘으로 이룩해야 하리라. 하늘도 스스로 돕는 자를 돕는다고 했어라. 하지만 아울러 동시에 위에 언급한 두 가지 생존방식에만 머물 수 없는 것이 반신반수半神半獸라고 할 수 있는 우리 인간의 도리道理가 아닐까.

 스위스 신학자 칼 바르트Karl Barth1886-1968는 천사들을 자유롭게 그대로 내버려 두면 그들은 볼프강 아마데우스 모차르트Wolfgang Amadeus Mozart 1756-1791의 곡을 연주하며 놀 것이라고 상상했다고 한다. 또 누군가가 말했듯이 다른 음악가들은 그들이 작곡한 음악을 갖고 천국에 들어갈 수 있을는지 몰라도 모차르트는 그가 바로 천국에서 내려온 천사 중의 천사였었는지 모를 일이다. 아니 우리가 영화 '아마데우스Amadeus, 1984'에서 볼 수 있듯이 그는 우리 각자 자신 속에 살아있을 어린애하고도 악동惡童, 그것도 악의惡意 없이 노는 장난꾸러기 아이가 아닐까 하는 생각이다. 그래서 예수도 우리가 어린애 같지 않으면 천국에 들어갈 수 없다고 말했으리라. 그렇다면 세상에 못 할 짓이 많겠지만, 그중에서 가장 못 할 짓은 어린애를 괴롭히고 못살게 구는 것이리라. 말하자면 어린 소녀들을 납치해 성폭행해서 이들을 정신적 불구자, 마음의 언청이로 만들어 팔고 사는 인신매매범들 특히 아동유괴범들이 가장 악질의 큰 죄인일 것이다.

1992년과 1996년 그리고 2000년 미국대통령 후보로 나섰던 패트릭 뷰캐넌Patrick Joseph Buchanan, 1938 - 이 그가 대통령 될 자격이 없다고 말한 댄 퀘일Dan Quayle 1947 - 당시 부통령에 대해 한마디 안 하겠느냐는 기자 질문에 "아동 학대 혐의로 고발당할까 봐" 아무 말 않겠노라고 그는 대답했었다.

내 의붓딸stepdaughter J는 고등학교 다닐 때 방학 동안에 '미소작전Operation Smile' 이란 의료자원봉사대 대원으로 필리핀에 가서 언청이 어린애들을 수술해 고쳐주는 일을 거들었다. 수술받는 아이들을 무섭지 않게 안심시키고 딴 데 정신 팔게 하려고 장난감으로 준 고무풍선을 어떤 아이는 풍선에서 바람을 빼버린 채 손에 꼭 쥐고 있더란다. 바람을 다시 넣어 주려고 하니 그 아이는 바람을 넣으면 오래 못 가지고 놀다가 터져버릴 테니까 그냥 바람 없이 오래도록 갖고 있도록 해 달라고 하더란다. 이처럼 가진 것 없는 가난한 어린애들을 보고 돌아온 J는 딴사람이 되었다. 전 같으면 새 옷 사달라며 비싼 유행의 디자이너 옷만 입던 아이가 사준다고 해도 이미 옷이 너무 많고 필리핀에 사는 아이들에 비해 자기는 가진 것이 너무 많다고 사양을 하는 것이었다. 이때부터 J는 의학공부를 하기로 결심해 의사가 되었다. 돈 많이 벌고 사회적인 지위 높다고 우리 한국 부모들 노랫가락 18번 의사, 판검사 '사자타령' 때문에서가 아니고 가엾고 불쌍한 어린애들과 환자들을 치료하고 돕겠다는 마음에서다. 의과대학에 진학하기 전 대학 시절에도 J는 여름방학 동안 아프리카에 가서 학교 없는 어느 마을에 어린애들 학교 지어주는 일을 돕기도 했었다. 이처럼 순수한 봉사심과 인류애에 불타는 젊은이들이 앞으로 많이 활동할수록 전 인류의 장래가 밝아 오리라.

  따라서 슈베르트의 '미완성 교향곡'을 빌려 삶과 사랑의 교향악을 연주하는 단원 한 사람 한 사람 우리 모두 코스미안으로서 마치 모차르트의 오페라 '요술피리魔笛 The Magic Flute'에서처럼 물과 불의 시련을 끝까지 감내堪耐하며 삶과 사랑 노래에 열중, 혼연일체渾然一體 혼연천성渾然天成을 이루리라.

다투려면 벗고 다퉈라

"다투려면 벗고 다퉈라. Argue Naked."

이 말은 인터넷 온라인 줌zoom으로 미국 버지니아주 노포크Norfolk와 뉴저지주 테너플라이Tenafly 사이 거리 두기 결혼식 주례가 신부-신랑에게 해준 말이다. 살다 보면 다툴 일도 있겠지만 '사랑싸움'만 하라는 의미심장한 당부였다. 이 결혼은 신랑 신부 두 사람 다 재혼이지만 40년 전 한동네에서 살면서 같이 놀던 소꿉동무가 페이스북을 통해 다시 만나게 된 것이다. 49세가 된 신부는 공교롭다고 해야 할까 아니면 기이하게도 30년 전 같은 49세 때 나와 재혼한 엄마의 큰 딸이자 나의 큰 의붓딸이다.

나도 즐겨 시청했던 SBS 프로그램 '짝(2011년 3월 23일~2014년 2월 26일)'이 있다. 이보다 20여 년 전 '사찾사'회 기사(1992년 6월 1일자 중앙일보)가 있었다. 이 '사찾사'는 사람을 찾는 사람들의 모임으로 헤어져 소식을 모르는 사람들의 가교역할을 하고자 만들어졌다고 했다. 이 기사를 보면서 아직 찾지 못한 또는 되찾을 제 짝을 찾아줄 '짝찾사'회가 생겼으면 좋겠다고 나는 생각했다. 내가 젊었을 때 시인 공초空超 오상순吳相淳1894-1963 선생을 서울 명동 어느 다방에서 뵙고 여쭤봤다. 어째서 평생토록 결혼 안 하고 독신으로 사셨느냐고 그랬더니 오 선생께서 하시는 말씀이 이러했다.

"젊은 친구, 답답한 소리 좀 그만두게. 난들 외롭게 살고 싶어 그랬겠나. 내가 좋다고 하는 여자는 다 날 싫다 하고, 날 좋다고 하는 여자는 하나같이 내 마음에 차질 않았으니 어쩌겠나?"

　이 말씀이 그 당시에도 남의 말 같지 않았었다. 그 후로 유엔사무총장 닥 함마슐트Dag Hammarskjold 1905-1961의 전기를 보니 한번은 어느 신문기자가 왜 결혼 안 하고 독신으로 사느냐고 그에게 묻자 그의 대답이 1948년 노벨문학상을 수상한 티에스 엘리엇T.S. Eliot1888-1965의 시詩를 이해하는 여성을 만나지 못했기 때문이라고 대답했다고 한다. 그가 찾는 이상적인 여인을 발견하지 못했다는 뜻이었으리라. 나 또한 나의 자작시 '바다'와 '코스모스'를 이해해 주는 여자를 못 만나면 절대로 결혼하지 않고 차라리 혼자 살리라 굳게 마음 다졌었다. 그런데도 어쩌다 결혼했다가 두 번씩이나 이혼까지 하고 말았다. 결혼에 한두 번 실패했다고 '짝'을 찾는 인생 최대 아니 유일한 목표를 포기할 수 없어 나는 진인사대천명盡人事待天命하는 비장한 각오와 절박한 자세로 궁여일책窮餘一策을 써보았었다. 뉴욕에서 발행되는 미주판 한국일보, 조선일보, 중앙일보, 세계일보에 6개월 동안 다음과 같은 구혼광고를 냈었다.

　"제 진짜 짝을 찾습니다. 인생의 가을철을 같이 즐길 코스모스 같은 여인을 찾습니다. 정력 왕성하고 낭만적인 50대 남성 연애지상주의자가 지적知的 대화 가능한 미모美貌 미심美心 미혼美魂의 30대나 40대 독신여성으로 비非기독교 신자를 찾습니다"

　그랬더니 미국 각지에서 수백 명의 여성으로부터 전화가 있었고, 그중에서 수십 명을 만나 봤다. 교회도 안 다니는 사람이 왜 미국에 사느냐, 덤벼들어 물고 늘어지는 여자를 비롯해 장난삼아 전화하는 사람, 돈이 얼마나 있느냐, 집이 있느냐, 미국 시민권자이냐, 아니면 영주권자이냐, 어떤 차종 자동차를 모느냐, 직업은 무엇이고 애들은 몇이나 되며, 전前 부인과는 왜 어떻게 헤어졌느냐, 키가 얼마나 크며 몸무게는 얼마나 나가느냐, 고향은 어디며 학교는 어딜 나왔느냐, 혈액형은 무엇이냐 묻는 여자가 많았다. 그밖에도 그냥 전화로 말벗이나 하자는 유부녀와 처녀들도 있었고, 남자 망신 그만 시키라며 노발대발하시는 남자가 있는가 하면 자기도 광고를 내 볼까 하는데, 광고 내면 그 반응이 어느 정도냐고 솔직히 물어오는 남자도 있었다.

그 당시 또 20여 년 전 영국신문에서 60년 만에 꿈에도 그리던 옛 연인을 다시 만나 결혼한 여인 기사를 읽은 적이 있다. 1931년 영국 웨스트 요크셔에서 한 집에 하숙하고 있던 두 청춘남녀가 사랑에 빠졌으나 여자 쪽 부모의 강력한 반대에 부딪혀 그다음 해인 1932년 처녀 앨룬드 그리피스는 총각 베이질 타이트의 곁을 떠날 수밖에 없었다. 그로부터 60년간 앨룬드는 단 한시도 베이질을 잊은 적이 없으며 단 한순간도 후회하지 않은 때가 없었다고 그 최근에 있었던 결혼식에서 밝혔다. 84세가 된 엘룬드는 죽기 전에 그를 찾아보리라 마음먹고 은퇴한 노인들을 위한 잡지에 사람 찾는 광고를 냈는데 광고가 나간 지 일주일도 안 돼 옛 애인 베이질로부터 연락이 왔다. 이로부터 몇 번의 연서를 교환한 끝에 이 두 사람은 결혼하기로 결정, 드디어 생애 최고의 행복을 맛보며 늙은 신랑 신부가 결혼식을 올리게 된 것이다.

"젊은 날 내가 어머니 말을 들었기 때문에 내 생애는 너무나 비참했었다. 그렇지만 이제라도 베이질과 같이 살게 되었으니 지난날의 보상을 다 받은 셈이다. 그는 내가 원하는 것 전부인 까닭이다"

이렇게 지난날을 회고하고 노신부 엘룬드는 행복한 결혼식에서 감격의 눈물을 흘렸다고 한다.

오, 각성할지어다.
오, 명심할지어다.
세상의 부모들이여,
세상의 자식들이여,
천하의 선남선녀들이여,
우리 가슴 뛰는 대로만 살자.

세상에 못 할 짓 가운데
가장 못 할 짓이 있다면
가슴에 못 박는 일 아니랴!

그 누가 책임질 수 있으리오.
하늘도 땅도 조상도 부모도
그 아무도 책임질 수 없으리.

너와 나의 모든 행과 불행을.

너와 날 분리시켜 놓는 사람은
그 누가 되었든 다 악마이리라.

천당과 지옥이 따로 없다.
너와 내가 같이 가는 곳이면
너와 내가 함께 있는 곳이면
너와 내가 같이 하는 순간이면
그 어디 언제라도 다 천국이지.

세상에 누구 말을 들으랴.
세상에 누구 뜻을 따르랴.
진리는 언제나 가까이 있고
우리 각자 자신 속에 있으리.

천사와 악마가 따로 없으리라.
너와 나를 갈라놓는 사람이면
우리 가슴에 못 박는 사람이면
부모와 형제자매이든 벗이든
다 적이요 원수요 악마이리라.

네 숨은 네가 내 숨은 내가
네 삶은 네가 내 삶은 내가
네 가슴 네가 내 가슴 내가
네 사랑 네가 내 사랑 내가
쉬고 살고 뛰고 오를 것이리.

너와 나를 남과 북, 동과 서로
너와 날 선과 악, 백과 흑으로
너와 나를 남과 여, 노와 소로

사랑이 모험 중의 모험이라면
용기와 신념만 있으면 족하리.

2011년 9.11 직후 뉴욕타임스에 희한稀罕한 전면광고가 실렸었다. 지면 한가운데 고인의 사진 한 장과 출생과 사망 일자와 함께 그 밑에 아직 살아있는 모든 사람들에게 남긴 '놀이를 즐기라Enjoy the Game'는 '유언'이었다. 우리가 구름잡이라 할 때는 그 실체가 없다는 말이다. 요즘 우리가 '구름clouds'이라 할 때는 하늘에 떠다니는 구름이기보다 '데이터 구름data clouds'이나 '네트워크 구름network clouds'을 말할 정도로 자연계와 기술계가 구분이 분명치 않게 되었다.

2015년 출간된 '경이로운 구름The Marvelous Clouds: Toward a Philosophy of Elemental Media'에서 미국 아이오와 대학 커뮤니케이션 교수 존 다럼 피터스John Durham Peters, 1958 -는 클라우드가 우리의 새로운 환경으로 가까운 미래에 잡다한 모든 것들이 구름 속으로 들어가고, 인간의 몸이 단말기가 되어 구름과 우리 몸 사이에

문서와 영상이 흐르는 세상이 도래할 것으로 예측했다. 우리는 흔히 매체media 가 환경 environments이라고 생각하지만 그 역逆도 또한 진眞이라는 주장이다.

또한, 2015년에 나온 '모든 것의 진화: 어떻게 새로운 아이디어가 생성되는 가The Evolution of Everything: How New Ideas Emerge'와 '붉은 여왕The Red Queen: Sex and the Evolution of Human Nature, 1994 그리고 '유전체遺傳體 게놈Genome, 1999'과 '합리적인 낙관주의자: 어떻게 번영이 이루어지는가The Rational Optimist: How Prosperity Evolves, 2010' 등 베스트셀러 과학 명저의 저자이면서 영국의 저널리스트인 매튜 리들리Matthew White Ridley, 1958 는 최근 한 인터뷰에서 "과학이란 사실을 수집해 나열해 놓은 카탈로그가 아니고, 새롭고 더 큰 미스터리를 찾는 일 Science is not a catalog of facts, but the search for new and bigger mysteries."이라고 말한다.

아일랜드의 철학자 조지 버클리(비숍 버클리라고도 불리는 George Berkeley/Bishop Berkeley 1685-1753)는 "세상은 다 우리 마음속에 있다. The world is all in our minds."라고 했다지만, 불교에서 말하는 '일체유심조一切唯心造'와 같은 뜻이리라. 우리 선인들은 인생이 하늘의 한 조각 뜬구름 같다고 했다. 구름이 있으면 천둥번개도 있게 마련이다. 달라이 라마의 육성이 담긴 음악이 최근 빌보드 뉴에이지 앨범차트에서 1위를 차지했다. 앨범은 그 제목이 '내면세계Inner World'라는 만트라Mantra 진언眞言을 암송하는 명상음악이다. 코로나 팬데믹으로 고립된 상태에서 시선을 안으로 돌려 마음을 돌아보고 우주로 비전을 넓히라는 뜻이리라.

"네 세상은 너, 난 내 세상 Your world is you. I am my world."

미국의 시인 월리스 스티븐스Wallace Stevens 1979-1955의 '소나무 숲속 작은 닭들 Bantams in Pine-Woods'에 나오는 한 시구詩句이다. 스티븐스는 낮에는 직장인 보험회사 일을 보면서 밤에는 어떻게 자신과 세상이 서로에게 의지하는지, 어떻게 자신이 경험하게 되는 세상을 자신이 창조하게 되는지, 평생토록 시작詩作을 통해 천착穿鑿했다고 한다.

2016년 출간된 미국 시인 폴 마리아니Paul Mariani, 1940 - 의 평전 "The Whole Harmonium: The Life of Wallace Stevens"에 따르면 스티븐스에겐 뭣보다 신神의 죽음이 추상적인 개념이나 진부한 문구가 아닌 영구적인 도전으로 이를 그는 예술과 윤리적인 문제로 심각하고 진지하게 다뤘다.

우리가 스폰서로서의 신神의 후원 없이 어떻게 삶을 살아야 하는가 하는 문제는 우리 자신의 삶의 의의를 우리가 찾아 만들어 낼 책임이 우리 각자에게 있다는 것으로 처음부터 끝까지 스티븐스 시詩의 주제가 되었다. 그의 해법이란 한때 종교가 맡았었던 역할을 이젠 시詩 혹은 더 넓게 우리의 상상력이 수행해야 한다는 거다. 이를 스티븐스는 '예술지고의 픽션 supreme fiction of art'이라 명명한다. 이 최상 지고의 픽션supreme fiction은 신화가 청소 제거되었으나 시어詩語로 승화된 현실로 우리를 돌려준다고 그의 '최고 픽션을 위한 노트Notes Toward a Supreme Fiction'에 그는 이렇게 적고 있다.

우리와 우리 이미지를 추방한 하늘의
더할 수 없이 아득히 먼 청결함으로
깨끗이 씻긴 해맑은 해라는 생각으로
바라볼 때 태양은 얼마나 깨끗한가.

How clean the sun when seen in its idea,
Washed in the remotest cleanliness of a heaven
That has expelled us and our images.

'눈사람The Snow Man'에서 그는 또 이렇게 적고 있다.

그 자신은 아무것도 보지 않는다.
거기에 있지 않은 아무것도
그리고 있는 아무것도

Nothing himself beholds

Nothing that is not there and

Nothing that is.

마치 유체이탈이라도 하듯 초연한 경지에서 자신을 포함한 모든 사물을 관조한 스티븐스는 시인이라기보다 아무것도 아닌 것처럼 보이는 것에서 하나의 우주를 창조한 마술사 아니 어쩌면 신神이었으리라. 이것이 어디 스티븐스뿐이랴. 우리 모두 다 그렇지 않나. 이 세상에 태어나는 순간부터 떠나는 순간까지 쉬지 않고 각자는 각자 대로 각자의 현실, 곧 자신만의 세상과 우주를 시시각각으로 창조하고 있는 것이리라. 그러니 우린 모두 코스모스바다에서 출렁이는 성신星神/身 코스미안임을 잠시도 잊지 말아야 할 일이어라.

1938년에 출간된 네덜란드 문화사학자 요한 하우징아Johan Huizinga 1872-1945의 '호모 루덴스Homo Ludens'란 책이 있다. 이 '호모 루덴스'는 '유희의 인간'을 뜻한다. 인간의 본질은 유희를 추구하는데 단순히 노는 것이 아니고 정신적인 창조 활동 곧 문화 현상이라고 그는 주장했다. 어차피 인생이 소꿉놀이 소꿉장난 같다면 이렇게 놀면 어떻고 저렇게 놀면 어떠리. 모든 사람이 다 똑같은 놀이와 장난을 할 필요도 없고 같은 길을 갈 이유도 없으리라. 그리고 매사에 너무 심각할 것도 없지 않을까? 이래도 좋고 저래도 좋겠지만 그래도 각자는 각자 제멋대로, 제 마음대로, 제 가슴 뛰는 대로 살아보는 것 이상 없지 않을까? 좀 더 비속하게 상징적으로 다시 말하자면, 각자 제 몸과 마음 꼴리는 대로 살아보는 것 말이어라. 오스트리아의 정신분석학자 지그문트 프로이트Sigmund Freud 1856-1939도 성욕性慾 애욕愛慾을 의미하는 '리비도Libido'가 삶의 원동력이라고 했다지 않는가. 아, 그래서 '(다투려면) 벗고 다투라Argue Naked' 하는 것이리라.

세상천지에 남녀같이 숨 쉬는 호好 호好 이상 없으리. 이것이 '반쪽'님들이 '하나'님 되는 천로역정天路歷程 아니 우로역정宇路歷程에 오르는 것이어라.

우리 모두 별똥별 성신星神/身
코스미안이다

언제인가 지난해 소녀상 앞에서 일본 아베 총리가 무릎 꿇고 사죄하는 조형물을 강원도 민간 식물원에서 곧 공개한다는데, 조형물의 이름은 '영원한 속죄' 그 작명은 소설가 조정래가 했다고 한다. 문득 흑인 노예 후손인 미셸 오바마Michelle Obama의 말이 떠오른다.

"저들이(상대가) 저질低質스럽게 저품격低品格일 때 우리는 고질高質스럽게 고품격高品格을 지니리라. When they go low, we go high."

코로나 팬데믹으로 벌써 일 년 넘게 격리된 시간이 이어지면서 '평범한 일상'이 실종된 데다 코로나19가 다시 급격한 확산세를 보이고 있어, 우울증이나 불안증을 보이는 일명 '코로나 블루 Coronavirus Blues or Clinical Depression'를 앓는 사람이 급증하고 있다는 보도다.

'스트레스stress'라는 용어는 오스트리아헝가리 시절 비엔나 출생의 캐나다 내분비학자 endocrinologist 한스 셀레Hans Selye 1907-1982가 1936년 처음으로 스트레스 학설을 제창, 처음으로 만들어 쓰기 시작했는데, 그는 이 '스트레스'를 "어떤 변화를 필요로 하는 상황과 사태에 대응하는 우리 몸 신체의 특이 사항 없는 비특정 반작용 the non-specific response of the body to any demand for change"이라고 정의했다. 이 증후군은 전반적으로 개체가 그 자신을 새로운 상태에 적응시키려는 일반화된 노력을 나타낸 것처럼 보이므로 '일반 적응증후군'으로 불리기도 한다. 그 이후로 수많은 연구조사 결과로 밝혀진 최상의 의학적인 스트레스 해소법은 한마디로 요약하자면 사물이나 사람에게 공共히 '감사하는 것appreciation and gratitude'이라고 할 수 있으리라.

　내가 청소년 시절 탐독한 책으로 일본인 쿠라다 하쿠조倉田百三 1891-1948가 사랑에 대해서 쓴 짧은 글을 모아서 펴낸 "사랑과 인식의 출발"이 있다. 일본에서는 1921년 출간되었고, 한국에서는 종로서관에서 1954년과 1961년 펴낸 것을 1963년 종로서관판에서와 마찬가지로 같은 김봉영 역자의 옮김으로 창원사에서 펴냈다. 이 '사랑과 인식의 출발'에서 저자 쿠라다 하쿠조는 사랑이라는 추상적인 감정을 어떻게 인식의 수준까지 끌어올릴 수 있는가에 대해 이렇게 한 문장으로 '사랑'을 적시摘示한다.

　"남의 운명을 자기 일처럼 생각하여 이를 두려워하고, 이를 축복하고, 이를 지키는 마음을 말하는 것이다."

　내가 이해하기로는 이것이 바로 모든 사물과 사람의 진정한 가치를 인식認識하고 무한한 감사의 정情 곧 사랑을 느끼는 일이리라. 현재 코로나 때문에 '평범한 일상'에서 할 수 있던 일들을 못하게 되어 답답하고 무료하기도 하겠지만, 그래서 전에 생각도 상상도 못 하던 새로운 일들을 할 수 있는 무한한 가능성이 보일 수도 있지 않겠는가 말이다. 그 누군가를 또는 그 무엇인가를 미워하고 원망할 때 생긴다는 암을 치료하고 통증을 해소하는 호르몬 '엔도르핀 endorphins'의 4,000배 효과가 있다는 '다이돌핀didolphin'은 그 누군가를 또는 그 무엇인가를 사랑하고 좋아하며 감사하거나 기뻐할 때 우리 몸에서 자연적으로 분비된다고 하지 않나.

　우리 칼릴 지브란Kahlil Gibran 1883-1931이 '예언자The Prophet, 1923'에서 하는 말도 되새겨 보자.

슬픔이 그 탈을 벗으면
다름 아닌 기쁨이리오.

슬픔이 파고들면 들수록
더 많은 기쁨이 고이리오.

술잔은 불에 구워진 것
피리는 칼에 깎여진 것

기쁠 때 깊이 생각하면
지금 기쁨을 주는 것이
일찍 슬픔을 주었던 것.
슬플 때 슬피 살펴보면
한때 즐거움이었던 일.

참으로는 기쁨과 슬픔
둘이 아니고 하나리오.

Your joy is your sorrow unmasked.

And the selfsame well from which
your laughter rises was oftentimes
filled with your tears.

And how else can it be?

The deeper that sorrow carves into
your being, the more joy you can contain.

Is not the cup that holds your wine
the very cup that was burned
in the potter's oven?

And is not the lute that soothes your spirit,

the very wood that was hollowed with knives?

When you are joyous,

look deep into your heart

and you shall find it is only

that which has given you sorrow

that is giving you joy.

When you are sorrowful

look again in your heart,

and you shall see that

in truth you are weeping for

that which has been your delight.

Some of you say,

"Joy is greater than sorrow,"

and others say,

"Nay, sorrow is the greater."

But I say unto you,

they are inseparable.

Together they come,

and when one sits alone

with you at your board,

remember that the other

is asleep upon your bed.

Verily you are suspended like scales
between your sorrow and your joy.

Only when you are empty
are you at standstill and balanced.

When the treasure-keeper lifts you
to weigh his gold and his silver,
needs must your joy or your sorrow rise or fall.

깨달음 싸고 있는 껍질
그 껍질 벗겨지는 것이
괴로움이라고 한다면
그 아픔 견뎌야 할 일.

봄 여름 가을 겨울이
철 따라 찾아오듯이
우리 가슴 속 계절도
반겨 맞을 일이리오.

뿌린 대로 거둬들임
모든 것을 바로잡는
보람 있는 일이리오.

Your pain is the breaking of the shell
that encloses your understanding.

Even as the stone of the fruit must break,
that its heart may stand in the sun,

so must you know pain.

And could you keep your heart
in wonder
at the daily miracles of your life,
your pain would not seem
less wondrous
than your joy;

And you would accept
the seasons of your heart,
even as you have always accepted
the seasons that pass over your fields.

And you would watch with serenity
through the winters of your grief.

Much of your pain is self-chosen.

It is the bitter potion by which
the physician within you
heals your sick self.

Therefore trust the physician,
and drink his remedy
in silence and tranquility:

For the hand, though heavy and hard,
is guided by the tender hand of the Unseen,

And the cup he brings,

though it burns your lips,

has been fashioned of the clay

which the Potter has moistened

with His own sacred tears.

다른 사람에게 하는 짓

바로 자신에게 하는 짓.

죄와 벌을 안다는 것이

바로 사람 되는 것이리.

어떤 성자나 의인이라도

우리 모두의 사람됨보다

조금도 더 나을 것 없고

세상의 어떤 죄인이라도

우리 모두의 사람됨보다

조금도 못하지 않으리니.

나뭇잎 그 어느 하나도

나무 모르게 저 혼자서

단풍 들고 떨어지거나

죄를 짓는 어떤 죄인도

우리 모두의 잘못 없이

어떤 죄도 짓지 못하리.

길 가다 어느 누가 넘어지면

따라 오는 모든 사람들에게

발부리에 걸리는 돌 있다고

조심하라 알려 주는 것이리.

목숨을 빼앗기는 사람도
재산을 도둑맞는 사람도
죽음과 도난당하는 일에
의인도 죄인의 죄지음에
아무 책임이 없지 않으리.
죄인이야말로 피해자로서
죄 없는 사람들을 대신해
죄짓고 벌 받는 것이리오.

It is when your spirit goes wandering upon the wind,
That you, alone and unguarded, commit a wrong unto
others and therefore unto yourself.

And for that wrong committed must you knock and
wait a while unheeded at the gate of the blessed.

Like the ocean is your god-self;
It remains for ever undefiled.

And like the ether it lifts but the winged.

Even like the sun is your god-self;
It knows not the ways of the mole
nor seeks it the holes of the serpent.

But your god-self dwells not alone in your being.

Much in you is still man,

and much in you is not yet man,

But a shapeless pigmy that walks asleep

in the mist searching for its own awakening.

And of the man in you would I now speak.

For it is he and not your god-self nor the pigmy

in the mist, that knows crime and the punishment of crime.

Oftentimes have I heard you speak of one

who commits a wrong as though he were not one of you,

but a stranger unto you and an intruder upon your world.

But I say that even as

the holy and the righteous

cannot rise beyond the highest

which is in each one of you,

So the wicked and the weak

cannot fall lower than

the lowest which is in you also.

And as a single leaf turns not yellow but

with the silent knowledge of the whole tree,

So the wrong-doer cannot do wrong

without the hidden will of you all.

Like a procession you walk

together toward your god-self.

You are the way and the wayfarers.

And when one of you falls down
he falls for those behind him,
a caution against the stumbling stone.

Ay, and he falls for those ahead of him,
who though faster and surer of foot,
yet removed not the stumbling stone.

And this also, though the word lie
heavy upon your hearts:
The murdered is not unaccountable for his own murder,
And the robbed is not blameless in being robbed.

The righteous is not innocent
of the deeds of the wicked,
And the white-handed is
not clean in the doings
of the felon.

Yea, the guilty is oftentimes
the victim of the injured,
And still more often
the condemned is the burden bearer
for the guiltless and unblamed.

You cannot separate
the just from the unjust

and the good from the wicked;

For they stand together

before the face of the sun

even as the black thread and

the white are woven together.

And when the black thread breaks,

the weaver shall look into the whole cloth,

and he shall examine the loom also.

If any of you would bring to judgment

the unfaithful wife,

Let him also weigh

the heart of her husband in scales,

and measure his soul with measurements.

And let him who would lash the offender

look unto the spirit of the offended.

And if any of you would punish

in the name of righteousness

and lay the ax unto the evil tree,

let him see to its roots;

And verily he will find the roots of

the good and the bad,

the fruitful and the fruitless,

all entwined together

in the silent heart of the earth.

And you judges who would be just,
What judgment pronounce you upon him
who though honest in the flesh
yet is a thief in spirit?

What penalty lay you upon him who slays
in the flesh yet is himself slain in the spirit?

And how prosecute you him
who in action is a deceiver and an oppressor,
Yet who also is aggrieved and outraged?

And how shall you punish those
whose remorse is already greater
than their misdeeds?

Is not remorse the justice
which is administered by that very law
which you would fain serve?

Yet you cannot lay remorse
upon the innocent
nor lift it from
the heart of the guilty.

Unbidden shall it call
in the night,
that men may wake and
gaze upon themselves.

And you who would understand justice,

how shall you unless you look upon

all deeds in the fullness of light?

Only then shall you know that

the erect and the fallen are

but one man standing in twilight

between the night of his pigmy-self

and the day of his god-self,

And that the corner-stone of the temple

is not higher than the lowest stone in its foundation.

가슴으로 생각하기

　얼마 전부터 한국에서 '꼰대, 라떼'라는 말이 유행이라는데 원조(?) 꼰대라 할 수 있을는지 모를 오래된 어느 한 영국 수녀의 기도문이 떠오른다.

　"오, 주여, 내가 나이 들어가고 있고 언젠가는 늙어버릴 것을 당신께선 나보다 더 잘 알고 계시지요. 나이 먹고 늙어가면서 내가 때마다 시시콜콜 매사에 꼭 한마디 해야 할 것으로 생각하는 못되고 몹쓸 버릇 들이지 않도록, 모든 사람의 일을 바로잡아주고 싶은 간절한 욕망에서 날 벗어나도록, 생각은 깊되 기분은 울적하지 않도록, 친절하되 나서서 설치지 않도록, 내가 갖고 있는 많은 지혜를 다른 사람들과 나누지 않고 나 혼자만 간직하고 있기는 서운하고 아쉽지만, 오, 주께서는 아시지요. 인생 마지막 날에 몇 사람의 벗이 있기를 내가 바란다는 것을, 오, 주여, 끝없이 하찮은 일에 내가 얽매이지 않도록, 사소한 일들로부터 벗어나 사는 데 정말 무엇이 중요한지 그 뜻과 보람을 찾아 저 푸른 하늘로 날아오를 수 있도록 날개를 달아주십시오.

　나이를 먹어 가면서 점점 더 우는 소리를 즐겨 하게 되지만 오, 주여, 살면서 늘어만 가는 내 고민과 고통에 대해서는 내 입을 굳게 다물게 해주십시오. 그렇다고 다른 사람들의 넋두리를 반기지는 못할지언정 이해와 동정으로 감싸 들어줄 수 있도록 날 도와주십시오. 나이 들면서 점점 흐려지고 약해지는 내 기억력을 더 좋게 해달라고 빌고 바라지는 않지만 간구하옵기는 내가 기억하는 게 다른 사람들의 기억보다 정확하다고 자신만만하게 고집부리지 않도록, 때로는 내가 잘못 생각하고 틀릴 수 있음을 깨닫게 해주십시오.

또 간절히 간구하옵기는 내게 약점이 있어 기분 좋고 유쾌하도록 인간미 넘치는 사람으로 날 지켜주십시오. 나는 성인 성자가 되고 싶지는 않으니까요. 어떤 성인 성자들과 가까이 지내기는 아주 힘들고 여간 불편한 일이 아닐 뿐만 아니라 심술 궂은 노인은 악마의 최고걸작품이지요. 끝으로 빌고 바라옵기는 예기치 않았던 곳에서 경이롭고 아름다움을 기대치 않았던 사람에게서 훌륭하고 좋은 점을 내가 발견할 수 있도록 찬사를 아끼지 않도록 내 눈을 밝게 해주시고 내 가슴을 열어주십시오. 아멘"

굳이 이 수녀의 기도문을 빌리지 않더라도 우리 모두 더할 수 없이 황홀하도록 행복했던 원점으로 돌아갈 수 있지 않을까. 열두남매 형제 중에 벌써 다들 세상 떠나고 나 혼자만 아직 남아 이 지구별 땅을 밟고 하늘 숨을 쉬고 있지만, 그가 살아생전 방랑 김삿갓처럼 평생토록 '도(道) 닦던' 나보다 열 살 위의 둘째 형님의 5남매 중 막내 조카의 다음과 같은 어릴 적 회상에서처럼 말이어라.

"걸음마도 하기 전 아주 어렸을 때 시골집 마루에서 혼자 뒹굴며 온종일 놀던 때가 있었어요. 엄마는 장에 가시고. 햇빛의 색깔과 촉감이 달랐어요. 아침의 햇살과 한낮의 더운 기운 그리고 저녁에 지는 해의 스며드는 느낌이. 구름과 바람, 하늘과 별과 달, 새와 벌레 소리, 주위의 모든 것이 나 자신과 분리되지 않았던 것 같아요. 그래서였는지 몰라도 난 조금도 무섭다거나 외롭다는 것을 모르고 그냥 즐겁고 편안했어요. 또 좀 컸을 때였어요. 보리밭 옆 풀숲에 깔아 논 포대기에서 일어서다간 넘어지고 몇 걸음 걷다간 넘어지고 하면서 길을 따라 언덕배기까지 아장걸음을 했었나 봐요. 그때 내 키보다 큰 보리 줄기들이 흔들거리는 것이 눈에 띄었어요. 솨, 솨 하는 소리도 들리고요. 지금 와서 생각해 보면 하나의 장엄한 '황금나무숲'이 내 눈앞에서 흔들리고 있었어요. 하늘과 땅, 세상천지가 다 함께 웃음소리를 내며 춤을 추는 듯했어요. 나도 한가지로 어우러져 온 우주와 더불어 흥겨웠던 것 같아요. 이것이 내가 처음으로 듣고 본 아니 체험한 대자연의 음악이며 교향시였어요. 그때 그 황홀했던 기분과 느낌은 그 어떤 말이나 글로도 도저히 표현할 길이 없어요."

　마치 어떤 스님의 얘기 같이 말이어라. 산속으로 나 있는 오솔길을 가다가 그 주위의 경관이 너무도 아름다워 지필묵으로 온 정성을 다 기울여 거의 완벽하도록 그대로 그려 놓고 보니 그 그림에는 생명이 없더란다. 산골짜기 시냇물 소리도, 솔내와 풀꽃 향훈도, 그 아무런 정취도 절망 끝에 스님께서는 그 그림을 찢어버렸다는….

　아, 그렇다면 이것이 바로 내 조카가 말하듯이 석가모니가 처음과 마지막으로 하셨다는 말씀, '천상천하유아독존天上天下唯我獨尊'의 그 참뜻이 아니었을까. 우리 모두 우주 나그네 코스미안으로서 돌아가 돌아갈거나 원점으로!

　스위스의 정신의학자로 분석심리학의 개척자 칼 융Carl Jung 1875-1961은 선사시대로부터 지금의 미국 뉴멕시코와 애리조나주에서 농사짓고 살아온 토인부락을 뜻하는 푸에플로 Pueblo란 아메리칸 인디언촌으로 여행 중 한 추장을 만났다.

　"당신은 아시오? 백인들이 우리 눈에 얼마나 잔인하게 보이는지. 입술은 얇고 콧날은 날카로우며 얼굴은 밭고랑 같이 주름지고 뒤집혀 있지 않소 눈으로는 무엇인가를 노려보며 늘 찾고 있단 말이오. 도대체 무엇을 찾는 것이오? 백인들은 언제나 뭘 원하고 항상 초조하고 불안해하고 있소 백인들이 무엇을 그토록 탐내는지 우리는 이해할 수 없다오 우리가 보기에는 백인들이 미친 것 같소"

　이 추장 말에 융이 "왜 그렇게 백인들이 미쳤다고 생각하느냐"고 물어보았다. 그러자 추장이 대답하기를 "다들 그러는데, 백인들은 머리로 생각한다고…" 말했다. "거 무슨 말이오 사람은 물론 머리로 생각하지 당신들은 무엇으로 생각한다는 말이오?" 융이 놀라 되묻자 추장이 말했다. 자기 가슴을 가리키며 "우리는 바로 여기에서 생각한다오"

1990년 나온 '가슴으로 하는 생각Heart Thoughts: A Treasury of Inner Wisdom'이란 책이 있다. 이 책의 저자 루이스 헤이Louise Lynn Hay 1926-2017는 책 서두에 이 책을 '당신 가슴에 바치노라'며 이렇게 적었다.

"우리 가슴은 모든 힘의 중심 사랑의 원천이다. 이 가슴에서 우리 생각의 무지개 떠오를 때 우린 쉽게 힘 안 들이고 어떤 기적도 일으키고 뭣이든 창조할 수 있음을 나는 알게 되었다. 빌건대 당신도 이 무궁무진한 힘의 신비로운 샘물을 이제 지금 당장 거침없이 뿜어내고 아낌없이 뽑아 쓰시라."

그리고 이 책에서 저자는 "학생이 배울 준비가 되는 순간 스승이 나타난다. When the student is ready the teacher will appear"라는 노자老子의 말을 원용援用, 이렇게 밝히고 있다.

"내가 찾는 것은 이미 다 내 안에 있다. All that I seek is already within me."

"우리가 우리 삶에 긍정적인 변화를 일으킬 준비가 되면 우리는 필요한 모든 도움을 다 얻게 된다. When we are ready to make positive changes in our lives, we attract whatever we need to help us."

"나의 무한한 삶에서 모든 건 다 완전무결하고 삶은 항상 변하고 있다. In the infinity of life where I am, all is perfect, whole, and complete, and yet life is ever changing."

이를 내가 한 문장으로 요약해보자면 이렇게 말할 수 있으리라. "우리 삶의 천지조화天地造化調和 무궁무진無窮無盡을 믿을 수밖에 없어라." 아, 그래서 나는 열 살 때 우리 모두의 자화상이라고 할 수 있을 '바다'라는 동시를 하나 지어 지난 84여 년을 두고 지금껏 밤낮으로 주문呪文처럼 외어 왔으리라.

바다

영원과 무한과 절대를
상징하는 신의 자비로운
품에 뛰어든 인생이려만
어이 이다지도 고달플까

애수에 찬 갈매기의 꿈은
정녕 출렁이는 파도 속에
있으리라

인간의 마음아
바다가 되어라
내 마음 바다가 되어라

태양의 정열과
창공의 희망을 지닌
바다의 마음이 무척 부럽다

순진무구한 동심과
진정한 모성애 간직한
바다의 품이 마냥 그립다.

비록 한 방울의 물이로되
흘러흘러 바다로 간다.

The Sea

Thou symbolizing eternity

Infinity and the absolute
Art God.

How agonizing a spectacle
Is life in blindness
Tumbled into Thy callous cart
To be such a dreamy sod!

A dreamland of the gull
Of sorrow and loneliness full,
Where would it be?
Beyond mortal reach would it be?

May humanity be
A sea of compassion!

My heart itself be
A sea of communion!

I envy Thy heart
Containing passions of the sun
And fantasies of the sky.

I long for Thy bosom
Nursing childlike enthusiasm
And all-embracing mother nature.

Although a drop of water,
It trickles into the sea.

우린 애초부터
우주인 코스미안이다

"인간은 다행성多行星 종種일 필요가 있다. Humans need to be a multiplan et species."

'스페이스 X' 미美 민간 우주 왕복 첫 성공 후에 테슬러 창업자 일론 머스크 Elon Musk, 1971 - 가 한 인터뷰에서 한 말이다. 위에 인용한 머스크의 말처럼 우리 '인간은 다행성 종일 필요가 있다'라기 보다 우린 애초부터 우주인 코스미안 이 아니었던가. 고대 그리스 사람들은 의미 없고 형태 없는 혼돈의 카오스에 서 질서정연하고 아름다운 우주 코스모스가 생겼다고 생각했다. 현재 전 세 계 온 인류가 창궐하는 코로나바이러스와 기후변화로 인한 폭염과 홍수 물 난리며 정치 사회 경제적으로도 혼돈의 카오스를 겪고 있지만 우주적인 큰 그림에서 보자면 코스모스를 출산하기 위한 산고産苦를 치르는 것이리라.

톨스토이와 도스토옙스키에게도 큰 영향을 준 19세기 러시아의 철학자 니 콜라이 페도르비치 페도르브Nikolai Fyodorovich Fyodorov 1829-1903는 인류가 당면한 가 장 절실한 문제는 죽음이고 이 죽음을 어떻게 극복할 수 있는가라고 했다. 우리가 우리 부모로부터 우리 생명을 받았으니 부모에게 생명을 돌려드리는 것이 자식 된 우리 의무이자 도리라고 그는 주장했다. 그에게 있어 죽음이 란 우리 몸을 구성하는 세포들과 미세분자molecule의 해체를 의미할 뿐이다. 따 라서 해체된 이 모든 요소와 분자들을 다시 제대로 조합만 하면 잃어버렸던 생명을 되찾게 될 것이라고 그는 믿었다. 해체 분해된 분자들은 지구를 떠나 우주 공간으로 흩어져 떠돌다가도 어쩌면 다른 별에 정착해서 다시 생명체로 부활할 수 있으리라고 그는 생각했다.

지구에 태어나 살다 죽은 생명체들이 다른 별로 이주해서 생명이 연장되고 영생불멸한다는 얘기다. 이는 모름지기 동물, 식물, 광물, 아니 생물, 무생물 가릴 것 없이, 우주 만물이 우주 생명체의 D.N.A란 말이리라. 우리 의식이 어떻게 우리 두뇌로부터 생기는지 아직 과학적으로 밝혀지지 않았지만 우리가 지구 어디에 살고 있든 우리는 이미 인공지능을 통해 시간과 공간을 초월해 같은 것을 보고 느끼며 소통하고 있지 않나. 그야말로 전광석화電光石火같이 사회적 내지 영적으로 교신하고 교감하게 되었어라. '자아'란 것이 하나의 환상이고 환영에 불과하다면 이 자아의식이 어떤 기구나 기관을 통해 어떤 방식으로 이동하고 전달되든 무슨 상관이 있으랴.

드로소필라 멜라노가스터drosophilia melanogaster라 불리는 과실 파리fruit fly가 있다. 유전연구 대상이 된 이 해충은 135,000개의 뉴론neurons 시냅시스synapses로 구성되어 있는데 수년 내에 그대로 복제가 가능하리라고 과학자들은 내다본다. 어떻든 인간의 두뇌는 거의 1천억100billion 개 뉴론을 갖고 있는데 이 숫자는 은하계에 있는 별들의 숫자와 맞먹는다고 한다.

아, 그래서 영국의 시인 새뮤얼 테일러 콜리지Samuel Taylor Coleridge 1772-1834도 그의 일기장에 이렇게 적었으리라.

"내 다정한 친구야 뭐든 네가 꾀한다고 부끄러워할 거 없다. 4000년도 못 산다고 생각할 수 없지. 그 정도만 산다 해도 네가 하고 싶은 일 다 할 수 있지 않겠니. 정녕코, 그만큼만 살더라도 네가 하는 일에 더러 문제가 좀 생기겠지만 걱정하지 마라. 항상 낙관하고 꿈꾸다 죽거라! My dear fellow! Never be ashamed of scheming-you can't think of living less than 4,000 years, then that would suffice for your present schemes. To be sure, if they go on in the same ratio to the performance, then a small difficulty arises; but never mind! Look at the bright side always and die in a dream!"

콜럼버스가 그랬듯이 우리도 어디로 향하는지는 막연히 안다 해도, 어디에 도착할는지는 전혀 모르는 일이어라.

지난 2016년 미국 대선에서 민주당 후보 힐러리 클린턴은 "대통령에 당선 되면 UFO와 관련된 진실을 국민에게 알리겠다. 로스웰의 51구역에도 진상 조사팀을 보낼 수 있을 것"이라는 공약까지 했었다. 1947년 7월 미국 뉴멕시 코주州 로스웰Roswell에서 벌어진 일을 로스웰사건이라 부르는데, 그때 거기서 실제로 어떤 일이 있었는지, 어떤 증거가 있는지, 있다면 그 증거를 믿을 수 있는지, 아직까지도 논란이 계속되고 있다. 미군은 비밀리에 띄운 실험용 기 구가 추락한 것이라고 주장하지만, UFO 추종자들은 외계 생명의 우주선이 추락한 것을 미국 정부가 은폐하고 있다고 생각한다. 이 로스웰사건은 UFO 로 주장되는 가장 잘 알려진 사건 가운데 하나일 뿐이다. 로스웰사건과 관련 해 2008년에 나온 책 '외계인 인터뷰Alien Interview'가 있다. 저자 로렌스 알 스펜 서Lawrence R. Spencer가 로스웰 사건 때 간호사로서 외계인과 텔레파시 telepathy로 인 터뷰했다는 마틸다 맥엘로이Matilda MacElroy라는 여성의 메모를 60년 만에 묶어 냈다는 책이다. 이 책에서 로스웰 외계인은 생체구조가 없는 순수한 영적 존 재로 묘사되었고 생존 외계인의 전언으로 그들 중 일부가 인체에 오래전부 터 인간과 공존해 온 것으로 되어있다.

1997년 개봉된 미국 공상과학 SF 영화 '검은 옷 입은 남자들Men in Black'의 흥 미로운 설정 중 하나는 지구인 중 상당수가 사실은 외계인으로 앨버트 아인 슈타인, 빌 게이츠, 엘비스 프레슬리, 마이클 조던 등 특출난 인물들이고, 이 들 외계인들이 오래전부터 지구인과 공존하면서 문명의 발달을 주도해왔다 는 것이다. 2005년엔 당시 로스웰 기지 제51구역Area 51 공보장교로 사건을 담 당했던 월터 하우트Walter Haut 1922-2005가 유언을 통해 의혹이 모두 사실이라고 폭로하는 등 꽤 신빙성 있는 증언이 잇따르면서 이 로스웰사건은 다시 세상 의 이목을 끌었다. 제51구역은 미국 네바다주州에 위치한 군사 작전 지역으로, 일반인의 출입이 통제되어 있다. 정식 명칭은 그룸 레이크 Groom Lake 공군기지로, 위도 51도에 위치하고있어 통상 '제51구역'이라 불리고 있다.

1955년 정찰기인 U-2기를 최초로 네바다주州에 보내면서 설치된 곳으로, 이후 신무기의 개발 및 시험을 위한 철저한 비밀기지로 건설되었다. 그동안 미 정부는 해당 기지에 대해 전혀 언급조차 하지 않다가, 2013년 6월 미국중앙정보국(CIA)의 355페이지짜리 기밀문서가 공개되면서 해당 지역의 실체를 인정하게 되었다. 이 비밀기지가 특히 화제를 모은 이유는 이곳에서 UFO를 봤다는 제보가 많다 보니, 외계인 연구, 비밀 신무기 연구 등을 위해 설치했다는 주장이 제기되어 왔기 때문이다. 추락한 UFO의 잔해가 이곳으로 옮겨져 연구되고 있다는 설과, 로스웰사건과 관계되고 있다는 설과 '그레이 외계인'이라고 불리는 외계인들이 있다는 설 등 갖가지 추측이 난무하여 UFO 마니아들로부터 큰 관심을 끌어오고 있다. 사실 여부를 떠나 로스웰사건은 지금도 '살아있는 신화'로 남아 '검은 옷 입은 남자들' 외에도 '스타워즈Star Wars'와 '인터 스텔라Interstellar' 등 수많은 SF 영화의 기폭제가 되어왔다.

동의어의 쓸데없는 반복을 영어로 '토탈로지tautology'라 하는데 지구인과 외계인을 구별한다는 것부터가 토탈로지의 중언부언重言復言이라고 해야 하지 않을까. 지구인이든 화성인이든 금성인이든 모두가 우주에서 생긴 존재들이라면 다 대우주라는 매크로코즘macrocosm에서 온 '외계인外界人'인 동시에 소우주라는 마이크로코즘microcosm의 어느 한 별에 '내계인內界人'으로 잠시 머물다 떠나가는 우주 나그네 '코스미안Cosmian'이라 해야 하리라.

지난 2016년 3월에 있었던 '인간대표'격인 이세돌과 인공지능의 화신이라 할 알파고의 대결을 전후해 전 세계의 이목이 쏠리면서 인류의 미래에 대한 의견이 분분했다. 미국의 미래학자 앨빈 토플러Alvin Toffler 1928-2016는 농경시대인 제1의 물결, 산업화시대인 제2의 물결 다음으로 제3의 물결인 정보혁명을 예고했었는데, 그다음으로 우리는 이제 제4의 물결인 인공지능혁명을 맞고 있는 것 같다. 기계가 인간처럼 아니 인간 이상으로 생각하게 된다면 우리 인간은 어찌 될 것인가. 얼마 전까지만 해도 공상과학소설 같던 일들이 현실이 되고 있지 않은가. 컴퓨터의 성능이 상상을 초월할 정도로 날로 발전하고 있지 않은가 말이다. 인공지능이 인류에게 공헌할 것인지 아니면 그 반대로 부정적인 결과만 초래할 것인지에 대해 과학자, 발명가, 미래학자들은 상반되는 의견을 피력하고 있다. 몇 사람의 말을 들어보자.

미국의 발명가이며 미래학자 레이 쿠르츠웨일Ray Kurzweil, 1948 - 은 인공지능이 2029년까진 인간 수준에 도달할 것으로 믿는다. 각종 질병을 치료하고 자연환경의 오염을 제거할 수 있는 테크놀로지technology의 가능성을 감안하면, 우리는 인공지능의 위험성을 통제하면서도 긍정적인 면을 활용해야 한다고 그는 강조한다. 컴퓨터 프로그래머로 스탓업 인큐베이터 와이 컴비네이터 Startup Incubator Y Combinator의 전前 대표이자 현재 오픈 에이 아이Open AI의 CEO 샘 앨트만 Sam Altman, 1985 - 은 현재 모든 사람이 사용 가능한 인공지능의 오픈소스 버전 open-source version을 개발 중인데 자체를 검열 사찰해서 인류에게 유익한 용도만 고안할 수 있을 것으로 낙관한다.

베스트셀러 저자이면서 순수이론물리학자 겸 미래학자인 미치오 카쿠Michio Kaku, 1947 - 는 실질적이고 긴 안목을 갖고, 인공지능을 21세기 말의 문제라며 만일 그때까지도 탈선하는 인공지능을 통제할 다른 방법을 찾지 못한다면 그 로봇 두뇌에 칩을 넣어 꺼버리면 될 것이라고 말한다. 기업가로 자선사업을 해오고 있는 마이크로소프트 공동 창업자인 빌 게이츠Bill Gates, 1955 - 는 가까운 장래엔 저성능 인공지능이 인간의 노동력을 대신하는 도구가 되겠지만 몇십 년 후에 고성능 초지능 기능체계super intelligent systems로 발전하면 우려할 일이라고 전망한다. 영국의 블랙홀 물리학Black hole physics의 개척자로 저명한 천체물리학자인 스티븐 호킹Stephen Hawking 1942-2018은 인공지능이야말로 인류역사상 최대의 사건the biggest event in human history으로 기적적이고 불행한 사태라며, 우리가 이 인공지능의 위험을 피할 방법을 강구하지 못한다면 인류의 종말을 고할 수도 있다고 경고했다.

스웨덴의 철학자로 영국 옥스퍼드대학 인류의 미래연구원 원장 Director of The Future of Humanity Institute at Oxford University 닉 보스트롬Nick Bostrom, 1973 - 은 인공지능이 급작스럽게 악성화되어 인간들을 없애버릴 수 있을 거라며, 경제적인 기적과 기계문명의 경이로움을 이룩하겠지만 그런 세상이란 마치 어린이들이 없는 디즈니랜드Disneyland without children와 같을 거란다. '스페이스 X' CEO 일론 머스크는 인공지능을 우리의 실존적인 최대 위협our biggest existential threat이라며, 악마를 불러오는summoning the demon 것이라고 걱정한다.

아, 그렇다면 인류의 종말을 가져올 제4의 물결 인공지능 카오스바다에 익사하지 않기 위해서 우리는 어서 제5의 물결 영성 혁명 Spiritual Revolution을 일으켜 코스모스 바다로 항해 아니 비상하는 코스미안으로 돌아가야 하리라. 무궁무진無窮無盡한 우주에 가득 차 있는 물질을 어두운 물질dark matter이라고 한다. 독일어로는 dunkle Materie라고 과학자들은 부르지만 이 보이지 않는 물질this invisible matter은 사랑임이 틀림없어라.

잠자리와 새 잡기

　초등학교 다닐 때 잠자리를 나는 잠자리채로만 잡지 않고 둘째 손가락으로도 잡았었다. 책에서 읽었는지 아니면 선생님께서 들었는지 기억이 확실치 않지만 잠자리는 수도 없이 많은 눈을 갖고 있다 했다. 머리와 얼굴이 거의 전부 눈이라는 것이었다. 울타리에 앉아 있는 잠자리를 보면 나는 가만가만 접근, 근처까지 가서 손가락으로 천천히 처음에는 커다랗게 잠자리 주위로 원을 그리기 시작해, 점점 나사螺絲 모양으로 빙빙 나선상螺旋狀 '그물'을 쳐나갔다. 그러면 그 많은 눈으로 나의 손가락 끝을 따라 빙빙 돌아가던 잠자리가 어지럼증을 타서인지 '얼'이 빠져 날아가지 못하고 있다가 잡히곤 했다.

　그 후 내가 중학교에 진학해 생물 시간에 구아사과蒲芽蛇科에 속하는 독사의 일종으로 아프리카, 대만, 말레이시아, 필리핀, 인도 등지에 분포하며 개구리, 쥐, 새 등을 잡아먹는다는 코브라 이야기를 듣고 궁금증이 생겼다. 개구리나 쥐는 몰라도 새가 어떻게 뱀에게 잡혀서 먹힐까? 나뭇가지에 앉아 있다가도 얼른 날아가면 될 텐데… 선생님이 설명해주셨는지 아니면 내가 혼자 궁리 궁리해 본 것인지 또한 기억이 확실치 않지만, 코브라가 새를 쳐다보면서 긴 혓바닥으로 날름거리면 이를 내려다보던 새가 홀리다 못해 혼이 빠져 정신을 차리지 못하고 날아갈 능력이 마비된 채 떨어져 뱀의 밥이 되고 말리라는 풀이로 나는 그 해답을 얻었었다.

　또 그 후로 6.25 사변을 겪은 뒤, 내가 그 어느 누구의 체험담인지 수기를 읽어보니, 사람이 총살을 당할 때 총알을 맞기도 전에 미리 겁먹고 죽는 수가 있다고 했다. 물론 그렇게 미리 놀라 총소리 듣기도 전에 정신을 잃고 쓰러졌다가 얼마 후 정신이 들어 살아난 사람도 있었겠지만… 우리말에 '토끼가 제 방귀 소리에 놀란다'고 하듯이 내가 아마 서너 살 때 일이었으리라. 두 살 위의 작은 누나하고 연필 한 자루 갖고 '내 것이다' '네 것이다' 싸우다가 마지막에는 약이 오를 대로 오른 내가 '사생결단(?)'을 하다못해 너 죽고 나 죽자며 누나의 손등을 연필로 찔렀다. 그러자 연필심이 부러지면서 누나의 살 속에 박혀 버렸다.

그런데도 야단은 누나만 맞았다. 누나가 어린 동생하고 싸웠다며. 문제는 그다음이었다. 연독鉛毒이 몸에 퍼져 누나가 죽게 되면 순사(일정시대 경찰관)가 와서 나를 잡아갈 것이라는 겁에 새파랗게 질린 나는 순사가 우리 집 문 두드리는 소리가 나기 무섭게 나는 미리 죽어버리리라. 그렇게 마음먹고 큰형님이 갖고 계시던 사냥하는 엽총 총알 만드는 납덩어리 하나를 나는 한동안 손에 꼭 쥐고 있었다. 그때 만일 순사인지 아닌지 확인도 안 하고 누가 대문 두드리는 소리만 듣고 내가 그 납덩어리를 꿀꺽 삼켜버렸더라면 나의 삶이 아주 일찍 끝나버렸을는지 모를 일이다. 그러지 않았어도 그 후로 나의 몸에는 흉터가 몇 군데 생겼다.

젊은 날 첫사랑에 실연당하고 동해바다에 투신했다가 다쳐 척추 수술을 받고 허리에 남게 된 큰 수술자리 말고도, 내 바른쪽 손등과 왼쪽 눈 옆에 흉터가 남아 있다. 눈 옆에 난 흉터는 내가 중학교 시절 예수와 교회에 미쳤을 때 하도 교회 목사님들이 설교로 사람은 다 '죄인'이고 매 순간순간 바로 전 순간순간에 생각으로 매 순간마다 숨 쉬듯 짓는 '죄'를 '회개하라'고 하시는 말씀을 문자 그대로 따라 길을 가면서도 수시로 눈을 감고 기도하며 '회개하다'가 길가에 있는 전봇대 전주電柱를 들이받고 이 전주에 박혀 있던 못에 눈 옆이 찢어져 생긴 것이다. 그 즉시 즉시로 회개하지 않으면 당장 '영원히 꺼지지 않는 지옥불에 떨어지는' 줄 알고 그때 눈 옆이 아니고 눈을 찔렸었더라면 나는 애꾸눈 장님이 되고 말았으리라. 그리고 손등에 난 흉터는 내가 너더댓 살 때였을까 장난이 너무 심하다고 나보다 일곱 살 위의 큰 누나가 나를 혼내주겠다고 앞마당에 있는 장독대 밑 컴컴한 지하실에 가두자 그냥 있다가는 그 지하실에서 영원히 나오지 못하고 죽는 줄 알고 다급하고 절박한 나머지 주먹으로 지하실 유리창 창문을 깨는 바람에 생긴 것이다.

이처럼 사람이나 동물이나 너무 눈앞에 어른거리는 현상에만 집착 현혹되다가는 얼마든지 쉽게 벗어날 수 있는 궁지에서 빠져나오기는커녕 그 수렁에 더 깊이 빠져들어 가는 것 같다. 흔히 여자고 남자고 "기왕에 버린 몸"이라고 '될 대로 되라.'며 자포자기自暴自棄하는 수가 많지만 어쩌다가 실수로 아니면 신수身數가 사나워 어떤 불행이 닥치더라도 이를 더 큰 불행을 예방하는 하나의 예방 주사 맞는 액厄때움으로 삼을 수 있지 않으랴. 좀 짓궂게 얘기해서 가령 네가 너무 웃다가 또는 오래 참다가 오줌을 찔끔 쌌다고 하자. 그렇다고 네가 똥까지 싸고 주저앉아 뭉갤 필요는 없지 않겠는가. 얼른 씻고 옷을 갈아입으면 될 것을.

노르웨이의 극작가 헨릭 입센Henrik Ibsen 1828-1906이 그의 작품 '유령들Ghosts'에서 하는 말 한두 마디 우리 함께 음미해보리라.

"나는 거의 결론적으로 생각한다. 우린 모두 유령들이라고. 유령처럼 우리 앞에 수시로 나타나는 것은 우리가 부모로부터 물려받은 것만이 아니다. 우리 속에 깊이 처박혀 있어 떨쳐버릴 수 없는 갖가지 사장死藏된 생각들과 화석화된 미신迷信의 믿음들이다. I almost think we are all of us ghosts. It is not only what we have inherited from our father and mother that 'walks' in us. It is all sorts of dead ideas, and lifeless old beliefs.

신문 한 장만 들춰 보면 이러한 유령들이 활자 사이로 지나치는 것을 우리는 볼 수 있다. 바닷가 모래사장에 있는 모래알들만큼 많다. 그리고 우리는 너 나 할 것 없이 너무도 유감스럽고 한심스럽게도 밝은 개명천지開明天地를 두려워하고 있다. Whenever I take up a newspaper, I seem to see ghosts gliding between the lines. There must be ghosts all the country over, as thick as the sands of the sea. And then we are, one and all, so pitifully afraid of the light."

이젠 코스미안시대다

2020년 8월 5일 걸그룹 소녀시대의 데뷔 13주년을 맞았다. 이제 때는 바야흐로 '소녀시대'를 넘어 '코스미안시대'이다.

국내적으로는 폭염, 장마, 홍수에다 북한의 황강댐 무단 방류로 남북대화에 기반한 한반도 평화프로세스 구축이 무너진 상황이고, 이웃 나라 일본과는 8.15 75주년을 맞아 양국 정부나 국민의 인식이 한쪽에선 이미 사과를 했다고 하고 또 한쪽에선 진정한 사과를 하라는 양국의 주장이 아직도 평행선을 달리고 있다. 그리고 세계적으로는 코로나바이러스 역병으로 온 인류가 '멘붕' 상태가 아닌가. 이럴 때일수록 그 해법은 큰 틀에서 찾을 수 있고, 혼돈과 암흑의 카오스 시대의 종언을 고하고, 밝고 아름다운 코스모스 시대가 열리는 우주사적인 계기와 환골탈태換骨奪胎의 시점時點이 도래하였어라.

'약육강식弱肉强食'의 '갑과 을', '정복자와 피정복자', '가해자와 피해자', '백과 흑', '남과 여' 그리고 '만물萬物의 영장靈長'이라고 자부해온 오만방자한 인류와 우주 자연 사이의 임계점臨界點이 증발蒸發하고 있지 않은가 말이다. 우리 동양 선인들이 일찍부터 주장했듯이 문자 그대로 물아일체物我一體요 피아일체彼我一體임을 깨달아 홍익인간弘益人間과 홍익만물弘益萬物의 인내천人乃天 사상이 우리 모두의 상식常識이 되는 코스미안시대가 열리고 있는 것이리라. 이를 어쩌면 내가 반세기 전 지난 1970년대 하나의 계시啓示나 예시豫示처럼 일별一瞥할 수 있었는지 모를 일이다.

내 직장 관계로 우리 가족이 런던 교외郊外에 살 때였다. 하루는 지붕에 올라가 비가 오면 빗물이 잘 흘러내리도록 기왓고랑을 깨끗이 청소하다 내가 발견한 것이 있었다. 식물인지 광물인지 알 수 없는 딱딱하고 작은 별 모양의 물체가 고랑에 낀 흙 위에 자라고 있는 것을 보고 너무도 신기하고 신비스러워 곱게 뜯어 아이들에게 주면서 학교에 갖고 가 선생님과 친구들에게 보여주라고 했다. 그때 나는 생각을 했다. 밤낮으로 하늘을 우러러 별들을 바라보며 속삭이고 노래하다 보니 별들을 닮아 별모양이 되었으리라고 그러면서 어렸을 때 내가 읽은 동화책 속에 나오는 페르시아의 꼽추 공주 이야기를 떠올렸다. 꼽추가 아닌 자기 동상 앞에 매일같이 서서 등허리를 똑바로 펴보다가 제 동상처럼 허리가 펴진 몸이 되었다는 이야기를.

이것은 하나의 깨달음이었다. 이와 같은 현상은 육지 공간에서만 아니라 저 깊은 바닷물 속에서도 일어나고 있었다. 해바라기 꽃이 해 모양이듯 바닷속에서 살며 별 모양을 한 극피동물棘皮 動物의 하나인 불가사리 스타피쉬starfish를 보면 말이어라. 해바라기가 햇빛을 쏘이려고 해를 향하고 있는 건 우리가 다 아는 바이지만, 그 당시엔 몰랐다가 그 후에 내가 알게 된 사실은 해가 나지 않고 구름이 뜬 날은 해바라기들이 서로를 바라보면서 서로에게서 필요한 에너지를 얻어 축 처지지 않고 똑바로 꼿꼿이 선다는 것이다. 우리 인간들도 그럴 수 있다면 얼마나 좋았으랴! 또 어릴 때부터 듣고 자란 흥부와 놀부 이야기에서처럼 새가 사람에게 복이나 화를 정말 갖다 줄 수 있는지 몰라도, 사람은 누구나 자신이 뿌리는 대로 거두게 되는 것만큼은 확실한 것 같다.

40여 년 전, 1980년대 한여름에 우리 가족이 카리브해에 있는 섬나라 바베이도스Barbados에 휴가 갔을 때 일이다. 아침 일찍 바닷가 산책하러 나갔다가 썰물에 밀려 나가지 못하고 팔딱거리고 있는 작은 열대어 한 마리를 두 손으로 받쳐 바닷물 속에 넣어 줬다. 그다음 날 아침 조금 더 일찍 일어나 같은 곳에 나가보았더니 그 전날 물 빠진 모래사장에서 미처 빠져나가지 못한 물고기를 발견했던 그 자리에 아주 크고 보기 좋은 왕소라가 하나 있었다. 그 때 내가 아이들에게 말한 대로 아무리 두고두고 다시 생각해 봐도 내가 살려

준 그 물고기가 고맙다고 그 좋은 선물을 갖다 준 것만 같았다. 어렸을 때 읽은 동화 속의 바다나라 용왕님께 그 물고기가 말씀드려 용왕님께서 그 소라를 보내주셨는지 모를 일이었다. 불현듯 생시인지 꿈에선지 본 것만 같은 우리 모두의 '자화상自畵像'이 떠오른다.

개구리 너는!

얼마나 놀라운 새냐,
개구리, 너는!

네가 일어설 때
너는 거의 앉지.

네가 뛸 때
너는 거의 날지.

너는 분별도 거의 없고
넌 꼬리 또한 거의 없지.

네가 앉을 때면
네가 갖고 있지 않은 것 위에
너는 앉지.

인간사人間事에서 무엇이고 확실하다고 주장하는 것은 바보의 특권이다. 세상에 확실한 것은 아무것도 없다는 것밖에 우리가 확실하게 알 수 있는 것이 없다. 한 사람의 인생이 어떤 출발점에서 어떤 방향으로 어떻게 발전하는가를 결정해준 것은 제 선택이 아니라 하늘의 섭리일 것이다.

독수리가 저는 독수리로 태어났다고 달팽이로 태어난 달팽이를 보고 너도

나처럼 하늘 높이 빨리 좀 날아보지 못하고 어찌 그리 느리게 땅에서만 가까스로 기어 움직이느냐고 비웃을 수 있을까. 어쩌면 너무도 독수리처럼 되고 싶었던 달팽이가 오랜 세월 죽도록 날아보려다 개구리로 진화한 것인지 모를 일 아닌가. 마치 신神이 되려던 동물이 인간으로 발전한 것 같이… 또 그 누가 독수리의 삶이 달팽이의 삶보다 낫다고 할 수 있으랴. 나는 습관처럼 자작시를 지었다.

그러고 보면 세상은 별일 천지다.
그 가운데서도 별일 중의 별일이
네가 있고 내가 있다는 것일 테고
그 더욱 한없고 끝없는 불가사의로
너무너무 신비롭고 경이로운 것이
네 가슴 내 가슴 우리 가슴 뛰는 것이리.

그러니 일찍이 영국의 한 자연파 계관시인도 독백하듯 읊었으리라. 소년 시절 내가 이 유명한 '무지개' 시를 처음 읽는 순간, 이 나 자신의 독백을 윌리엄 워즈워스란 사람이 백 오십여 년 전에 읊었다는 사실이 무척 놀랍고 반가워 그에게 친밀한 동류의식을 느꼈다.

내 가슴 뛰놀다

하늘에 무지개 볼 때
내 가슴 뛰노나니
어려서 그랬고
어른 된 지금 그렇고
늙어서도 그러하리라.
그렇지 아니 하다면
차라리 죽어버리리라.
어린애는 어른의 아버지

코스미안은 사랑의 화신이다

내 삶의 하루하루가

이 가슴 설레임으로 이어지리.

하지만 나는 하늘에 선 무지개를 바라볼 뿐인 이 시에 결코 만족할 수가 없었다. 그래서 영어 사전에도 없는 단어를 내가 처음으로 만들어 쓰기 시작했다. 무지개를 바라보며 좇는 대신 그 무지개를 올라탄다는 뜻으로, '무지개rainbow' 앞에 접두사接頭辭 'a'를 붙여 '어레인보우arainbow'라고. 따라서 이 신조어新造語 '어레인보우arainbow'와 함께 우리 모두 우주 나그네란 의미로 '코스미안Cosmian'이란 새 단어까지 태어나게 되었어! 우린 모두 사랑이란 무지개를 타고 이 지구별을 방문해 잠시 머무는 '코스미안 어레인보우Cosmian Arainbow of Love'로서 이제 '코스미안시대Cosmian Age'를 열어보리라. 독일 가수 헬레네 피셔Helene Fischer, 1984 - 가 부르는 노래 '사랑의 힘The Power of Love'를 우리 다 함께 부르면서.

One day, while clearing a blocked gutter under the edge of the roof of my house in a suburb of London in the seventies, I found something strange growing there. I couldn't tell if they were plants or mineral deposits. They were hard, in the shape of tiny stars; strange objects of curiosity, wonder and mystery.

I gave some of them to my children so that they could show them to their teachers and friends. Whatever their substance might have been, I thought, they must have come to bear an uncanny resemblance to the stars. They were singing and whispering through night and day. It recalled a fairy tale of a hunchback Persian princess who became straight and tall by stretching herself daily in front of her straight-backed statue.

I had a sudden awakening to the natural phenomena common everywhere, in the air, on land and beneath the ocean, with sunflowers and starfish serving as constant reminders. We all know that sunflowers look for the sunlight. But what I didn't know was that on a cloudy day, they looked at each other, standing high and tall. How better it would have been, if humans could have done the same!

One summer day, years ago in the eighties, my family vacationed in the Caribbean island, Barbados. Early one morning, I went out for a walk on the shore. It just so happened that I spotted a tropical fish jumping up and down, unable to return to the water after the ebb tide. I quickly scooped the fish up in my two hands formed into a bowl and let it go back to the sea.

The next morning, I found a beautiful conch shell at the same spot where I'd rescued the fish. To me, the conch shell seemed to be a 'thank-you gift' from the fish.

Suddenly, I could see our 'froglike' self-portrait. I can't recall whether I saw this lyrically unflattering and ungrammatical portrait drawn by someone, of humans from the swamplands in a dream or in my waking hours:

What a wonderful bird
The frog are!

When he stand, he sits
Almost.

When he hops
He fly almost.

He ain't got no sense hardly,
He ain't got no tail hardly,
Either.

When he sit,
He sit on what
He ain't got almost.

As someone once said, 'to be certain about anything in life was the privilege of a fool, because there was only one thing to be certain about: that there was nothing to be certain of.'

What decided how you started in life and how you developed? Was it happenstance or heavenly providence? Be that as it may, there is no denying that you are a product of birth and circumstance. If you were eagle-born, how could you laugh at a snail for being so low and slow? It might have been possible that the snail dying to be an eagle became a frog after trying so hard for so long, just as animals wishing to be godlike developed into humans.

At the same time, who's to say that an eagle's life is better than a snail's lot?

I composed a little poem, as is my wont:

So I see,
The world is full of wonders,
The most wonderful among them
Is the fact that you and I exist.

What's more miraculous and mystical
Is the reality that our hearts beat.

When I first read this famous poem "The Rainbow" (1802) as a boy,
I felt my own soliloquy was voiced by a kindred spirit by the name of
William Wordsworth (1770-1850), the celebrated English poet laureate,
about one hundred fifty years earlier.

My Heart Leaps Up

My heart leaps up,
When I behold
A rainbow in the sky.

So was it when I was a Child,
So is it now I am a Man,
So be it when I shall grow old,
Or let me die!

The Child is Father of the Man;
And I could wish my days to be
Bound each to each
By natural piety.

Truth to tell, I wasn't satisfied with this poem, just looking up to
behold a rainbow in the sky. So I created a new word 'arainbow' to be
right on The Rainbow, 'upgressing' or rather ascending on top of the
rainbow, by adding a prefix 'a' in front of 'rainbow.' Hence, together
with this new word 'arainbow' another one I also coined 'Cosmian'

as we all are interstellar travelers/visitors as brief sojourners on this planet earth.

Now is the time for all of us Cosmians born arainbow of love to start a new cosmic 'Cosmian Age,' singing the song 'The Power of Love,' as sung by German singer Helene Fischer, 1984 -).

The whispers in the morning
Of lovers sleeping tight
Are rolling by like thunder now
As I look in your eyes

I hold on to your body
And feel each move you make
Your voice is warm and tender
A love that I could not forsake

'Cause I'm your lady
And you are my man
Whenever you reach for me
I'll do all that I can

Lost is how I'm feeling lying in your arms
When the world outside's too much to take
That all ends when I'm with you

Even though there may be times
It seems I'm far away
Never wonder where I am

'Cause I am always by your side

'Cause I'm your lady
And you are my man
Whenever you reach for me
I'll do all that I can

We're heading for something
Somewhere I've never been
Sometimes I am frightened
But I'm ready to learn
Of the power of love

The sound of your heart beating
Made it clear
Suddenly the feeling that I can't go on
Is light years away

'Cause I'm your lady
And you are my man
Whenever you reach for me
I'll do all I can

We're heading for something
Somewhere I've never been
Sometimes I am frightened
But I'm ready to learn
Of the power of love

The power of love
The power of love
Sometimes I am frightened
But I'm ready to learn
Of the power of love

The power of love, ooh ooh
(As I look into your eyes)
The power of love

5장

우리 모든 코스미안의 삶은
의미가 있으리

"우주란 이해가 가능해질수록 그 의미가 없어 보인다. The more the universe seems comprehensible, the more it also seems pointless."

1979년 노벨상을 수상한 미국의 물리학자 스티븐 와인버그Steven Weinberg, 1933 가 1977년 출간된 그의 저서 '최초 3분: 우주의 기원에 대한 하나의 현대적인 견해The First Three Minutes: A Modern View of the Origin of the Universe'에서 하는 말이다. 우리가 어떻게 살고 사랑하는가에 따라 우주의 의미가 생기고 우리 존재와 삶의 의미가 성립된다는 뜻이리라. 우주가 그러하고 자연이 그러할진대 사람 또한 그렇지 아니할까. 그렇다면 그 어느 누구의 삶도 헛되지 않으리. 어떤 삶은 다른 사람들에게 귀감龜鑑이 되어 좋은 일이고, 또 어떤 삶은 많은 사람들에게 경고警告가 되어 유익한 일이 될 테니까 말이어라.

영화로도 만들어진 미국 작가 존 스타인벡의 1947년 작 단편소설 '진주'가 있다. 멕시코의 민속 이야기를 소재로 한 것인데, 한 젊고 가난한 어부 키노가 굉장히 큰 진주를 하나 캐게 되면서 벌어지는 인생 비극을 아주 사실적으로 묘사했다. 이와 비슷한 실화 하나가 있다. 나보다 두 살 위의 작은 누이는 유학 중에 미국의 동양학자와 결혼했다. 남편은 한국주재 미 공군 근무를 마친 후 1963년 네덜란드 라이덴대학에서 '몽고의 한국 침략Korea: The Mongol Invasion'이란 학술논문(저서)로 박사 학위를 받고 미국 인디애나대학에서 교편을 잡다가 프린스턴 대학의 첫 한국학 학자로 재직했다. 그 후로 하와이대학으로 자리를 옮겨 동서문화센터의 한국학회를 창설한 미국의 대표적인 한국학 학자로 그는 한국어, 일본어, 중국어 한문에도 능통했다.

그는 '한국역사A History of Korea'라는 영문으로 쓴 첫 한국역사 책을 집필했고, 전前 고려대학교 총장 유진오 박사가 지어준 한국 이름 '현순일玄純一'도 갖게 됐다. 그동안 남편의 연구논문 집필에 내조하면서 영한英韓 회화사전 'EVERYDAY KOREAN: A Basic Korean Wordbook'도 펴내며 바삐 지내던 누이가 애들을 학교에 보내고 시간이 좀 나자 부동산 매매 중개업 라이센스를 얻는 공부를 해 부동산 중개인 리얼토 Realtor가 되었다. 본래 말수가 적고 빼어난 외모에다 마음 씀씀이 크고 신의信義가 두터우며 침착한 성품 때문인지 누이는 부동산 세일즈를 썩 잘했다. 부동산 중개 수수료 6%에서 소속된 브로커 회사에 3% 떼어주고 남는 3%로 누이가 한 주에 버는 돈이 대학교수 남편의 일년 연봉보다 많아지자 남편이 자존심이 상했는지 아니면 돈에 대한 욕심이 생겼는지 저명한 학자로서의 경력과 대학교수직을 버리고 부동산 브로커 라이센스를 취득, 누이와 같이 부동산 중개업 회사를 하나 차리게 됐다.

1978년 부동산 사업을 같이 하자는 누이의 초청으로 영국에서 하와이 호놀룰루로 우리 가족이 이주했을 때 누이가 해준 말이 인상적이었다. 부동산 매매 중개인으로서 성공하려면 말은 적게 하고 많이 들으라. 구매자가 100% 만족스러워해야지, 단 1%라도 불만스러운 점이 있으면 매매계약이 성립되었다가도 조만간 깨지고 만다는 거였다. 누이와 일을 함께 해보기도 전에 애들 음악교육 때문에 우리 가족은 영국으로 돌아가게 되었다.

처음에는 개인 주택 세일즈만 하던 누이의 평판이 좋아지자 큰 개발업자들이 경치 좋은 바닷가에 콘도미니엄 분양 맨션아파트 수백 채씩 짓기 시작하면서 그 세일즈 판매를 누이한테 다 맡겼다. 그러면 누이가 받아오는 세일즈 계약금으로 콘도 건설공사를 마칠 수 있었다. 이렇게 큰 콘도단지, 고급 별장, 호텔 등을 취급하면서 누이네는 세일즈가 날로 늘어났다. 미국 본토뿐만 아니라 남아프리카와 유럽, 등 세계 각국으로부터 걸려오는 국제 전화 한

통화로 큰 덩어리 부동산 매매가 이루어지게까지 되었다. 남편은 회사 사무실만 지키고, 누이가 오십여 명의 리얼토를 거느리고 백방으로 몇 년을 뛰다 보니 누이네는 억만장자에 가까운 큰 부자가 되었다.

이토록 갑자기 돈이 많이 생기자 계모 밑에서 자라다 소년 시절 집을 뛰쳐나가 상선 선원으로 세계 각지로 돌아다니 미국정부 장학금으로 명문대학을 뛰어난 성적으로 졸업, 최상위 동양 학자가 되었던 남편이 돈 쓰는데 신바람이 났다. 주말이면 라스베이거스에 가서 하룻밤에 몇만 불, 몇십만 불, 몇백만 불씩 날리면서 놀아나기 시작했다. 누이는 돈 벌기에 정신없었고, 남편은 돈 쓰기 바빴다. 보다 못해 남편에게 거의 모든 재산을 넘겨주고 이혼한 누이는 두 아들을 키우면서 사업을 계속해 나갔다. 떼어 받은 재산을 몇 년 안에 다 탕진하고 알거지 신세가 된 전 남편이자 애들 아버지가 하도 가련하고 비참해 보여 인정이 많았던 누이는 다시 남편으로가 아니고 애들 아빠로 집에 들였는데 그런지 얼마 되지 않아 변이 나고 말았다.

그 당시 영국에 살고 있던 나는 어느 날 밤 이상한 꿈을 꾸었다. 누이가 가파른 비탈길에서 누이 자신이 몰던 차에 깔려 죽는 꿈이었다. 잠을 깨서 이상하다 했는데 전보를 받았다. 노모를 작은 누이가 모시고 있었기에 연로하신 어머님이 돌아가셨구나 하고 전문을 받아 본 순간 나는 기가 딱 막혔다. 꿈에서처럼 누이가 교통사고로 죽었다는 통보였다. 개인적인 사정으로 장례식에도 참석지 못하고 후에 큰 누이에게서 들으니 작은 누이는 아침 일찍 애들이 다니는 호놀룰루의 명문 사립학교 푸나후(나의 큰 외조카는 오바마 전 대통령과 동급생이었다)에 데려다주고 아침나절에 변을 당했는데, 고급별장을 짓는 어느 바닷가 절벽으로 오르는 아직 포장 안 된 산 비탈길에서 누이는 자기가 몰던 차에 자기가 깔려 죽어 있는 것을 지나가던 행인이 오후에 발견, 경찰에 신고했다고 한다. 1983년 일이다. 이 변을 당하기 전에도 작은 누이가 그 당시 콜로라도주_州 덴버에 사시던 큰 누이에게 전화로 전_前 남편 빌(William의 약칭)이 자기를 죽이려 하는 것 같다고 말했었단다. 어떤 때는 작은 누이 자동차 트렁크에 살인 독가스 같은 것을 채워놓기도 했다면서, 틀림없이 작은 누이의 전남편이 청부살인을 시킨 것 같다고 큰 누이는 내게 말했다. 작은 누이의 전남편은 누이가 48세로 세상 떠난 지 10년 후인 1993년 심장마비로 돌아가셨다. 삼가 두 분의 명복을 빈다.

오호통재嗚呼痛哉 오호애재嗚呼哀哉로다. 자본주의 물질만능의 배금사상이 팽배한 시대를 사는 우리 모두에게 엄중한 경종警鐘이 되었어라. 하나의 돈벼락 비가悲歌 애가哀歌로서.

Thirty seven years ago, my sister Tae-Soon, who was two years older than me, lost her life at the age of 48 due to the wealth she acquired.

There's 'The Pearl' a novella by American writer John Steinbeck, first published in 1947. It is a story (later made into a movie) of a pearl diver, Kino, and explores man's nature, as well as greed, defiance of societal norms, and evil.

Tae-Soon's story is a classic example of The Pearl made in the real life.

Tae-Soon married an American scholar of East Asian Studies. Fluent in Chinese, Japanese, and Korean, he taught at several American universities and wrote history books about Korea.

Assisting in research works for her husband, raising two sons and editing and publishing 'EVERYDAY KOREAN: A Basic English-Korean Wordbook' Tae-Soon became a realtor. She was very successful, earning much more than her husband.

Either feeling diminished, or gripped by greed, her husband also became a real estate broker, and they founded a real estate company. He managed the office work and Tae-Soon did all the fieldwork, leading a group of over 50 agents under her supervision.

When my family went to Hawaii from England in 1978 at their invitation for me to join Tae-Soon in her business, she told me about the secret of her success as a salesperson:

Talk Less; Listen More; Make Sure You Are 100% Satisfied as Buyer.' In other words: 'Never, Never Push.' If the prospective buyer is satisfied only 99%, the deal will fall through sooner or later.

In due course, Tae-Soon and her husband became almost billionaires, but alas, he started womanizing and indulging in high stake gambling.

Despairing about the chances of his returning to his senses, Tae-Soon divorced him, giving away most of their assets. In a few years, he squandered his share and was practically a penniless, homeless guy. Taking pity on him, she took him in as a lodger, not as husband again but as the father of the children.

Early one morning, she drove up a hill on a dirt road for a listing of a mansion being built on top of the hill after dropping off the kids at Punahou School, the private school former U.S. President Obama attended. (My older nephew was a classmate of Obama.) In the afternoon, her body was discovered apparently run over by the car she was driving.

We were then back in England for our three daughters to attend the Chetham's School of Music in Manchester.

One night in my dream I saw the scene of an accident. The next day, I received a telegram. I thought it was about our mother passing away, as she was living with Tae-Soon. To my great surprise, it was about the accident involving Tae-Soon.

She left a will, leaving everything to the children, but since they were still minors, their father must have taken her assets. He died of a heart attack ten years later.

Certainly, this elegy can serve as a dire warning for the living about 'curses in disguise!'

우리가 이 세상에 태어난 것부터 불가사의(不可思議)한 일이다. 지금까지 살아 온 일도 불가사의다. 사람은 누구나 제가 맘먹는 만큼의 삶을 살게 되고 제가 꿈꾸는 만큼의 기적을 일으킬 수 있지 않던가. 이 불가사의의 일이 곧 기적이다. 기적은 일어날 일이 일어나는 것이다. 우리는 기적의 다른 이름을 사랑이라 부른다.

현재 있는 것 전부,
과거에 있었던 것 전부,
미래에 있을 것 전부인
대우주를 반영하는
소우주가 인간을 포함한
우주만물이라면
이런 코스모스가
바로 나 자신임을

깨닫게 되는 순간이
사람 그 누구에게나
다 있을 것이다.
이러한 순간을 위해
너도나도 우리 모두
하나같이 인생순례자
세계인 지구인 아니
우주 나그네 우주인
코스미안이 되었어라.
하늘하늘 하늘에 피는
코스모스바다가 되기 위해.

If each one of us is indeed a micro-cosmos reflecting a macro-cosmos, all that existed in the past, all that exists at present and all that will exist in the future, we're all in it together, all on our separate journeys to realize this.

May each one of us be the sea of cosmos!

춤을 추어볼거나, 다 좋으니까

현재 전 세계 온 인류는 인재人災라고 해야 할 기후변화로 인한 폭염, 장마, 홍수 등 자연재해自然災害와 코로나 팬데믹으로 몸살과 '맘살'을 앓고 있는 이 시점時點/視點에서 무슨 수를 쓴다 해도 가망이 없는 절망과 체념의 상태를 일컫는 말로 '만사휴이萬事休矣'란 사자성어四字成語를 떠올리리라. 이럴 때 우리는 성철 스님의 어록 중에서 이 한 마디 음미해보자.

다들 너무 걱정하지 마라
걱정할 거면 딱
두 가지만 걱정해라

지금 아픈가?
안 아픈가?

안 아프면
걱정하지 말고
아프면
두 가지만 걱정해라

나을 병인가?
안 나을 병인가?

나을 병이면
걱정하지 말고
안 나을 병이면
두 가지만 걱정해라

죽을병인가?
안 죽을병인가?

안 죽을병이면
걱정하지 말고
죽을병이면
두 가지만 걱정해라

천국에 갈 것 같은가?

지옥에 갈 것 같은가?   지옥에 갈 것 같으면

                                             지옥에 갈 사람이

천국에 갈 것 같으면   무슨 걱정이냐

걱정하지 말고

그렇지만 천당과 지옥이 죽은 다음에 가는 곳이 아니고 우리가 이 세상에 사는 동안 경험하는 것이라면 우리 각자에게 선택의 자유가 있으리라. 그리고 우리 모두 우주에서 태어나 별에서 별로 여행하는 우주 나그네 코스미안으로서 우리의 우주여정旅程의 역정歷程이 모두 다 좋다고 할 수 있지 않으랴.

2021년 8월 15일이면 해방 76주년을 맞아 국내적으로는 또 한바탕 '친일'이다 '반일'이다 '좌파'다 '우파'다 시끄럽겠지만, 우리 냉철히 한번 생각해 봐야 하지 않을까. 우리 조상이 힘이 없어 자의가 아닌 타의에 의해 나라를 잃고 일본의 식민 지배를 받다 한반도가 남북으로 분단되어 6.25란 동족상잔까지 겪었으며 아직도 서로 총을 겨누고 있는 '미친' 상태가 아닌가. 우리 한민족의 비극은 하루빨리 어서 끝내고 남북통일을 평화적으로 이루기 위해 잘사는 남한이 못사는 북한을 끌어안는 통 큰 대북정책이 필요하지 않은가.

청소년 시절 나는 함석헌 선생님의 '뜻으로 본 한국역사'를 너무도 감명 깊게 읽고 분통이 터졌었다. 한국역사의 흐름이 크게 잘못되기 시작한 것이 이성계의 '위화도 회군威化島 回軍'이라 본 것이다. 고려 말기 1388년(우왕 14년) 명나라 홍무제 주원장이 철령鐵嶺 이북의 영토는 원나라 영토였다는 이유로 반환하라는 요구에 맞서 최영 장군은 팔도 도통사, 조민수를 좌군 도통사, 이성계를 우군 도통사로 삼은 요동정벌군이 압록강 하류의 위화도까지 이르렀을 때 이성계가 개경開京으로 회군한 사건 말이다.

몇 년 전 '글씨에서 찾은 한국인의 DNA'란 부제가 붙은 책이 나왔다. 2009년 항일운동가와 친일파의 필적을 비교 분석한 책 '필적은 말한다'를 펴냈던 저자 구본진이 비석과 목간방패사리함 등 유물에 남아 있는 글씨

체에서 우리 민족성의 본질을 찾아내는 '어린아이 한국인'을 출간한 것이다. "지금 한국인의 발목에는 격식과 체면과 겉치레라는 쇠사슬이 절가당거리지만, 이는 오랜 중국화의 역사적 산물일 뿐, 원래 한민족은 인류역사상 가장 네오테닉neotenic(유아기의 특징이 성년까지 남아 있는 현상을 말함)한 민족이었다"며 우리 민족은 자유분방하고 활력이 넘치면서 장난기가 가득한 '어린이 기질'을 갖고 있다는 것이 저자의 주장이다.

우리 민족의 이런 '어린이스러움'은 고려시대 이후 중국의 영향으로 경직되었으나 19세기 이후 중국의 위상이 떨어지면서 부드럽고 자유로운 한민족 고유의 품성과 글씨체가 다시 살아난다는 것이다. 저자는 향후 연구 과제도 제시한다. 중국 만리장성 외곽에서 발견된 '홍산문화'가 우리 민족과 관련된 문화일지 모른다는 주장인데, 그 근거 역시 글씨체. 황하문명보다 1,000년 이상 앞선 홍산문화 유물에 남아 있는 글씨체가 고대 한민족의 글씨체와 유사하다면, 이야말로 세계역사를 바꿔놓을 단서임이 틀림없다. 어떻든 이 '아이스러움'이란 우리 한민족에 국한된 것이 아니고 세계 인류 모든 인종과 민족에게 공통된 특성이 아닐까. 이 순수하고 경이롭고 신비로운 '동심'을 갖고 모두 태어나지만 타락한 어른들의 잘못된 세뇌교육과 악습으로 '아동낙원兒童樂園'을 잃는 실락원失樂園의 비극이 시작되었어라.

아, 그래서 나의 선친 이원규李源圭 1890-1942도 일제 강점기 초기에 손수 지으신 동요, 동시, 아동극본을 엮어 '아동낙원兒童樂園'이란 책을 500부 자비로 출판하셨는데 집에 남아 있던 단 한 권마저 6·25 동란 때 분실되고 말았다. 아, 또 그래서 나도 딸 셋의 이름을 해아海兒(첫 아이로 쌍둥이를 보고 한 아이는 태양 '해' 그리고 한 아이는 바다 '해海'로 작명했으나 조산아들이라 한 아이는 난 지 하루 만에 세상 떠나고), 수아琇兒와 성아星兒라 이름 지었다. 평생토록 젊음과 동심을 갖고 살아주기를 빌고 바라는 뜻에서다. 간절히 빌고 바라건대 바다의 낭만과 하늘의 슬기와 별들의 꿈을 먹고 살라고, 이와 같은 기원과 염원에서 아이 '아兒' 자字 돌림으로 한 것이다.

정녕코 복編이야 명命이야, 우리 모든 어른들도 어서 잃어버린 동심을 되찾아 '복낙원福樂園' 하리라. 그러자면 우선 일본열도의 토착민인 조몬인과 한반도에서 건너간 야요이인이 혼혈을 반복해 현재의 일본인이 됐다는 혼혈설을 뒷받침하는 DNA 분석 결과가 나왔다는 최근의 일본 언론보도가 아니더라도, 우리 고대 가야와 백제의 후손들이라고 할 수 있는 이웃나라 일본에 대해서는 지난 과거지사는 과거지사로 돌리고 미래 지향적으로 좀 더 대국적인 견지에서 선린정책을 펼쳐야 하지 않겠는가. 2015년 말 일본군 위안부 문제에 대한 한일 양국 간 합의에 '최종적이며 비가역적인 해결'이란 단서에 사용된 이 '비가역'이란 단어의 사전적 의미는 '변화를 일으킨 물질이 본디의 상태로 돌아갈 수 없는 일'로 되돌릴 수 없다는 뜻이다.

2016년 1월 8일 아돌프 히틀러의 저서 '나의 투쟁'이 절판 70년 만에 재출간됐다. 이 책은 1925년 36세의 히틀러가 뮌헨 폭동으로 투옥됐던 당시 나치즘의 사상적 토대를 정리한 자서전이다. 그간의 출간 금지는 반성할 줄 모르는 일본과는 달리 뉘우칠 줄 아는 독일 양심의 상징처럼 묘사돼왔는데, 이 악명 높은 책이 다시 나오게 되자 세계 언론에선 나치즘을 제대로 비판하기 위한 조치라고 합리화하며 미화했다.

일본군이 우리 윤동주 시인을 비롯해 수많은 한국인과 중국인을 생체실험했다지만 독일도 1904년 식민지인 아프리카 나미비아에서 땅을 뺏기 위해 헤레로, 나마족을 무참히 살해하고 생존자 2,000여 명을 강제수용소에 처넣고는 생체실험을 한 후 시체는 연구용으로 썼다지 않나. 그런데도 독일은 거듭되는 나미비아 정부의 사과 요구에도 100년이 지난 2004년에야 학살 사실을 인정했지만 그것도 총리가 아닌 경제개발 장관이 연설을 통해 한마디 한 게 전부고, 경제적 배상은 계속 거부하고 있다. 그런데 독일은 왜 유대인에게만 고개를 숙이나. 말할 것도 없이 미국 내 유대인의 영향력은 크고 강하지만 나미비아인은 미약하고 무시할 만하기 때문일 것이다. 이와 같은 불편한 진실은 국제사회 인간세계에서뿐만 아니라 자연계에서도 항상 통용되고 있는 약육강식과 적자생존의 자연법칙이 아닌가.

우리 인간이 가축을 사육해서 잡아먹고, 의료 약품이나 미용에 필요한 화장품 개발을 위해 동물생체실험을 하고 있는 것이 다 그런 것 아니냐. 어디 그뿐인가. 자본주의 물질문명의 개발로 자연생태계를 파괴하면서 기후변화를 초래해 지상 모든 생물의 멸종 현상을 재촉하고 있지 않은가. 그렇다면 뭣보다 인간이 먼저 멸종돼야만 한단 말인가?

그 해답의 열쇠는 우리 자신에게 주어진 게 아닐까. 그야말로 반신반수半神半獸라 할 수 있는 인간이 부가역적 짐승으로 전락해버릴 것인가 아니면 가역적 '신격神格으로 우리 인격人格을 높여볼 것인가. 영어로 개를 'dog'이라 하지만 이 단어를 거꾸로 보면 신神 'god'이 되듯이, 실존實存과 당위當爲를 뜻하는, 독일어로는 '자인sein'과 '졸랜sollen' 영어로는 '투 비to be'와 '옷트 투 비ought to be'란 기본동사가 있는데, 주어진 본능대로만 살아야 하는 짐승의 삶이 전자라면 본능을 사랑으로 승화시켜야 하는 인간의 삶은 후자이리라.

우리가 가역, 불가역 할 때 '역逆'이란 한자 거스를 '역逆'을 바꿀 '역易'으로 대치해서 생각해 보도록 하자. 동물처럼 바꿀 수 없는 불가역不可易의 삶을 살지 않고, 창조적 가역可易의 자유라는 엄청난 특전을 받은 우리 인간이라면, 이보다 더한 특혜와 축복이 있을 수 있을까. 이야말로 인간에게 부여된 권리이자 의무가 아니겠는가. 이렇게 선택받은 인간으로서 우리 '실존What we are'이 조물주가 우리에게 준 선물이라면, 우리의 '당위What we become'는 우리가 조물주에게 바치는 우리의 선물이 돼야 하리라.

동서고금 인류역사는 약육강식의 자연법칙을 따라 세계 방방곡곡에서 아직도 수많은 사람이 역사의 제물이 되고 가해자 역시 피해자가 되고 있지만 모든 악순환의 고리를 끊고, 우리 동양 고유의 물아일체物我一體와 피아일체彼我一體, 단군의 홍익인간弘益人間과 홍익만물弘益萬物 그리고 천도교天道敎의 인내천人乃天, 곧 코스미안 사상으로, 우리 한민족이 정신적이고 영적靈的인 지도력을 발휘, 지구촌을 지상낙원으로 만드는 코스미안시대를 열어가야 하리라.

어느 화창한 날에 바람이 재스민 향기로 내게 말했다.
재스민 향에 대한 보답으로 장미꽃 향을 줄 수 있느냐고.

내 정원의 꽃들이 다 시들어 내겐 장미꽃이 없다고 답하자
그럼 시든 꽃잎과 노랑 잎과 샘물이면 된다며 바람은 가고

맡겨진 정원을 어찌 가꿨느냐 자신에게 물으며 나는 흐느꼈다.

스페인 시인 안토니오 마차도Antonio Machado1875-1939의 시 한 편이다.

이미 너무 늦었다고 할 때는 그 정반대로 아직 시작조차 아니 했다는 뜻이 아닐까. 미국의 시인 로버트 블라이Robert Bly, 1926 - 는 "내가 사랑하는 보트가 해안에 닿지 않아도 좋아. It's all right if the boat I love never reaches the shore."라고 했는데 내가 탄 배를 사랑한다면 그 배가 목적지에 도착하든 안 하든 상관없다는 뜻이리라.

우주에서 가장 작으며 가장 가벼운 소립자인 중성미자의 존재가 요즘 각광을 받고 있다. '작은 중성자'라는 뜻의 중성미자가 워낙 작고 전기적으로도 중성인데다 무게도 있는지 없는지가 불분명할 정도로 가벼워 존재 확인이 극히 어렵지만, 현재 확인된 중성미자의 무게는 양성자의 1/1836인 전자의 100만분의 1에 불과하며 1광년 길이의 납을 통과하면서도 다른 소립자와 충돌하지 않을 정도로 작다고 한다.

이 중성미자는 태양에서 만들어져 날아온 것인데 관측된 수치가 이론적으로 예측된 수치의 1/3에 불과했던 것을 중성미자가 날아오는 동안 계속 '형태flavor'를 바꾼다는 사실을 알아낸 사람이 바로 일본의 가지타 다카아키Takaak Kajita, 1959 - 와 캐나다의 아써 맥도널드Arthur B. McDonald, 1948 - 이다. 이 공로로 두 사람은 2015년 노벨 물리학상 수상자가 됐다. 이 중성미자의 변형은 우주 탄생의 비밀과 직결돼 있다는 점에서 새로운 주목을 받고 있다. 138억 년 전 '빅

뱅'과 함께 우주가 태어났을 때 물질과 반물질의 비중은 거의 같아, 이 둘이 서로 만나면 폭발해 없어지기 때문에 아무것도 남지 않게 된단다. 이런 상황에서 어떻게 지금과 같은 우주가 생겼는지는 지금까지 미스터리로 남아 왔는데, 중성미자의 변환 과정에서 물질이 반물질보다 조금 더 남았다는 설이 최근 발표되었다.

뉴론neurons이란 정보를 전송하는 두뇌 속 세포들의 작용으로 우리는 보고 듣고 생각하고 행동하기 등 모든 행위가 이루어진다고 한다. 이 뉴론들 사이의 연결점들은 시냅시즈synapses라고 불리는데 여기에 기억들memories이 저장된다고 한다. 그리고 이 시냅시즈들은 물론 뉴론들도 한없이 복잡 미묘한 영원한 수수께끼들이란다. 그뿐인가. 시냅시즈와 뉴론들 숫자는 하늘의 별처럼 또한 부지기수라 하지 않나. 다시 말해 한 사람의 두뇌 속에만도 광대무변廣大無邊의 무한한 우주가 있다는 얘기다.

갓 태어났을 때부터 내가 나를 관찰할 수는 없었지만 내 손자와 손녀만 보더라도 참으로 경이롭기 이를 데 없다. 외형의 외모만 보더라도 날이면 날마다 시시각각으로 그 모습이 달라지고 변해가고 있음을 여실히 목격한다. 어느 한순간의 모습과 표정도 두 번 다시 반복되지 않고 영원무궁토록 한 번뿐이라는 사실을 가슴 시리고 저리도록 아프게 절감한다. 너 나 할 것 없이 우리 모두 각자의 순간순간의 삶이 그렇지 않은가. 이 얼마나 한없이 슬프도록 소중하고 아름다운 순간들이고 모습들인가. 영세무궁토록 다시는 볼 수 없는 사람들이고, 처음이자 마지막인 만남들이요 장면들이 아닌가. 그러할진대, 아무리 좋아하고 아무리 사랑해도 한없이 끝없이 너무너무 부족하기만 한데, 우리가 어찌 한시인들 그 아무라도 무시하거나 미워하고 해칠 수 있으랴.

우리는 다 각자 순간에서 영원을 사는 것이 틀림없어라. 그런데도 우리는 이 엄연한 사실을 종종 잊고 사는 것 같다. 누가 되었든 지금 내가 마주 보고 있는 사람과 조만간 헤어질 수밖에 없다는 걸 생각할 때 슬프지 않을 수 없다. 특히 어린 손자와 손녀를 보면서 이 아이들이 다 크는 걸 못 보고 이 세상을 떠날 생각을 하면 너무도 슬퍼진다.

독일 작가 하인리히 폰 클라이스트Heinrich von Kleist 1777-1811는 '인형극장에 관하여On the Marionette Theater'란 에세이에서 이렇게 말한다.

"이 인형들은 요정들처럼 지상地上을 오로지 출발점으로 사용할 뿐이다. 잠시 쉬었다가 그들의 팔다리로 새롭게 비상하기 위해 지상으로 돌아올 뿐이다. 그렇지만 우리는 지구가 필요하다. 지상에서 춤을 추다 휴식을 취하기 위해서지만 이 휴식 자체는 춤이 아니다. 휴식하는 이 순간들을 휴식이 아니라고 할 수 있을 만큼 가장하는 것 이상 없다. These marionettes, like fairies, use the earth only as a point of departure; they return to it only to renew the flight of their limbs with a momentary pause. We, on the other hand, need the earth: for rest, for repose from the effort of the dance; but this rest of our is, in itself, obviously not dance; we can do no better than disguise our moments of rest as much as possible."

인형극에 나오는 인형이나 만화 속의 인물처럼 픽션 속의 인물도 시간의 흐름을 초월해 인과관계를 뒤집는다. 픽션에서는 현실과 달리 시간도 사랑도 오직 그 의미만으로 존재하기 때문이다. 그래서 사랑이 견딜 수 없는 잠시의 슬픔이지만 동시에 영원한 기쁨이리. 그러니 우리 모두 희랍인 조르바ZORBA THE GREEK처럼 춤을 추어볼거나.

코스미안의 역사를 써보리라

　최근 일본에서 베스트셀러에 오른 '만년 꼴찌를 1% 명문대생으로 만든 기적의 독서법' 저자 니시오카 엣세이(24)는 한 인터뷰에서 "독서는 표지 읽기로 시작한다."며 고교 시절 전교 꼴찌였던 자신이 "30년 치 도쿄대 입시문제를 파보니 지식보다 지식 활용, 최고 독서법은 읽은 책 요약하기다. 도쿄대생들에게 공부법을 물어보면 한결같이 능동적인 읽기를 말하더라."고 재수까지 하다 도쿄대 전국 모의시험 4등을 차지하며 도쿄대에 입학한 저자는 밝힌다.

　이 기사를 보면서 내 과거 학창시절을 돌이켜보게 된다. 일정시대 국민학교 1학년 담임이던 일본인 여선생님이 첫 수업 시간에 해주신 말씀을 나는 평생토록 잊지 않았다. 세 부류의 학생이 있는데 시키는 대로 하지 않는 '낙제생' 시키는 대로 하는 '모범생' 그리고 시키기 전에 본인이 스스로 알아서 잘하는 '우등생'이고, 우등생이 되려면 예습과 복습을 꼭 하라고 하셨다. 이 말씀대로 수업이 있기 전날 예습을 하고, 당일 수업 시간에는 한눈팔지 않고 정신 차려 수업 내용을 충분히 이해하고 집에 가서는 만사 제쳐 놓고 그날 배운 것을 복습하다 보니, 시험 때 따로 벼락치기로 시험공부를 할 필요조차 없었다.

　학업을 마치고 한국에서 영자신문 기자 생활을 잠시 하다가 미국 대학교재 전문 출판사 한국 대표 일을 본 후 1972년 영국으로 전근 발령을 받고 낯선 곳에 가서 미국에서 매년 출간되는 수천 권의 대학교재 서적 중에서 영국의 각 대학교재 채택과 도서관 구매를 위해 수많은 책 내용을 파악하고 영국 출판물과 비교 분석하다 보니 아무리 두꺼운 책도 그 책의 내용을 한두 문장으로 요약할 수밖에 없었다. 그러면서 거의 모든 책들이 부풀려 뻥튀기 해놓은 것 같아 실소失笑를 금치 못했었다.

삶의 지혜라는 것 중에 좋은 게 좋은 것이라는 것도 있지만 이런 처세술을 따르다 보면 자기 고유의 인격과 개성 및 정체성은 물론 자신의 존재 이유조차 상실하고 제 삶다운 삶이 실종되지 않던가. 한국인의 경우 그 대표적인 것이 사대주의라 할 수 있으리라. 역사적으로 보면 지정학상 절대적인 필요성에서 우리의 생존수단과 방식이 되어 왔겠지만 이는 동시에 우리의 자존 자립을 저해해 오지 않았나. 몇 년 전 (2015년 3월 16일자 미주판 한국일보 오피니언 페이지 칼럼에서) 전직 언론인 이광영 씨는 이렇게 일갈一喝한다.

"크고 힘센 나라를 섬기며 주체성 없이 그들에 기대어 존립을 유지하려는 생각이나 주장을 사대주의라 한다. 자신의 존엄을 부정하고 스스로 비하하거나 얕잡아 보며 자기 힘을 믿지 않고 남에게 의존하며 위협이나 압력에 쉽게 굴복한다. 자신의 정당한 권리나 이익을 주장하지 못하며 제물로 바치는 자기부정, 자기 비하의 노예근성이라 하겠다. 이런 사람일수록 누가 뭐라고 하면 우르르 따라가는 유행에 휩쓸린다. 요즘의 한국사회가 이런 문화 사대주의에 찌들어 있다."

이를 한 마디로 내가 줄이자면 '골빈당' 노릇 그만하고 '골찬당'이 되자는 말이리라. 이게 어디 한국인뿐이랴. 이른바 '선진국'이라 는 미국과 유럽 사회에서도 정치, 경제, 문화, 종교, 보건 등 각 분야에서 골찬당을 찾아보기 힘들고, 민주주의가 아닌 '우중주의愚衆主義'가 판치고 있는 현실이다.

선거란 것도 이익집단의 정치헌금 기부금으로 치러지는 돈놀음이고, 경제란 것도 1%의 있는 자들을 위해 99%의 없는 자들을 제물로 삼는 축제요 문화란 것도 포르노 등 퇴폐적인 서커스고, 종교란 것도 신神과 천국을 팔아먹는 사기 사업이요, 보건이란 것도 인명을 살상하는 총기와 독약 같은 술, 담배 그리고 백해무익한 영양보조제며 마약의 일종인 마리화나까지 기호용으로 합법화시켜 병 주고 약 주는 반인륜적 거대음모라 할 수 있지 않나. 지구 생태계를 파괴해 인류의 자멸의 재촉하는 공해산업은 거론할 것도 없이 말이다.

우리가 공중에 날리는 연鳶을 생각해 보자. 바람을 탈 때가 아니고 거스를 때 가장 높이 오르지 않는가. 별들도 하늘이 깜깜할수록 더욱 빛나고 산 물고기는 떠내려가지 않고 물결을 거슬러 헤엄치며 생명 있는 식물은 굳은 땅을 뚫고 올라와 푸른 잎과 아름다운 꽃을 피워 맛있는 열매를 맺지 않는가. 이것이 자연의 순리이고, 결코 '좋은 게 좋은 게' 아니리라.

8·15 광복 76주년을 맞게 되는데 얼마 전 교육부가 '이달의 스승' 12명 가운데 8명에 대해 친일 행적 의혹이 제기되면서 모 일간지에 '교육부가 제정신인가'란 사설까지 등장했었다. 우리 냉정히 생각 좀 해 보자. 한반도의 지정학상 역사적으로 우리는 항상 생존수단으로 친 강대국을 강요당해 왔다. 친중이든 친러든 친일이든 친미든 따질 것도 없이 지금도 마찬가지 아닌가. 이것이 약소민족의 비애가 아니던가. 그렇지 않았더라면 벌써 씨가 거의 다 말라버렸을 것이다. 반항하는 아메리카 대륙의 원주민 인디언들같이 말이다.

그나마 아프리카 대륙의 흑인들은 반항하지 않고 노예로 순종, 복종하다 보니 그 후에 오바마가 미국 대통령까지 되었으며 지난해 미국 대선 민주당 조 바이든 러닝메이트 부통령 후보로 자메이카 이민자 출신 아버지와 인도인 어머니 사이에서 난 카말라 해리스 초선 상원의원이 선택되지 않았는가. 트루먼 전기를 읽어보니 이차대전 당시 트루먼 미국 대통령이 히로시마와 나가사키에 원자폭탄을 투하하기로 결정하기까지 아주 많은 고민을 했다고 한다. 그러다 결국 원폭투하 결정을 하게 된 것이 그에게 올라온 전략보고서 때문이었다고 했다. 그 보고서에 따르면 일본인들은 절대로 결코 항복하지 않을 것이라는 결론이었다. 그러니 미군이 일본에 상륙해 일본국민을 한 사람도 남김없이 전멸시키는 수밖에 없는데 그러자면 미군의 인명피해도 수십만 명 이상이 될 것이라고 했다.

우리 8·15 광복 직후로 돌아가 보자 우리와는 아무런 상관도 없는 이념논쟁에 휩쓸려 좌익이다 우익이다 하면서 서로 죽이고 죽다가 6.25 동족상잔까지 겪고도 아직까지 친미다 친중이다 친러다 하면서 편을 갈라 원수로 대치하고 있지 않은가. 굳이 친할 친親 어버이 친親 자字를 꼭 써야 한다면 친일파親日派만 쓸 게 아니라 친월파親月派 친성파親星派 친우파親宇派도 즐겨 쓰는 친인파親人派 친지파親地派 친천파親天派가 되어볼거나. 이것이 현재 전 세계 온 인류가 직면한 기후변화로 인한 폭염과 홍수 그리고 코로나 팬데믹을 극복하고 우주 만물의 상생과 공존을 도모할 수 있는 유일한 길이리라.

물론 김일성의 '주체사상'은 빛 좋은 개살구라고 내용이 없는 그 껍데기 이름뿐이겠지만 그 단어 하나만큼은 탓할 데 없는, 남한 북한, 인종과 국적 가릴 것 없이 우리 모두 우주 나그네 우주인 코스미안으로서 우리가 깨달아 가져야 할 우리 줏대, 우리 모두의 진정한 자의식과 주체성을 상징하는 진주같이 빛나고 무지개처럼 아름다운 단어임이 틀림없어라.

자고로 '도道'라 하는 것은 도가 아니고 '진리'라 하는 것은 진리가 아니라고 하듯이 우리의 어떤 생각이나 사랑도 자유롭고 자연스럽게 부는 바람처럼 새장 같은 틀에 가둘 수 없으며 길없는 길이 길이라면 각자 자신의 숨을 쉬듯 자신의 길을 찾아가야 하리라. 그러니 우린 국가와 민족, 인종과 성별, 종교와 이념, 직업과 계층, 또는 학벌이나 지방색, 심지어는 가족이라는 인연의 사슬까지도 끊어버리고 말이어라.

아, 그래서 원불교를 창시한 소태산 대종사는 "모든 사람에게 천만 가지 경전을 다 가르쳐 주고 천만 가지 선善을 다 장려하는 것이 급한 일이 아니라, 먼저 생멸 없는 진리와 인과응보의 진리를 믿고 깨닫게 하여 주는 것이 가장 급한 일"이라고 했으리라. 이 '생멸 없는 진리'와 '인과응보의 진리'를 내가 한 마디로 풀이해보자면 '우리는 하나'라고 할 수 있지 않을까. 내가 너를 위하면 곧 나를 위하는 게 되고, 내가 너를 다치게 하면 곧 내가 다친다는 진실 말이다.

호기심에 가득 찬 아이들은 말끝마다 "왜?"라고 묻는다. "네가 좋아야 나도 좋으니까" 이것이 정답이 될 수 있지 않을까. 우리 어른들도 아이들처럼 "왜?"라고 묻고, 전쟁과 파괴의 카오스를 초래하는 대신 사랑과 평화의 코스모스를 창조해가면서 밝고 아름다운 우리 코스미안의 역사를 써보리라.

기도의 집이 따로 있을까

최근 경기도 광주시에 있는 위안부 피해자 쉼터인 '나눔의 집'에서 후원금을 유용했다는 의혹이 사실로 확인됐다는 보도다. 검사는 공소장으로 말하고, 판사는 판결문으로 말하며, 기자는 기사로 말한다면 종교인은 기도로 말한다고 해야 하나. 몇 해 전 뉴욕 시내에는 곳곳에 아주 인상적인 포스터가 나붙었었다. 에칭 식각법으로 부식한 동판화로 만든 예수 상반신 그림에 다음과 같은 광고 문안을 넣은 것이었다.

"당신은 어떻게 일요일에는 '집 없는 자'를 숭배하고 그에게 예배를 드리면서 월요일부터 토요일까지는 그를 못 본 체할 수 있습니까?"

여기서 '집 없는 자'란 두말할 것도 없이 신약성서 마태복음에서 예수가 스스로를 비유해 말했다는 예수 자신을 가리킨 것이다.

"예수께서 무리가 자기를 에워쌈을 보시고 저편으로 건너가기를 명하시노라. 이때 서기관이 나와 예수께 말하기를 선생님이시여 어디로 가시든지 저는 좇으리다. 예수께서 이르시되 여우도 굴이 있고 공중의 새도 거처가 있되 오직 인자는 머리 둘 곳이 없다 하시더라."

이 포스터는 피터 코엔Peter Cohen, 1955- 이란 예술가가 수많은 뉴욕의 집 없는 무숙자homeless들을 돕기 위해 만든 것이라 했다. 언젠가 여러 해 전 한국에서 '천국과 오대양' 사건을 비롯해 한국뿐만 아니라 이곳 미국 교포 사회에서도

1992년 10월에 '휴거'가 일어나고 11월에 성령을 거둬가겠다는 것을 주장하는 '종말론'이 판을 치고 있었다. 신문마다 전면 광고까지 날마다 실리면서.

이와 관련하여 당시 로스앤젤레스에서 발행되는 '신한민보'에 실린 선우학원 박사의 글 '천국을 팔아 돈 버는 목사들'을 읽고 나도 전적으로 공감했었다. 그러면서 1970년대 영국에 살 때 영국신문에서 읽은 기사 하나가 떠올랐다. 그 기사는 죽으면서 전 재산을 앞으로 재림할 예수님 앞으로 유증遺贈한 사람 이야기였다. 재림하셨을 때 주님께서 헐벗고 굶주리시는 일이 없도록.

영국 남부 해양도시 포스무스Portsmouth에 살던 어니스트 딕위드란 사람이 그 당시 영국돈으로 30만 파운드의 재산을 재림할 예수에게 남긴다는 유언을 했다. 따라서 유언 집행인으로 지정된 영국정부 기관인 공공피신탁 관제청에서 영국 고등법원의 재가를 얻어 재림할 경우 예수가 유산 상속자가 되도록 법적 조치를 취했다. 그것도 보험회사까지 동원한 빈틈 없는 조치였다. 앞으로 재림할 예수를 피상속인으로 지정한 이러한 유언은 무효로 취급해서 유언이 없었던 경우처럼 그의 재산을 분배해달라는 유족들의 요청을 '이유 있다'고 받아들일 수 있는 만일의 경우에 대비해서 런던의 로이드 보험회사를 통해 보험을 든 것이다. 그래서 예수가 재림할 경우 이 보험회사에서 예수에게 30만 파운드를 지불하도록 한 것이다.

딕위드 씨는 그의 유언에서 자기의 목돈 원금 30만 파운드를 연 12.5%의 이자 증식이 되는 데 투자했다가 그가 죽은 지 21년째 되는 해에 예수가 이 세상에 다시 나타나면 원금과 이자를 합한 32만 4천백 15파운드를 예수에게 지불해 달라고 했다. 죽기 전 그는 신약성서의 요한계시록을 읽고 면밀하고 치밀한 계산을 해서 따져 본 결과 예수의 재림이 22년 후로 임박했다고 믿게 된 것이다. 어떤 특별한 사정과 이유에서든 예수의 재림이 지연될 경우에는 원금은 계속 예수를 위해 놔두고 이자는 나라에 귀속시켜달라고 했다. 예수가 다시 살아 돌아오지 않아도 이 유산 상속 조건이 80년 동안은 유효하다. 16세기에 제정된 영국의 재산 상속법에 따라 80년이 지나면 그때 가서

249

그의 가장 가까운 친척 후손에게 재산이 넘어가게 된다.

한편 재심할 예수에게 보험회사에서 지불할 보험금 32만4천 파운드의 5%인 천6백20파운드를 보험료로 지불키로 했다는 것이었다. 그런데 문제는 재림할 예수의 신분을 어떻게 확인하느냐는 것이다. 벌써 그 당시로 20여 명이 스스로를 각기 재림한 예수라고 자칭하면서 보험금을 타 먹으려 했다고 한다. 그때 나는 생각해보았다. 예수가 정말 사람의 탈을 쓰고 세상에 나타난 하느님이었다면 그와 같이 사람 그중에서도 힘없고 천대받고 무시당하는 사람으로 또는 동물 심지어는 식물의 탈까지 쓰고 우리 가운데 그야말로 무소부재無所不在하시는 분이 하느님이나 부처님이 아닐까.

기념우표까지 나온 미국의 전설적인 로큰롤 가수 엘비스 프레슬리Elvis Presley 1935-1977의 머리 미용사 겸 정신적 고문이었던 래리 겔러Larry Geller, 1839 - 가 쓴 엘비스 전기 '내가 꿈꿀 수 있다면If I Can Dream: ELvis' Own Story, 1989'에 이런 대화가 나온다. 엘비스가 말했다.

"사막沙漠에서 내가 경험한 일 좀 돌이켜 생각해 봐. 구름 속에서 예수의 그림을 보았을 뿐만 아니라 예수 그리스도가 문자 그대로 내 안에서 폭발했어. 래리, 나였단 말이야. 내가 그리스도였다고.. 내가 그리스도인지 모른다는 생각이 들었어. 엘비스인 동시에 그리스도가 되게 내가 뽑힘을 받았다고 나는 정말 그렇게 생각 했어"

이 말에 겔러가 조용히 말했다. "네가 예수 그리스도란 생각을 했었다는 말을 하려는 거지?" 그러자 엘리스가 씨익 웃었다. 그러고 보니 우연의 일치인지는 몰라도 두 사람 사이에 유사점이 없잖아 있는 것도 같다. 한 사람은 로큰롤의 왕이고 또 한 사람은 유대인의 왕으로 다음과 같은 것들이. 예수 가라사대 "네 이웃을 사랑하라."고 했다면 엘비스도 가라사대 "잔인하지 말게"라고 노래했다. 두 사람 이름이 영어로 각기 열두 글자다. Jesus H. Christ 와 같이 Elvis Presley도 예수 가라사대 "사람이 빵으로만 살 것이 아니라.

(마태복음 4장 4절)" 했다면 엘비스는 땅콩버터를 바른 바나나 샌드위치를 즐겨 먹었다.

"(예수에게) 저들이 돌을 들어 치려 하거늘 (요한복음 9장 59절)"이라고 했듯이 엘비스에게도 사람들이 종종 (비난의) 돌을 던졌다. 예수가 하느님의 양이었다고 할 것 같으면 엘비스는 양고기를 즐겨 먹었다. 예수가 성부·성자·성신 삼위일체의 일부였다면 엘비스의 첫 악단 밴드도 3인조였다. 예수가 물위로 걸었다(마태복음 14장 25절)면 엘비스도 영화 '푸른 하와이'에서 파도를 탔다. 예수가 목수였다면 엘비스도 고등학교 때 목공을 전공했다. 예수를 수행한 제자가 12명이었다면 엘비스의 수행단 멤피스 마피아도 12명이었다. 예수의 여인 마리아가 무염시잉모태無染始孕母胎 Immaculate Conception했다면 엘비스의 여인 프리실라도 무염시잉모태고등학교Immaculate Conception High School를 나왔다. 예수가 부활했다면 엘비스도 1968년에 그 유명한 복귀특별공연Comback Special을 '하느님의 아들Son of God 태양스튜디오Sun Studio'에서 가졌다.

예수의 생일이 12월 25일로 별자리가 염소자리이듯이 엘비스의 생일도 1월 8일로 같은 별자리 Capricorn이다. 예수의 그 형상이 번개 갖고 그 옷은 눈같이 희었다(마태복음 28장 3절)면 엘비스의 등록상표도 눈같이 흰 바탕의 점프수츠에다 천둥·번개를 넣은 것이다. 예수가 제자 토마스를 의심하듯이 엘비스도 '의심하는 마음Suspicious Mind'을 노래했다. 예수가 그의 무덤에서 무덤문 앞에 놓였던 바윗돌이 저절로 굴러 물러나게 했다면 (마가복음 16장 4절) 엘비스도 바윗돌을 굴리는(Rock 'n' Roll) 가수였다.

(열거한 이상의 유사점들은 샌프란시스코에서 1989부터 1995년까지 일 년에 5회 발행되던 해학 풍자 잡지 '코 The Nose'에 실렸던 미국 언론인 작가 에이 제이 제이콥스A. J. Jacobs, 1968 -의 글 일부를 뽑아 옮겨본 것이다.)

김원웅 金元雄 광복회장님께 드리는 글

안녕하십니까.

국민 통합의 계기가 돼야 했을 75주년 광복절 경축식 기념사에서 '친일 인사 국립현충원 파묘'와 '친일청산'을 강조하시면서 이승만 대통령을 "이승만(전 대통령의 직함도 생략한 채)이 친일파와 결탁했고 민족반역자(안익태 선생)가 작곡한 노래(애국가)를 국가로 정한 나라는 전 세계에서 대한민국 한 나라뿐"이라고 하셨다는 보도에 경악驚愕을 금치 못해 해외에 거주하는 한국인으로 이렇게 몇 자 적습니다.

'인생은 짧다, 열심히 놀라."

이 같은 광고 간판 문안이 몇 년 전 눈에 띄었습니다. 차를 타고 고가도로를 지나가는데 한국에서 만들어진 한국산인데도 영국 국기 그림을 붙인 영국 상표 리복REEBOK 운동화를 선전하는 것이었습니다. 한국산이라면 한국 상표를 달아야지 왜 굳이 외국 상표를 달아야만 할까. 혼자 잠시 생각했지요. 그건 그렇고, 이 광고문구 그대로 놀기도, 살기도 바쁜 인생이고 세상인데, 우리 이제 제발 잠꼬대 같은 헛소리를 그만 좀 할 수 없을까 해서입니다. 30여 년 전 언젠가 서울대 남궁호경南宮鎬卿 법학 교수는 서울대학보 '대학신문'에 기고한 글을 통해 아래와 같이 주장했습니다.

"대학가의 인공기人共旗 계양을 국가보안법 위반으로 보기 어렵다. 학생들의 행위는 북한의 실체를 인정, 남과 북이 대등하게 한 민족국가를 이루어야 한다는 주장을 단순히 인공기라는 도형의 형태로 표현한 것으로 볼 수 있다. 이는 헌법상 명시된 표현의 자유에 해당하는 행위로써 평양냉면을 만들어 먹었다거나 북한에서 유행하는 헤어스타일을 따랐다고 해서 문제 삼을 수 없듯이 국가보안법상 찬양 동조의 대상은 국가를 변란할 목적으로 하는 활동에만 해당하며 명백하고 현존하는 위험을 초래하지 않는 한 처벌할 수 없다. 남북합의서 교환 이후 북한의 국호가 공식적으로 불리는 상황에서 학생들이 인공기를 내걸어 북한의 실체를 인정했다는 점을 놓고 실정법 위반으로 보는 것은 무리다."라고 말했다. 눈 딱 감고 보지 아니하면, 안 보면 북한의 존재가 당장 없어지기라도 한다는 뜻으로 보지 '보' 자字에다 안 보지 '안' 자를 갖다 붙여 소위 '보안법'이란 것이 만들어진 것이 아닐까 하며 혼자 속으로 중얼거렸었지요. 1960년대 젊은 날 제가 한때 서울에서 영자신문 코리아타임스 법원 출입 기자로 뛸 때 당시 피카소 크레용 제조업자가 반공법 위반으로 입건된 사건이 있었습니다. 그 사유인즉 스페인 화가 파블로 피카소 Pablo Picasso 1881-1973가 좌경左傾이기 때문이란 말에 나는 담당 검사에게 이렇게 항의해 본 일이 있습니다.

"아니, 그렇다면 같은 한반도에서 남한에 사는 우리 대한민국 국민 모두가 북한에 사는 우리 동포들이 마시는 공기를 같이 마시니까 또한 반공법 위반으로 걸려야 되는 게 아니냐? 그럴 때 '반공법'의 '공共' 자字를 공중에 자유롭게 떠도는 공기 '공空' 자로 바꿔 써야 하지 않겠는가?"

하기는 수많은 우리나라 애국자들을 때려잡던 일제 앞잡이 '사냥개들'의 버릇을 그대로 이어받아 부정부패한 독재정권의 시녀侍女나 졸개 노릇을 해 온 것이 한국의 일부 공안 판검사와 경찰 아니었습니까.

생각해 보면 대한민국 정부 수립 이후로 역대 집권자들이 국민 위에 깔고 앉아 국민의 숨통을 조여 온 '반공법'과 '국가보안법'이란 방석이 저 한때 한국사회의 물의를 빚었던 사교邪敎 용화교龍華敎 교주 서백일(본명 한춘 1893-1966)이 수많은 여신도들을 농락 겁탈하고 그들로부터 뽑은 음모陰毛로 만들어 즐겨 깔고 앉았었다는 '음모陰毛 방석'과 다를 바 없는 또 다른 '음모陰謀 방석'이 아니었습니까. 북한의 '김일성/김정일/김정은교敎' 교주들은 말할 것도 없이 말입니다.

1993년 개봉된 작가 이청준의 소설을 영화로 각색한 임권택 감독의 '서편제'를 저도 한국 방문 중 서울의 단성사에서 보았습니다. 때마침 종로 3가에서 데모대와 대치 중인 경찰이 쏘는 최루탄 가스로 눈물 콧물 흘려가면서. 아름다운 우리나라 산천을 배경으로 전개되는 이야기는 너무도 감동적이었습니다. 예부터 우리는 자자손손 대대로 가슴 속에 깊은 한恨을 품고 살아온 민족이라고 하지요. 그래서 개인이고 민족이고 간에 한을 품어야 판소리 같은 소리가 나올 수 있는 것인지 모르겠습니다. 우리말 사전에 보면 한할 한, 뉘우칠 한恨 자字는 한사恨事, 유한遺恨, 원한怨恨, 다정유한多情有恨이라고, 원한을 품거나 유감으로 생각한다든가 회한悔恨이라 할 때처럼 뉘우치고 애석하게 여겨 후회한다는 뜻인데, 생각해 보면 과거지향적으로 매우 부정적이고 건강하지 못한 감정인 것 같습니다.

미래지향적으로 진취적인 꿈을 꾸는 희망이란 단어와 대비해 볼 때, 마치 흐르지 못하고 고여 썩는 물밑에 가라앉은 앙금 찌꺼기 같은 것이 아닐는지요. 그러나 '서편제'가 주는 아니 이 영화에서 내가 받은 한 가지 교훈은 한 사람의 소리꾼으로서도 그야말로 소리꾼 '명창名唱이 되려면 한恨을 그대로 품고 있어서는 안 되고 그 한을 뛰어넘어야 한다는 것이었습니다. 2013년 91세로 타계한 개리 데이비스Garry Davis 1921-2013는 1948년 5월 25일 파리 주재 미국대사관에 나타나 그의 미국시민권을 포기 반납했습니다. 그 후로 '세계시민'으로 자신이 만든 '세계여권' 제1호를 소지하고 65년 동안 '한 세계One World' 운동을 벌여 왔습니다. 수많은 나라를 여행하면서 입국을 거절당하기도 하고, 체포되어 감금되거나 추방당하기도 하면서, 그의 주장은 단순 명료했습니다. '국가'라는 나라들이 없다면 전쟁도 없을 거라는 것이었습니다.

"나는 나라 없는 사람이 아니고 다만 국적 없는 사람"이라며 1953년 '세계

시민들의 세계정부World Government of World Citizens'를 창설 설립해 세계여권, 세계시민증, 출생신고서, 결혼증명서 우표와 화폐까지 발행해 왔습니다. 에스페란토Esperanto를 비롯해 7개 언어로 된 이 세계여권World Passport은 현재로선 버키나파소Burkina Faso, 에콰도르Ecuador, 모리타니아Mauritania, 탄자니아Tanzania, 토고Togo 그리고 잠비아Zambia, 이렇게 6개국에서 공식적으로 이 여권을 인정하고 기타 185개국에서 경우에 때라 개별적으로case by case 존중해 주고 있답니다.

이 '한 세계One World' 운동 지지자들 가운데는 알버트 아이슈타인Albert Einstein1879-1955, 알베르 카뮈Albert Camus 1913-1960, 장폴 사르트르Jean-Paul 1905-1980 등 지식층이 많지만 많은 안락의자 이론가armchair theorist와 달리 그는 평생토록 자신의 믿음과 생각을 몸소 실천 실행에 옮긴 사람이었습니다. 그는 90세에도 안주하지 않고 2012년 당시 런던 주재 에콰도르 대사관에서 '동면冬眠 holed up' 하고 있는 '위키릭스 WikiLeaks'의 창설자 줄리안 아산지Julian Assange에게 그의 명의로 발급된 세계여권을 전달했고 2013년 그가 임종하기 몇 주 전엔 러시아 정부 당국을 통해 미국의 스파이 정탐법 espionage laws을 위반한 혐의로 도피 중인 전前 미국 국가 안전요원the fugitive former national security contractor 에드워드 제이 스노든Edward J. Snowden에게 그의 세계여권을 발송했다고 합니다. 그는 노년에도 세계 각국 대학을 순방하면서 '한 세계One World' 운동에 대해 강연하고 집필활동을 계속했습니다. 다음은 그가 1990년 일본의 영자신문 '일간 요미우리The Daily Yomiuri'와의 인터뷰에서 한 말입니다.

"국가라는 나라는 무질서와 혼돈을 영속화하는 정치적인 허구이고 전쟁의 싹터 The nation-state is a political fiction which perpetuates anarchy and is the breeding ground of war이며 국가에 대한 충성은 합의 집단 자살 행위이다. Allegiance to a nation is a collective suicide pact."

개리 데이브스 씨의 하나로 통일된 지구촌에 대한 열망은 아주 어린 나이에 싹텄다고 합니다. 유복한 가정에 태어나 자라면서 누리는 여러 가지 혜택과 특혜를 불편하게 느꼈고 제2차 세계 대전 때 타고 있던 해군 구축함이 이탈리아 연안에서 독일 잠수함의 공격을 받고 침몰해 그의 형이 전사하고 그 자신이 B-17 폭격기 조종사로 겪은 그의 전시 경험에서 촉발되었다고 합니다. 1961년 출간된 그의 회고록 "세계가 내 나라다 The World Is My Country" (후에 책 제목이 '내 나라는 세계다 My Country Is the World'로 수정되었음)에서 그는 이렇게 회고합니다.

"독일 브란덴버그 상공으로 첫 출격 이후 나는 양심의 격통을 느꼈다. I felt pangs of conscience. 내가 얼마나 많은 폭탄을 투하했나? 얼마나 많은 남자, 여자와 어린이들을 내가 살상 했나? 다른 방법은 없었을까? 나 자신에게 계속 반문했다. How many bombs had I dropped? How many men, women and children had I murdered? Wasn't there another way? I kept asking myself."

그가 찾은 또 다른 길이란 the another way 국가 간의 국경을 없앰으로써 분쟁과 충돌을 없애자는 것이었습니다. 이런 길이란 바로 우리 모두 우주 나그네 우주인 코스미안의 길이라고 나는 생각합니다.

'글'이란 그리움이 준말, 절절한 숨 기氣가 절로 응축된 것, 그렇게 '그리는 그림이나 글'이란 '인생'이란 화폭에 '삶'이란 붓으로 '사랑'의 피와 땀 그리고 눈물로 쓰는 것이라고 나는 믿습니다. '사랑', '죽음', '가슴', '눈물' 그리고 '안녕'이란 다섯 단어만 알면 오페라를 이해할 수 있다고 그 누군가가 일찍이 말했듯이, 진정코 '노래'란 목소리, 손짓, 발짓으로 부르는 것이라기보다 넋소리 몸짓 마음짓으로 '가슴 뛰는 대로' 부르는 것으로, 이것은 미치도록 사무치는 '그리움'으로 쓰는 글, '사랑의 숨' 찬 '숨소리', '삶의 노래'가 될 것입니다. 극히 외람되나마 아래와 같은 우생의 즉흥적인 졸시拙詩를 김원웅 회장님과 나누고 싶습니다.

너는 너의 마음대로 도는 너의 '마돈너' 춤을
나는 나의 마음대로 도는 나의 '마돈나' 춤을

우리 같이 추어볼거나.

암흑과 혼돈, 전쟁과 분단
분열과 파탄, 이별과 이혼
심신부조화, 영육불일치의
카오스적 시대 졸업하고서
밝고 아름다운 통일과 화합
평화와 사랑의 천지창조로
새로운 코스미안의 시대를
우리 각자 가슴 속에 열어
코스모스 만발한 지구촌
우리 모두 사랑하는 가슴
'사슴' 같이 '노루' 같이
뛰어놀거나

'모두 다 나'의 '모다나' 춤
'모두 다 너'의 '모다너' 춤
우리 함께 추어볼거나

하늘하늘 하늘이 돌도록
땅 땅 땅이 다 꺼지도록

　삼국유사에 나오는 '만파식적萬波息笛' 이야기가 있지요. 신라의 신문왕神文王은 삼국을 통일한 문무왕文武王의 아들로 신문왕 때 동해에 있는 거북 형상의 작은 산 하나가 왜병을 진압하기 위해 지었다는 절 감은사를 향해 왔다 갔다 움직였다고 합니다. 이에 왕이 배를 타고 그 산으로 들어가니 용이 검은 옥대를 바쳤다고 합니다. 그런데 이 산에는 대나무가 하나 있었는데 낮에는 둘이 되었다가 밤에는 하나가 되는 기인한 일이 있었다고 합니다. 이에 왕이 용에게 물으니 용의 대답이 해룡海龍이 된 문무왕과 천신이 된 김유신 장군이 마음을 합쳐 왕께 보낸 보물이 바로 낮에는 벌어지고 밤에는 합쳐지는 대나무였다고 말을 했답니다. 이 대나무로 만든 피리가 만파식적으로 하늘과 바다와 땅이 만나 세상을 평안하게 하는 선물을 준 것이랍니다. 그리고 삼국유사에 따르면 이 피리를 불면 적병이 물러나고 병이 나으며 가물 때는 비가 오고 비가 올 때는 맑아지고 바람은 가라앉고 물결은 평온하였다고 합니다. 그리하여 이 피리를 만파식적이라 부르고 국보로 삼았다는 이야기입니다. 용이 한 말 중에서 흥미로운 것은 왕이 소리로써 세상을 다스리게 될 것이라한 점입니다. 그것도 나누는 소리가 아니라 합해진 소리로 세상을 화평하게한다는 이야기입니다.

(이 '만파식적' 이야기는 2020년 8월 17일자 미주판 중앙일보 오피니언 페이지에 실린 조현웅 경희대학교 교수 <아름다운 우리말> 칼럼 글 '피리를 불어라' 그 일부를 원용援用한 것임)

'남태평양 이야기', '하와이', '이베리아', '알라스카', '커리비언' 등 많은 작품을 통해 전 세계적으로 수많은 독자를 갖고 있는 미국의 인기 작가 제임스 미치너James A. Michener1907-1997는 1992년 출간된 그의 회고록에 '세계가 내 (고향)집이다The World Is My Home: A Memoir'라는 제목을 달았습니다.

영국 사람으로 태어났으나 미국 국부의 한 사람인 벤자민 프랭클린Benjamin Franklin 1706-1790의 권유로 미국으로 건너와 1776년 '상식Common Sense'이란 소책자를 비롯 일련의 책자를 집필 발행, 영국에 저항해서 미국의 독립을 쟁취할 것을 선동, 격려했으며 프랑스 혁명에도 관여했고, 노예제도에 반대하고 여성의 해방을 주창한 토마스 페인Thomas Paine 1737-1809이 기독교와 성서를 비판 공격한 그의 저서 '이성理性의 시대The Age of Reason, 1794'에서 그는 이렇게 천명闡明합니다.

"세계가 내 나라이고, 온 인류가 내 형제이며, 선행을 하는 것이 내 종교다. The World is my country, all mankind are my brethren, and to do good is my religion."

"나는 한 하나님 이상을 믿지 않고, 이 세상 삶 너머 (다음 生)의 행복을 희망한다. 나는 모든 인간의 평등을 믿고, 우리의 종교적인 의무는 (사회) 정의를 구현하고, 사랑과 자비를 배풀어 모든 피조물의 행복을 도모하는 것이라고   믿는다. I believe in one God, and no more; and I hope for happiness beyond this life. I believe in the equality of humans; and I believe that religious duties consist in doing justice, loving mercy, and endeavoring to make our fellow creatures happy."

몇 년 전 백인 아버지와 흑인 어머니 사이에서 태어난 14세의 소녀 마힌 루츠 양이 미국 북 캐롤라이나주州 그린즈버러에 있는 페이지고등학교에 입학하려는데 문제가 생겼습니다. 입학 등록 서류 양식의 인종란을 공백으로 놔두었다고 학교 측에서 등록을 시켜주지 않고 인종란을 반드시 기재하라는 것이었습니다. 미 교육성에서 모든 공립학교로부터 학생들의 인종에 관한 자료를 요구하기 때문이라면서. 그러나 마힌은 인종란에 기재할 것을 거부했습니다. 마힌과 양친은 다 미국 태생으로 바하이교를 신봉합니다.

"사람은 누구나 다 같은 우리 지구촌 한 인간가족의 일원일 뿐이라고 우리는 굳게 믿기 때문에 인종이라면 오직 하나 곧 인류밖에 없다."고 이들은 주장했습니다. 하는 수 없이 학교 측에서는 잠정적으로 마힌의 입학 등록을 받아 놓고 워싱턴으로부터 혼혈아의 인종구별에 대한 정부 당국의 새 규정과 지침이 시달되기를 기다리고 있다는 신문 보도였습니다. 이야말로 사해동포주의四海同胞主義를 실천궁행하는 것으로 이러한 사람들이 바하이 신도들, 곧 코스미안들일 것입니다.

이들은 하느님은 한 분뿐이고, 세상을 어떤 특정 선민만을 위해서가 아니고 모든 사람을 위해 창조하셨다고 믿습니다. 또 이들은 우리가 인종과 국적과 남녀성별 그리고 종교를 초월해서 서로 눈에 보이는 이웃을 섬기는 것이 곧 눈에 보이지 않는 하느님을 섬기는 것이라 믿는답니다. 이 바하이교는 문 門이라는 뜻의 '밥Bab'이라 불린 창시자가 1844년부터 전파해 하느님의 영광이란 뜻의 '바하울라Bahaulah 1817-1892'라고 불린 '밥'의 후계자 후세인 알라의 가르침을 따르나 어떤 고정된 의식도 성직자도 따로 없다고 합니다.

어쩌면 이와 같은 '바하이'교敎를 우리말로 바다 '바' 자字에다 또 바다 (하이가 준) 해海 자字 '바다' 종교라 할 수 있을지 모르겠습니다. 왜냐하면 인간을 포함한 모든 생물의 고향은 바다 아니 우주 코스모스바다라고 할 수 있을 테니까요. 아, 그래서인지, 우리는 언제나 바다를 그리는 향수에 젖어 저 아득히 멀고 먼 태곳적 파도 소리를 듣고 있나 봅니다. 끝으로 제가 나이 열 살 때 지은 이 동시를 또한 김원웅 회장님과 나누고 싶어 옮겨 봅니다.

바다

영원과 무한과 절대를 상징하는
신神의 자비로운 품에
뛰어든 인생이련만
어이 이다지도 고달플까.

애수에 찬 갈매기의 꿈은
정녕 출렁이는 파도 속에 있으리라.

인간의 마음아 바다가 되어라.
내 마음 바다가 되어라.

태양의 정열과 창공의 희망을 지닌
바다의 마음이 무척 그립다.

순진무구한 동심과 진정한 모성애 간직한

바다의 품이 마냥 그립다.

비록 한 방울의 물이로되
흘러흘러 바다로 간다.

The Sea

Thou,
Symbolizing
Eternity, infinity, and the absolute
Art God.

How agonizing a spectacle
Is life in blindness
Tumbled into Thy callous cart
To be such a dreamy sod!

A dreamland of the gull
Of sorrow and loneliness full
Where would it be?
Beyond mortal reach would it be?

May humanity be
A sea of compassion!
My heart itself be
A sea of communion!

I envy Thy heart
Containing passions of the sun

And fantasies of the sky.

I long for Thy bosom
Nursing childlike enthusiasm
And all-embracing mother nature.

Although a drop of water,
It trickles into the sea.

망언다사妄言多謝

이태상 드림

우린 같은 숨을 쉰다

　지금으로부터 29년 전인 1992년에 미국에서 출간된 두 권의 책이 각기 크게 화제가 되었었다. 그 하나는 라틴어에서 유래한 목소리라는 뜻의 '복스Vox'란 제목을 단 니콜슨 베이커Nicholson Baker, 1957 의 에로틱한 소설이다. 이 책 내용은 서로 전혀 모르는 남녀가 공동 가입된 전화선을 통해 우연히 나누게 되는 한 통의 전화가 전부이다.

　두 사람은 전화로 각자 자기의 내밀內密한 성적性的 환상幻想을 나눈다. 여자는 세 남자 페인트공과 성교하는 것을 구체적으로 상상하고, 남자는 그의 아파트에서 동료 직원과 함께 담요를 덮고 앉아 포르노를 보면서 조용히 각자 자위한 얘기를 한다. 재래식 갈음할 간姦 자字를 계집녀 셋 대신 아들 자 셋 간子子子 자字로 바꿨어야 했을 일이다. 그렇지만 이 책에 나오는 남자 짐은 플라토닉Platonic한 정신적인 관음자觀淫者로 여자의 침실을 엿본다든가 하지 않고, 여자 개비는 자기가 다른 사람을 흥분시킬 수 있다는 자신의 자극성만으로도 스스로 자극되어 흥분한다. 그는 독서 또한 전화통화처럼 아주 사적 비밀에 속하는 일이라고 말한다. 혼자 책을 읽을 때는 무슨 옷을 어떻게 입고(아니면 벗고) 있든 상관없는 일이라고

　옛날에는 편지로 연애하고 사랑했지만, 오늘날엔 전화나 인터넷 카톡 등으로 한다. 전에는 전화로는 얼굴 체면을 지켜주었지만, 최근에 개발된 서로 얼굴을 볼 수 있는 전화기와 스카이프 장치가 보급되면서 사정이 많이 달라졌다. 그 당시 신문을 보면 한국에서는 전화로 만나 데이트하는 '폰팅'이 유

행하고 전화로 맺어주는 '폰팔' 맞선도 등장했다고 했다. 또 언젠가 76세의 섹스광狂 프랑스 노인이 평생의 숙원이었던 '여성 속옷 투시용 X-레이 특수 안경'을 발명, 소원을 이루었으나 이로 인해 감옥에 수감되는 신세가 되었다는 기사도 있었다. 어떻든 이 '복스'란 책은 예부터 '사랑박사'들이 늘 강조해 온 바와 같이 사람 신체 가운데 두뇌가 가장 섹시sexy한 기관임을 재강조해 준다.

한편 또 한 권의 책은 미국에서 '사랑의 예언자'로 불리고 있는 그 당시 39세의 마리앤 윌리암슨Marianne Williamson, 1952- 이 쓴 '사랑으로의 회귀 A Return to Love'이다. 마약중독과 많은 실연失戀의 시련試鍊을 겪고 여러 번의 이혼녀인 미국 여배우 엘리자베스 테일러Elizabeth Taylor 1932-2011의 결혼식 주례를 선 윌리엄스 양은 이 책에서 "사랑이란 우리들 가슴이 직각直覺, 직관直觀, 직감直感하는 것으로 우리 모두가 다 마음속으로 동경憧憬하는 우리의 영원한 고향"이란다.

이 책이 나오기 전엔 수많은 사랑의 구도자求道者, 순례자巡禮者들이 백 개가 넘는 윌리엄스 양의 녹음된 사랑강좌 비디오테이프를 통해 아니면 미국 전 지역으로 순회하며 갖는 '사랑의 대화'를 통해 그녀의 '사랑 메시지'에 귀 기울여 왔다. 이 같은 현상은 오늘을 사는 현대인들이 얼마나 사랑에 굶주려 있는가를 말해주는 것이리라. 이것이 다 서구 물질문명의 발달과 이에 따른 금전만능, 자본주의, 배금사상이 팽배, 만연함으로 인간의 두뇌계발과 회전만 촉진되어 온 반면, 인간의 심장 기능이 쇠퇴, 마비되어 뇌사腦死가 있기 전에 심장사心臟死를 일으킬 지경과 사태에 이른 탓 아닐까. 우리가 흔히 '골 아프다' 할 때는 남을 해치면서라도 제 잇利속만 차리려는 이해타산 까닭이고, '가슴 아프다' 할 때는 나와 남 가리지 않고 우리 모두 서로를 걱정하고 보살피며 위하는 사랑 때문이 아니던가. 아무리 사랑해도 너무너무 부족하고 더할 수 없어.

그렇다면 우리 모두 우리 머리 돌아가는 대로 살기보다 우리 가슴 뛰는 대로 살 일이어라. 옛말에 "인심人心은 유위有危하고 도심道心은 유미唯美하다." 했는데, 이를 고쳐 "인정인신人精人神은 유위무정有危 無情하나 인정인심人情人心은 유미유위唯美有爲하다" 해야 하리라. 가치란 양量보다 질質에 있다고 한다. 백 년을 하루같이 사는 사람이 있는가 하면 하루를 백 년 같이 사는 사람이 또한 있으며 돈 백 양을 한 푼처럼 쓰는 이 있는가 하면 한 푼을 백 냥처럼 쓰는 이도 있지 않던가. 할 일이 너무 많아 시간이 없는 사람 있나 하면 할 일이 없어 시간이 너무 많은 사람도 있고, 벌기 너무 바빠 돈 쓸 틈 없거나 모으기 너무 바빠 돈 못 쓰는 '돈 많은 거지'가 있나 하면 벌기 무섭게 쓰기 너무 바빠 돈 한 푼 손에 남아 있지 않은 '돈 없는 부자'도 있지 않은가.

아, 그래서 천재는 단명하고 미인은 박명하다고 하는가 보다. 그러고 보면 얻는 것이 있으면 잃는 것도 있고 잃는 것이 있으면 동시에 또 얻는 것도 있기에 세상만사 너무 좋아만 할 일도 아닐뿐더러 너무 나쁘게만 여길 일만도 결코 아니리라. 하지만 보는 사람 눈에 따라 모든 것이 좋게만 보일 수도 나쁘게만 보일 수도 있으리. 아, 또 그래서 영국의 미술평론가 존 러스킨John Ruskin 1819- 1900도 이렇게 말했으리라. (세상 모든 것에서 아름다움을 발견하는 사람에게는) "나쁜 날씨란 없고 여러 가지 다른 좋은 날씨만 있다. There is no such thing as bad weather, only different kinds of good weather."

그는 또 이런 말도 남겼다.

"삶 이외에 다른 재산 부富는 없다. 사랑과 기쁨과 동경의 삶 말이다. 어느 나라고 그 나라 국민을 행복하고 품격 높게 잘 보살피는 나라가 가장 부유한 나라이다. 그리고 자신의 삶을 자아실현과 자아완성을 통해 그리고 자신이 지닌 모든 것을 동원, 다른 사람들에게 개인적으로나 일반적으로 좋은 영향을 끼치는 사람이 가장 부유한 사람이다. THERE IS NO WEALTH BUT LIFE. Life, including all its powers of love, of joy, and of admiration. That country is the richest which nourishes the greatest number of noble and happy human beings; that man is richest who, having perfected the functions of his own life to the utmost, has also the widest helpful influence, both personal, and by means of his possessions, over the lives of others."

이 점을 강조하고 밝혀주는 것이 다음과 같은 성인들을 위한 동화들인 것 같다. 영국 시인 알프레드 테니슨Alfred Tennyson 1809-1892의 장편 서사시 '이녹 아든Enoch Arden, 1864, 영국 작가 존 바년John Bunyan 1628-1688의 '천로역정The Pilgrim's Progress, 1678, 영국작가 다니엘 디포Daniel Defoe 1660-1731의 로빈슨 크루소Robinson Crusoe, 1719, 앵글로 아이리쉬 풍자 작가 조너선 스위프트Jonathan Swift 1667-1745의 '걸리버 여행기Gulliver's Travels, 1726, 프랑스의 동화작가 샤를 페로Charles Perrault 1628-1703의 '신데렐라 Cinderella, 1967'와 '잠자는 공주Sleeping Beauty, 1528, 스페인 작가 미겔 데 세르반테스Miguel de Cervantes 1547-1616의 '돈키호테Don Quixote, 1605, 미국의 시인 헨리 워즈워스 롱펠로Henry Wadsworth Longfellow 1807-1882의 장편 서사시 '에반젤린Evangeline, 1847 등 말이다.

특히 영국 작가 찰스 디킨스Charles dickens 1812-1870의 '크리스마스 캐롤A Christmas Carol, 1843은 사람은 누구라도 스스로 제 마음을 고쳐먹기에 따라 아주 판이하게 딴사람이 될 수 있음을 보여준다. 크리스마스 전날 밤에 심술 사나운 구두쇠 영감 스크루지를 죽은 그의 옛날 동업자였든 말리의 유령이 찾아온다. 스크루지는 자기가 살아온 과거와 그가 살고 있는 현재 그리고 그가 어떻게 죽을 미래의 모습까지 환영으로 보게 된다. 크리스마스날 아침 이와 같은 악몽에서 깨어난 그는 딴사람이 되어있었다. 그동안 몹시 박대하고 천대한 그의 점원 봅 크라춰트에게 칠면조도 한 마리 보내고 자선 행사에 적극적으로 후원하면서 인심 좋은 사람으로 살아가게 된다.

이 밖에도 프랑스의 비행작가 앙투안 드 생텍쥐페리Antoine de Saint-Exupery 1900-1944의 '어린 왕자The Little Prince, 1943는 우리 모든 어른들 각자 속에 가사假死 상태에 있거나 깊이 잠들어 있는 우리 자신들 본연 본래의 모습인 '어린 왕자/어린 공주' 어린아이, 곧 우주 나그네 우주인 코스미안으로서 우리 모두의 진정한 정체성을 되찾게 해준다. 1855년 미국의 제14대(1853-1857) 대통령 프랭클린 피어스 Franklin Pierce1804-1869에게 쓴 편지에서 아메리칸 원주민 인디언 추장 시아틀은 이렇게 말한다. (그 일부 요점만 아래와 같이 옮겨 본다. 영문 전문과 함께)

모든 생물은 다 같은 숨을 쉰다.
짐승, 나무, 그리고 사람 자신도.
그런데 백인들은 자신들이 들이쉬는
자연의 공기를 알지 못하는 것 같다.

여러 날을 두고 자리에
누워 앓다 죽는 사람처럼
그는 자신의 고약한 냄새를
전혀 맡지 못하는 것 같다.

백인들 또한 멸종하리라.
어쩜 다른 인종들보다 먼저.
계속해서 네 잠자리를
오염시키고 더럽혀 보라.

그러면 어느 날 밤 너는
네가 싼 오물에 숨 막혀
죽을 수밖에 없으리라.

대륙의 모든 들소 버팔로가
모두 너희들 손에 도살되고
들말 야생마가 너희들 손에
하나같이 다 길들여지는 날
숲과 들판 온 대륙 곳곳이
너희들이 지나간 냄새와
흔적으로 가득 차 버리고
아름다운 자연의 경치가
숲과 들판 온 대륙 곳곳이
가리어 그 빛을 잃는 날
무성하고 울창하던 산림
자취도 없이 사라졌어라.
독수리는 어디로 갔을까
그림자 없이 사라졌어라.

이것이 삶다운 삶의 종말을 고하고
다 죽은 목숨 조금 더 살아남기 위한
단말마적 몸부림의 시작일 뿐이리라.

이를 단 한마디로 줄이자면 우주만물이 다 하나이고 우리 모두 같은 숨을 쉰다는 만고의 진리 곧 코스미안사상을 밝힌 것이리라.

Some of our most influential roots are the original cultures of this land. The following letter, sent by Chief Seattle of the Dwamish Tribe in Washington to President Pierce in 1855, illustrates the dignity, wisdom, and continuing relevance of this native continental vision.

THE GREAT CHIEF in Washington sends word that he wishes to buy our land. The Great Chief also sends us words of friendship and good will. This is kind of him, since we know he has little need of our friendship in return. But we will consider your offer, for we know if we do not so the white man may come with guns and take our land. What Chief Seattle says you can count on as truly as our white brothers can count on the return of the seasons. My words are like the stars- they do not set.

How can you buy or sell the sky-the warmth of the land? The idea is strange to us. Yet we do not own the freshness of the air or the sparkle of the water. How can you buy them from us? We will decide in our time. Every part of this earth is sacred to my people. Every shining pine needle, every sandy shore, every mist in the dark woods, every clearing, and every humming insect is holy in the memory and experience of my people.

We know that the white man does not understand our ways. One portion of land is the same to him as the next, for he is a stranger who comes in the night and takes from the land whatever he needs. The earth is not his brother, but his enemy, and when he has conquered it, he moves on. He leaves his father's graves and his children's birthright is forgotten. The sight of your cities pains the eyes of the redman. But perhaps it is because the redman is a savage and does not understand.

There is no quiet place in the white man's cities. No place to listen to the leaves of spring or the rustle of insect wings. But perhaps because I am a savage and do not understand-the clatter only seems to insult the ears. And what is there to life if a man cannot hear the lovely cry of the whippoorwill or the arguments of the frogs around a pond at night? The Indian prefers the soft sound of the wind itself cleansed by a mid-day rain, or scented by a piñon pine: The air is precious to the redman. For all things share the same breath-the beasts, the trees, and the man. The white man does not seem to notice the air he breathes. Like a man dying for many days, he is numb to the stench.

If I decide to accept, I will make one condition. The white man must treat the beasts of this land as his brothers. I am a savage and I do not understand any other way. I have seen thousands of rotting buffaloes on the prairie left by the white man who shot them from a passing train. I am a savage and do not understand how the smoking iron horse can be more important than the buffalo that we kill only to stay alive. What is man without the beasts? If all the beasts were gone, men would die from great loneliness of spirit, for whatever happens to the beast also happens to the man.

All things are connected. Whatever befalls the earth befalls the sons of the earth.

Our children have seen their fathers humbled in defeat. Our warriors have felt shame. And after defeat they turn their days in idleness and contaminate their bodies with sweet food and strong drink. It matters little where we pass the rest of our days-they are not many. A few more hours, a few more winters, and none of the children of the great tribes that once lived on this earth, or that roamed in small bands in the woods will remain to mourn the graves of the people once as powerful and hopeful as yours.

One thing we know that the white man may one day discover. Our God is the same God. You may think that you own him as you wish to own our land, but you cannot. He is the Body of man, and his compassion is equal for the redman and the white. This earth is precious to him, and to harm the earth is to heap contempt on its Creator. The whites, too, shall pass – perhaps sooner than other tribes. Continue to contaminate your bed, and you will one night suffocate in your own waste. When the buffalo are all slaughtered, the wild horses all tamed, the secret corners of the forest heavy with the scent of many men, and the view of the ripe hills blotted by the talking wires, where is the thicket? Gone. Where is the eagle? Gone. And what is it to say goodbye to the swift and the hunt? The end of living and the beginning of survival.

We might understand if we knew what it was the white man dreams, what hopes he describes to his children on long winter nights, what visions he burns into their minds, so they will wish for tomorrow. But we are savages. The white man's dreams are hidden from us. And because they are hidden, we will go our own way. If we agree, it will be to secure your reservation you have promised.

There perhaps we may live out our brief days as we wish. When the last redman has vanished from the earth, and the memory is only the shadow of a cloud passing over the prairie, these shores and forests will still hold the spirits of my people, for they love this earth as the newborn loves its mother's heartbeat. If we sell you our land, love it as we have loved it. Care for it as we have cared for it. Hold in your memory the way the land is as you take it. And with all your strength, with all your might, and with all your heart-preserve it for your children, and love it as God loves us all. One thing we know-our God is the same. This earth is precious to him. Even the white man cannot escape the common destiny.

지리地理-천리天理-우리宇理를 따르리

"카오스는 자연의 법칙이고, 질서(의역해서 코스모스)는 인간의 꿈이다. Chaos was the law of nature; Order was the dream of man."

이렇게 미국의 역사학자 헨리 애덤스Henry Adams1838-1918는 그의 자서전 '헨리 애덤스가 받은 교육The Education of Henry Adams, 1918'에서 말했는데 필시必是 그의 반어 법이었으리라. 왜냐하면, 보스턴에서 태어나 하버드 대학에서 교육받고 역사를 가르친 그는 이 책의 머리말에서 그가 받은 정식 학교 교육의 결점을 지적하면서 그러한 교육은 쓸데없을 뿐만 아니라 해로운 것이었다고 했으니까 말이다.

미국의 소설가 존 취버John Cheever 1912-1982는 누가 한 번 왜 글을 쓰느냐고 묻자 "내 삶의 의미를 파악하고 그 용도用途 쓰임새 쓸모를 발견하기 위해서 The need to write comes from the need to make sense of one's life and discover one's usefulness"라고 대답하더란다.

젊은 날 도산島山 안창호安昌浩 1878-1938 선생이 옥중에서 자기 가족에게 쓴 편지를 읽고 나는 '수신제가 치국평천하 修身齊家 治國平天下'란 말의 뜻을 되새겨 보았다. 그는 자기가 국가와 민족을 위한다는 대의명분大義名分을 갖고 살아왔지만 한 사람의 남편으로서 또 아빠로서는 실패한 인간 실격자人間失格者요 인생낙오 자란 자책감과 자괴지심自愧之心에서 쓴 글이었다.

1534년에 스페인의 성^聖 이냐시오 로욜라_{St. Ignatius Loyola}가 창설한 예수회_{the} _{Society of Jesus}의 수사^{修士} 발타사르 그라시안_{Baltasar Gracian 1601-1658}은 그의 '세속적인 비망록_{The Art of Worldly Wisdom, 1647}'에서 이렇게 말한다.

"가장 지혜로운 사람이 제일 잘 속는다. 평범하지 않고 비범한 것들에 대해 많이 알고 있을지는 몰라도 세상살이 일상생활의 필수요건들에 대해서 그는 아는 바 전혀 없다. 고상 숭고한 것에 대해 숙고 명상하느라고 비천 비속한 세상일들로부터 멀리해왔기 때문이다. 모든 사람들이 다 잘 아는 상식 중의 상식조차 모르는 까닭에 세상 사람들은 그를 바보 천치로 본다. 그러니 현인^{賢人}도 현실적인 감각이 있어야 한다. 최소한 속거나 조롱당하지 않을 만큼, 그리고 먹고 산다는 것이 인생의 지고^{至高}한 목표가 못 된다고 하더라도 무엇보다 먼저 가장 필요한 일이니까. 실질적인 실용성 없는 지식이 무슨 소용 있으랴. 오늘날 참된 진짜 지식은 어떻게 살아가야 할지를 아는 것이다."

옛날 1960년대 서울 약수동에 있는 아파트에 살 때 이 아파트에 관리인 한 분이 있었다. 이 아파트에 2년 남짓 사는 동안 그는 결근 한번 하지 않고 아침 6시부터 밤 9시까지 거의 잠시도 쉬지 않고 복도며 층계를 비로 쓸고 물걸레로 닦았다. 하루는 신혼 초의 새색시가 그 아저씨보고 하던 일 잠시 쉬고 우리 집에 들어와 차 한 잔 드시라고 해도 사양하는 것을 계속 권해 그는 마지 못해 집사람과 얘기를 좀 나눴다고 한다. 그날 저녁 아내한테서 들으니 그 관리인 아저씨는 우리보다 몇 배나 부자라고 했다. 그 당시 천만 원이 넘는 큰 집을 갖고 있고 그 집 일부는 세를 주고 있으며 아들 셋을 다 대학에 보내고 있다는 것이었다. 자수성가한 이 아저씨는 그가 젖먹이 때 아버지를 여의고 일곱 살 때 엄마까지 잃어 시골 이웃집에 얹혀 머슴살이하다가 그의 나이 열여섯에 서울에 올라왔단다. 처음에는 지게를 지고 부지런히 짐을 나르다가 손수레를 끌면서 3년 안에 돈 백만 원을 모아 그는 나이 열아홉 살 때 결혼하고 군에 갔다 제대한 후 도배와 미장이 목수 일까지 하면서 헌집을 사 수리해 팔기 시작, 점점 집을 늘려갔다는 것이다.

이 아저씨는 글 한 줄 제대로 못 배우고 문학이나 예술, 학문이나 사상에는 무식할는지 몰라도 인생살이 세상살이에서는 그 어떤 학자나 박사보다 더 유식하고 박식하며 대통령이나 장관 보다, 그 어떤 신부나 목사나 스님보다 더 성실하고 진실하게 살아가는 훌륭한 남편, 훌륭한 아빠, 훌륭한 사람이 아 닐까 하는 생각을 나는 했었다. 뉴욕타임스에 보도된 기사 하나 간추려 옮겨 보리라.

최근 향년後年 104세로 타계한 마빈 크리머Marvin Creamer씨 이야기다. 그는 나침 반Compass도 없이 세계를 향해 일주한 학자로 미국 뉴저지주 글라스보로Glassboro 에 있는 로완 대학교Rowan University에서 여러 해 동안 지리학을 가르쳤다. 그 는 뉴저지 남단 항구 케이프 메이Cape May를 출발해 남아프리카의 케이프타운 Capetown, 오스트랄리아의 시드니Sydney, 뉴질랜드의 완가라Whangara, 아르헨티나의 포크랜드 섬Falkland Island 등을 경유 36피트 배로 30,000마일 오디세이 항해를 마치고 1984년 5월 17일 513일 만에 케이프 메이로 회항했다.

"사람들은 나보고 미쳤다며, 출발할 때 내가 살아 돌아오리라고 믿은 사 람은 둘밖에 없었다. 한 사람은 내 아내였고 또 한 사람은 나 자신이었다. I was considered to be crazy or stupid or just out of it… When I took off there were only two people who believed I would come back. One was his wife and the other was himself."

그는 나침반은 물론 라디오나 시계도 갖지 않고, 전적으로 낮에는 바람과 파도와 태양, 그리고 밤에는 달과 별을 보고 항해했다고 한다. 구름이 잔뜩 낀 날에는 자신의 위치를 물의 색깔과 온도 그리고 어떤 특정의 새들과 벌레 들로 가늠할 수 있었다고 한다. 옛날에 바다를 항해했던 사람들이 그랬듯이 자신도 목숨을 건 항해에 겁먹지도 불안해하지도 않았다며, 아주 어렸을 때 부터 하늘의 별들을 보면서 옛날 뱃사람들이 별만 보고 항해할 수 있었다는 사실에 자신감을 갖게 되었다고 그는 술회한다. 자, 이제 코스모스바다를 항 해한 우주 항해사 코스미안 칼릴 지브란Kahlil Gibran 1883-1931이 그의 잠언집 '모래와 거품_{Sand and Foam, 1926}에서 하는 말 좀 음미해보리라.

어제만 해도
나 자신이 삶의 원형 속에서
리듬도 없이 떨리는
한 점의 티끌이라 생각했었는데,

난 이제 알게 되었어라.
내가 바로 그 삶의 원형이고,
내 안에서 모든 삶이 리듬 있게 움직이는
티끌들이란 것을

It was but yesterday
I thought myself a fragment
quivering without rhythm
in the sphere of life.

Now I know that
I am the sphere,
and all life
in rhythmic fragments
moves within me.

사람들은 잠 깬 생시에 내게 말하지요.

"당신과 당신이 살고 있는 세상은 무한한 바다의
무한한 바닷가 모래사장에 있는 모래 한 알이라고."

하지만 나는 꿈속에서 그들에게 말하지요.

"내가 바로 무한한 바다이고, 모든 세상이
　내 바닷가 모래사장의 모래알들일 뿐이라고."

They say to me in their awakening,

"You and the world you live in are
　but a grain of sand
　upon the infinite shore
　of an infinite sea."

And in my dream I say to them,

"I am the infinite sea,
　and all worlds are
　but grains of sand
　upon my shore."

웃을 일뿐이리

　지난해 미국 대선 민주당 후보를 공식 지명하는 민주당 전당대회에서 미셸 오바마가 현재 코로나 펜데믹으로 사망한 미국인이 15만 명을 넘었다고 한 것에 대해 트럼프 대통령이 그 숫자는 2~3주 전 숫자이고 지금은 17만이 넘었다며 틀렸다고 비난하자 뉴스 해설자들이 "그래 (2~3주) 당신이 더 많은 사람을 죽였지 Yah, you killed more people!"라고 코멘트 했다. 유머는 인격人格으로 스스로를 웃기는 일이라면 코미디는 성격性格으로 남을 웃기는 일일 테고, 조크는 실격失格으로 말을 웃기는 말장난일 뿐, 아무도 웃기지 못하는 것이리라. 몇 년 전 뉴욕타임스지에 다음과 같은 기사가 실렸었다.

　그가 두 은행을 턴 무장강도범 피의자로 피소될 때까지 현직 경찰관 알렌 쇼트 형사는 그 누가 봐도 모범적인 경찰관이고 시민이었다. 매년 크리스마스 때면 장난감을 모아 정성껏 포장해서는 가난한 집 아이들에게 나눠주고, 이웃에 사는 어린이들 생일날에는 자기가 키우는 조랑말도 태워주며 언제나 자진해서 기꺼이 남을 돕고 좋은 일 많이 하고 사는 그는 친구와 동료들 사이에서도 늘 농담 잘하고 놀기 좋아하는 익살꾼으로 가장 인기 있는 사람이었다. 그러한 그가 지금은 보석이 허락되지 않는 중범으로 감옥에 들어가 있다. 학교에 다니는 두 딸의 아빠인 (당시) 37세인 쇼트 씨는 최근 두 은행에서 2십1만 달러를 강탈한 강도죄로 기소되었다. 한 번은 3일간의 사법경찰관 세미나에 참가한 후 귀가 도중 뉴저지주州 남단 케이프 메이에 있는 한 은행에서 9만 2천 6백90 달러를, 또 한 번은 머서 카운티에 있는 한 은행에서 11만 7천 3백 10달러를 털어간 것 외에도 1989년 8월부터 그는 뉴저지주 중부 및 남부 지역에서 7개 다른 은행들도 턴 혐의를 받고 있다고 미연방수사국 FBI 가 발표했다.

쇼트 씨는 케이프 메이 카운티 로우어 타운십에 있는 미들랜틱 내셔널 뱅크에 작업복 차림에다 가짜 수염을 달고 짧은 검은 머리 색깔의 가발을 쓴 머리에 야구모를 그리고 색안경을 끼고 들어가 금전 출납 은행원에게 총을 들이대 은행 금고를 열어 그가 들고 간 운동 백에 돈을 넣게 한 후 유유히 사라졌다고 한다. 그런데 마침 이때 이 은행에 들어서는 당일 비번의 형무소 간수 고객에게 은행원이 눈짓으로 알려 그가 뒤따라 나가 지나가는 경찰차로 추격, 쇼트 씨를 검거하게 되었다고 한다. 그가 근무해 온 경찰서 주변 사람들은 쇼트 씨가 로빈 후드처럼 그동안 은행을 털어 어려운 사람들에게 자선을 베풀어 온 것 같다고 말한다. 그와 가장 절친하게 지내온 한 동료경찰관은 이와 같은 말을 뒷받침할 확실한 증거는 없지만 그의 어린 시절에서 하나의 실마리 단서를 찾을 수 있을 것 같다고, 그가 아주 어렸을 때 아버지가 가정을 버리고 떠나 그는 엄마와 무능하고 무뚝뚝한 의붓아비 밑에서 불우하게 자랐다. 집세를 못 내 번번이 세 든 집에서 쫓겨 나 이사를 많이 다니는 동안 그는 학교를 열네 번이나 옮겨 다녔다고 한다. 이상이 한 인격人格 스타 이야기라면 다음은 분명히 한 성격性格 스타가 '그것도 성적性的 Sex 문제로' 수백만 미국 어린이들의 사랑받는 '아이 같은 어른' 스타에서 어른들의 쓴웃음을 자아낸 '어른 같은 아이' 스타로 변신한 얘기가 되겠다.

애들이 즐겨 보는 1985년 개봉된 영화 '피위의 큰 모험Pee-wee's Big Adventure, 1985 과 '빅 톱 피위Big Top Pee-wee, 1988나 1986년부터 미국 CBS에서 방영해 온 에미상 수상의 토요일 아침 TV쇼 '피위의 놀잇간Pee-wee's Playhouse'에 등장하는 피위 허맨Pee-wee Herman의 실제 인물, 폴 로이븐스Paul Reubens, 1952 가 플로리다주州 사라소타의 어느 한 포르노 성인영화관에서 자위행위를 하다 '성기노출죄'로 체포되었다는 뉴스가 있었다.

그의 캐릭터 '피위 허맨'이란 이름부터가 우연이 아니었는지 모를 일이다. 우리가 어린애 오줌 누일 때 한국에선 우리말로 쉬쉬하듯 영어로는 '위위wee wee'하고 '파(P-)'는 '고추(자지)'란 뜻의 '페니스Penis'의 머리글자인 데다 '허먼Herman'은 영어로 여자를 가리키는 'She'의 목적격 'Her'에다 남자란 '맨man'을 갖다 붙인 복합어複合語 곧 합성어合性語로, 여자 대용代用 대신代身 자신自身의 몸을 스스로 자위自慰/自瀆한다고 볼 수 있을 법도 하지 않은가. 어떻든 이와 같은 뉴스와는 대조적으로, 줄이면 '좆(?)'이 될 수도 있을 '조지'에다 우리말로는 수풀森林을 일컫는 '부시'George H. W. Bush 1924-2018 제41대 미국 대통령이 1991년 클래런스 토마스Clarence Thomas, 1948 - 를 미국 대법원 판사로 지명하면서 "그보다 더 자격 있는 적임자가 없다."고 한 말 같지 않은 말은 그야말로 실격失格의 조크조차 못 되었으리라.

전前 부하직원이었던 미국의 법학 교수 아니타 힐Anita Hill, 1956 - 과의 성희롱 사건으로 '스타star'가 되었든 클래런스 토마스 판사는 '스타'이되, 실격失格 '스타,' 아니 땅에 떨어진 '별똥'이라 해야 하지 않을까. 2015년에 나온 '풍자, 자유의 언어 웃음의 정치'란 책이 있다. 2015년 3월 16일자 중앙일보 BOOK 페이지에 게재된 '종교개혁산업혁명과학혁명, 그 바탕에는 풍자문화 있었다'는 제목의 서평에서 김환영 기자는 "번역해서 해외로 수출해 도서 한류를 몰고 올 수도 있는 역작"이라 극찬하면서 저자인 전경옥 숙명여대 정치학 교수는 풍자를 이렇게 정의한다고 인용했다.

"편견악덕모순부조리어리석음 등을 비난하거나 이를 개선하려는 기대감을 갖는 빈정거림이며, 보이는 것에만 가치를 두는 것을 경계하는 대안으로, 대중 담론을 형성하는 방법이며 대중민주주의의 장치이다."

이 정의는 쉽게 한 마디로 웃을 일이라는 소리가 아닐까. 덴마크의 작가 한스 크리스티안 안데르센Hans Christian Andersen 1805-1875의 동화 '황제의 새 옷The Emperor's New Clothes, 1837'에 나오는 어린아이처럼 세상은 웃을 일 천지가 아닌가. 우리가 입는 옷의 패션이나 쓰는 모자 또는 감투를 비롯해서 벗은 몸에 새기는 문신이며 치장하는 화장과 장신구 등 그리고 각종 의식과 행사가 다 웃기는 일들 아닌가 말이다. 내가 보기에는 어린애도 울지 않고 빵긋빵긋 웃으며 태어 난다. 우주 만물이 다 웃고 있다. 해와 달과 별들이 그렇고, 구름과 바람이 그 러하며 나무나 풀이, 풀꽃과 눈꽃이, 빗방울과 이슬방울이 다 그러하다. 내가 웃을 때 거울 속의 내고 웃고 있듯이 모두가 웃고 있지 않나. 우리는 기뻐도 웃고 슬퍼도 웃는다. 그래서 '웃기다'와 '슬프다'의 복합어 합성어로 '웃프다' 란 말도 있나 보다.

영어에 Have a last laugh라고 최후에 웃는 자가 참으로 웃는 자란 말이 있지만, 우리가 고고_{呱呱}의 소리를 내는 순간부터 숨 거두는 마지막 순간까지, 생명이란 아니 사랑이란 무지개를 타고 이 지상으로 잠시 내려와 실컷 놀다 가 죽음이란 미지의 다른 안락_{安樂}한 무지개를 다시 타고 우리의 고향 코스모 스 다른 별나라로 갈 때까지 웃을 일뿐이리. 너무너무 다행스럽고 신비로워 무한히 감사할 뿐이리.

6장

우린 같은 하나다

　지난해 미국 대선 민주당 전당대회 셋째 날 부통령 후보로 공식 지명된 카말라 해리스(55) 상원의원은 수락 연설에서 "인종주의에는 백신이 없다. 우리가 나서야 한다. 모두가 원하는 미래를 얻기 위해서는 흑인과 백인, 라틴계와 아시안, 원주민까지 우리를 하나로 모으는 대통령을 뽑아야 한다"고 말했다. 영어로 "소원이 말이라면 거지도 탈 텐데"란 속담이 있다. 그런가 하면 우리말로는 꿈 밖이라느니, 꿈에도 없었다느니, 꿈꾼 셈이라 한다. 이 말대로 그 누가 백마가 아닌 흑마를 타고 세계의 모든 약소국 약소민족의 인권 챔피언으로 착취당하고 억압받는 사람들의 투사가 된다면 오죽 좋으랴.

　커크 더글러스 주연의 영화로도 만들어진, 로마에 반란을 일으킨 트레이스Thrace 태생의 검투사 출신 스파르타쿠스Spartacus BC 111-71, 멕시코의 농지 개혁가 에밀리아노 사바타Emiliano Zapata 1879-1919, 아르헨티나 출생의 쿠바 혁명가 에르네스토 '체' 게바라Ernesto 'Che' Guevara 1928-1967, 그리고 1960년대에 흑백 인종의 통합이 아닌 분리주의를 주창하며 흑인의 자존자립을 위해서는 자기 자신의 자기방어 자위책으로 정당방위의 폭력도 불사하자고 흑인의 자존자긍심을 고무, 선양한 흑인 인권 투사 말콤XMalcolm X 1925-1965 (그의 본래 성씨 Little이 다른 흑인들과 마찬가지로 백인들의 노예 시절 백인들이 지어준 것이라며 버리고 'X'로 개명했음)같이 말이다.

　그럴 경우, 그가 할 일은 무엇보다 먼저 지배계급이 독선 독단적으로 저희들만을 위해 설정해 놓고, 강압적인 수단과 방법으로 집행하고 있는 갖가지 부당한 법률과 규칙과 관습에 도전하는 일일 것이다. 법이나 상식보다 힘, 수단보다 목적, 진실보다 거짓, 다수보다 소수, 빈자보다 부자, 약자보다 강자, 여자보다 남자, 자유주의나 진보주의보다 보수주의나 복고주의를 옹호하는 법규와 관습에. 그래서 그동안 소수 특권층만이 즐기던 '살만한 삶'을 우리 모두 다 같이 누릴 수 있도록 말이다. 그런데 이럴 경우, 다시 말해 그 누가 성공했을 경우, 세상이 뒤집혔다고 열광한 나머지 복수심을 불러일으켜서는 도로아미타불徒勞阿彌陀佛이다. 그렇게 되면 "하늘에 계신 우리 하늘님 아버지" 하는 대신 "땅속에 계신 우리 땅님 어머니" 부르면서 남성 백인 지배체제에서 여성 유색인종 지배체제로 바뀌는 것밖에 없을 것이다.

이럴 때 우리가 조심하고 피해야 할 함정이 흑백 논리다. 마치 세상 한쪽에는 악인만 있고, 또 한쪽에는 선인만 있는 것처럼 생각하고 행동하는 우愚를 범해서는 안 된다. 형편과 상황에 따라 모든 비백색 유색인종, 비선민인 이방인, 비기독교인인 모든 미신자 이교도, 그러다가는 너와 나, 그리고 마지막에 가서는 오로지 나 혼자만 옳다는 유아독선唯我獨善 유아독존唯我獨尊이 되고 말테니까. 이와 같은 유아독선과 유아독존적 가치관이 유사 이래 인류 역사를 통해 온갖 잔악무도殘惡無道하고 파렴치한 천하만행天下蠻行을 여호와 하나님, 기독교, 민주주의, 자유세계 또는 공산주의, 노동자, 농민, 아니면 그 어떤 왕실과 귀족 양반이나, 그 어떤 제국 제왕 천황폐하, 위대한 그 누구 그 무엇의 이름으로 정당화하고 미화시켜 오지 않았는가.

십자군을 비롯해 사람사냥 아니면 황금 사냥에 나선 서양의 해적들이 반항하는 아메리카 대륙의 원주민들은 대량 학살, 거의 다 멸종시키고, 복종하는 아프리카 대륙의 흑인들은 노예로 삼아 백인들의 식민지와 제국을 건설해 왔다. 이와 같은 가치관이 최근엔 한국의 분단, 캄보디아의 초토화, 니카라과의 붕괴 작전, 포크랜드 섬, 그라나다, 이라크와 아프가니스탄 침공과 한국전과 월남전을 정당화하거나 합리화 미화시켜왔다. 한편 이렇게 전횡적인 가치관이 잘못된 것이라고 믿고 반대하는 반항의 정신을 가진 이상理想 아니 이상異想주의자들은 언제 어디에서나 역적, 반도, 반동분자, 이단자, 광인狂人, 악인, 죄인, 깜둥이, 빨갱이, 노랭이로 몰려 박해받고 희생된다.

그러니 세상의 모든 폭군을 몰아내기 전에 우리 각자 가슴과 머릿속에 있는 폭군부터 몰아내야 하리라.

2021년 3월 29일자 코스미안뉴스에서 내가 애독하는 두 작가 선생님의 글 [김희봉 칼럼] '악어의 눈물'과 [신연강의 인문으로 바라보는 세상] '여심을 훔치다'를 읽어니 너무도 아릿하게 아련한 애상哀想/哀傷의 노스탈지아가 봄 아지랑이처럼 피어오르면서 1953년 대구 유니버설 레코드사에서 가수 백설희가 발표한 대중가요 '봄날은 간다'가 귓속에 아니 가슴 속 깊이 메아리로 울려 온다. 이 노래는 손로원이 작사하고 박시춘이 작곡했으며, 한국전쟁 시절 너무 환해서 더욱 슬픈 봄날의 역설이 전쟁에 시달린 사람들의 한 맺힌 내면 풍경을 보여줬기에 이내 크게 공감을 샀던 노래로 평가받았고, 그 이후로 이미자, 배호, 조용필, 나훈아, 장사익, 한영애 등 여러 가수가 리메이크했지만 장사익이 부른 버전이 나를 포함해 많은 사람들에게 큰 울림을 주고 있다.

김희봉 선생님의 '악어의 눈물'은 칼릴 지브란Kahlil Gibran 1883~1931의 우화집寓話集[방랑자放浪者/유랑자流浪者/ 떠돌이 THE WANDERER: His Parables and Sayings]에 나오는 '눈물과 웃음TEARS AND LAUGHTER'을 상기想起시킨다. 땅거미 질 무렵 이집트 나일강 강가에서 승냥이 비슷한 들개 하이에나와 악어가 만나 서로 인사人事가 아닌 수사獸事 말을 나누었다.

"요즘, 어떠하오이까. 악어 씨?" 하이에나가 묻자 악어가 대답했다. "좋지 아니하오이다. 때때로 고통과 슬픔이 복받쳐 내가 울기라도 하면 (사람들을 비롯한 다른) 피조물들이 '저건 악어가 거짓으로 흘리는 위선僞善의 눈물일 뿐'이라고 하니 내 기분이 여간 상傷하는 게 아니라오." 그러자 하이에나가 말했다. "그대는 그대의 고통과 슬픔을 말하지만 잠시 내 말도 좀 들어 보오. 세상의 온갖 아름다움을 바라보며 그 경이로운 기적奇蹟에 감탄, 마치 화창한 봄날이 활짝 웃듯이 기쁨에 넘쳐 환희歡喜의 탄성歎聲을 내지르며 내가 온 자연과 함께 크게 소리 내어 웃기라도 하면 (인간 빌딩) 정글 숲속에 사는 사람들은 '저건 실컷 배부르게 먹이 많이 잡아먹고 좋아서 웃는 하이에나의 잔악^{殘惡}한 웃음일 뿐'이라 한다오."

TEARS AND LAUGHTER

Upon the bank of the Nile at eventide, a hyena met a crocodile and they stopped and greeted one another.

The hyena spoke and said, "How goes the day with you, Sir?" And the crocodile answered saying, "It goes badly with me. Sometimes in my pain and sorrow I weep, and then the creatures always say, 'They are but crocodile tears.' And this wounds me beyond all telling." Then the hyena said, "You speak of your pain and your sorrow, but think of me also, for a moment. I gaze at the beauty of the world, its wonders and its miracles, and out of sheer joy I laugh even as the day laughs. And then the people of the jungle say, 'It is but the laughter of a hyena.'"

젊은 날 서울에서 잠시 신문 기자 생활할 때 내가 직접 취재, 보도한 사건이 있었다. 당시 영문으로 써 1966년 4월 27일자 영자신문 코리아 타임스_{THE KOREA TIMES}에 실린 짤막한 기사를 우리말로 옮겨보면 다음과 같은 것이었다.

'악어의 눈물'이 술 취한 한 젊은이를 철창 속에 집어넣었다. "지난 일요일 인천시 숭의동 255번지에 사는 27세의 안종일 씨가 서울 창경원 동물원에 놀러 갔다가 술에 취해 장난으로 동물원에 있는 악어에게 벽돌을 한 장 집어 던지려 하자, 이 필리핀 태생으로 신장 6피트, 나이 70세의 악어 포로수스_{crocodile Porosus} 씨는 그 전설적^{傳說的}인 '악어의 눈물'을 흘렸다. 그러자 안 씨는 경찰에 연행되었다가 서울 즉결 심판에 회부되었고, 즉심의 최만항 판사는 형법 366조 '정부재산손괴죄'를 적용, 벌금형을 내렸다. 그러나 안 씨는 그 당시 벌금 1,000원을 물 돈이 없어 벌금 대신 닷새 동안 감옥살이를 할 수밖에 없었다. 안 씨가 집어 던진 벽돌을 맞아 악어의 머리가 다쳤다고 경찰 조서에 쓰여 있었으나 창경원 동물원 당국자 말로는 안 씨가 벽돌을 집어 던지려는 순간 경비원의 제지로 실제로 악어를 해치지는 않았다고 한다. 한편 이 씨는 술에 취해 있었기 때문에 자기가 한 행동에 대해 기억조차 안 난다고 한다.

문제의 포로수스 씨는 1958년 4월 14일 필리핀의 한 실업가가 기증한 것으로 현재 창경원 동물원에 있는 유일한 악어이다. 동물원 가족 총 646식구는, 50종의 134마리의 포유동물과 63종의 508마리의 조류 그리고 3종의 4마리의 열대산 비단뱀으로 구성되어 있다. 이 가운데서 대표적인 미식가美食家, 식통食通인 포로수스 씨는 토끼와 닭고기를 상식常食하는데 한국에 온 후로 지난 8년 동안 먹어 온 늘 같은 메뉴에 식상食傷한 나머지 오래 비장秘藏해 온 그의 비법秘法을 발동發動 발휘發揮 '악어의 눈물'을 흘려 식단食單 메뉴를 좀 바꿔보려 했음이 틀림없다.

이상과 같은 기사를 쓰기 위한 취재 과정에서 안 씨의 무고함이 밝혀져 당시 동대문 경찰서장의 사과를 받고 즉심의 오심誤審 판결이 무효화되어 안 씨는 즉시 석방되어 귀가했다. 극히 상식적인 얘기지만 한 사람의 웃음은 때론 다른 사람의 눈물이고, 또 한 사람의 눈물은 또 다른 사람의 웃음이다. 비근한 예로 우산 장사와 양산 장사가 그렇고, 의사와 환자, 유가족과 장의사의 경우가 그렇지 않은가. 부처님 앞에 공양드리거나 어떤 귀신한테 굿이라도 해서 대학 입시, 취직 시험, 사법 고시 등에 운 좋게 합격한 자식 부모의 파안대소破顔大笑 웃음꽃은 낙방거자落榜擧子 부모의 울상이 아니겠나.

부처님이나 예수님 또는 어떤 귀신이 사람에게 길흉화복吉凶禍福을 정말 주는지 또 신神이 참으로 존재하는지, 그 누구도 절대적으로 확실히 알 수 없겠지만, 설혹設或 만일 신이 실제로 존재한다 해도 신이 신다운 신이라면 약육강식弱肉强食의 자연계와 인간 사회에서 무조건 강자强者편을 들거나 어떤 특정 '선민選民'만을 편애偏愛하고 어느 특정 개개인의 이기적인 기도나 기구를 편파적으로 들어주는 그런 신은 결코 아닐 것이다. 그렇다고 할 것 같으면 즐겁고 기쁜 일이 있을 때 이것이 다 내가 잘나고 이뻐서 하느님이 내게만 내리시는 축복이라고 생각하기보다는 차라리 나만큼 축복받지 못한 사람들에게 느끼는 미안 지심未安之心에서 악어같이 '거짓으로라도' 눈물을 좀 흘리는 편이 좀 더 양심적良心的/兩心的/養心的이 아닐까. 아니면 다른 사람의 불행에 함께 울고 마음 아파하기 전에 당장 잠시 나타난 그야말로 뜬구름같이 덧없는 내 행복부터 먼저 챙겨 만끽하며 하이에나처럼 웃어보는 편이 좀 더 인간적이고 솔직하지 않을까.

어느 날 미녀美女와 추녀醜女가 어느 바닷가에서 만나 "우리 같이 바다에 들어가 목욕하자" 하고 그들은 옷을 벗고 물속에 들어가 한동안 헤엄치며 놀았다. 그러다 추녀가 먼저 물 밖으로 나와 미녀가 벗어놓은 옷을 입고 가버렸다. 그런 후에 바다에서 나온 미녀는 제 옷이 안 보이자 하는 수 없이 추녀가 벗어놓고 간 옷을 입고 가버렸다. 그 후로 오늘까지 많은 사람들이 미녀를 추녀로, 추녀를 미녀로 잘못 보게 되었다. 그러나 사람들 가운데는 미녀와 추녀의 얼굴을 아는 이들이 있어 어떤 옷을 입고 있든 미녀는 미녀로, 추녀는 추녀로 바로 알아보더라. 이렇게 칼릴 지브란이 그의 [방랑자]에 나오는 다른 우화 '옷GARMENTS'에서 말하듯이.

GARMENTS

Upon a day Beauty and Ugliness met on the shore of a sea. And they said to one another, "Let us bathe in the sea."

Then they disrobed and swam in the waters. And after a while Ugliness came back to shore and garmented him(her)self and with the garments of Beauty and walked his(her) way.

And Beauty too came out of the sea, and found not her raiment, and she was too shy to be naked, therefore she dressed herself with the raiment of Ugliness. And Beauty walked her way. And to this day men and women mistake the one for the other.

Yet some there are who have beheld the face of Beauty, and they know her notwithstanding her garments. And some there be who know the face of Ugliness, and the cloth conceals him(her) not from their eyes.

세상에는 악어탈을 쓴 심약心弱한 토끼나 늑대탈을 쓴 천진난만한 병아리가 있을 수 있나 보다.

코로나 홑씨로 글씨를 쓴다

"역학조사나 방역 조치를 방해하면 감염병 관리법뿐만 아니라 공무집행 방해 등도 적용해서 단호하게 법적 대응을 해라. 필요할 경우에는 현행범 체 포라든지 구속영장을 청구한다든지 엄중한 법 집행을 보여주기 바란다."

문재인 대통령이 지난해 8월 21일 신종 코로나바이러스 감염증(코로나 19) 방역 상황 점검을 위해 서울시청을 방문해 "코로나19가 우리나라에 들어온 이후에 최대의 위기"라며 최근 수도권을 중심으로 한 코로나 확산과정에서 사랑제일교회 등 일부 교회 교인들이 방역에 협조하지 않는 것을 겨냥한 것 으로 풀이된다는 보도다. 우리나라 고유의 종교 천도교天道敎의 성서라고 하는 동경대전東經大全에 이런 구절이 있는데, 삶과 사랑의 붓글씨를 쓰는 우리 모두 에게 좋은 지침이 된다고 나는 생각한다.

"사람이 붓을 어떻게 잡는지 잘 좀 살펴보라. 정신을 가다듬고 고요한 마 음으로 글씨를 쓴다. 찍는 점點 하나로 글 전체가 크게 달라진다."

이 글이 우리에게 주는 메시지는 인생은 살기에 달렸고 운명은 개척하기에 달렸다는 것 아닐까. 어떤 사람들 혹자或者는 교주 최제우崔濟愚 1824-1864가 시작 한 이 하늘 천天, 길 도道, 가르칠 교敎 천도교天道敎가 우리나라에서도 교세敎勢가 미미微微한 이름만 종교라고 하겠지만, 세계 모든 종교들 가운데서 그 가르침 의 내용은 제쳐 놓고라도, 그 이름 석 자字가 그 어느 종교보다 더 사람을 계 몽하고 선도善導/先導하는 뜻을 가지고 있다고 나는 본다. 천도교의 가르침을 요약하면 다음과 같은 세 가지 원리가 있다.

첫째는 '인내천人乃天'이라고 사람이 곧 하늘이란 의미로 소아小我인 인간과 대아大我인 하늘님을 동일시同一親, 인간과 우주가 하나라는 것, 다시 말해 소우주小宇宙 인간과 대우주大宇宙 자연自然이 함께 하늘의 조화와 우주의 신비를 드러낸다는 것이다. 이렇게 볼 때 천도교를 진정한 '통일교統一敎'라 부를 수 있으리라. 하늘과 땅이, 음陰과 양陽이, 여자와 남자, 우리 모두 각기 '반쪽님'들이 결합, 하나로 통일될 때, 우리 모두 '하나님' 되어, 우리의 또 다른 너와 나의 소우주를 창조하는 대우주 곧 창조주 '하느님'이 되는 것일 테니까. 현실적으로 풀이해보자면, 인간과 인간, 인간과 물질 사이에 높고 낮음이나 자타自他가 없다는 것 따라서 물질이 인간의 우상이 된다거나, 사람이 사람의 주인이나 종이 되어서는 안 되고, 모든 사람과 자연만물이 서로 서로의 분신分身으로 하늘과 우주의 섭리攝理를 따라 각자의 도리道理를 지켜야 한다는 것이다. 인간의 상하 등급과 주종관계를 없애고, 물질을 우상처럼 숭배하는 미신迷信을 타파하고, 인간이 만물의 영장이라는 치졸한 우월감을 졸업하여 인간의 자유와 평등뿐만 아니라 우리 모든 자연만물의 상생相生과 공생共生을 도모하자는 것이리라.

둘째는 '도성덕립道成德立'으로 우리 각자 자아실현을 이룩하는 자아완성을 통해 이상적理想的인 인류사회를 건설하자는 것이다.

셋째는 '지상천국地上天國'이란 '인내천'의 최고 최종 목표로서 이 세상을 지상낙원地上樂園으로 만들어 보자는 것이다. 그리자면 우선 모든 어리석고 잘못된 생각들을 버리고 마음 문을 열어 모든 이웃과 친목을 도모하고 사회정의와 국제평화를 통한 인류애를 증진시킴은 물론 우주만물을 사랑함으로써 각자 자신을 존중하고 사랑하는 자중자애自重自愛의 경지에 도달하자는 것이다.

이처럼 단순하고 소박한 삶의 지표는 다른 종교에서 말하는 것처럼 이 세상 삶을 가볍게 보라든가, 인간은 원죄原罪를 타고난 죄인罪人으로서 수난受難이나 신앙을 통해 구원救援을 받고 내세來世에 천국天國에 들어가라는 것이 아니고, 초월인超越因으로서의 신神의 자선적慈善的이고 자비慈悲로운 구원救援이나 허락許諾과는 상관없이 내세來世가 아닌 현세現世에서 우리 각자 스스로 자신의 최선을 다해 행복하게 잘살아 보자는 것이다.

이 천도교의 가르침은 배타적이고 이기적 선민사상選民思想에 젖은 다른 종교들의 독선 독단적인 교리들과는 판이하다. 유대교의 선지자先知者나 예언자豫言者들은 자유나 평등보다 독선 독단적인 정의正義를 부르짖으면서 유대인 아닌 다른 모든 인종을 이방인異邦人으로 배척했고, 기독교의 '복음福音' 전도자들은 현세에서의 행복보다 내세에서의 '구원'을 강조하면서 자기들의 신神과 '구세주救世主'를 믿지 않는 다른 모든 사람 들을 이교도異敎徒 불신자不信者로 낙인烙印찍는다.

만약 제2차 세계 대전에서 일본이 이겼다면 아마도 일본의 신토神道 Shinto 신사참배神社參拜에 앞장섰을 사람들이 오늘날 우리나라와 미국교포 사회에서도 교회에 많이 다니고 있을 것이다. 한 마디로 말해서 서양의 해적들이 총칼은 물론 핵무기 원자폭탄으로 세계를 정복하지 못했었다면 저들의 종교가 아직까지도 그토록 판치게 되지 못하였으리라. 이렇게 볼 때 서양 백인들의 의해 자의든 타의에 의한 강제로든 가톨릭을 포함한 기독교로 개종된 거의 모든 유색 기독교인들을 좀 극단적으로 표현해서 정신적으로 거세去勢당한 정신적인 내시內侍라고 말할 수도 있지 않을까?

이 천도교 사상은 우리 단군의 '홍익인간弘益人間'과 '홍익만물弘益萬物' 우리 동양의 선인先人仙人들이 믿어온 피아일체彼我一體와 물아일체物我一體, 곧 코스미안사상이다. 때는 바야흐로 '고요한 아침의 나라The Land of Morning Calm'에서 불어오는 한 줄기 신선한 바람처럼 이 코스미안사상이 모든 인류에게 하늘의 길, 우주의 길을 보여 주게 되었어라. 모름지기 '코로나'라는 홑씨가 새로운 천지창조 코스미안시대를 열어주는 천우신조天佑神助의 우주사적宇宙史的인 절호絶好의 계기契機를 우리에게 마련해주고 있는 것이리라. 지난해 지인이 카톡으로 보내준

글을 아래와 같이 옮겨본다.

코로나19가 가져온, 가져올 변화(삼성 서울병원에 있는 글)

1. 인류를 가장 많이 죽인 것은 핵전쟁이 아니라, 바이러스다. 한 달도 안 돼, 7만여 명이 죽을 줄이야. 세계 인구가 다 마스크를 쓸 줄이야. 미국, 중국 등 열강의 피해가 더 클 줄이야. 내일을 알 수 없다. 이런 사실을 스님, 신부, 목사, 예언가, 무속인 등 아무도 몰랐다.

2. 인간 사회의 변화하찮은 것에 맥없이 무너지는 사회가 되었다. 심지어 전쟁이나 다툼도 중지시켰다. 대량생산, 대량소비가 사양길에 들었다. 사회보장, 유류가격, 투자도 영향을 미쳤다. 돈이 무의미하다는 것을 알았다.

3. 인간이 멈추니, 지구가 살아났다. 공기가 깨끗해졌다. 가정과 가족이 소중한 것을 알았다. 입에 재갈을 물리니, 과묵해졌다. 모두가 자기 스스로를 돌아보기 시작했다. 아프리카, 호주도 안전지대가 아닌 것을 알았다. 사람은 평등하다는 것을 알았다. 영원한 것은 없다는 사실을 알았다. 하늘의 뜻이 무의미하다는 것을 알았다. 그래서 살아있을 때, 더 많이 사랑하자. 악마는 사소한 것에 있는 것이다.

4. 이번 코로나바이러스가 무서운 것은, 사람이 숨을 못 쉬면, 바로 죽는다는 것이다. 그런데 이 바이러스는 숨 쉬는 폐를 공격한다. 맛도 냄새도 못 맡게 하고, 설사하게 한다. 그래서 감각기관을 마비시킨다.

5. 사람은 발이 달린 짐승 아닌가. 그런데 집에만 있으라고 한다. 애들이 집에만 있으니, 어찌할 바를 모르고, 어른들마저 답답하고 속이 터진다. 코로나는 질병을 일으키는 바이러스지, 그 이상도 이하도 아니라고 생각했지만, 뒤에서 누군가 조정하는 느낌이 든다. 왜냐하면, 인간에게만 걸리기 때문이다. 오만은 인종 간 국가 간 차별을 가져왔다.

6. 미국 트럼프나, 일본 아베, 이란의 성직자, 영국의 황태자와 총리, 독일의 운동선수,

헐리우드 배우, 요양원 노인, 노숙자, 6개월 된 갓난아기 등 신분. 나이. 인종. 성별, 직업을 막론하고, 아무것도 구분하지 않고, 평등하게 공격한다.

7. 국경과 여권국경은 인간의 탐욕으로 만든 것이다. 공기에는 국경이 없다. 중국의 우한 폐렴이 남미 끝까지 번지고 있다. 하물며 여권은 휴짓조각에 불과하다. 여객기가 무슨 소용인가. 항공산업이 곤경에 처할 것이다.

8. 건강이 우선이다. 공장에서 만든 음식을 먹고, 화학물질에 오염된 음료수를 마시면서, 우리는 몸을 무시했다. 건강을 돌보지 않으면 병에 걸리기 마련이다. 건강을 잃고 나면 모든 게 허사다.

9. 코로나는 건강이 제일이라고 알려 준다. 코로나는 서로 돕고 살라고, 일깨워주고 있다. 병이 나면, 강원도 청평의 산림욕이 무슨 소용인가. 휴지 사재기가 코로나를 없게 해주지 않는다. 급한 대로 충분히 먹고, 건강을 챙긴 다음에 약을 먹어야 한다. 코로나는 먹을 것을 챙기라고 말한다. 당신의 의지가 당신을 구원할 것이다. 참고 견뎌라. 그 길밖엔 없다.

10. 서로 도우며 나누고 협력하고, 지원하며 살아도 부족한 인생이다. 코로나 극복은 우리 손에 달려 있다. 코로나는 의지를 가지라고 말한다. 반성을 모르면, 희망이 없다. 코로나는 인간들에게 자신이 한 일을 반성해 보라고 한다. 역사 공부는 왜 하나? 일기는 왜 쓰나? 지난 일을 알아야 실수를 되풀이 안 한다.

11. 코로나를 다시 생각해 보자. 그러면, 백신도 만들 것이다. 그리고, 때가 되면 지나갈 것이다. 코로나가 지나간 뒤엔 평온이 온다는 것은 누구나 믿을 것이다. 코로나는 주기마다 생기는 질병이다. 주기의 한 단계이니 공황에 빠질 일이 아니다. 이것 또한 지나갈 것이다. 결국, 우리가 가야 할 곳은 가족과 집이다.

12. 요양원 환자에게 물어보니 집에 가서 마누라가 차려주는 음식을 가족과 함께 먹는 것이 소원이라고 한다. 격리된 사람은 누구나 집에 가고 싶어 한다. 코로나는 사람

들을 집으로 가라고 한다. 크루즈여행, 그만하고 교회에 매달리지 말고 집으로 돌아가라 한다. 그리고, 홈 스위트 홈 노래를 부르라고 한다. 코로나는 인간의 잘못을 바로잡아준다. 코로나가 인간에게 온 것은 잊고, 살아온 교훈을 일깨워주기 위해서다. 사람들은 코로나를 거대한 재앙으로 보나 그렇지 않다. 눈에 보이지 않는 힘의 역사라 할지라도 곡절이 있다. 모든 판단, 당신의 생각에 맡긴다.

이번 코로나 사태가 가져올 앞으로의 인문, 사회적인 부문에서 어떤 변화가 올 것인가? 카이스트 이병태 교수의 예측이다.

* 위생적인 생활이 몸에 밸 것이다.
* 디지털 경제가 늘어나, 핀테크, 무인점포가 증가할 것이다.
* 유통은 오프라인에서 빠른 속도로, 온라인으로 재편될 것이다.
* 대형 교회는 몰락할 것이고, 탈 종교화는 가속할 것이다.
* 배달 사업은 번창하고, 음식 문화는 크게 바뀔 것이다.
* 자동화는 생활화되고, 경제 격차는 더 벌어질 것이다.
* 기업들은 공급망을 다변화하고, 투자 분산 정책이 늘어날 것이다.
* 대중교통 이용이 감소하고, 교통 체증이 증가할 것이다.
* 공연장, 찜질방, 영화관, 노래방, 스포츠, 단체 여행 등은 사양길에 들 것이다.
* 술집보다 골프장, 등산 등 야외 스포츠의 수요가 늘어날 것이다.

선물은 자신에게 주는 것

2020년 8월 23일자 뉴욕타임스 일요판 스타일스Styles 섹션 '사회적인 문답 칼럼Social Q's : PHILIP GALANES에 (단순히 고마우면 족하리 A Simple Thank You Would Suffice)이란 제하題下에 다음과 같은 글이 실렸다.

"매년 나는 장성長成한 딸에게 딸 생일과 크리스마스 때면 수표를 보냈다. 딸이 선물보다 돈으로 달라고 해서였다. 그러나 딸은 단 한 번도 수표를 잘 받았다는 말이 없다. 이렇기가 벌써 여러 해째이다. 딸이 돈을 받은 사실을 나는 내 은행 계좌에서 내가 끊은 수표 금액이 빠져나간 것을 보고서야 확인하게 된다. 나는 몇 년 전에 딸에게 수표 받으면 받았다고 문자 메시지를 보내라고 했더니 그 후로 얼마 동안은 그러더니 그쳤다. 내가 경제적으로 여유가 없는 데도 수표를 보내는 것은 나의 희생인데, 딸의 묵묵부답 침묵이 내 마음을 상하게 한다. 딸이 수표를 잘 받았다는 감사의 말 한마디 할 성의조차 없다면 더 이상 수표를 보내지 말아야 할까요? 아니면 수표 대신 카드 한 장 보내고 말까요? 딸의 감정을 건드리고 싶지 않지만, 내가 이보다는 나은 딸로 키웠는데요."

응답자 주: 여러 해를 두고 매주 적어도 하나의 변조變調된 이같은 내용의 질문을 받아왔다. 가장 많이 받는 질문의 요점에 몇 차례 답한 바와 같이, 감사하다는 인사를 받기 위해서가 아니고 우리는 사랑하는 마음에서 선물을 주는 것이다. 넌지시 귀띔해 보고 그래도 아무런 반응이 없어 섭섭하거든 더 이상 선물을 보내지 말라. 하지만 이 문제의 근본이랄까 근원에 지금껏 나는

접근 하지 못했었다. 왜 이런 일이 생기는지에 대해서 말이다. 내가 새로 갖게 된 이론은 이렇다. 받는 사람에게서 받았다는 연락이 없는데도 부모(또는 삼촌 아니면 할머니)가 해마다 선물을 보낸다면 어쩌면 수령자는 이를 선물로 여기지 않고, 당신의 딸이나 다른 사람들도 이를 선물이 아닌 마치 주식 배당금이나 사회보장 연금수표처럼 당연시하고 있을 것이다. 자신이 아무런 조치를 취하지 않아도 계속해서 선물이 배달된다는 사실이 그들이 이런 믿음을 갖게 할 수 있을 것이다.

"그러니 딸에게 다시 얘기해서 당신이 보내는 수표는 자동적이 아니고 자발적인 것임을 분명히 하시라. (당신이 딸을 잘못 키웠다는 자책감은 느끼지 마시라.) 당신의 살림이 빠듯해도 당신이 딸을 사랑하기 때문에 기쁜 마음으로 수표를 보내는 것이라고 딸에게 말씀하시라. 그래도 딸의 고맙다는 말이 없어 기분이 상하시거든 딸에게 좀 더 배려심을 가지라고 말씀해 보시고, 그래도 소용없거든 수표 대신 카드만 보내시라."

이상과 같은 기사를 보면서 이는 동서양을 막론하고 어느 사회에서나 반복되는 현상이구나, 새삼 느끼게 되었다. 그러면서 나는 지난 2015년 한 주말 영화 '국제시장'을 웃다 울다 하며 본 기억이 되살아났다. 흥남철수, 베트남 전쟁, 파독, 이산가족 찾기 등 중장년층 그들의 이야기였다. 나 같은 노년층에게는 이 영화에서 직접 다루지 않은 일본강점기와 8·15 광복과 그 후 겪은 갈등과 혼란상이 그 배경으로 중복되어 겹쳐지는 영화였다. 나 자신에게 재삼 재사 다짐하는 뜻에서 몇 자 적어보리라.

"노병은 죽지 않고 사라진다."는 맥아더 장군의 말이나 옛날 어느 가수의 노랫말 "떠날 때는 말 없이"를 상기하게 된다. 나 또한 어렸을 때부터 많이 듣고 보아 온 어르신들의 "내가 (또는 우리가) 너희들을 위해 얼마나 고생하고 어찌 키웠는데"란 공치사의 말씀을 지겨워했었다. 노년층은 물론 중장년층에게도 좀 심한 말이 되겠지만, 인간을 포함한 모든 동물이 본능적으로 제 새끼를 위해 제 목숨 아끼지 않고 모든 희생을 감수하지 않던가. '국제시장'

의 주인공 덕수의 독백처럼 "내는 생각한다. 힘든 세월에 태어나가 이 힘든 세상 풍파를 우리 자식이 아니라 우리가 겪은 것이 참 다행이다."

이는 우리 모두를 대변하는 말 아닌가. 미국 가수 척 윌리스Chuck Willis 1926-1958가 부른 노래 '내가 (누구를) 위해 사는데 What Am I Living For, 1958'의 노랫말처럼 말이다. 사랑이든 선물이든 도움이든 받을 때보다 줄 때 그 기쁨이 비교도 할 수 없이 훨씬 더 크다. 그리고 그 누구에게 상처와 피해를 주느니 차라리 내가 받는 편이 덜 괴롭지 않던가. 그래서 영어에도 "Virtue is its own reward"란 말이 있으리라.

"저는 계획을 잘 하지 않는 성격이에요. 천년만년 사는 게 아니잖아요. 당장 무슨 일이 일어날지 모르는 거죠. 오늘을 사는 게 중요하지 않을까요?"

2014년 8월부터 6개월 동안 방영된 KBS2 드라마 '가족끼리 왜 이래'가 종영된 후 탤런트 김현주가 한 말이다. 이 주말 연속극 제목 자체가 우리가 살고 있는 이 시대를 한 마디로 축약해 표현하고 있다. 우리 남북한 동족끼리, 지구촌 한 인간 가족끼리 정말 왜 이래라는 메시지를 던져주는 드라마였다. 1977년생인 김현주가 1996년 뮤직비디오 '인생을' 그리고 1997년 MBC 미니시리즈 '내가 사는 이유'로 데뷔한 이후, 그녀가 출연한 드라마와 영화 및 뮤직비디오 제목들만으로도 우리 삶에 무엇이 중요한지, 어떻게 사는 게 잘 사는 건지를 말해주고 있다. '사랑해 사랑해'. '사랑밖엔 난 몰라', '햇빛 속으로', '반짝반짝 빛나는' 등 말이다. 특히 2000년 SBS 창사 10주년 특별기획 대하드라마 '덕이'에서 정귀덕 역으로 나온 김현주는 사람이 어려서부터 어떻게 사는 게 잘사는 건지를 너무도 실감 나게 여실히 보여주었다. 어떤 환경과 처지에서도 그 어떤 모진 세상 풍파라도 착하고 씩씩한 마음 하나로 다 극복하는 찬란한 인간승리의 찐한 감동을 시청자들에게 전해주었다.

킴벌리 커버거Kimberly Kirberger의 시 '지금 알고 있는 걸 그때도 알았더라면 If I Knew Then What I Know Now'이 있지만, 이런 때 늦은 넋두리가 무슨 소용 있으랴. 김현주의 말처럼 오늘 당장 지금 잘 사는 게 중요하지. 단 한 번밖에 없는, 결코 돌이킬 수 없는 순간순간을 놓쳐버리고 '만일에 어쨌더라면'이라 잠꼬대 같은 소리로 단 한숨이라도 낭비하고 허비하지 말 일이다. 영어로 표현하자면 "not to waste your breath"가 되겠다. 그 한 예로 영어에 이런 속담이 있다. "아줌마에게 불알이 있었다면 아저씨가 됐을 텐데. If auntie had the balls she would have been uncle." 우리말로는 죽은 자식 불알 만진다고 하던가.

"당신은 나의 옛 모습이고 또 나의 모습이 되리라." 한 무덤의 비석에 새겨진 비문碑文이다. 나의 '모습'은 어떤 것일까. 그리고 내가 아직 살아있을 때 어떤 선물을 누구에게 줄 것인가. 자문해본다. 선물이란 남에게 주는 게 아니고 나 자신에게 주는 게 아닐까. 뿌리는 대로 거둔다고 나 자신에게 돌아오는 것이리라. 사랑을 주면 사랑이 돌아오고, 미움을 주면 미움이 돌아오며, 선물은 씨앗처럼 가슴에 떨어져 꽃을 피우고 열매를 맺으리라. 내가 죽어 땅속에 묻혀 흙이 되거나 불에 타 재가 되어 하늘로 증발해 나의 아니 우리 모두의 영원한 고향인 우주의 자궁 속으로 돌아간 다음에라도 말이어라.

우리 칼릴 지브란Kahlil Gibran 1883-1931의 '예언자The Prophet, 1923가 베푼다는 것에 대해 하는 말 좀 들어보리라.

당신이 가진 것을 줄 때
이를 준다고 할 수 없고
당신 자신을 줄 때라야
참으로 주는 것이 되리오.

오늘 많이 모아 놓는 것
다 내일을 위해서라지만
아무런 자취도 남지 않는
세월이란 모래밭 속에다
재산이란 뼈를 묻어둔들

어디에 쓸 데 있으리오.

뭐가 모자랄까 걱정함이
다름 아닌 그 모자람이오.
우물에 샘이 넘치는데도
혹 목마를까 걱정이라면
그런 갈증 어찌 가시리오.

많은 것 갖고 있으면서도
남에게 주는 일 거의 없고

더러 좀 베푼다고 하더라도
생색을 내기 위해서라면
그 선심조차 욕될 것이오.

가진 것 별로 없어도
그래도 다 주는 사람
따뜻한 가슴 속에는
삶의 샘 넘쳐 흐르리.

기쁜 마음으로 주는 이
즐거움의 열매 거두지만
싫은 마음으로 주는 이
괴로운 가시넝쿨뿐이리.

준다는 기쁨도 즐거움도
모르고 그저 베푸는 이
산골짜기에 피는 꽃들이
그 향기로운 숨 내쉬듯
그렇게 자연스러움이리.

참으로 너그러운 이에겐
받아 줄 사람 찾는 것이
더할 수 없는 기쁨이리.

세상에 아낄 것 무엇이오.
당신이 가진 것 모두다
싫든 좋든 그 언젠가는
다 남겨 놓고 떠나는데
당신이 살아 주고받는

삶의 기쁨 나눌 일이오.

당신이 세상 떠난 다음
벌어질 당신 유산 싸움
불씨 남겨 놓지 말리오.

때때로 사람들이 말하기를
줄 만한 사람에게만 주고
받을 만한 사람만 받으리.

사람 봐 베풀라고 하지만
과수원에 있는 나무들과
풀밭의 젖소들과 양들은
그런 말 절대 안 하지요.

과일이고 우유고 털이고
가진 것 다 남에게 줘야
제가 사는 줄 잘 알지요.
끝내 지니고만 있다가는
썩어 없어지게 될 것을.

살아 숨 쉬면서 제 목숨
받아 누리는 사람이면
그 누구라도 그 뭣이든
떳떳이 받을 수 있으리.
저 큰 강물과 바닷물이
시냇물 다 받아들이듯.
우리가 주고받는 것이
참으로는 우리 숨일 뿐.

날숨인가 하면 들숨이고
들숨인가 하면 날숨이리.

우리 모두 누구나가 다
사랑의 이슬 맺힌 삶을
받아 누리는 물방울들로

모든 것 다 내주는 땅과
끝도 한도 모르는 하늘
그 사이에서 낳은 자식
우리의 넉넉함 나누리오.

You give but little when you give of your possessions.

It is when you give of yourself that you truly give.

For what are your possessions but things you keep and guard for fear you may need them tomorrow?

And tomorrow, what shall tomorrow bring to the over- prudent dog burying bones in the trackless and as he follows the pilgrims to the holy city?

And what is fear of need but need itself?

Is not dread of thirst when your well is full, the thirst that is unquenchable?

There are those who give little of the much which they have —and they give it for recognition and their hidden desire makes their gifts unwholesome.

And there are those who have little and give it all.

These are the believers in life and the bounty of life, and their coffer is never empty.

These are those who give with joy, and that joy is their reward.

And there are those who give with pain, and that pain is their baptism.

And there are those who give and know not pain in giving, nor do they seek joy, nor give with mindfulness of virtue;

They give as in yonder valley the myrtle breathes its fragrance into space.

Through the hands of such as these God speaks, and from behind their eyes He smiles upon the earth.

It is well to give when asked, but it is better to give unasked, through understanding;

And to the open-handed the search for one who shall receive is joy greater than giving.

And is there aught you would withhold?

All you have shall some day be given;

Therefore give now, that the season of giving may be yours and not your inheritors'.

You often say, "I would give, but only to the deserving."

The trees in your orchard say not so, nor the flocks in your pasture.

They give that they may live, for to withhold is to perish.

Surely he who is worthy to receive his days and his nights, is worthy of all else from you.

And he who has deserved to drink from the ocean of life deserves to fill his cup from your little stream.

And what desert greater shall there be, than that which lies in the courage and the confidence, nay the charity, or receiving?

And who are you that men should rend their bosom and unveil their pride, that you may see their worth naked and their pride unabashed?

See first that you yourself deserve to be a giver, and an instrument of giving.

For in truth it is life that gives unto life-while you, who deem yourself a giver, are but a witness.

And you receivers-and you are all receivers-assume no weight of gratitude, lest you lay a yoke upon yourself and upon him who gives.
Rather rise together with the giver on his gifts as on wings;
For to be over-mindful of your debt, is to doubt his generosity who has the free-hearted earth for mother, and God for Father.

아, 그래서 영국의 시인 존 던John Donne 1592-1631도 사람은 아무도 따로 떨어진 섬이 아니라고, 우리 모두 한 몸과 한마음이라고, 서로 서로의 분신分身이자 분심分心이라고, 네 삶과 네 죽음이 내 삶과 내 죽음이라고 다음과 같이 읊었으리라.

'No Man is an Island'
No man is an island entire of itself;
every man is a piece of the continent,
a part of the main;
if a clod be washed away by the sea,
Europe is the less, as well as
if a promontory were,
as well as any manner of thy friends
or of thine own were;
any man's death diminishes me,
because I am involved in mankind.
And therefore never send
to know for whom
the bell tolls;
it tolls for thee.

아, 또 그래서 아메리카 대륙의 원주민 인디언들도 이런 주문呪文을 외었으리.

"The rivers don't drink their own water;
the trees don't eat their own fruits.

The sun doesn't shine for itself;
the flowers don't give their fragrance
to themselves.

To live for others is nature's way…

Life is good when you are happy;
but life is much better when others are happy
because of you!

Who doesn't live to serve,
doesn't deserve to live.
Our nature is service."

중세 페르시아의 시성詩聖 루미Rumi 1207-1273의 이 시구 우리 함께 읊어보리라.

Come to the orchard in Spring.
There is light and wine, and sweethearts
in the pomegranate flowers.

If you do not come, these do not matter.
If you do come,

내 삶의 진수성찬珍羞盛饌을
내놓으리라

2020년 8월 24일자 한국일보 뉴욕판 오피니언 페이지 칼럼 '동양과 서양의 관점'에서 뉴저지 원적사 성향 스님은 이렇게 동양과 서양의 다른 관점을 지적한다.

"동양인은 '모든 물체와 상황을 상호작용의 결과'로 본다. 서양인은 '모든 물체를 상호작용의 결과로 보지 않으며 존재한다는 고정적인 의미'로 생각한다."

그러나 근년에 와선 많은 서양의 석학碩學들이 동양적 관점으로 시선을 돌려왔나 하면 많은동양인들, 특히 한국인들이 서구의 물질문명에 세뇌되어 서양의 관점을 숭상, 무조건 모방해 온 것 같다. 비근한 예로 미국의 하버드 대학교 의과대학의 심리학자 스티븐 버글라스Steven Berglas, 1950 - 박사는 십여 년 동안 연구 조사해 본 결과 미국 사회 각계각층에서 크게 성공했다가 그 성공 때문에 실패, 패망한 사람들의 공통되는 네 가지 약점을 발견했다며, 이를 발표했다.

첫째로 자만과 교만심
둘째로 주위 사람들로부터의 거리감 내지 격리감 내지 괴리감
셋째로 상습적인 투기성 도박심리
넷째로 그칠 줄 모르는 바람기

이와 같은 '성공병'의 치유책으로 "인디언이 되지, 추장이 되지 말 것"을 그는 권한다. '독불장군獨不將軍'이 되지 말고 모든 이웃과 사회 전체에 기여하고 이바지하는 일원이 되라는 뜻이다. 그러면 우리는 다른 사람을 이용하고 착취하지 않게 된다는 것이다. 그의 말대로 이럴 때 우리는 실로 가장 건전하고 행복한 '성공'의 보람을 느끼고 '실패'를 모르는 '성공'의 열매를 모든 이웃과 나누는 기쁨을 맛볼 수 있으리라. 그러기 위해서는 미국의 법률가요 웅변가요 정치지도자였던 로버트 잉거솔Robert G. Ingersoll 1833-1899같이 우리도 이렇게 믿고 살아가야 하리라.

내 신조는 다음과 같다
행복이 유일한 선善이다
행복해할 곳은 내가 있는
바로 이 자리 이 장소이고
행복해할 때는 내가 살아
숨 쉬고 있는 이 순간이다
내가 행복할 수 있는 길은
다른 사람 행복케 하는 것
Happiness is the only good.
The time to be happy is now.
The place to be happy is here.
The way to be happy is to make others so

그리고 알베르트 아인슈타인Albert Einstein 1879-1955처럼 우리도 "성공한 사람이 되려고 노력하기보다 가치 있는 사람이 되도록 힘써야 Try not to become a man of SUCCESS, but try to become a man of VALUE" 하리라. 또 그러기 위해서는 다음과 같은 말에도 귀 기울일 필요가 있으리라. 랍비Rabbi라 불리는 유대의 율법박사 모세 리브 선생이 말하기를, "인간이 타고 난 어떤 자질이나 능력도 아무 목적이나 의미 없는 것이 없다. 심지어 가장 비열하고 못된 성품까지도 예를 들어 신神의 존재를 부정하는 것조차 그 어떤 선행善行을 통해 승화시킬 수 있다. 이를테면 누가 네게 도움을 청할 때 너는 신앙이 돈독하고 경건한 말투로 그 사람에게 '믿음을 갖고 네 모든 어려움을 신에게 맡기라' 하면서 그를 따돌리지 말고, 마치 신이 없는 것처럼, 그를 도울 수 있는 사람은 세상에 딱 한 사람, 곧 너 자신밖에 없는 것같이 행동하라." 이를 우리말 한 마디로 줄이자면 "개똥도 쓸 데가 있다"가 되리라. 몇 년 전 내 아내가 수십 년 간호사로 근무했던 스태튼 아일랜드 성聖 빈센트Saint Vincent 병원 산부인과 대기실에서 다음과 같은 글이 벽에 걸려 있는 것을 나는 유심히 관찰했다.

하나의 산 설교

어느 날이고
설교를 듣기보다
보기를 난 원합니다.
내 갈 길을
가르쳐 주기보다
나와 함께 동행해 주는
당신이 보여주면
나도 곧 어떻게 할지
배울 수 있기 때문이지요.
당신의 손 움직임
내가 잘 주의 깊게 보고
하지만 당신의 혀 놀림은
너무 빨라 따라갈 수 없어요.
당신이 말하는 것들이 모두 다
매우 지혜롭고 옳은 말씀이지만
나는 당신의 몸가짐을 잘 보고서
생생한 교훈을 얻고자 한답니다.
비록 내가 당신을 잘 모르고

당신 말씀 다 이해 못 한다 해도
당신이 실제로 어떻게 행동하고
어떻게 살고 있는 것에 대해서는
오해란 있을 수 없을 테니까요.

이상과 같은 글이 다른 데도 아닌 병원에 걸려 있다는 사실이 흥미로웠다. 우리 말에 "병 주고 약 준다."는 말이 있지만, 약 중에도 마약 같은 것은 병 중의 병, 만성 고질병을 가져오는 중독성이 있지 않은가. 예를 들자면 일주일에 한두 번 천주교 성당이다, 개신교 교회다, 회교 사원이다, 유대교 회당이다 하는 곳에 모여 '십자가'니 '성모 마리아'상像이니 '구세주 예수'의 조각 등을 이용, 실행 대신 구두선口頭禪 같은 설교나 듣고, 자기 세뇌, 자기 최면에 걸려, 지난 한 주 동안에 사람으로서 못 할 짓 한 것에 대한 자책감 또는 수치심 내지는 죄책감을 쉽사리 아주 간단하고 편리하게도 '예수의 피'로 깨끗이 씻어버리고 '속죄贖罪받았다'라는 가볍고 개운한 마음과 기분으로 다시 지난 한 주 동안 저지른 잘못을 다음 주에 되풀이 반복하는 것 말이다.

우리 말에 콩 심은 데 콩 나고 팥 심은 데 팥 난다고 하듯이 뿌린 대로 거두고, 아이를 배고 낳는 산고産苦를 치른 다음에라야 옥동자 옥동녀를 볼 수 있지 않던가. 물론 상상임신이나 임신망상도 있다지만 일단 임신했다가도 다 순산順産하는 것 아니고, 유산流産이나 사산死産도 있을 수 있으며 심하게는 기형아畸形兒나 저능아低能兒 지진아遲進兒를 출산할 수도 있지 않은가. 세상에 '공짜'가 있을 수 없고 '공염불空念佛'로는 아무것도 되지 않는다. 그렇다면 무엇보다 먼저 우리 모두 타고난 생김새부터 살펴볼 일이다. 제대로 태어난 사람이면 누구나 다 눈과 귀, 손과 발은 둘씩이지 만 입과 혀, 가슴과 머리는 하나씩이 아닌가. '수피Sufi'라고 불리는 신비주의 이슬람교도들의 기도문 중에 이런 것이 있다.

오, 주여!
지옥 가기 싫어 당신을 찾거든

날 지옥에 보내시고,

천당 가고 싶어 당신을 섬기거든

날 천당에 못 들게 하십시오.

하지만 아무런

사심私心/邪心 없이

당신께 경배하거든

당신의 아름다운

성상聖像을

내게 보여주십시오.

내가 이 '당신의 '아름다운 성상聖像'을 의역意譯/義譯해 보자면 우리 모든 코스미안의 '아름다운 우주자연 코스모스'가 되리라.

O my Lord

BY RABI'A

(Translated by JANE HIRSHFIELD, 1994)

O my Lord,

if I worship you

from fear of hell,

burn me in hell.

If I worship you

from hope of Paradise,

bar me from its gates.

But if I worship you

for yourself alone,

grant me then

the beauty of your Face,

　몇 년 전 일본과 한국에서 과거 일본 군국주의자들이 저지른 만행 중에 우리나라의 종군 위안부 '정신대'에 관한 기록 문서가 발견 공개됨에 따라 한국인의 분노가 새삼스럽게 폭발했지만, 외국인에 의해 과거에 일어났던 일은 그렇다 하더라도 얼마 전까지도 우리나라에서 같은 동족에 의해 자행되어 온 인신납치 매매행위는 일제 만행보다 더 하다면 더 한 짓 아니었나. 얼마 전 신문에서 한국갤럽 여론조사 결과를 보니 한국인의 약 50%가 종교를 갖고 있고, 그중 20%가 불교, 19%가 기독교, 그 나머지가 기타 종교인데 불교 기독교를 막론하고 신도들이 그들이 믿는 종교단체에 가장 바라는 바가 헌금이나 시주를 강요하지 말 것과 그들이 내는 돈을 좀 더 많이 불우이웃을 돕는데 써달라는 것이었다. 그리고 또 한 가지 그들의 요망사항은 제발 좀 종파분쟁을 그만두어 달라는 것이었다. 흔히 신문지상에 각종 의연금이나 성금 기부자 명단이 대문짝만큼 크게 나고, 교회 주보에는 헌금 액수와 헌금자 명단이 찍혀 나오며 특별헌금을 한 '신도나 신자'를 위해서는 목사와 중이 '특별기도'나 '특별염불'을 올려 준다.

　미주 교포사회에서 떠도는 얘기로는 교회 '장로'란 '감투'를 쓰려면 최소한 미화로 만 달러 이상을 '뇌물'처럼 바쳐야 한다고 한다. 사람도 아닌 하느님이나 살아있지도 않은 예수나 석가모니가 왜 그토록 돈이 필요하며 그토록 큰집(교회나 성당, 절 등)이 필요하단 말인가. 하느님이 정말 계시고 인격보다 훨씬 더 훌륭한 신격의 소유자라면 인간들이 그 어떤 장대하고 화려한 교회나 성당을 짓고, 그 어떤 경건하고 엄숙한 종교의식을 통해 그분을 찬양하고 그분께 예배드리는 것보다 인간, 그리고 동물과 식물의 탈까지 쓰고 우리 가운데 그것도 가장 낮고 천한 곳에 거(居)하시는 우리 자신 스스로를 '왼손이 하는 일을 바른 손이 모르도록' 서로 힘껏 돕고 사랑하는 것을 훨씬 더 좋아하고 기뻐하시리라.

　자고이래로 거짓말쟁이일수록 말끝마다 정말, 정말, 진짜, 진짜, 참말, 참말이라고 강조하면서, 애국애족심이라고는 콧수염 털끝만치의 그림자도 없는 해국해족자害國害族者들일수록 애국애족자연하며, 하느님이나 부처님 뜻(?)을 더할 수 없이 배반하고 거역하는 자들일수록 제 시꺼먼 배 속을 채우기 위해 그 더욱 소리 높여 목청을 가다듬고 하느님과 부처님 이름을 부르며 팔아오지 않던가. 그래서 신약성서에서 예수도 당시의 학식 많고 높은 신분의 학자와 종교인들인 바리새파 교인들을 '회칠한 무덤'이라 하고 사두개파 물질주의자들을 '독사의 새끼들'이라고 했으리라.

오늘날 그리고 지난 2천여 년 동안 예수의 가르침과는 정반대로 행동하고 살아온 사람들일수록 자신을 크리스천 기독교인이라고 자칭해 오지 않았는가. 진실로 예수가 2천여 년 전 죽었다가 실제로 부활했건 안 했건 간에, 또 앞으로 정말 그 언젠가 '재림'하든 안 하든, 그의 영혼만이라도 살아있다면 지난 2천여 년을 두고 계속 통곡에 통곡했을 일이다. 특히 그의 이름을 빙자憑藉한 정신적인 정신대挺身隊로 끌려나가 짓밟힌 수많은 희생양을 위해서 말이다. 아직도 계속되고 있는 '십자군'에 동원되어 온 수많은 제물과 노예들, 다시 말해 선악善惡 흑백黑白의 아전인수我田引水식 독선 독단적獨善獨斷的인 가치관의 노예들과 이러한 위선적 가치관과 선민사상選民思想 그리고 백인제국주의자들의 제물들을 위해서 말이다. 자연과 세상이 다 우리 자신의 거울이듯 문학과 예술 또한 그렇다고 할 수 있으리라.

영국의 대문호 윌리엄 셰익스피어William Shakespeare 1564-1616의 '로미오와 줄리엣 Romeo and Julioet, 1597'을 통해 우리도 연인들이 되고, 그의 '햄릿Hamlet 1599-1601'은 우리를 회의와 사색에 잠겨 우유부단優柔不斷한 성격의 소유자로 만들며, 스페인의 풍자 소설가 미겔 데 세르반테스Miguel de Cervantes 1547-1616의 '돈키호테Don Quixote, 1605'는 현실을 무시한 과대망상증적誇大妄想症的 공상을 실현하려는 우리 자신의 모습을 보여 준다. 예전에 들은 얘기로 한국판 돈키호테라 할 수 있을 봉이 김선달인지가 하루는 지체 높은 양반집 마님들을 모아 놓고 "밤에 영감님의 귀중한 물건을 너무 꼭 잡고 자면 손바닥에 사마귀 생긴다"고 말하자 모두들 하나같이 제각기 제 손을 펴보더라고 모름지기 이때 이 '사마귀'란 사랑

'사'자字, 마음 '마' 자, 귀하신 몸 '귀' 자였으리라. 사랑하는 마음이 지극하다 보면 그 눈에 보이지 않는 마음이 눈에 잘 띄는 손바닥에 아주 작은 하나의 상징적인 귀한 몸으로 강생降生 현신現身한다는 뜻이었겠지.

아, 그렇다면 우리 말에 '부부는 일심동체一心同體'란 말이 빈말이 아니었구나! 또 그렇다면 이와 같은 일심동체의 표본이 '로미오와 줄리엣'이고 '살기냐 죽기냐TO BE OR NOT TO BE로 고민하고 고뇌하는 인간상人間像이 '햄릿'이 아닌가. 여기서 '로미오와 줄리엣', '햄릿' 그리고 '돈키호테' 세 유형을 짬뽕한 것 같은 예 하나 들어보리라.

'20세기의 사상가'로 불린 헝가리 태생의 영국 언론인 작가 아서 쾨슬러 Arthur Koestler 1905-1983와 그의 부인 신티아 제프리스Cynthia Jefferies, married 1965-1983가 1983년 3월 그들의 런던 자택에서 함께 동반자살했다. 그는 루키미아는 백혈구 과다증과 전신마비를 일으키는 파키슨 병을 앓았었다. 그의 부인 신티아는 남편 없이 혼자 살고 싶지 않아 남편과 같이 죽은 것이다. 그들은 유산 50만 파운드를 어느 영국대학 부설 심령과학 연구소 설립기금으로 써달라는 유언장을 남겼다.

이심전심以心傳心 같은 초심리적 심령현상의 과학적 연구를 하는 심령과학에 관심을 갖고 쾨슬러는 '일치의 근거The Roots of Coincidence, 1972'와 '우연의 도전The Challenge of Chance: A Mass Experiment in Telepathy and its Unexpected Outcome, 1973'이란 그의 저서에서 그는 인간의 이성理性과 지능智能/知能 밖의 영역領域/靈域을 탐구했다. 서양의 지식층에서는 일반적으로 이러한 분야는 사기꾼이나 돌팔이 무당 또는 약장수들과 이들의 속임수에 빠지기 쉬운 무식하고 어리석은 자들의 관심사로 치지도외置之度外해 왔고 근년에 와서 일각에서 관심을 좀 갖기 시작했으나 아직까지는 일종의 과학적인 호기심에 지나지 않는 것 같다. 자칭 무신론자였던 쾨슬러는 죽음은 '미지의 나라'로서 만성 고질병을 앓는 사람은 '고문실拷問室'을 통해서나 들어갈 수 있는 곳이라고 했다. 그러나 이 '미지의 나라'를 향해 이 세상을 떠나기로 결심하고 쓴 그의 유서에서 그는 이렇게 말한다.

"우리 인간이 이해할 수 있는 한계를 넘어, 또 시간과 공간과 물질의 경계를 넘어, 인간 개인으로서의 개성과 인격을 탈피 탈바꿈한 탈인간脫人間을 위한 내세來世에 대해 좀 겁먹은 희망을 갖고 나는 떠난다."

그의 유언집행자로 스코틀랜드의 에든버러대학에서 심리학을 강의한 존 벨로프John Beloff 1920-2006의 말로는 쾨슬러가 초현실 세계와 접촉을 갖는 신비스러운 경험을 하고 사람이 죽으면 그 사람 개인은 없어지지만 그 사람 개인의 정신 또는 영혼은 '우주정신宇宙精神'이나 '우주혼宇宙魂'에 통합統合될는지 모른다고 생각했다는 것이다.

"죽음의 사자使者가 찾아오면 그에게 무엇을 대접할까? On the day when death will knock on thy door what wilt thou offer to him?"

이와 같은 물음에 인도의 시인 라빈드라나트 타고르Rabindranath Tagore 1861-1941는 이렇게 대답한다.

"내 삶의 진수성찬珍羞盛饌을 내놓으리라. Oh, I will set before my guest the full vessel of my life… I will never let him go with empty hands. All the sweet vintage of all my autumn days and summer nights, all the earnings and gleanings of my busy life will I place before him at the close of my days when death will knock at my door."

동풍에 바치는 송시
: 코스모스 같은 아이들아

 방탄소년단(BTS 지민-RM-제이홉-진-슈가-뷔-정국) 세계관과 성장을 담은 드라마 '푸른 하늘'이 제작된다는 보도다. '푸른 하늘' 하면 대번 동요 '반달' 이 떠오른다.

반달

푸른 하늘 은하수 하얀 쪽배엔
계수나무 한 나무 토끼 한 마리
돛대도 아니 달고 삿대도 없이
가기도 잘도 간다 서쪽 나라로.

은하수를 건너서 구름나라로
구름나라 지나선 어디로 가나
멀리서 반짝반짝 비치이는 건
샛별이 등대란다 길을 찾아라.

 1924년에 우리나라 최초의 창작동요로 발표된 윤극영 작사 작곡의 노래 이다. 지은이 윤극영 선생은 1923년에 모임을 시작한 색동회의 회원이 되어 서 일제 치하의 우리 어린이들에게 희망과 용기를 주기 위하여 노래를 만들 기 시작하였으며 '설', '고드름' 등의 노래도 같은 시기에 발표하였다. 이 동 요 '반달'의 가사는 1927년 朝鮮童謠研究會 발행 李源圭(1890-1942)著 '兒童

樂園'에 수록되어 있었다. 이 '兒童樂園'은 3대 독자에다 유복자遺腹子로 태어나 자식을 열다섯이나 보신 나의 선친先親께서 자식들뿐만 아니라 모든 어린이들을 극진히 사랑하는 마음으로 손수 지으신 동시, 동요, 아동극본집을 자비로 500부 출판하셨는데 단 한 권 집에 남아 있던 것마저 6·25동란 때 분실되고 말았다. 서너 살 때였을까 내가 글을 처음 배우면서 읽은 '兒童樂園' 속의 '금붕어'란 동시 한 편의 글귀는 정확히 기억을 못 해도 그 내용만은 잊히지 않았다. 어느 비 오는 날, 어항 속 금붕어를 들여다보면서 어린아이가 혼잣말하는 것이었다.

헤엄치고 늘 잘 놀던 금붕어 네가
웬일인지 오늘은 꼼짝 않고 가만있으니
너의 엄마 아빠 형제들 그리고 친구들
모두 보고 싶고 그리워 슬퍼하나 보다.
저 물나라 네 고향 생각에 젖어
밖에 내리는 빗소리 들으며....

난 네가 한없이 좋고
날마다 널 보면서
이렇게 너와 같이
언제나 언제까지나
우리 한집에 살고 싶지만,
난 너를 잃고 싶지 않고
너와 헤어지기 싫지만,
난 너와 떨어지기가
너무 너무나 슬프지만
정말 정말로 아깝지만
난 너를 놓아주어야겠다.
정말 정말로 아깝지만
난 너를 놓아주어야겠다.

너의 고향 물나라 저 한강물에.

Goldfish

Always happy at play
Swimming
Around and around
Gaily and merrily
You were.
My dear goldfish.
Why then are you so still today,
Not in motion at all?
What's the matter with you?

Maybe you're homesick,
Missing your Mom and Dad,
Your sisters and brothers,
All your dear friends,
Soaked with memories
and thoughts of your home
In the water-land.
Far away, over yonder, of yore.

I do like you so very much.
I do want to live with you
Forever and ever in this house.
I don't want to lose you.
I don't want to part company from you.
I'll be very sad to be separated from you.

I'll be missing you so very much.

And yet I'll have to set you free.
Yes, my dearest goldfish,
I'll let go back to your water-land
In the Han River.
It breaks my heart
to see you looking so sad.

It hurts so very much.
I love you much too much
To keep you away from your folks.
I can't be happy
If you are not happy.
I just want you to be happy.
That's all I wish.

아일랜드의 노벨문학상 수상 시인 윌리엄 버틀러 예이츠William Butler Yeats, 1865-1939의 아래와 같은 시구詩句에서처럼

잎은 여럿이나
뿌리는 하나
내 청춘의 속절없이
환상적인 나날에
나는 자랑스럽게
내 잎을 내흔들고
내 꽃을 피웠었지
찬란한 햇빛 속에
나 이제 그만

진실 속으로

시들어 버리리

Though leaves are many,

the root is one;

Through all the lying days of my youth,

I swayed my leaves and flowers in the sun;

Now I may wither into the truth.

— W. B. Yeats

현재에 있는 것 전부, 과거에 있었던 것 전부, 미래에 있을 것 전부인 대우주大宇宙를 반영하는 소우주小宇宙가 인간이라면, 이런 코스모스가 바로 나 자신임을 깨닫게 되는 순간이 사람이면 그 어느 누구에게나 다 있으리라. 이러한 순간을 위해 너도나도 우리 모두 하나같이 우주 순례자 코스미안이 된 것이리라. If each one of us is indeed a micro-cosmos reflecting a macro-cosmos, all that existed in the past, all that exists at present and all that will exist in the future, we're all in it together, all on our separate journeys as cosmians to realize this.

영국 시인 퍼시 비시 셸리Percy Bysshe Shelley 1792-1822는 '서풍西風에 바치는 송시頌詩 Ode to the West Wind'라는 기도祈禱를 탄식歎息처럼 발發했다. (그 일부만 축약해 옮겨 본다. 그 영문 전문과 함께)

오, 날 좀

불어 올려 주게

저 파도같이

저 나뭇잎같이

저 구름같이!

삶의 가시덤불에

넘어져 쓰러진 채로

나는 피 흘리고 있다네.

한때는 나도

그대처럼

이성적이고
민첩하고
당당했었는데
세월의 무거운 사슬이

나를 이렇게 묶어 놓고
하늘로 향하던
내 고개를
땅으로 떨궈 놓았네.

날 그대의 악기로
만들어 주게

그러면
저 숲에서
나는 소리처럼
내 잎들 떨어질 때
그대의 음악이
깊은 애상哀傷의
애조哀調를 띨 것이네

사나운 그대 정기精氣가
내 정기가 되게
그대가
나 되어 주게

Ode to the West Wind

Percy Bysshe Shelley - 1792-1822

I

O wild West Wind, thou breath of Autumn's being,

Thou, from whose unseen presence the leaves dead
Are driven, like ghosts from an enchanter fleeing,

Yellow, and black, and pale, and hectic red,
Pestilence-stricken multitudes: O thou,
Who chariotest to their dark wintry bed

The wingèd seeds, where they lie cold and low,
Each like a corpse within its grave, until
Thine azure sister of the Spring shall blow

Her clarion o'er the dreaming earth, and fill

(Driving sweet buds like flocks to feed in air)

With living hues and odours plain and hill:

Wild Spirit, which art moving everywhere;

Destroyer and Preserver; hear, O hear!

II

Thou on whose stream, 'mid the steep sky's commotion,

Loose clouds like Earth's decaying leaves are shed,

Shook from the tangled boughs of Heaven and Ocean,

Angels of rain and lightning: there are spread

On the blue surface of thine airy surge,

Like the bright hair uplifted from the head

Of some fierce Maenad, even from the dim verge

Of the horizon to the zenith's height,

The locks of the approaching storm. Thou dirge

Of the dying year, to which this closing night

Will be the dome of a vast sepulchre

Vaulted with all thy congregated might

Of vapours, from whose solid atmosphere

Black rain, and fire, and hail will burst: O hear!

III

Thou who didst waken from his summer dreams

The blue Mediterranean, where he lay,

Lulled by the coil of his crystalline streams,

Beside a pumice isle in Baiae's bay,

And saw in sleep old palaces and towers

Quivering within the wave's intenser day,

All overgrown with azure moss and flowers

So sweet, the sense faints picturing them! Thou

For whose path the Atlantic's level powers

Cleave themselves into chasms, while far below

The sea-blooms and the oozy woods which wear

The sapless foliage of the ocean, know

Thy voice, and suddenly grow grey with fear,

And tremble and despoil themselves: O hear!

IV

If I were a dead leaf thou mightest bear;

If I were a swift cloud to fly with thee;

A wave to pant beneath thy power, and share

The impulse of thy strength, only less free

Than thou, O Uncontrollable! If even

I were as in my boyhood, and could be

The comrade of thy wanderings over Heaven,

As then, when to outstrip thy skiey speed

Scarce seemed a vision; I would ne'er have striven

As thus with thee in prayer in my sore need.

Oh! lift me as a wave, a leaf, a cloud!

I fall upon the thorns of life! I bleed!

A heavy weight of hours has chained and bowed

One too like thee: tameless, and swift, and proud.

V

Make me thy lyre, even as the forest is:

What if my leaves are falling like its own!

The tumult of thy mighty harmonies

Will take from both a deep, autumnal tone,

Sweet though in sadness. Be thou, Spirit fierce,

My spirit! Be thou me, impetuous one!

Drive my dead thoughts over the universe

Like withered leaves to quicken a new birth!

And, by the incantation of this verse,

Scatter, as from an unextinguished hearth

Ashes and sparks, my words among mankind!

Be through my lips to unawakened Earth

The trumpet of a prophecy! O Wind,

If Winter comes, can Spring be far behind?

이러한 우리의 바람이 꽃피는 바람꽃, 아니 우리의 꿈나무 열매가 우리의 아이들 아니랴. 셸리의 '서풍西風에 바치는 송시頌詩'에 대구법對句法으로 나는 '동풍東風에 바치는 송시頌詩'를 하나 읊어보리라.

코스모스 같은
아이들아
하늘하늘
하늘에 피는
코스모스 같은
아이들아
하늘하늘
하늘의 소리를
피리 불듯
바람처럼 불어다오
늙은 나무뿌리
썩는 것은
새나무 새순
돋게 하기 위한
것이리니
눈을 떠야 별을 보지
별을 봐야 꿈을 꾸지
꿈을 꿔야 님을 보지
임을 봐야 별을 따지
별을 따야 눈을 감지
눈 감아야 잠을 자지
잠을 자야 일어나지
일어나야 춤을 추지
'동해물과 백두산이'

'마르고 또 닳도록'
하늘하늘이 돌도록
땅 땅이 울리도록
어울렁더울렁
우리 사랑하는
가슴이 숨차게
뛰고 달리다가
쓰러져 줄어든
말 '사슴' 아니
뛰노는 노루가
되어보리라
어울렁더울렁
하늘춤을 추듯
어울렁더울렁
파도춤을 추듯
어울렁더울렁
코스모스하늘
코스모스바다
푸른 하늘로
날아보리라
은하수 바다
노 저어 보리

코스모스 같은 아이들에게 주는 편지

삶과 사랑과 섹스가 그렇듯이 교육도 가정교육, 학교 교육, 사회 교육, 삼위일체가 되어야 하리라. 요즘 전 세계적으로 코로나19로 학교 교육이 많이 비대면 원격 수업으로 이루어지고 있는데, 지금으로부터 40여 년 전 내 세딸들이 일곱, 여덟, 열 살 때 영국 맨체스터에 있는 음악기숙학교에 가는 바람에 나는 할 수 없이 비대면 원격 가정교육을 할 수밖에 없었다. 1979년 가을 나는 딸들을 기숙학교에 데려다주고 집에 와서 다음과 같은 편지를 썼다. 돌이켜 보면 이 편지는 어린 딸들에게 썼다기보다 나 자신에게 다짐하는 글이었던 것 같다.

사랑하는 해아海兒, 수아秀兒, 성아星兒에게

집 떠나 낯선 환경에서 어떻게 지내는지 조금은 걱정된다. 그렇지만 곧 새로운 환경에 익숙해지고 너희들이 마음먹는 만큼 즐거운 생활을 하리라 아빠는 믿는다. 모든 것이 새롭고 서툴다고 겁먹지 말고 용감하게 부딪혀 보기 바란다. 날리는 연鳶은 바람을 탈 때보다 거스를 때 더 하늘 높이 오르지 않니? 하늘이 깜깜할수록 별이 빛나듯이. 우리나라 옛시조에 있는 말처럼 '태산이 높다 하되 하늘 아래 뫼이로다. 오르고 또 오르면 못 오를 리 없건마는 사람이 제아니 오르고 뫼만 높다 하더라'를 명심하거라. 많은 사람들이 너무 높다고 올라 볼 생각조차 안 하는 만큼 그만큼 더 올라볼 만한 것이다. 다른 사람들에게 좋은 길잡이가 되기 위해서도 말이다. 아빠가 언젠가 누구한테서 들은 얘기가 있다.

어느 신발 장사꾼 두 사람이 신발 팔러 아프리카 대륙 어느 나라에 처음으로 도착해 보니 그 나라 사람들은 죄다 신발 없이 맨발로 살고 있더란다. 그래서 한 사람은 그 나라에 신발 팔기는 다 틀렸다 생각하고 그냥 돌아갔는데 또 한 사람은 "야, 이거 정말 굉장히 큰 신발 시장 찾았구나!" 좋아하며 당장 자기 회사에 전보 치기를 그 나라 인구수만큼의 신발을 어서 만들어 보내라고 했다는 것이다. 이처럼 똑같은 상황에서 실망할 수도 있나 하면, 그 반대로 무한한 가능성을 찾아볼 수 있다는 좋은 얘기인 것 같다. 우리말에 '시작이 반半'이다 하지만 '반이 아니고 전부全部'라고 아빠는 생각한다. 어떻게 시작하느냐에 따라 전혀 다르게 일이 진행되고 끝나게 될 테니까.

반신반의半信半疑가 아닌 전신만신全信滿信과 전심치지全心致志로 전심전력全心全力/專心專力할 때 말이다. 일이 꼭 성공적으로 성사되리라는 굳은 신념과 꼭 그렇게 되도록 하리라는 강한 의지 그리고 역경이나 난관에 봉착할수록 결코 절망絶望하기는커녕 그 더욱 간절히 바라고 절절히 희망하는 절망切望이 있으면 안 될 일도 결국 되고야 말 것이다. 더할 수 없이 긍정적인 자세와 초적극적인 태도로 일을 시작하고 물불 가리지 않고 능동적으로 또 독창적으로 일을 추진시키면 꿈이 꿈으로 끝나지 않고 현실로 이루어지는 걸 나는 여러 번 경험했다. 안 될 것을 걱정하는 사람에게는 안 될 가능성만 보이지만 꼭 될 것을 절대적으로 믿고 미친 듯 노력하는 사람에게는 될 가능성만 보이고 따라서 그는 되는 방향으로 되는 방법과 길만 찾고 만들 뿐이지.

너희들이 꼭 염두에 둘 것은 그 누군가가 했다는 말처럼 '얼마나 멀리 가느냐보다 무엇을 얼마나 보느냐가, 무엇을 얼마나 보느냐 보다 본 것에서 무엇을 얼마나 배우느냐가, 무엇을 얼마나 배우냐보다 배운 대로 얼마나 실천 실행하고 사느냐가 더 중요하다. 하루하루 새날을 맞아 순간순간 너희들의 최선을 다하면 된다. 무엇을 하든 하려면 잘해보도록 해라. 노력을 아끼지 말고 잘해볼 수 있는 만큼 말이다. 어느 운동선수가 후배들에게 했다는 다음과 같은 충고에 아빠도 동감이다. 남보다 뒤지거든 낙담하지 말고 도리어 용기 백배해서 더욱 정신을 집중, 혼신의 힘을 다 써보라. 마지막 순간에 앞서 달리던 다른 선수들을 다 제치고 승리의 테이프를 끊는 것만큼 신나는 일이 또 어디 있겠나? 너희들의 생각이 모든 것을 지배한다. 그러니 무엇보다도 생각을 잘하고 마음을 잘 먹어야 한다.

수업 시간 아니면 개인레슨을 받거나 연습실에서 개인 연습을 시작하기 전에 잠시 눈을 감고 생각 좀 해 보아라. 너희들이 이처럼 좋은 학교에 와서 좋은 선생님들에게서 잘 배울 수 있게 된 것이 얼마나 다행한 일이고, 너희들의 오늘이 있도록 도와주신 선생님께 얼마나 감사한 일이며, 우수한 다른 학생들과 어울려 너희들의 기량을 겨루어 볼 수 있게 된 것이 얼마나 좋은 자극과 기회인지를. 최근 신문에서 보니 다른 어느 영국 여자보다 높이 등산한 진 러트란드는 높이 2만6천5백 피트의 안나푸르나 제1봉을 오르기 위해 일곱 번째 히말라야 등정에 오를 예정이란다.

"난 기록 같은 것엔 관심 없어요. 산에서는 자신과 경쟁할 뿐이지요."

이렇게 린은 말한다. 남자들에게는 성공이냐 실패냐, 산꼭대기 정상까지 오르느냐가 문제이지만 자기에게는 산을 오르는 기쁨과 즐거움, 그 경험 자체가 중요하단다. 이 얼마나 더 성숙하고 철든 경지이냐! '도토리 키재기'에 바쁜 사람들보다. 린과 남편 론은 그들의 집과 자동차 등 전 재산을 다 팔아가면서까지 산을 탄다. 영국 산악회와 에베레스트 재단으로부터 보조를 좀 받지만 자기 이름과 남편 이름의 첫 자字를 따서 이름 지은 '엘 앤 알 모험L & R Adventure'이란 기업을 경영한다. 영국 북부 호수 지역으로 휴가오는 여행자들을 안내해 카누 타기, 동굴 탐사探査, 산과 골짜기 오르내리기 등을 탐상探賞하는 일이다. 무섭고 춥고 어려움에 부닥쳤을 때 어린애들에게서도 사람의 타고 난 가장 좋은 자질이 창출 개발되어 발휘된다고, 다시 말해 최악의 상황에서 인간의 최선이 나타난다고 린은 말한다. 한겨울 꽁꽁 얼어붙었던 지각地殼을 뚫고 솟아나는 풀잎의 경이로운 생명력을 노래하듯 하늘로 치솟는 신바람을 타고 뜨거운 가슴 힘차게 뛰는 싱그러운 숨결 따라 린은 사나운 바람과 눈사태도 무서워하지 않고 높이 산을 오른다.

이와 같은 삶의 열정과 신바람을 노래하는 가수가 있다. 하늘 높이 솟아오르는 종달새 같은 목소리로 삶의 제자, 삶을 노래하는 가수, 사람들이 먹을 곡식을 기르는 농부, 세상의 잘못된 것을 바로잡는, 사람을 노래하는 미국의 가수 홀리 니어 Holly Near, 1949 · 의 노래가 끝난 다음의 침묵을 통해서도 그 노랫말이 계속 울린다. 비록 한 방울의 물이로되 흘러 흘러 바다로 가는 물방울의 노래처럼….

  1974년 자신이 작사 작곡하고 노래 부른 이 노랫말같이 '행동하는 가수'로서 사회정의와 세계평화를 위해 헌신해온 홀리는 참으로 의미 있고 산 예술은 '행동하는 것'이라는 신념으로 살고 있다. 너희들이 꼭 알아야 할 것은 남들과 경쟁하는 것이 아니고 너희들 각자 자기 자신, 다시 말해 자신의 가능성과 경쟁한다는 것이다. 그리고 또 알아야 할 것은 매사에 성공이냐 실패냐의 결과보다 과정이 중요하다는 것이다. 왜냐하면 결과가 어떻든 네가 할 수 있는 최선을 다했다는 데 너 스스로 만족할 수 있기 때문이다. 진정으로 너의 최선을 다한 뒤에는 후회 없이 기쁨을 맛볼 수 있다. 이것이 바로 참된 행복 아니겠니?

  해아, 수아, 성아야, 너희들이 무엇을 하든, 이왕 할 바에는 하는 둥 마는 둥 하지 말고, 너희들의 심혈心血을 쏟고 혼魂을 불어넣을 수 없겠거든, 차라리 안 하느니만 못하다. 무엇이든 일단 하기로 마음먹은 일이거든 너희들 각자 스스로에게 더 이상 만족할 수 없을 정도로 아주 썩 잘해볼 일이다. 할 수 있는 한 철저하고 완벽하게. 일찍이 아빠가 들은 말 중에 이런 말이 있다. 참 좋은 말인 것 같다. 지금 네가 어떤 사람이고 누구인가는 네게 주신 하느님의 선물이고, 앞으로 네가 어떤 사람, 누가 되는가는 하느님께 드리는 네 선물이다. 이 말 중에 '하느님'이란 너희들이 있도록 도와주신 부모 형제, 선생님들, 그리고 친구들과 모든 이웃까지 다 포함한 것이다. 이 말을 아빠가 좀 달리 풀이해 보자면 이렇게 말할 수 있을는지 모르겠다.

  옛날 그리스의 철인 소크라테스 Socrates 469?-399BC가 '너 자신을 알라'고 했다지만 그보다는 "너 자신을 창조하라"고 해야 했지 않았을까. 사람은 누구나 다 각자 자기가 되고 싶은 사람이 될 수 있고, 또 각자 자기가 살고 싶은 삶을 살 수 있을 테니까. 그렇게 마음먹고 노력하면 말이다. 지금의 너희들이, 너희들 각자에게 선물로 주어진 '악기樂器'라면 이 '악기'를 통해 너희들 재주껏 너희들이 낼 수 있는 가장 아름다운 소리로 너희들 자신과 너희들의 청중, 모든 사람에게 즐거움을 선사할 일만 남은 것이다. 너희들 각자가 자기에게 주어진 기회를 얼마나 잘 활용하고 선용해서 어떠한 삶을 살 것인지는 너희들 각자 자신에게 달렸다. 자기 자신에게는 물론 너희들을 사랑하는 모든 사람들에게 축복 이 되고 기쁨을 주는 삶을 살 수 있나 하면, 그 반대로 슬픔과 고통을 주는 저주스러운 짐이 될 수 있다는 말이다.

해아, 수아, 성아야, 너희들은 제일 먼저 너희들 각자 제 몸과 마음과 혼을 소중히 여길 줄 알아야 한다. 스스로를 돕지 못하는 사람은 남을 도울 수 없다. 스스로를 아끼고 사랑하며 존중할 수 있는 사람만이 참으로 남도 돕고 사랑하며 존중할 수 있다. 제 앞가림도 못 하는 사람이 어떻게 남을 보살필 수 있겠나? '자유'란 '책임감'을 뜻하고 '성장한다'는 것은 '순발력瞬發力을 기르는 것'이라고 아빠는 본다. 다시 말해 선택의 자유가 있는 만큼 자신의 선택에 합당한 책임을 질 줄 알아야 하고, 어떠한 상황에서도 모든 여건을, 심지어 역경逆境과 불행不幸까지 잘 이용利用할 줄 알아야 한다는 뜻이다.

한국의 소나무들 기억하나? 우리가 1972년 초 아빠의 직장 때문에 너희들이 태어난 지 석 달, 한 살 반, 세 살 때, 한국을 떠나 영국으로 이주해 살다가 1978년 6년 만에 한국을 방문, 두 달 동안 여러 곳으로 여행하면서 본 한국의 소나무들 말이다. 사나운 눈, 비, 바람맞으며 땅속 깊이 뿌리 내린 소나무는 어떤 날씨에도 끄떡없지만, 너희들이 하와이에서 본 야자수는 온실의 화초처럼 뿌리가 깊지 못해 폭풍이 불면 쉽게 쓰러진다. 아빠가 지어준 너희들 이름 해아海兒, 수아秀兒, 성아星兒가 말해 주듯 너희들은 바다와 하늘과 별 아이로서 바다와 하늘과 별을 노래하는 아이들이 되어 주었으면 하는 것이 간절한 아빠의 바람이다. 사람은 밥이나 빵도 먹지만 그보다는 꿈을 먹고 산다. 너희들의 오늘이 바로 너희들의 내일이다. 농부들처럼 너희들이 오늘 뿌리는 대로 내일 거두게 될 테니까. 그러니 기회보다 준비가 더 중요하지 않겠나?

너희들은 운명의 노예도, 개척자도 될 수 있다. 너희들의 생각을 바꾸고 마음을 고쳐먹기에 따라 너희들의 운명이 달라진다. 내적인 변화가 외적으로 일으킨 기적 같은 예를 역사나 문학작품에서도 우리는 얼마든지 볼 수 있다. 너희들이 아주 어렸을 때 아빠가 해준 옛날얘기 중에 페르시아의 꼽추 공주 이야기 기억하나? 꼽추가 아닌 자기 동상銅像 앞에 매일같이 서서 등허리를 똑바로 펴보다가 제 동상처럼 허리가 펴진 몸이 되었다는 이야기 말이다. 너희들이 음악 공부를 계속하든 앞으로 다른 공부를 하든 아무리 노력해도 더 노력하고 더 발전할 여지가 있어 그 더욱 노력하는 보람이 있게 마련이다. 하늘이 끝도 한도 없이 높은 것처럼 좋아하고 신이 날수록 저절로 하게 되는 노력이 또한 끝도 한도 없지 않겠니? 그래서 영어에 'Sky js the limit'이란 말과 The Notorious B.I.G의 노래 'Sky's the Limit'도 있나 보다.

과녁을 못 맞힌 궁수弓手가 과녁을 나무랄 수는 없지. 잘못 겨냥하고 솜씨가 부족한 자신을 탓할 수밖에. 과녁에 명중命中시키기 위해서는 너희들 각자 자신을 연마研磨/練磨/鍊磨해야 한다. 하지만 일단 너희들의 최선을 다한 다음에는 결과가 어찌 되든 걱정할 것 없다. 자기 자신의 최선을 다하는 것만으로 아주 족하고 보람 있는 일이지. 사람이 할 일을 다 한 후에는 그 결과는 하늘에 맡긴다는 뜻으로 '진인사대천명盡人事待天命'이라고, 이것이 순간을 통해 영원을 사는 것이 되지 않겠니?

해아, 수아, 성아야, 우리는 지금 몸으로는 멀리 떨어져 있어도 마음으로는 언제나 늘 같이 있다. 우리가 늘 기억해야 할 것은 쓴맛을 본 다음에야 단맛을 알수 있듯 멀리 떨어져 봐야 그리움을 키워 만남의 기쁨을 맛볼 수 있다는 것이다. 고독이 있는 곳에 사랑이 있고, 슬픔과 고통이 있는 곳에 기쁨이 있다는 것이다. 사랑으로 한몸 한마음이 된 우리 모두는 서로 서로의 분신심分身心임을 발견하게 되고, 숨조차 서로를 위해 숨 쉬고 있음을 깨닫게 되지 않겠니? 사람은 공기로 숨 쉰다기보다 사랑으로 숨 쉰다고 해야할 것 같다.

우린 모두 사랑이란 무지개 타고 이 지구별에 잠시 놀러 온 우주인 코스미안으로서 우리의 공통된 언어가 음악임을 잊지 말아라.

하늘하늘
하늘에 피는
코스모스 같은
아이들아
하늘하늘
하늘의 소리를
피리 불듯
바람 같이
불어 다오.

사랑하는 아빠가

(해아, 수아, 성아야, 실은 이상과 같은 편지를 40여 년 전에 너희들에게 썼다기보다 아빠 자신을 스스로 위로하고 다짐하기 위해 아빠 자신에게 쓴 것이라 할 수 있겠다. 이제 너희들이 다시 읽어 보고 조금이라도 공감해줄 수 있으면 좋겠다.)

Doing One's Best

(Originally published in THE KOREA TIMES, 'Thoughts of The Times,' Thursday, November 8, 1979)

When I came home after leaving my young daughters aged seven to ten at a boarding school, Chetham's School of Music, in Manchester, England, I wrote to them as follows:

My Dearest Hae-a, Su-a and Song-a,

You might not be so happy for the moment and I am worried a bit. But I am quite sure that you will be well settled in the new environment and will soon be as happy as you make your minds to be. Don't let all the challenges frighten you away. Be brave and meet the challenges with courage and confidence. I know you will.

Remember that "kites rise highest against the wind, not with it; that the eternal stars shine out as soon as it is dark enough; that in everything bitter, there is buried something sweet; and that the journey of a thousand miles begins with one pace." So laugh your fears away and you will certainly have the last laugh. It is not so much how you start as how you end; it is not so much how far you go as what you see; it is not so much how much you see as what you learn from what you see; it is not so much how much you learn as what you do with what you learn from what you see as you go wherever you plan to go, as a teacher's saying goes.

Just simply try to do what seems best for you each day, as each day comes. Give yourselves completely now to what you are doing. Don' t baby yourselves. Set up for your- selves a goal of excellence and set a high standard for yourselves. If you get behind, concentrate totally and completely because one of the great thrills is to come from behind and win. Don't be a quitter. If you get beat, try all the harder next time. But don't ever quit when you are behind.

How you think determines what you achieve. Try to get your thinking right before every practice or lesson, For a moment, close your eyes. Your prayers should be that of thanks to those who made it possible for you to be there at Chetham's School of Music. Think of how lucky and fortunate you are and make sure that you don't waste the wonderful opportunities given to you.

Then, end with a prayer of joy for competition. For, competition is the very substance of life. It is the molding and testing process where you have your chance to express the very best that is in you. Mind you, you are not competing with anybody but with yourselves, that is, to reach and realize your full potential.

The evergreen pines you saw in Korea in 1978 are born to wind and sleet, and live a long, long time, thanks to their tough core and clinging root. The stately royal palms you saw in Hawaii are nurtured in warm sun and tropic breezes. Their pith is soft. Their roots are shallow. They can't survive the hurricane. Durable are the children who have been taught to love the storm. Always remember and never forget that you are children of the Sea, the Sky and the Star, and that you are to swim in the sea of love, to sail in the sky of hope and to grow into three brilliant stars of celestial music.

You know how to make your dream come true. Don't you? Make the best of what you have. Don't waste time, above all. Time is the most precious thing, for it passes quickly, as you know. Once the moments, the hours and days pass, they are gone forever. Never the same moments, hours and days do return, like a running brook that sings its melody with no repeat to eternity. You alone can build your own future. Your tomorrows depend on what you do with your todays. Your future will be what you build at present. Like the farmer, as you sow, so you shall reap. You can get only what you put in. Nothing will be gained from outside, unless and until you get ready and prepared within.

You alone can change your own pattern. By changing the inner attitudes of your minds, you can change the outer aspects of your lives. You can change either for the better or for the worse. History and literature are full of examples of the miracle of inner change. I wonder if you remember the Persian story of the hunchback princess who became straight and tall, by standing each day before a statue of herself made straight. Let go of lower thins and reach for the higher. Surround yourselves with the very best in friends, books, music and art. Try to improve yourselves all the time.

Whatever you do, try to do it as well as you can, as excellently as you can. The hard fact that we can never be perfect leaves limitless room for improvement. There is no limit to your progress. Like the phrase, literally, 'The sky is the limit!' (No wonder, as a Hollywood Studio Musician/ Violinist and a helicopter pilot, Song-a, you are flying to your gigs, almost like in fairy tale, ha- ha-.)

When you play the game of darts, or of archery, if you miss the mark, you turn and look for the fault within yourself. Failure to hit 'the bull's eye,' is never the fault of the target. To improve you aim, you have to improve yourself. Once you've done your best, however, nothing should bother you, nothing should worry you, neither failure nor success, neither fortune nor misfortune. You can content yourselves with doing your very best, be the outcome what it may. Just try to live every moment to the fullest and to live a full life every second. By doing so, you will be able to fulfill yourselves to the utmost.

We are being apart with hundreds of miles between us, missing each other. But let us remember that where there is loneliness, there also is love, and where there is suffering, there also is joy. For being lonely can bring us together more closely and enable us to find ourselves as other-selves of each other, living in each other as part of the whole of us. Through loneliness, we come to realize that we even breathe for each other, radiating love and touching what is most important in each of us. Let us believe that to live is to grow in love and to love is to grow in loneliness, for loneliness keeps open the doors to an expanding life, a greater and happier self, related to the whole of the universe.

My heavenly children of the Cosmos, enjoy the very best of your-selves, doing your very at all times to make as beauti-ful sound of music as you can out of your hearts and souls, not from your instruments but through them, until you come home in a few weeks' time.

Please keep in mind that we all are 'cosmians' born 'arainbow' of love on this planet earth as brief sojourners, enjoying the blessedness of cosmic communion with the Cosmos through our common language, that is music.

Love from Daddy

(As I wrote this letter, I wondered aloud if what I wrote rings true to myself, let alone to the children.)

사이버 왕따 악플
피해자들에게 드리는 조언

─ 귀머거리가 되라

"때로는 좀 귀머거리가 될 필요가 있다고 시어머님께서 내게 일러주셨다. It helps sometimes to be a little deaf, my mother-in-law told me."

이는 최근 (2020년 9월 18일) 타계한 미국 연방 대법원 판사 루스 베이더 긴즈버그Ruth Bader Ginsburg 1933-2020가 생전에 한 말이다.

2020년 9월 20일자 일요판 뉴욕타임스는 국제뉴스International 페이지 한 면 전면에 사진과 함께 "남한에서는 코비드19의 위험이 하나 더 있다. 곧 악플러들이다. In South Korea, Ovid-19 Carries Another Risk: Trolls"라는 기사 제목으로 김지선Kim Ji-seon, 29 씨를 비롯한 코비드 양성 판정을 받은 코로나 환자들이 겪는 악플 피해에 대해 최상헌Choe Sang-Hun 기자가 쓴 부산발 기사가 대서특필되었다. 그러지 않아도 최근에 한국사회에서 악플에 희생된 연예인들, 노무현 전 대통령과 박원순 전 서울시장을 포함한 정치인들의 잇단 자살, 그리고 거의 만사를 제쳐 놓고 전 현직 법무부 장관의 가족 신상털기에 급급, 골몰해온 너무도 '도토리 키재기' 식의 '마녀사냥' 이 판치고 있는 세태에 위에 인용한 '귀머거리' 조언을 우리 모두 귀담아들어야 하지 않을까. 이는 외부의 세상 소리보다 네 내면의 소리에 귀 기울이라는 뜻이리라. '네 가슴 (뛰는) 소리를 들어(봐) Listen To Your Heart 1988'란 스웨덴의 팝 듀오 록시트Roxette 가 부른 노래도 있지 않은가. 그리고 우리말에 '털어서 먼지 안 나는 사람 없다' 하지 않나.

앞서 깨달은 선각자先覺者 카릴 지브란Kahlil Gibran Gibran 1883-1931이 그의 '예언자The Prophet, 1923'에서 '죄와 벌On Crime and Punishment'과 '법On Laws'에 대해 하는 말도 우리 경청傾聽/敬聽해 보리라.

"죄와 벌이란 어떻죠?"
한 판사가 물어보자
알무스타파 대답한다.

다른 사람에게 하는 짓
바로 자신에게 하는 짓.

죄와 벌을 안다는 것이
바로 사람 되는 것이리.

사람에겐 신성神性과
수성獸性 둘 다 있어
어떤 성자나 의인이라도
우리 모두의 사람됨보다
조금도 더 나을 것 없고
세상의 어떤 죄인이라도
우리 모두의 사람됨보다
조금도 못하지 않으리니.

나뭇잎 그 어느 하나도
나무가 모르게 저 혼자
단풍 들고 떨어지거나
죄를 짓는 어떤 죄인도
우리 모두의 잘못 없이

어떤 죄도 짓지 못하리.

우린 모두 함께 행진하는
길이요 또한 길손들이리
지상에서 천상으로 가는.

길 가다 어느 누가 넘어지면
뒤따라오는 모든 사람들에게
발부리에 걸리는 돌 있다고
조심하라 알려 주는 것이리.
그리고 그가 넘어지는 것은
앞서 넘어지지 않고 빨리 간
사람들이 뒤에 오는 사람들
넘어지지 않도록 그 돌들을
치워 놓지 않은 걸 탓함이리.

목숨을 빼앗기는 사람도
재산을 도둑맞는 사람도
죽음과 도난당하는 일에
의인도 죄인의 죄지음에
아무 책임이 없지 않으리.
죄인이야말로 피해자로서
죄 없는 사람들을 대신해
죄짓고 벌 받는 것이리오.

진실로는 정의와 불의를
선과 악을 누가 구별할 수
없는 것이 해와 달 아래
낮과 밤이, 마치 흰 실과
검은 실 함께 짜여지는
옷감과 같은 것이리오.
검은 실이 끊어져 버리면
옷감 베를 짜는 사람은
옷감 전체를 잘 살피고
베틀까지 챙겨 보리오.

그 누가 부정한 아내를
정죄 처벌하겠다 하면
그 여인의 남편 마음과
영혼도 저울에 달아보리.

가해자를 처벌하기 전
피해자의 책임도 물어
악의 나무 도끼로 찍기
전에 그 뿌리를 살피리.
선과 악 결실과 불결실
그 뿌리가 한데 어울려
땅속 깊이 박혀 있음을
그대는 알 수 있으리오.

정의롭다는 판사님들
몸으로는 죄가 없으나
마음으로 죄짓는 자를
어떻게 판결하시리오.

겉으로는 살인을 해도
속으로는 살인 당하는
사람에게 어떤 판결
내릴 수가 있으리오.
행동으론 사람들을
속이고 압박하여도
자기 자신들이 심한
고통을 겪는 자들을
어떻게 정죄하시리오.

잘못 저지른 것보다
더 크게 뉘우치는 자
어떻게 처벌하시리오.
법을 집행한다는 것
그 정의가 참회하는
후회를 이끌어 내는
것이라면 말이라오.

죄가 없는 사람에게
뉘우침 갖게 못 하듯
죄가 있는 자에게서
죄책감을 없애줄 수
없는 일이 아니리오.

사람은 그 누구라도
밤에 잠자리에 누워
스스로를 돌아보리.

정의를 안다고 하는

그대들이 날이 밝은
환한 빛에 모든 걸
살펴보지도 않고서
어찌 알 수 있으리.

하늘과 땅 사이에
사원의 주춧돌이

건물 기초 다지는
초석보다 가볍고
맨 밑바닥에 깔린
돌보다 더 높거나
덜 중요하지 않은
것과 같은 것이리.

Then one of the judges of the city stood forth and said, Speak to us of Crime and Punishment.

And he answered, saying:
It is when your spirit goes wandering upon the wind,
That you, alone and unguarded, commit a wrong unto others and therefore unto yourself.

And for that wrong committed must you knock and wait a while unheeded at the gate of the blessed.

Like the ocean is your god-self;
It remains for ever undefiled.
And like the ether it lifts but the winged.
Even like the sun is your god-self;
It knows not the ways of the mole nor seeks it the holes of the serpent.
But your god-self dwells not alone in your being.
Much in you is still man, and much in you is not yet man,
But a shapeless pigmy that walks asleep in the mist searching for its own awakening.

And of the man in you would I now speak.

For it is he and not your god-self nor the pigmy in the mist, that knows crime and the punishment of crime.

Ofentimes have I heard you speak of one who commits a wrong as thought he were not one of you, but a stranger unto you and an intruder upon your world.

But I say that even as the holy and the righteous cannot rise beyond the highest which is in each one of you,

So the wicked and the weak cannot fall lower than the lowest which is in you also.

And as a single leaf turns not yellow but with the silent knowledge of the whole tree,

So the wrong-doer cannot do wrong without the hidden will of you all.

Like a procession you walk together towards your god-self.

You are the way and the wayfarers.

And when one of you falls down he falls for those behind him, a caution against the stumbling stone.

Ay, and he falls for those ahead of him, who though faster and surer of foot, yet removed not the stumbling stone.

And this also, though the word lie heavy upon your hearts:

The murdered is not unaccountable for his own murder,

And the robbed is not blameless in being robbed.

The righteous is not innocent of the deeds of the wicked,

And the white-handed is not clean in the doings of the felon.

Yea, the guilty is ofenttimes the victim of the injured,

And still more often the condemned is the burden bearer for the guiltless and unblamed.

You cannot separate the just from the unjust and the good from the wicked;

For they stand together before the face of the sun even as the black thread and the white are woven together.

And when the black thread breaks, the weaver shall look into the whole cloth, and he shall examine the loom also.

If any of you would bring to judgment the unfaithful wife,

Let him also weigh the heart of the husband in scales, and measure his soul with measurements.

And let him who would lash the offender look unto the spirit of the offended.

And if any of you would punish in the name of righteousness and lay the ax unto the evil tree, let him see to its roots;

And verily he will find the roots of the good and the bad, the fruitful and the fruitless, all entwined together in the silent heart of the earth.

And you judges who would be just,

What judgment pronounce you upon him who though honest in the flesh yet is a thief in spirit?

What penalty lay you upon him who slays in the flesh yet is himself slain in the spirit?

And how prosecute you him who in action is a deceiver and an oppressor,

Yet who also is aggrieved and outraged?

And how shall you punish those whose remorse is already greater than their misdeeds?

Is not remorse the justice which is administered by that very law which you would fain serve?

Yet you cannot lay remorse upon the innocent nor lift it from the heart of the guilty.

Unbidden shall it call in the night, that men may wake and gaze upon themselves.

And you who would understand justice, how shall you unless you look upon all deeds in the fullness of light?

Only then shall you know that the erect and the fallen are but one man standing in twilight between the night of his pigmy-self and the day of his god-self,

And that the corner-stone of the temple is not higher than the lowest stone in its foundation.

"법이란 어떤 거죠?"
한 법관이 물어보자
알무스타파 대답한다.

사람들 법 만들기 좋아하나?
그 법 깨는 걸 더 좋아하오.
애들이 모래성을 쌓았다가
그 모래성을 무너뜨리듯이.

애들이 모래성 쌓는 동안
더 많은 파도 밀려오고
애들이 모래성 허물 때면
바다가 함께 웃어주지요.

삶이 바다 같지 않다고
사람이 만드는 법이란
모래성과 다르다며
삶은 바윗돌과 같아
마치 끌로 바위 쪼듯
법으로 삶 다스리라
말하는 사람 있다면
팔과 다리 온전해서
즐겁게 춤추는 사람
저처럼 병신이 되기
바라는 절름발이나
자유롭게 뛰어노는
사슴 보고 길 잃은

떠돌이라 흉보는
멍에 멘 소와 같고

껍질 벗고 젊어진 뱀에게
벌거벗고 부끄러워할 줄
모른다며 흉만 보려 드는
허물 벗지 못하고 겉늙은
뱀과 같다 할 수 있으리오.

잔칫집에 일찍 찾아와서
실컷 먹고 마신 다음에
비틀걸음으로 떠나면서
잔치 손님 다 난장패라고
술주정하는 술주정꾼이리.

이런 사람 햇빛을 받되
해를 등지고 사는 사람
그림자만 보는 사람에겐
법이란 제 그림자일 뿐
저 밝고 찬란한 태양도
그늘이나 지게 해주는
제 그림자 좇는 것이리.

땅에 지는 그림자가 어찌
밝은 해바라기의 웃음을
지워버릴 수가 있으리오.

바람을 타고 여행하는 자
그대에게 어떤 바람개비
그대가 갈 길 가리키리오.

인간이 만든 어떤 법률이
그대를 속박할 수 있으리
있지도 않은 감옥 문에다
그대의 멍에 벗어놓으면

인간이 만든 어떤 법률을
그대가 두려워해야 하리
있지도 않은 쇠사슬 걸려
넘어지듯 춤출 수 있다면

누가 그대를 법의 심판
받게 할 수가 있으리오.
찢어 벗어버린 그대 옷
아무도 가지 않는 길에
버려 놔두지 않는다면

오르파리스성城 사람들이여
북소리 숨죽일 수 있고
악기 숨 늦출 수 있어도
저 하늘에 나는 종달새
지저귀지 말라 못하리오.

Then a lawyer said, But what of our Laws, master?
And he answered:

You delight in laying down laws,

Yet you delight more in breaking them.

Like children playing by the ocean who build sand-towers with constancy and then destroy them with laughter.

But while you build your sand-towers the ocean brings more sand to the shore,

And when you destroy them the ocean laughs with you.

Verily the ocean laughs always with the innocent.

But what of those to whom life is not an ocean, and man-made laws are not sand-towers,

But to whom life is a rock, and the law a chisel with which they would carve it in their own likeness?

What of the cripple who hates dancers?

What of the ox who loves his yoke and deems the elk and deer of the forest stray and vagrant things?

What of the old serpent who cannot shed his skin, and call all others naked and shameless?

And of him who comes early to the wedding-feast, and when over-fed and tired goes his way saying that all feasts are violation and all feasters lawbreakers?

What shall I say of these save that they too stand in the sunlight, but with their backs to the sun?

They see only their shadows, and their shadows are their laws.

And what is the sun to them but a caster of shadows?

And what is it to acknowledge the laws but to stoop down and trace their shadows upon the earth?

But you who walk facing the sun, what images drawn on the earth can hold you?

You who travel with the wind, what weather-vane shall direct your course?

What man's law shall bind you if you break your yoke but upon no man's prison door?

What laws shall you fear if you dance but stumble against no man's iron chains?

And who is he that shall bring you to judgment if you tear off your garment yet leave it in no man's path?

People of Orphalese, you can muffle the drum, and you can loosen the strings of the lyre, but who shall command the skylark not to sing?

7장

우리 새로 태어나리

온 인류가 코로나 펜데믹 이후 우리가 앞으로 살아갈 세상은 어떻게 바뀔 것인가, 아니, 어떻게 바뀌어야 할 것인가를 우리 모두 심각하고도 진지하게 생각해 볼 기회가 현재 우리에게 주어진 것 아닌가. 우물 안 개구리 식의 근시안적인 기존의 생활방식, 자업자득으로 기후변화를 초래한 자연 생태계 파괴와 오염으로 자멸自滅을 초래할 수밖에 없고, 더 이상 유효할 수 없는 인본人本 자본주의資本主義 물질문명을 어서 탈피脫皮 졸업卒業하여, 우리 본연의 자본自本 우본주의宇本主意 우주자연관에 바탕을 둔 새로운 코스미안시대를 열어볼 수 있는 절호의 기회 말이다.

10월 3일, 우리 조상님 단군 할아버지와 곰할머니께서 하늘 문을 열고 홍익인간弘益人間/홍익만물弘益萬物하러 지상으로 내려오신 개천절開天節의 의미를 되새겨보자. 바꿀 수 없는 숙명宿命이든 바꿀 수 있는 운명運命이든, 어떻든 이 시점時點/視點에서 우리 모두 우리 자신 스스로에게 만족하고 행복하려면 어떻게 해야 할까.

바꿀 수 있는 것이 '운명運命'이라면 숙명宿命은 바꿀 수 없는 것이리라. 운명이 작은 그림이라면 숙명은 큰 틀이라고 해야 하지 않을까. 어떤 종種으로 어느 때 어느 곳에 어떤 환경에 어떤 DNA를 갖고 태어나느냐가 숙명이라면 이 프레임 안에다 어떠한 그림을 그리는가가 운명이 되는 것이리라. 그런데 이 프레임이라 할까 박스로 말할 것 같으면 전혀 다른 두 가지가 있지 않은가. 하나는 사실적이고 현실적인 것이고 또 하나는 비자연적이고 가공적인 것으로, 문학적으로 말해서 하나는 논픽션이고 또 하나는 픽션이라면 컴퓨터 용어로는 현실, 가상현실, 그리고 증강현실이 될 것이다.

우리의 일상생활이 전자라면 모든 인위적으로 조작 조정하는 자의적恣意的 이데올로기 이념이다, 사상이다, 종교다, 예술이다, 문화다, 정치다, 경제다 등 독선과 위선에 찬 도그마들은 후자가 되지 않을까. 좋든 싫든 전자를 우리는 기정사실로 받아들일 수밖에 없다. 그러나 후자의 경우에는 이렇게 부자연스러운 프레임이나 박스 속에 갇혀 안주할 것인가 아니면 이 모든 노예의 사슬을 풀고 새장에서 벗어난 새처럼 자유롭게 하늘로 비상할 것인가는 우리 각자가 결정할 일 아닌가. 바꿀 수 없는 숙명이든 바꿀 수 있는 운명이든, 어떻든 이 시점時點/視點에서 우리 모두 각자 자신 스스로에게 만족하고 행복하려면 어떻게 해야 할까. 미국의 제16대 대통령 에이브러햄 링컨Abraham Lincoln 1809-1865의 말을 우리 함께 경청傾聽/敬聽해 보리라.

"선행善行할 때 내 기분 좋고 악행惡行할 때 내 기분 나쁘다. 이것이 내 종교이다. 미래를 예측하는 최선의 방법은 미래를 창조하는 것이다."

If what can be changed is 'destiny,' 'fate' must be what cannot be changed. If destiny is the small picture, fate must be the big frame. If how you happened to be born into a certain species, time and space, in the environmental setting, with your kind of DAN is your fate, then what picture you draw within the frame must be your destiny.

As for the frame or box we are in, there are two different kinds, so separate from each other. One is factual and real and the other is all made-up and unnatural. They are non-fiction and fiction in literary terms, and reality, virtual reality and augmented reality in computer terms.

If our daily lives are the former, all the other arbitrarily and artificially imposed and manipulated ideological thoughts, religious dogma, arts, and literature must be the latter.

Like it or not, one has to accept the former as a given. But as to the matter of the latter, one has to decide whether to settle down in the box or get out of the frame, breaking every chain and throwing off all the shackles of slavery like a bird flying out of the cage and soar freely into the sky.

Anyway, be it the fate or the destiny, if one has to be happy with oneself, after all, it behooves us all to ponder what Abraham Lincoln, the 16th U.S. President, had to say:

"When I do good, I feel good; when I do bad, I feel bad; that's my religion…The best way to predict the future is to create it."

우리의 선각자 칼릴 지브란Kahlil Gibran 1883-1931은 그의 '예언자의 뜰The Garden of the Prophet, 1933 에서 이렇게 말한다.

만물에 깃든 숨이

성당의 종소리 들리는
일요일 한 제자 묻기를

하느님은 어떤 분인가요?

알무스타파 대답하기를
사랑하는 나의 벗들이여

모든 마음을 합한 마음
모든 사랑을 합한 사랑
모든 영혼을 합한 영혼
모든 음성을 합한 음성
모든 침묵을 합한 침묵
시작도 끝도 없는 시간
이 모두를 생각해보게.
이렇게 우리 알 수 없는
하느님보다 차라리 우리

자신에 관해 얘기해보세.

구름까지 올라가 그것을
우리는 높이라 생각하고
바다를 건너가서 그것을
우리는 거리라 말하지만
땅속에 씨앗을 심을 때
우리는 더 높이 오르고
이웃과 다정히 지낼 때
우리는 더 멀리 간다네.

어미 새가 하늘로만 날면
누가 둥지 속 새끼 새의
먹이 물어다가 줄 것이며
벌의 도움 없이 그 어떤
꽃이 열매 맺을 수 있나.

하느님의 숨결과 향기가
우주만물에 깃들여 있음을
아는 것으로 충분하다네.

바람에 노래 실어

하루는 제자 한 사람이
새 옷이 필요하다 하자
알무스타파 말해 가로되

자네 헌 옷 벗어보게나

그가 벌거벗은 몸 되자
알무스타파가 말하기를

벌거벗어야 햇볕 쬐고
걸침 없어야 바람 쐬며
천 번 길을 잃어버리는
사람이 집을 찾게 되지.

천사가 내게 일러주길
겉이 두꺼운 자를 위해
지옥이 만들어졌다고
껍데기 녹여 버리려고

나의 다정한 벗들이여
땅속으로 뿌리 내리고
하늘로 가지 뻗어 올려
바람에 노래 실어 보세.

우리 살아 있음이란

또 한 제자가 말하기를

우리도 선생님 말씀처럼
노래가 되고 향기롭도록
그 비결 가르쳐주십시오.

알무스타파 대답하기를
말보다 삶이 앞서야지만
그 말도 노래와 향이 되지.

하늘 높이 오르기도 하고
땅속 깊이 뿌리 내리는.

또 다른 제자가 묻기를

있다는 존재란 무엇이죠.

알무스타파 말해 가로되
우리 지금 살아있음이란
바보처럼 슬기로워짐이오.
약자를 위해 강해짐이며
어버이나 스승이 아니고
어린아이들 소꿉동무로
재밌게 같이 노는 것이지.

아름다움 찾아 그 어느 곳
세상 끝까지라도 좋음이지.
아름다움 없는 곳이라면
아무것도 없는 세상이지.

참으로 살아있다는 것은
울타리 없는 집안의 뜰이
밭지기가 없는 포도밭이
문 없는 주막집 되는 것
가진 것 모두 빼앗기고
세상의 웃음거리 되어도
빙그레 한번 웃는 거지.
다정한 나의 벗들이여
겁먹지 말고 대담하게

하늘같은 정신 키우고
바다같은 마음 품게나.

이렇게 그가 말을 하자
그 말 이해하지 못하는
아홉 제자 모두 흩어져
그의 곁을 떠나가 버리고
알무스타파 혼자 남았다.

길가의 갈대 되리

밤 되어 알무스타파 그의
어머니 묻혀 있는 무덤가
삼나무 밑에 가서 앉았다.

그러자 하늘로부터 빛이
땅속에 빛나는 보석처럼
온 뜰을 밝게 비춰 주었다.

온 누리 고요한 가운데
알무스타파 외쳐 말하되

잘 익은 열매와도 같이
잘 익은 포도주와 같이
그 어떤 주리고 목마른
사람의 넋을 달래줄까.

길거리에라도 앉아서
두 손 가득 보석들을

나누어 주려고 해도
받아 줄 사람 없으니
나 이를 어쩔 것인가.

차라리 이렇게 될 바엔
빈손 벌리고 구걸하는
걸인이라도 되었을걸.
푸짐하게 상 차려놓고
손님 기다려도 아무도
오는 사람 그림자도
없다면 이를 어쩌나.

차라리 이렇게 될 바엔
떠돌아다니며 빌어먹는
거렁뱅이가 되었을걸.

내가 어느 나라 공주로
한밤중 잠에서 깨어나
은빛 찬란한 옷 걸치고
보석 반지 목걸이하고
값진 향수 몸에 뿌린 채
밤이슬에 빛나는 황금빛
신발 신고 대궐 안 뜰을
거닐며 두루 찾아봐도
사랑을 속삭여 줄 왕자
없다면 이를 또 어쩌나.

차라리 이렇게 될 바엔
들판에서 양떼를 몰다

저녁이면 풀향기 밴 몸
맨발로 집으로 돌아와
밤 깊어질 때를 기다려
날 사랑하는 젊은이가
기다리고 있는 골짜기
시냇물 가로 달려가는
농부 딸이 되었을걸.
아니면 차라리 수도원
수녀라도 되었을 것을.
내 마음 향불처럼 피워
내 혼 촛불처럼 태우는.

그도 아니라면 차라리
옛날의 추억을 더듬는
할머니라도 되었을걸.

밤이 깊어 알무스타파도
밤처럼 깊어가는 생각에
다시 혼잣소리로 말하되

아름답게 피어도 봐 줄
맛있게 익어도 먹어 줄
그런 사람 하나 없다면
차라리 꽃도 피지 않고
열매도 맺지 않는 나무
그런 나무 되었을 것을.

샘이 넘치는데 마실 이
없는 샘물 되는 것보다

353

차라리 마른 우물되어
지나가는 길손 돌 던짐
견디기 더 쉬웠을 것을.

아무리 훌륭한 악기라도
그 악기를 타 줄 사람도
그 악기소리 들어 줄 이
아무도 없는 집에 놓여
버림받은 악기 되느니
차라리 발길에 짓밟히는
나 저 길가 갈대가 되리.

못다 한 말 있다면

일곱 낮과 밤 지나도록
아무도 찾아오지 않았다.
그러다 카리마가 찾아와
마실 것과 먹을 것들을
아무 말 없이 놓고 갔다.

얼마 후 카리마를 따라
아홉 제자들이 나타났다.

알무스타파 반갑게 맞아
카리마가 차려 논 음식
다 같이 즐겁게 먹었다.

저녁을 다 먹고 난 다음
아무스타파 말해 가로되

나의 다정한 벗님들이여
이제 우리 헤어져야겠네.
우리 사나운 바다 건너
세찬 비바람을 맞으며
여러 가지 어려움 같이
여러 가지 즐거움 함께
우리 나누지 않았는가.
나의 다정한 벗님들이여
이제 헤어질 때 되었고
나는 나의 길 가야 하네.
부디 벗님들 안녕하시게.
그러나 헤어지기에 앞서
벗님들에게 내가 끝으로
꼭 하고 싶은 말 있다네.

벗님들 모두 각자대로
제 길 찾아갈 것이로되
제 노래 부를 것이로되
노래마다 짧게 하시게.
입술에서 일찍 숨지는
노래라야 듣는 사람의
가슴에 오래도록 남지.

아름다운 진실은 말하되
아름다운 노래는 부르되
그렇지 않다면 입 다물고
험담에는 귀머거리 되게.
다정한 나의 벗님들이여
그대들이 가는 길에 혹

발굽 가진 이 만나거든
그대들의 날개 달아주게.

다정한 나의 벗님들이여
그대들이 가는 길에 혹
뿔 달린 사람 만나거든
그에게 월계관 씌워주게.

다정한 나의 벗님들이여
그대들이 가는 길에 혹
발톱 사나운 이 있거든
그대들의 꽃잎 달아주게.

다정한 나의 벗님들이여
그대들이 가는 길에 혹
거짓말 하는 이 있거든
그에게 꿀을 먹여 주게.

다정한 나의 벗님들이여
이밖에도 여러 사람들을
그대들 만나보게 되겠지.

목발을 파는 절름발이와
거울을 파는 눈먼 장님
또 사원 앞에서 구걸하는
부자를 만나보게 되겠지.
그 가운데서 부자 거지를
가장 불쌍하게 여기게나.

다정한 나의 벗님들이여
사자들과 토끼들이 함께
이리떼와 양떼가 더불어
같이 노는 놀이터 되게.

그대들의 스승으로 나를
잊지 않고 기억하겠다면
난 주기보다 받을 것을
버리지 말고 채울 것을
노예가 아닌 벗으로서
그 어떤 욕망 욕구라도
억제 말고 충족시키라고
입가에 미소를 띄우면서
그대들의 깨우침을 받은
선생 제자로 기억해주게.

잠잠히 고요히 있기보다
너무 크지 않은 목소리로
모두 함께 같이 출렁이는
저 바다의 물방울들처럼
모든 사람들과 더불어서
우리도 춤추듯 노래하세.

이렇게 말을 마친 다음
알무스타파 뜰로 나가자
제자들 그 뒤를 따랐다

알무스타파에게 다가와서
카리마가 애틋하게 말하길

내일 길을 떠나가시는데
드실 것 좀 준비할게요.

이렇게 말하는 카리마를
애타는 눈길로 바라보며
알무스타파 대답하기를

나의 누이 나의 임이시여
준비 아니 해도 좋아요.
내일 먹고 마실 것들이
어제와 오늘처럼 언제나
다 마련되어 있으니까요.

나 이제 떠나간다 해도
못다 한 말 남아 있다면
내 몸과 마음 흩어진대도
그 말이 날 반드시 다시
걷어 모아 줄 때가 되면
새롭게 태어난 숨소리로
그대들 앞에 나타나 그
못다 한 말 말하게 되리오.

나 이제 사라진다 해도
그동안 보여 주지 못한
아름다운 진실 있다면
그 진실이 나를 또다시
찾아줄 것이고 그때 나
새로이 빚어진 모습으로
그대들 앞에 다시 나타나

그 진실 밝히게 되리오.
아름답고 참된 진실이란
언제고 드러나 보이리요.

나 죽음 너머 영생하리.
몸 떠난 내 넋이 있어
안개로 돌아가 떠돌며
파도소리 바람소리로
그대들 가슴속에 살아
그대들 밥상에도 앉고
그대들과 같이 거닐며
우리 다 함께 노래하리.

죽음이란 우리가 쓰는
우리 얼굴 탈바꿈이리.

땅에서 노래하던 사람
살아도 죽어도 가수로
바닷속과 하늘에서도
어디에서나 노래하리.

제자들 모두 하나같이
돌처럼 굳어져 있었다.

알무스타파 떠나는걸
아무도 막을 수 없었고
그를 따라갈 수 없었다.

눈 깜짝할 사이에 마치

세차게 불어오는 바람에
나무잎 하나 날아가듯
알무스타파 멀리 떠났다.
엷은 한 줄기 빛살같이
그는 하늘로 사라졌다.
그러자 아홉 제자 모두
뿔뿔이 제 갈 길 가고
카리마만 남아 있었다.

어둠 속으로 사라지는
저 멀리 한 줄기 빛을
꼼짝 않고 지켜보면서
카리마 가슴 속 깊이
스며드는 외로운 슬픔
그리고 참을 수 없게
사무치는 그리움에서
알무스타파가 남기고
간 말들을 되새겼다.

나 이제 떠나간다 해도
그대에게 못다 한 말
남아 있다면 그 말이
날 걷어 모아 줄 테고
나 그대에게 돌아오리.

우리 새로 태어나리
저녁노을 언덕에 올라서
짙은 안개 속에 휩싸이자
저 아래 세상으로부터는

가려 보이지 아니하는
구름 바위 구름 숲에서
알무스타파 외쳐 가로되

오 내 누이 하얀 안개여
아직 모두어지지 않은 숨
입 밖에 나오지 않은 말
당신에게 나 돌아옵니다.

오 내 누이 하얀 안개여
날개 돋친 하늘 숨결이여
우리 이제 같이 있어요.
다음 세상에 우리 새로
태어날 그 날까지 함께.

아 정녕 그날이 오면
당신은 그 어느 풀잎에
맺혀 반짝이는 이슬방울
나는 미지의 어떤 여인
따뜻한 품속 갓난애로
우리 다시 태어나겠지요.

오 내 누이 하얀 안개여
당신의 가슴처럼 스스로
깊은 속 찾는 마음으로
당신의 욕망처럼 스스로
뛰놀듯 하는 바람으로
당신의 생각처럼 스스로
떠도는 방랑의 꿈 꾸면서

당신에게 나 돌아옵니다.

영원과 무한과 절대이신
우리 어버이의 첫 아이
오 나의 누이 하얀 안개
당신에게 나 아무것도
갖고 오지 못했어요.

오 내 누이 하얀 안개여
당신이 나보고 뿌리라던
씨앗들 아직까지 그대로
내 두 손에 남아 있고요.
당신이 나보고 부르라던
노래들 아직까지 그대로
내 입술에 붙어 있으니
어떤 씨앗의 열매 하나
어떤 노래의 메아리조차
난 갖고 오지 못했어요.
내 손이 밤처럼 무겁고
내 입술 떼어지지 않아.

오 다정한 누이 안개여
나의 말 좀 들어보세요.
난 삶을 무척 사랑했고

사람들 날 사랑해줬죠.
세상 기쁨에 한껏 웃고
세상 슬픔에 울었었죠.
그렇지만 넘을 수 없는
커다란 간격이 있었어요.
세상과 나 사이에서요.

죽음 모르는 영원한 안개
오 사랑하는 나의 누이여
나 이제 당신과 하나 되어
더 이상 내가 나 아니죠.
우리 사이 벽 다 무너져
모든 사슬이 다 풀렸어요.
그래서 이렇게 피어올라
나 또한 안개가 되었지요.
그러니 우리 함께 더불어
생명의 바다 위로 떠돌다
삶의 또 하루 맞게 되면
아 그날 그 새벽 아침에
당신은 그 어느 풀잎에
나는 어느 여인 품속에
우리 새로 태어나겠지요.

우린 모두 가을을 타는
코스미안이어라

어서 모든 사람이 코로나 백신 접종을 다 받고 효력이 있어 올해에는 추석 명절에 고향 방문을 할 수 있게 되기를 간절히 바란다.

찬 바람 부는 가을이면 추풍낙엽을 보며 사람들이 가을을 타지만 특히 올해에는 코로나바이러스 때문에 추석 명절에도 고향 방문을 삼가고 사회적 거리 두기로 격리된 상태에서 그 증상이 더 심해질 수밖에 없으리라. 이는 단순히 기분 탓이라기보다 생체적인 호르몬 작용이라고 한다. 일조량이 줄어들면서 생기는 우울증을 감소시켜주는 이 '행복 호르몬'이라고도 불리는 세로토닌Serotonin 분비도 적어지기 때문이란다. 흔히 가을을 남자의 계절이라고 하지만 실은 '계절성 우울증SAD- seasonal affective disorder'을 앓는 이의 80% 이상이 여성이라고 한다. 하지만 이것은 계절적인 문제만이 아닌 것 같다. 서구식 자본주의 물질문명의 기계적 디지털화로 가정에서나 학교에서나 직장에서나 사람들이 점차로 고립되어오지 않았는가.

2017년 영국이 유럽연합The European Union에서 탈퇴를 결정하자 앞으로 영국은 고립되고 고독한 섬이 될 것이라고 유럽인들이 조롱 섞인 예측을 했지만 이미 영국 사회는 '고독 loneliness'이라는 심각한 문제를 안고 있었다. 2017년 발표된 '고독에 관한 조 콕스 위원회the Jo Cox Commission on Loneliness' 보고서에 따르면 영국인 9백만 명 이상이 자주 아니면 늘 극심한 외로움을 겪고 있단다. 따라서 당시 메이 수상Prime Minister Theresa May은 2018년 1월 17일 트레이시 크라우치 Tracey Crouch 문화부 스포츠와 시민사회 담당 차관the under secretary for sport and civil society in the culture ministry을 세계 첫 고독부장관a Minister for Loneliness으로 임명했다.

혼자면 외롭고 둘이면 그립다 했던가. 혼자 왔다 혼자 가는 인생이지만 고향이 있기에 둘이고 둘이기에 그립지 않은가. 그래서 떨어져야 님이고 떠나와야 고향이 생기는 법이리라. 자, 이제 앞서 지구별에 다녀간 코스미안 카릴 지브란이 그의 <예언자의 뜰 The Garden of the Prophet, 1933>에서 하는 말 좀 우리 함께 들어보리라.

하루는 큰바람이 일어나
모두 집안에 앉아 있는데
한 제자가 물어 말하기를
저는 홀몸인데 어쩌지요.
나이 먹는 게 두려워요.

알무스타파 말해 가로되
혼자임을 아직 몰랐었나.
우리는 모두 누구나가 다
이 세상에 혼자서 왔다가
혼자서 떠나가는 것임을.

자네 잔은 어떤 것이든
자네가 혼자 들어야지.
자네 몫 그 잔에 담긴
자네 삶 한껏 맛보게나.
쓴 것도 단 것도 모두
한 방울 남김없이 다
혼자 드는 잔이라네
자네 술잔에 담긴 것이
자네 피눈물 방울이래도

타는 목마름을 준 삶에게
송찬의 감사를 드리게나.
자네에게 갈증이 없다면
자네 가슴은 파도 없어
해조음 없는 바닷가처럼
황량하고 삭막할 뿐이리.

자네 잔을 기쁘게 높이
들어 혼자서 마시게나.
혼자 드는 사람들에게
축배를 들어 마시게나.
한때는 나도 다른 사람들과
잔칫상에 같이 둘러앉아서
마셔보았으나 그 술기운은
내 머리로도 가슴속으로도
전달되지 않고 발끝으로만
내려가 내 생각은 흩어지고
내 감정은 메말라버리더군.

그 후로는 더 이상 술친구 찾아
그들과 함께 술 마시지 않았네.

그대들에게 나 이르노니　　　　　저마다 각자 혼자 들게나.
기쁨의 잔도 슬픔의 잔도

And on an evening a great storm visited the place, and Almustafa and his disciples, the nine, went within and sat about the fire and were silent.

Then one of the disciples said: I am alone, Master, and the hoofs of the hours beat heavily upon my breast.

And Almustafa rose up and stood in their midst, and he said in a voice like unto the sound of a great wind:

Alone! And what of it? You came alone, and alone shall you pass into the mist.

Therefore drink your cup alone and in silence. The autumn days have given other lips other cups and filled them with wine bitter and sweet, even as they have filled your cup.

Drink your cup alone though it may taste of your own blood and tears, and praise life for the gift of thirst. For without thirst your heart is but the shore of a barren sea, songless and without a tide.

"Drink your cup alone, and drink it with cheers."
Once I sought the company of men and sat with them at their banquet-tables and drank deep with them; but their wine did not rise to my head, nor did it flow into my bosom. It only descended to my feet. My wisdom was left dry and my heart was locked and sealed.

Only my feet were with them in their fog.

And I sought the company of men no more, nor drank wine with them at their board.

"Therefore I say unto you, though the hoofs of the hours beat heavily upon your bosom, what of it? It is well for you to drink your cup of sorrow alone, and your cup of joy shall you drink alone also."

가을이면 가는 길 길가에 하늘하늘 코스모스 피는 것은 우리 모든 우주 나그네 코스미안들에게 우리의 영원한 고향 코스모스를 상기시켜 주는 것이리. 그러니 우린 모두 가을을 타는 코스미안이어라.

꽃과 무지개의 화신化身

미국 시사 주간지 타임TIME 2020년 10월 5일/10월 12일 자 합본Double Issue '가장 영향력 있는 인물 100인THE 100 MOST INFLUENTIAL PEOPLE' 특집은 최근 타계한 미국 연방대법원 판사 루스 베이더 긴즈버그RUTH PADER GINSUBURG 1933-2020를 표지 인물로, 정은경 대한민국의 초대 질병관리청장을 문재인 대통령의 소개의 글과 함께 실었다.

그리고 미국의 댄서, 가수, 배우, 유투버 조조 시와 joelle Joanie"JoJo" Siwa, 2003 - 도 '진짜 낙천주의자Genuine Optimist'로 미국의 셀러브리티 방송인 킴 카다시안 웨스트Kim Kardashian West가 소개하는 글과 함께 100인 중에 포함됐다. 가령 나에게 기회가 주어졌었더라면 나는 서슴지 않고 앞서간 코스모폴리탄, 아니 우주 순례자 코스미안 한 사람을 추천, 선별, 소개했으리라. 마땅히 모름지기 우리 모든 사람 속에 살아있을 어린애 코스미안을 옛 소련의 천재 소녀 시인 니카 투르비나Nika Turbina 1974-2002가 이렇게 대변하였으리라.

날 무섭게 하는 것은
사람들의 무관심이에요.
우리의 냉담한 무관심이
세상을 삼킬 것만 같아요.
작은 이 지구를.
우주 한가운데서 뛰는
코스모스 이 작은 심장을.

또 이 심장의 대변아代辯兒는 '점치기Telling Fortunes'라는 시에서 이렇게 탄식한다.

내가 점쟁이라면
그 얼마나 좋을까
난 꽃으로 점치고
무지개로 세상의
모든 상처들을 다
아물게 할 텐데

What a shame that
I'm not a fortune teller.
I would tell fortunes
only with flowers
and I would heal
the earth's wounds
with a rainbow.

이슬방울이 한숨짓거든

　지난해 가을 2020년 9월 29일 미국 럿거스대학 출판부RUTGERSUNIVERSITY PRESS 에서 봉준호의 영화들이 출간되었고 이남 미국 채프먼대 영화과 부교수의 한국영화 강의가 대인기로 학생들이 대기표를 뽑는다고 한다. 우리 생각 좀 해보면 우주 만물이 서로에게 붙어사는 '기생충寄生蟲'인 동시에 '익충益蟲'이라 고 할 수 있지 않나. 지난해 9월 14일 발매된 가수 김사월의 세 번째 솔로 앨 범 '헤븐'의 "영화처럼 강력한 이미지는 쉬이 속내를 드러내지 않는 감정들 과 결합해 역설적으로 깊숙이 들어간 내면의 풍경을 만들어낸다"고 한국일 보 연예스포츠지 고경석 기자는 평하고 있다.

　2020년 9월 17일 온라인 화면으로 기자가 만난 김사월은 '헤븐'을 "체념 같은 위로"라며 "세상 모두가 행복한데 나만 힘든 것 같은 생각에 새벽에 잠 못 이루고 우울해하다가도 아침에 해가 뜨면 일하러 가야 하는 상황이 있잖 아요. '헤븐'은 그런 마음을 담은 곡입니다. 행복 속에서도 불행이 있고, 우울 감 속에서도 희망을 찾아야 하죠. 진짜 행복이란 건 없지만, 진짜 불행도 없 다고 이야기하는 '무심한' 위로랄까요. 다 잘 될 거야. 행복한 일만 있을 거야 하는 위로 말고요."라고 했단다. 여기서 우리 '헤븐Heaven'이 무엇인지 또 '헬 Hell'은 무엇인지 우리 함께 생각 좀 해 보리라. 낮과 밤이 그렇듯이 말이어라. 흔히 이곳 미국에 거주하는 한인들은 말한다. '미국은 재미없는 천국'이라면 '한국은 재미있는 지옥'이라고. 이게 어디 한인들에게만 해당하는 말일까. 인 종과 국적, 장소와 때를 가리지 않고 언제 어디서나 온 세상이 어른들에게는 '지옥' 같아도 아이들에게는 재미있고 신나는 '천국'이 되지 않던가.

덧없는 인생이라지만 아무리 힘들고 슬프고 절망할 일이 많다 해도 이 세상에 태어난 게 태어나지 않은 것보다 그 얼마나 더할 수 없이 축복받은 일이며 실연당한다 해도 사랑해 본다는 게 못해보는 것보다 그 얼마나 더 한없이 행복하고 아름다운 일이랴. 삼 년 전 여름 두 외손자와 외손녀랑 나는 바닷가 모래사장에 앉아 밤하늘에 반짝이는 별들을 바라보고 있었다. 갑자기 캘리포니아주州 L.A.에 사는 여섯 살짜리 시어도Theodore가 물었다.

"할아버지, 왜 내가 어디에서 왔냐고 안 물어?"
"네가 돌아간 다음에도 너는 언제나 내 가슴 속에 있으니까 네가 내 옆에 있으나 없으나 다 괜찮아. 네가 어디 있든 할아버지는 늘 언제나 널 사랑하니까."

내가 대답하자 미국 뉴저지주州 테너플라이라는 한 동네 사는 열 살짜리 일라이자Elijah가 말했다.

"그렇지, 할아버지, 그런데 할아버지는 아직도 할아버지의 '코스모스'가 보고 싶어?"
"물론이지. 할아버지한테는 모든 게 다 '코스모스바다'란다. 할아버지는 이제 할아버지의 만시輓詩를 미리 지어놓아야 하겠다."

그러자 세 살짜리 외손녀 줄리아Julia가 예쁘게 얼굴을 찡그리며 물었다.

"그게 뭔데, 할아버지?"
"그게 실은 죽은 사람을 생각해 짓는 시가 아니고 살아생전 삶을 기리는 '생의 찬가'란다."

나는 나 자신에게 말하듯 중얼거렸다. 아이들은 더 이상 아무 말도 하지 않고 잠잠했다. 나는 속으로 애들에게 이렇게 말하고 있었다.

"그리스의 철학자 에피큐러스는 한마디로 요약한 삶의 지침으로 'carpe diem'이라고 했단다. 영어사전을 보면 이 문구는 에피규러스의 철학이 함축된 것으로 'seize the day'라는 문자 그대로 '놓쳐버리지 말고' 오늘 하루 지금 당장 붙잡아 순간순간을 만끽하면서 모든 희망을 미래에 걸지 말고 현재를 마음껏 즐기라는 뜻을 담고 있어. 또 하나는 젊음을 부질없음으로 보는 시적 주제로서 즐거움을 추구하라는 것이란다. 우리에겐 무의미한 신神의 영원보다 보람찬 인간의 한순간이 그 얼마나 더 복된 것이랴. 모든 어린이들이야말로 이를 몸소 실습하고 체험하며 본능적으로 누리는 행복의 화신들이지. 그러니 어린이의 울음소리조차 울음소리가 아닌 웃음소리라고 해야 해. 기쁨과 감사의 아가兒歌 소리 바람이라고 우리의 원초적인 축복과 궁극적인 본향本鄕을 노래하는 고향고곡故鄕古曲이며 우주적 합창이지. 별 하나 나 하나에 나와 우주가 하나 된다고. 이것이 바로 코스모스 칸타타야."

어느새 아이들은 잠이 들어있었다. 두 외손자는 내 양옆에 기대어 그리고 외손녀는 내 무릎에 안겨. 밤바다에서 불어오는 바람과 파도 소리에 가슴 가득히 피어나는 코스모스가 내 눈앞에 수많은 별들처럼 하늘하늘 하늘춤을 추고 있었다.

Always changing and impermanent though life is,
Troubled and sorrowful though life is,
What a blessing to be born than not to be born at all!
What felicity to love somebody,
Even if you may be crossed in love and heartbroken!
Aren't all being born from the Cosmos of Love!

Gazing at the stars, three summers ago, six year-old Theodore said,

"Why don't you ask me where I come from, Grandpa?"

I responded.

"Even when you go back, you'll still be in my heart. So it really doesn't matter whether you leave or stay, because I always love you, no matter where you are."

"That's true, Grandpa. Do you still miss your Cosmos?"

Ten-year-old Elijah asked me.

"Of course, everything is the sea of Cosmos for me."

After a bit of silence, I continued my soliloquy.

"I've grown old now. I'm at the age to compose a poem eulogizing my own death beforehand."

"What's that, Grandpa?"

My three-year-old only granddaughter Julia asked with a lovely grimace.

"In actual fact, it's a eulogy to life."

I said. The children became very quiet. I shed tears, thinking aloud,

"How much more precious is a moment of human existence than the eternity of divinity meaningless to mortals?"

Raising my body, I looked at the night sea. There was the sea of cosmos spread out in front of me. I paused for a moment, then went on to elaborate on the 'eulogy to life,' while the three children fell asleep, one by one, in my arms, Julia on my lap and Elijah and Theodore at my sides.

There was only the celestial music of all the stars in the wind blowing from the summer sea. Sitting with children, I saw the stars of the night-sea and had a vision of cosmos flowering everywhere, dancing in the night sky, like the stars.

벅찬 감격에 나는 눈을 감고 우리의 선각자 칼릴 지브란Kahlil Gibran 1883-1931이 그의 '예언자The Prophet, 1923'의 속편續篇/續編이라 할 수 있는 '예언자의 뜰The Garden of the Prophet, 1933' 중에서 하는 말 '이웃이 삶의 길이리'와 '이슬방울이 한숨 짓거든'을 되새겨 보았다.

이웃이 삶의 길이리

언제나 호기심이 많은 제자
만누스가 주위를 둘러보다
무화과나무에 기어오르는
덩굴풀 식물을 가리키며
소리쳐 외치듯 말하기를

선생님 이것 좀 보십시오.
얄밉게 나무에 붙어사는
이 덩굴풀 식물 말입니다.
남의 햇빛을 훔치는 도둑
남의 피 빨아먹는 흡혈귀

고약한 기생충 아닙니까.

알무스타파 대답하기를

벗이여 우리 모두가 다
서로에게 붙어산다네.

어느 엄마가 갓난아이 보고
너는 내 젖만 빨아 먹고
나 애쓰고 힘들게 하니
널 숲에 갖다 버리리라
이렇게 말할 수 있을까.

어느 가수 제 노래 보고
네 소리 나의 숨 빼앗아
나 숨차게 하니 너 어서
저 깊은 산 동굴 속으로
돌아가라 할 수 있을까.

어느 목동 제 마소보고
놓아먹일 풀밭이 없으니
너희 어서 잡아 먹혀야지
이렇게 말할 수 있을까.

내 벗들이여 형제들이여
이웃이 우리가 가야 할
같이 사는 삶의 길이리.

나무에 붙어사는 덩굴풀
나무 품에서 땅의 젖 빨고
대지는 쏟아지는 태양의
열과 빛으로 뛰고 난다네.

그리고 저 하늘의 해와
달과 별들도 이 세상의
모든 것과 함께 더불어
같은 잔칫상에 앉는다네.

내 다정한 벗 만누스여
모든 것이 모든 것에게
하늘과 땅 구름과 물이
꼭 붙어사는 하나라네.

이슬방울이 한숨짓거든

어느 하루 이른 아침에
제자들과 뜰을 거닐다가
떠오르는 해를 바라보며
알무스타파 말해 가로되

이슬방울에 비치는 햇빛
저 태양만 못지 않듯
가슴 속에 메아리치는
숨소리 삶 못지않으리.

이슬방울 햇빛 비춰줌은
이슬이 햇빛인 때문이고
우리 모두 숨 쉬는 것은
우리가 숨인 까닭이리.

날이 저물고 밤이 깊어
어둠이 주위로 깔리면
속으로 이렇게 말하리.
한밤의 진통 겪더라도
저 언덕바지 계곡처럼
어둠 밝혀 줄 새날의
새벽을 우리도 낳으리.

밤에 지는 백합 꽃잎 속에
몸 굴려 모으는 이슬방울
우주의 대자연 품속에서
혼과 넋을 찾아서 모으는

우리 자신과 다름없으리.

천 년에 한 번 나는 겨우
이슬방울일 뿐이라 하며
이슬이 크게 한숨짓거든

그에게 이렇게 물어보리.
영원무궁한 세월의 빛이
지금 네게서 빛나고 있는
이 기적 같은 신비로움을
너는 깨닫지 못하느냐고.

And the Mannus, the inquisitive disciple, looked about him and he saw plants in flower cleaving unto the sycamore-tree.

And he said: "Behold the parasites, Master. What say you of them? They are thieves with weary eyelids who steal the light from the steadfast children of the sun, and make fair of the sap that runneth into their branches and their leaves."

And he answered him saying: "My friend, we are all parasites. We who labour to turn the sod into pulsing life are not above those who receive life directly from the sod without knowing the sod."

"Shall a mother say to her child: 'I give you back to the forest, which is your greater mother, for you weary me, heart and hand'?"

"Or shall the singer rebuke his own song, saying: 'Return now to the cave of echoes from whence you came, for your voice consumes my breath'?"

"And shall the shepherd say to his yearling: 'I have no pasture whereunto I may lead you; therefore be cut off and become a sacrifice for this cause'?"

"Nay, my friend, all these things are answered even before they are asked, and, like your dreams, are fulfilled ere you sleep."

"We live upon one another according to the law, ancient and timeless. Let us live thus in loving-kindness. We seek one another in our aloneness, and we walk the road when we have no hearth to sit beside."

"My friends and my brothers, the wider road is your fellow-man."

"These plants that live upon the tree draw milk of the earth in the sweet stillness of night, and the earth in her tranquil dreaming sucks at the breast of the sun."

"And the sun, even as you and I and all there is, sits in equal honour at the banquet of the Prince whose door is always open and whose board is always spread."

"Mannus, my friend, all there is lives always upon all there is; and all there is lives in the faith, shoreless, upon the bounty of the Most High."

And on a morning when the sky was yet pale with dawn, they walked all together in the Garden and looked unto the East and were silent in the presence of the rising sun.

And after a while Almustafa pointed with his hand, and said: "The image of the morning sun in a dewdrop is not less than the sun. The reflection of life in your soul is not less than life.

"The dewdrop mirrors the light because it is one with light, and you reflect life because you and life are one."

"When darkness is upon you, say: 'This darkness is dawn not yet born; and though night's travail be full upon me, yet shall dawn be born unto me even as unto the hills.'"

"The dewdrop rounding its sphere in the dusk of the lily is not unlike yourself gathering your soul in the heart of God."

"Shall a dewdrop say: 'But once in a thousand years I am a dewdrop,' speak you and answer it saying: 'Know you not that the light of all the years is shining in your circle?' "

모두 다 향기롭지

얼마 전부터 한국도 미국도 대중매체의 언론과 정치판에서 사실과 진실은 실종되고 상대의 약점을 물고 늘어지는 '갓차gotcha-got you의 줄임말' 언론과 정치가 기승을 부리고 있다. 함정을 파놓고 교묘하게 유도해서 '너 딱 걸렸어.' 하는 마녀사냥 말이다. 요즘 코로나바이러스 때문에 모든 사람들이 마스크를 쓰지만 그 이전부터 우리는 여러 가지 색깔과 모양의 마스크를 써오지 않았나. 백인이다 흑인이다, 남자다 여자다, 양반이다 상놈이다, 보수다 진보다, 우파다 좌파다, 성직자도 속인이라고 하면서 말이다.

우리의 선각자 칼릴 지브란Kahlil Gibran 1883-931이 그의 우화집 '광인The Madman: His Parables and Poems, 1918' 서두에 하는 말 좀 들어보리라.

그대는 묻는다. 어떻게 내가 광인이 되었는가라고 이래서였지, 여러 신神들이 태어나기 오래전, 어느 날 깊은 잠에서 깨어보니 내 모든 마스크를 누가 훔쳐 가버렸어. 내가 고안해 만들어 일곱 번이나 살아온 일곱 종류의 인생을 살면서 쓰던 일곱 가지 다른 마스크를. 그래서 나는 얼굴에 아무런 마스크도 쓰지 않은 채 사람들이 붐비는 거리를 달리면서 소리쳤지. "도둑이야, 도둑이야, 저주받은 도둑이야." 남자고 여자고 사람들은 날 보고 웃었고 어떤 이들은 내가 무섭다고 집으로들 도망갔어. 내가 장터에 이르자 한 젊은이가 지붕 꼭대기에 올라서서 소리쳤어. "저 사람은 미친 사람 광인이야"라고 내가 그를 쳐다보려고 얼굴을 들었지.

그랬더니 찬란한 태양이 마스크 쓰지 않은 내 맨얼굴에 처음으로 키스를 해주었어. 난생처음으로 마스크를 벗은 내 생얼굴에 해가 뽀뽀를 해주자 내 영혼이 태양에 대한 사랑으로 불타올랐고, 나는 더 이상 잃어버린 내 마스크를 아쉬워하지도 원치도 않았어. 그리고 마치 무아지경에라도 빠진 듯 나는 소리 질렀지. 복 받으리라. 복 있으리라. 내 마스크를 훔쳐 간 도둑들에게. 이리해서 나는 광인이 되었어. 그런데 이렇게 황홀하게 미친 상태에서 나는 자유와 평안을 찾았지. 나 혼자 있을 수 있다는 고독의 자유와 사람들로부터 이해돼야 한다는 부담의 짐을 벗어버리게 된 거지. 왜냐하면, 우리를 이해한다는 사람들은 우리 안에 있는 그 무엇을 속박하고 우리를 자신들의 노예로 삼기 때문이야. 그렇지만 내가 안전하다고 너무 자만할 수는 없어. 감옥에 갇힌 도둑도 다른 도둑으로부터는 안전하니까.

You ask me how I became a madman.

It happened thus:

One day, long before many gods were born, I woke from a deep sleep and found all my masks were stolen,-the seven masks I have fashioned and worn in seven lives,-I ran maskless through the crowded streets shouting, "Thieves, thieves, the cursed thieves."

Men and women laughed at me and some ran to their houses in fear of me.

And when I reached the market place, a youth standing on a house-top cried, "He is a madman."

I looked up to behold him; the sun kissed my own naked face for the first time. For the first time the sun kissed my own naked face and my soul was inflamed with love for the sun, and I wanted my masks no more. And as if in a trance, I cried, "Blessed, blessed are the thieves who stole my masks."

Thus I became a madman.

And I have found both freedom and safety in my madness; the freedom of loneliness and the safety from being understood, for those who understand us enslave something in us.

But let me not be too proud of my safety. Even a Thief in a jail is safe from another thief.

자, 이제 칼릴 지브란이 그의 '예언자The Prophet, 1923' 속편續篇/續編이라 할 수 있는 '예언자의 뜰The Garden of the Prophet, 1933'에서 하는 말 '아름답지 못하다는 것'과 '바로 이 순간에' 그리고 '모두 다 향기롭지'도 들어보리라.

아름답지 못하다는 것

항상 반신반의하는 제자
사르키스가 물어 말하기를

선생님 추하다는 것이
무엇인지 말씀해주세요.

알무스타파 말해 가로되

집 앞으로 지나가면서

문 한 번 두드리지 않고
그 집 인심 사납다고 할
사람 세상 어디 있겠나.

추하다고 하는 것 속에
우리 들어가 보지 않고
추하다고 말할 수 없지.

아름답지 못하다는 것
참으로는 우리 눈에 낀
눈곱일 뿐이 아니겠나.

바로 이 순간에

선생님 시간이란 뭣이죠.
시간 가는 것이 무엇이죠.

이렇게 한 제자가 묻자
알무스타타 대답하기를

흙 한 줌 집어 들어보게
그 흙 속에 뭐가 있는지.

한 알의 씨앗이 있다면
그 씨앗 숲이 될 것이오.
한 마리 벌레가 있다면
한 무리 천사가 되겠지.

그 씨앗 숲으로 만들고
그 벌레 천사로 바꾸는
세월이란 시간 모두가
바로 이 순간에 있겠지.

철마다 바뀌는 계절이란
우리의 생각 바뀜일 뿐

우리 깨우침이 봄이라면
우리의 기쁨이 여름이고
우리의 추억이 가을이며
우리의 꿈은 겨울이겠지.

모두 다 향기롭지

하루는 제자 파르드루스
뜰을 거닐다가 돌을 차고
홧김에 그 돌 집어 들고
너 생명도 없는 돌멩이
죽은 것이 감히 어떻게
나의 발뿌리에 채이냐
그 돌 집어 던져버리자
알무스타파 말해 가로되

돌멩이가 죽은 것이라니
세상에 생명 없는 것이란
하나도 없는 줄 모르는가.
모든 것이 낮과 밤을 따라
숨 쉬면서 살아 움직이지.
자네와 돌이 한가지인데
돌보다 자네 심장이 좀 더
빨리 뛰고 있을 뿐이라네.

조용히 우리가 들어보면
우리들이 숨 쉬는 숨소리
저 바다 파도치는 소리
저 하늘 바람 부는 소리
다 한 소리로 들린다네.
돌과 별이 함께 더불어
모든 것들이 다 어울려
같이 부르는 한 노래로.

돌 차고 돌을 나무람은
하늘 별 보고 저주함과
다를 바 없지 않겠는가.

별들과 돌들 줍게 되리.
어린아이가 계곡에 핀
백합꽃을 꺾어 따듯이.

내 말 이해가 안 된다면
다음 날 새벽을 기다려

모든 것이 다 향기롭게
숨 쉬고 있음 알아야지.

And Sarkis, he who was the half-doubter, spoke and said: "And what of ugliness, Master? You speak never of ugliness."

And Almustafa answered him, and there was a whip in his words, and he said: "My friend, what man shall call you inhospitable if he shall pass by your house, yet would not knock at your door?

"And who shall deem you deaf and unmindful if he shall speak to you in a strange tongue of which you understand nothing?

"Is it not that which you have never striven to reach, into whose heart you have never desired to enter, that you deem ugliness?

"If ugliness is aught, indeed, it is but the scales upon our eyes, and the wax filling our ears.

"Call nothing ugly, my friend, save the fear of a soul in the presence of its own memories."

AND upon a day as they sat in the long shadows of the white poplars, one spoke saying: "Master, I am afraid of time. It passes over us and robs us of our youth, and what does it give in return?"

And he answered and said: "Take up now a handful of good earth. Do you find in it a seed, and perhaps a worm? If your hand were spacious and enduring enough, the seed might become a forest, and the worm a flock of angels. And forget not that the years which turn seeds to forests, and worms to angels, belong to this Now, all of the years, this very Now.

"And what are the seasons of the years save your own thoughts changing? Spring is an awakening in your breast, and summer but a recognition of your own fruitfulness. Is not autumn the ancient in you singing a lullaby to that which is still a child in your being? And what, I ask you, is winter save sleep big with the dreams of all the other seasons."

AND on a day, as Phardrous, the Greek, walked in the Garden, he struck his foot upon a stone and he was angered. And he turned and picked up the stone, saying in a low voice: "O dead thing in my path!" and he flung away the stone.

And Almustafa, the chosen and the beloved, said: "Why say you: 'O dead thing'? Have you been thus long in this Garden and know not that there is nothing dead here? All things live and glow in the knowledge of the day and the majesty of the night. You and the stone are one. There is a difference only in heart-beats. Your heart beats a little faster, does it, my friend? Ay, but it is not so tranquil.

"Its rhythm may be another rhythm, but I say unto you that if you sound the depths of your soul and scale the heights of space, you shall hear one melody, and in that melody the stone and the star sing, the one with the other, in perfect unison.

"If my words reach not your understanding, then let be until another dawn. If you have cursed this stone because in your blindness you have stumbled upon it, then would you curse a star if so be your head should encounter it in the sky. But the day will come when you will gather stones and stars as a child plucks the valley-lilies, and then shall you know that all these things are living and fragrant."

모두 다 '하나님'이어라

"사람을 이루는 구성요소는 물과 무기질일까 아니면 사랑-긍정-용가-희망-위로-감사-믿음-겸손-배려일까."

카피라이터 정철의 말이다. 이탈리아의 조각가 미켈란젤로Michelangelo 1475-1564 가 남겼다는 말 열 마디 우리 함께 깊이 음미해보리라.

시간을 허비하는 것보다 더 큰 손해損害는 없다. There is no greater harm than that of time wasted.

화가는 그의 손으로가 아니고 머리로 그린다. A man paints with his brains and not with his hands.

나는 아직 배우고 있다. (우리 식으로 표현하자면) 구도求道 중이다. I am still learning.

아직 깎지 않은 대리석 돌 속엔 가장 위대한 예술가의 모든 생각이 들어있다. The marble not yet carved can hold the form of every thought the greatest artist has.

진정한 예술작품은 완전무결한 신성神性의 그림자일 뿐이다. The true work of art is but a shadow of the divine perfection.

천재天才란 무궁무진無窮無盡한 인내심忍耐心이다. Genius is eternal patience.

만일 사람들이 내가 내 작품을 완성하려고 얼마나 열심히 노력했는가를 안다면 내 작품이 전혀 놀랍고 경이롭게 보이지 않을 것이다. If people knew how hard I worked to get my mastery, it wouldn't seem so wonderful at all.

돌덩어리마다 그 속에 하나의 조각상이 있다. 그 조각상을 찾아 발견하는 것이 조각가가 할 일이다. Every block of stone has a statue inside it and it is the task of the sculptor to discover it.

이 대리석 돌 속에(갇혀) 있는 천사를 보고 이 천사를 자유롭게 풀어줄 때까지 나는 돌을 깎아 냈다. I saw the angel in the marble and carved until I set him free.

거의 모든 사람들이 겪게 되는 더 큰 위험은 우리의 목표를 너무 높게 잡았다가 이 목표를 달성하지 못하는 것이 아니고 그 반대로 너무 낮게 잡아 성취하는 것이다. The greater danger for most of us lies not in setting our aim too high and falling short, but in setting our aim too low, and achieving our mark.

이상의 열 마디를 내가 한 마디로 줄여 보자면 우리 모든 사람 각자 속에 있는 신성神性을 일깨우자는 것이리라.

그럼 이 '신성'이란 어떤 것일까. 카릴 지브란Kahlil Gibran 1883-1931이 그의 우화집 '광인狂人 The Madman: His Parables and Poems, 1918'에서 하는 말 좀 들어보리라.

신神

옛날 옛적 내 입술에 처음으로 말이 떨리며 떠올랐을 때 나는 성聖스럽고 거룩한 산에 올라 신神에게 말했다.

"(만물의) 주인님이시여, 나는 당신의 종이옵니다. 숨겨져 있는 당신의 뜻이 나의 법률이고 나는 당신께 영원토록 복종하겠나이다."

그러나 신은 아무런 대답도 하지 않고, 엄청난 폭풍이 불듯 지나가 버렸다. 천 년이 지나 나는 다시 그 성산聖山에 올라 신에게 말했다.

"(만물의) 창조주이시여, 나는 당신의 피조물被造物이옵니다. 당신께서 진흙으로 나를 빚어주셨으니, 나의 존재 전부가 다 당신의 것이옵니다."

그래도 신은 아무런 대답 없이 천 개의 날개 달린 바람처럼 빨리 지나나 버렸다. 그리고 또 천 년이 지나 나는 그 성산에 올라 신에게 다시 말했다.

"(하늘) 아버지이시여, (땅에 있는) 나는 당신의 아들이옵니다. 긍휼과 사랑으로 당신께서 나를 탄생케 해주셨으니, 경배와 사랑으로 당신의 왕국을 물려받겠나이다."

그래도 신은 아무런 대답 없이 저 먼 언덕들을 감싸는 안개처럼 스쳐 지나가 버렸다. 또 천 년이 지나 나는 성산에 올라 신에게 다시 말했다.

"내 (삶의) 목적이며 달성이신 나의 신이시여, 나는 당신의 어제이고 당신께선 나의 미래이옵니다. 나는 땅속에 박힌 당신의 뿌리, 당신은 하늘에 피는 나의 꽃이옵고, 우리 함께 해를 마주 보며 자라고 있나이다."

그러자 신이 나를 굽어보시며 내 귀에 달콤하게 속삭여 주셨고, 흘러드는 냇물을 바다가 받아주듯 나를 품어주셨다. 그리고 나서 내가 (성산에서) 내려오자 신은 산골짜기와 들판에도 계셨다.

God

In the ancient days, when the first quiver of speech came to my lips, I ascended the holy mountain and spoke unto God, saying,

"Master, I am thy slave. Thy hidden will is my law and I shall obey thee for ever more."

But God made no answer, and like a mighty tempest passed away.

After a thousand years I ascended the holy mountain and again spoke unto God, saying,

"Creator, I am thy creation. Out of clay hast thou fashioned me and to thee I owe mine all."

And God made no answer, but like a thousand swift wings passed away.

And after a thousand years I climbed the holy mountain and spoke unto God again, saying,

"Father, I am thy son. In pity and love thou hast given me birth, and through love and worship I shall inherit thy kingdom."

And God made no answer, and like the mist that veils the distant hills he passed away.

And after a thousand years I climbed the sacred mountain and again spoke unto God, saying,

"My God, my aim and my fulfilment; I am thy yesterday and thou art my tomorrow. I am thy root in the earth and thou art my flower in the sky, and together we grow before the face of the sun."

Then God leaned over me, and in my ears whispered words of sweetness, and even as the sea that enfoldeth a brook that runneth down to her, he enfolded me.

And when I descended to the valleys and the plains God was there also.

이 말을 내가 또 한 마디로 줄여 보자면 이렇게 말할 수도 있으리라. 일찍부터 우리 동양의 선인仙人/先人들이 말한 대로 우주만물이 물아일체物我一體이고 너와 나 따로 없이 피아일체彼我一體이며, 우주와 내가, 조물주造物主와 피조물被造物, 신神과 내가 같은 하나 '우아일체宇我一體'요 '신아일체神我一體'다. 하늘과 땅이, 낮과 밤이, 백과 흑이, 선과 악이, 산과 바다가, 남자와 여자가, 높고 낮은 귀貴과 천賤이, 옳고 그름이, 미美와 추醜가, 같은 하나, 곧 모두가 다 '하나님'이란 말이어라.

현대판 우화寓話
: 코스미안 산고産苦

2020년 10월 4일 자 일요판 뉴욕타임스 오피니언 페이지의 인기 칼럼니스트 모린 다우드Maureen Dowd, 1952 는 그녀의 칼럼을 '현실이 트럼프 세계의(거품) 공기 방울을 터뜨리다Reality Bursts The Trump World Bubble 라는 제목으로 시작하면서 그 첫 문장에서 고대 로마 제국 시대의 정치인, 사상가, 철학자인 세네카Lucius Annaeus Seneca 4 BC- 65 AD의 말을 인용했다.

"운명/숙명은 (자발적으로) 따르는 자는 인도해주고 따르지 않는 자는 끌고 간다. Fate leads the willing and drags along the reluctant."

그러면서 그녀는 "(그동안 평생토록 성공적으로 사기를 쳐 왔지만) 끝내는 백악관에 있는 사기꾼이 (코로나) 바이러스에겐 사기를 칠 수 없었다. And, in the end, the con man in the Oval Office could not con the virus."라고 우리 동양의 촌철살인寸哲殺人 사자성어四字成語 경구警句들을 떠올리게 한다. 자업자득自業自得, 자승자박(자승자박) 등 우리말로 '제 무덤 제가 판다'는 뜻으로 그런데 이것이 어디 트럼프에게만 해당하는 일이랴.

'만물의 영장'이란 극도의 자기기만과 자만심에서 '인류Human species'가 지난 2천여 년간 특히 서구의 산업혁명 이후로 자행해온 인종주의Human Racism가 자초한 결과가 오늘의 기후변화와 코로나 팬데믹 사태가 아닌가. 이런 생물/무생물의 말종 아니 망종亡種의 한 좋은 샘플이 트럼프로 대표되는 인간이란 말이다. 그러니 우리 모두 대오일번大悟一番 크게 한 번 깨달아 개과천선改過遷善 해야 할 절체절명絶體絶命의 때가 온 것이어라. 그동안 우리가 살아온 세상이 어떤 것이었는지 확인하기 위해, 자, 이제 우리보다 앞서 이 지구별에 잠시 다녀간 우주 나그네 코스미안 칼릴 지브란Kahlil Gibran 1883-1931이 그의 우화집 <광인狂人 The Madman: His Parables and Poems, 1918> 에서 하는 말을 경청傾聽/敬聽해보리라.

"완전무결한 세상"

신神들 가운데 길 잃은 신이신, 길 잃은 영혼들의 신이시여, 내 말 좀 들어주소서. 미쳐 방랑하는 정령들인 우리를 보살펴주시는 인자한 운명의 신이시여, 내 말 좀 들으소서. 가장 불완전한 나는 완전무결한 종족 가운데 거居하나이다.

하나의 인간 카오스로, 혼동되어 어지러운 별구름으로, 완성된 세계들여러 가지 생각과 잘 정돈된 꿈과 등기 등록된 시각과 관점 그리고 제정된 법률과 순결한 질서가 정연한 사람들 사이로 나는 움직이나이다.

오, 신이시여, 저들의 공덕은 자로 재어지고 저들의 죄악은 저울로 달아지며 어두워지는 황혼빛에 죄악인지 공덕인지 애매한 수많은 일까지 다 기록되고 편람되어지나이다.

이곳에서는 낮과 밤이 행동의 사계절로 나누어지고 한 점의 오류도 있을 수 없는 정확성의 지배를 받나이다. 먹고 마시고 잠자고 옷 입는 것, 그리고 이런 일상에 지치는 일에서도

일하고, 놀고, 노래하고 춤추다, 시간 되면 잠자리에 눕는 일에서도

이렇게 생각하고, 이만큼 느끼다가, 저 지평선/수평선 위로 어떤 별이 떠오르면 생각하고 느끼는 일을 중단하는 쉬는 일에서도

미소 지으면서 이웃을 착취하고, 우아하게 손을 저으면서 '선물'을 하사하고, 신중하고 분별 있게 칭찬하고, 조심스럽게 책망하고, 말 한마디로 한 영혼을 파멸시키고, 입김으로 한 육신을 불태우고 나서는 그날의 일이 끝났다고 두 손 씻는 일에서도.

이미 설정된 기존 질서에 따라 사랑하고, 사전에 정립된 양식과 방식으로 자신 스스로 최고의 흥을 돋우고, 아주 그럴듯하게 신神들을 섬기고, 예술적으로 악마들 비위를 맞추다가 마치 기억상실증에라도 걸린 것처럼 모든 것을 잊어버리는 일에서도.

어떤 동기를 부여하고, 심사숙고하고, 꿀처럼 달도록 행복하고, 고상하고 품위 있게 고통을 감내하다가 내일이면 다시 채워지도록 오늘 마시던 컵에 담긴 모든 걸 비우는 일에서도.

오, 신이시여, 이 모든 일들을 이성理性과 규율에 따라 미리 결심하고 생각해 내고 정확히 시행해오다가 미리 처방된 방식으로 종식하고 매장하는 일에서도.

이처럼 완전무결한 세상은 최고로 훌륭하고, 최상으로 경이롭고, 신神의 정원에 가장 무르익은 과일이며 우주의 최대 걸작품이라고 하나이다.

하지만, 오, 신이시여, 왜 내가 이런 곳에 있어야만 하나이까? 나는 아직 다 쏟아 보지 못한 열정과 정열의 새파란 하나의 씨앗이고 동東과 서西를 찾지 않는 하나의 광풍狂風이며 폭발해 타버린 유성流星의 망연茫然한 별가루 티끌일 뿐이옵니다.

오, 신神들 가운데 길 잃은 신이신, 길 잃은 영혼들의 신이시여, 왜 내가 여기 있나이까?

"The Perfect World"

God of lost souls, thou who art lost amongst the gods, hear me:

Gentle Destiny that watchest over us, mad, wandering spirits, hear me:

I dwell in the midst of a perfect race, I the most imperfect.

I, a human chaos, a nebula of confused elements, I move amongst finished worlds-peoples of complete laws and pure order, whose thoughts are assorted, whose dreams are arranged, and whose visions are enrolled and registered.

Their virtues, O God, are measured, their sins are weighed, and even the countless things that pass in the dim twilight of neither sin nor virtue are recorded and catalogued.

Here days and nights are divided into seasons of conduct and governed by rules of blameless accuracy.

To eat, to drink, to sleep, to cover one's nudity, and then to be weary in due time.

To work, to play, to sing, to dance, and then to lie still when the clock strikes the hour.

To think thus, to feel thus much, and then to cease thinking and feeling when a certain star rises above yonder horizon.

To rob a neighbour with a smile, to bestow gifts with a graceful wave of the hand, to praise prudently, to blame cautiously, to destroy a soul with a word, to burn a body with a breath, and then to wash the hands when the day's work is done.

To love according to an established order, to entertain one's best self in a preconceived manner, to worship the gods becomingly, to intrigue the devils artfully-and then to forget all as though memory were dead.

To fancy with a motive, to contemplate with consideration, to be happy sweetly, to suffer nobly-and then to empty the cup so that tomorrow may fill it again.

All these things, O God, are conceived with forethought, born with determination, nursed with exactness, governed by rules, directed by reason, and then slain and buried after a prescribed method. And even their silent graves that lie within the human soul are marked and numbered.

It is a perfect world, a world of consummate excellence, a world of supreme wonders, the ripest fruit in God's garden, the master-thought of the universe.

But why should I be here, O God, I a green seed of unfulfilled passion, a mad tempest that seeketh neither east nor west, a bewildered fragment from a burnt planet?

Why am I here, O God of lost souls, thou who art lost amongst the gods?

　아는 만큼 보이고 보이는 만큼 알게 된다지만, 우리 각자는 각자대로 자신의 삶을 사랑하고 사는 만큼 사는 것이리라.
　독일계 미국 시인 찰스 부코우스키 Charles Bukowkski 1920-1994의 시 한 편도 우리 함께 음미해보리라.

무리의 천재성

인간에겐 언제나
군대가 필요로 하는
배반과 증오와 폭력과 부조리가 있지
살인을 제일 많이 하는 건
살인하지 말라고 설교하는 자들이고
제일 심하게 미워하는 건
가장 큰 목소리로 사랑을 외치는 자들이며
전쟁을 제일 잘하는 건
평화를 주창하는 자들이지
신　을 전파하는 자들이야말로
신이 필요하고
평화를 부르짖는 자들이야말로
평화를 모르며
평화를 부르짖는 자들이야말로
사랑을 모르지.
경계하라 설교하는 자들을
경계하라 안다는 자들을
경계하라 늘 독서하는 자들을
경계하라 빈곤을 싫어하거나
자랑스러워 하는 자들을

경계하라 칭찬을 받으려고

먼저 칭찬하는 자들을

경계하라 제가 모르는 게 두려워서

남 비난하는 자들을

경계하라 혼자서는 아무것도 아니기에

세상 무리를 찾는 자들을

경계하라 보통 남자와 보통 여자를

경계하라 그들의 사랑을

그들의 사랑은 보통이기에

그들은 보통만을 찾지

그러나 그들의 증오엔 천재성이 있어

널 죽이고 아무라도 다 죽일 수 있지

고독을 원하지도 이해하지도 못해

자신들과 다른 것은 뭣이든

다 파괴하려는 자들을

예술을 창작할 수 없어

예술을 이해할 수 없는 그들은

자신들이 예술을 창조하지 못하는 건

모두 다 세상 탓이고

제 사랑이 부족한 건 깨닫지 못한 채

네 사랑이 불충분하다고 믿으면서

널 미워하다 못해

그들의 미움이 완전해지지

빛나는 다이아몬드같이

칼날같이

산 같이

호랑이같이

독초같이

그들 최상의 예술이지

The Genius of the Crowd

there is enough treachery, hatred violence absurdity in the average
human being to supply any given army on any given day

and the best at murder are those who preach against it
and the best at hate are those who preach love
and the best at war finally are those who preach peace

those who preach god, need god
those who preach peace do not have peace
those who preach peace do not have love

beware the preachers
beware the knowers
beware those who are always reading books
beware those who either detest poverty
or are proud of it
beware those quick to praise
for they need praise in return
beware those who are quick to censor
they are afraid of what they do not know
beware those who seek constant crowds for
they are nothing alone
beware the average man the average woman
beware their love, their love is average
seeks average

but there is genius in their hatred

there is enough genius in their hatred to kill you

to kill anybody

not wanting solitude

not understanding solitude

they will attempt to destroy anything

that differs from their own

not being able to create art

they will not understand art

they will consider their failure as creators

only as a failure of the world

not being able to love fully

they will believe your love incomplete

and then they will hate you

and their hatred will be perfect

like a shining diamond

like a knife

like a mountain

like a tiger

like hemlock

their finest art

이 모두가 깜깜한 카오스의 밤을 밝혀 바야흐로 개명 천지 코스미안시대를 열기 위한 코스모스 산고産苦의 고진감래苦盡甘來가 되는 것이리라. 인간의 작은 그림은 우리가 그리는 것이겠지만 우주적 큰 그림은 그려지는 것이라면, 카오스의 불행 비극조차도 우리는 긍정적으로 이용하고 수용해 낙관할 수 있으리라. 미국 작가 필립 로스Philip Roth 1933-2018가 그의 작품 '방송 중On the Air: A Long Story, 1970'에서 말하듯이.

"세상이 일종의 쇼라면! 우리 모두 다 저 하늘 높이 계신 대 연출가가 물색 스카우트해 놓은 탤런트 연예인들이라면, '대 인생쇼'에 출연하는! 인생의 목적이 오락이라고 생각해 보라."

오늘날 우리가 신문이나 TV 등 뉴스를 보면 영화 보는 것 같지 않나. 전쟁영화, 괴기영화, 탐정영화, 비극영화, 희극영화, 도색영화, 연애영화, 만화영화 등, 정말 인생이 드라마와 같다면 여러 가지 배역이 필요하지 않은가. 따라서 '악역'을 맡는 사람도, 조연도, 엑스트라도, 다 필요하지 않으랴. 그러니 너도 나도 각자대로 다 맡게 되는 역할이 다를 수밖에 없으리라. 어떻든 우린 모두 각자의 배역을 맡아 최선이든 최악이든 큰 그림을 우리 다 함께 그리게 되는 것으로 각자가 각자대로 감사하고 자축할 일이어라.

8장

내가 나의 벗이 되리라

지난해 9월 29일 저녁에 있었던 미국의 2020년 첫 대선후보 토론은 인신 공격과 거짓말이 난무하는 진흙탕 싸움이었다. '최악의 토론'으로 "미국을 겁주는 호러 쇼"라는 USA 투데이의 표현을 비롯해 "수치disgrace"니 "X 쇼shit show"라는 미 언론들의 혹평이 이어졌다.

10월 7일 저녁에는 미국 대선 공화당 부통령 후보인 마이크 펜스 부통령 과 민주당 부통령 후보인 카멀라 해리스 상원의원이 한 차례 TV 토론을 가 졌는데 '토론'이란 어찌해야 좋을지 참고로 레이디 가가Lady Gaga의 멘토a spiritual adviser이고 달라이 라마Dalai Lama의 친구이며 아유르베다와 영성에 관해 집필한 인도계 미국인 작가인 디팩 초프라Deepak Chopra, 1946 - 의 조언을 들어보자.

그는 10월 4일 자 뉴욕타임스 일요판 스타일즈Sunday Styles 섹션 페이지에 보 도된 기사에서 '의견의 차이 논쟁a disagreement'은 "에고의 충돌a clash of egos"이라고 정의하면서 그 해소 방안 아홉 개를 제시한다.

우선 당신이 토론 자체를 할지 말지를 선택하라. Choose if you even want to engage.

당신이 토론하기로 결정한다면 먼저 상대방의 말을 경청하라. If you decide to engage, listen first.

상대방의 가치관을 파악하라. Learn about the other person's values.

먼저 '감感'을 잡고 숨을 고르라. Try awareness and a pause. 이는 상대방의 공격에 반격이나 방어 대신에 "통찰력, 직감, 영감, 창의성, 비전, 고품격의 의도성, 아니면 진정성, 그리고 성실성"으로 대응하는 것이란다. to tackle a disagreement with "insight, intuition, inspiration, creativity, vision, higher purpose or authenticity, integrity."

흑黑과 백白 이분법二分法 논쟁에 말려들지 말라. Don't engage in black-and-white thinking. 상대방이 강공強攻으로 나올 때, 잠시 멈춰 숨을 깊이들이 쉬고 (여유 있게) 미소 지으며 어떻게 대응할지를 결정하라. When confronted, stop, take a deep breath, smile and then make a choice.

"자신에게 자문自問해 보라. '고약한 상대방의 말에 (똑같이) 반응할 것인가? 아니면 (더 좀 차원 높게) 창조적인 대응법對應法이 없을까?'" "Ask yourself, 'Am I going to be nasty? Am I going to be reactive? Or is there a creative solution to this?'"

누가 틀렸다고 입증하려 들지 말라. Don't try to prove someone wrong.

용서할 수 있는 마음을 지녀라. Be prepared to forgive.

멋지고 의젓한 농담을 건네라. Make a (gentle) joke.

이상의 아홉 마디 조언을 내가 단 한 마디로 줄여 보자면 '내 밖의 우주를 보지 말고 내 안의 우주를 보라'가 될 수 있지 않을까. 외면의 우주란 내면의 우주를 반영 반사해주는 거울일 테니까. 요즘 '노모포비아nomophobia'란 말이 유행이다. 다들 잘 알다시피 휴대전화가 없으면, 불안감과 공포감에 휩싸이게 되는 공포증을 일컫는다. 인터넷 전문 보안업체 시쿠어엔보이SecurEnvoy가

최근 영국인 1000명을 대상으로 한 설문조사 결과를 보면, 응답자의 66%가 노모포비아를 겪고 있다는데, 인터넷 보급률이 세계에서 제일 높다는 한국인의 경우는 그 정도가 더 심하지 않을까.

우리의 선각자 칼릴 지브란_{Kahlil Gibran 1883-1931}이 그의 우화집 '광인_{狂人 The Madman, 1918}'에서 하는 말 좀 들어보리라.

나의 벗

나의 벗이여, 보이는 내가 내가 아니라네. 보인다는 것은 내가 걸치는 옷일 뿐, 자네의 추궁으로부터 나를, 나의 태만으로부터 자네를 보호해 막아 줄 방패막이 걱정으로 짠 옷이라네.

벗이여, 내 안에 있는 "나"는 말 없는 침묵의 집에 산다네. 그 집에 언제토록 나는 감지되지도 접근되지도 않은 상태로 머물 것이라네.

나는 자네가 내가 말하는 것을 믿지도 내가 하는 일을 신뢰하지도 않기를 바란다네. 왜냐하면, 내가 하는 말들이란 자네 자신의 생각들에 소리를 내주는 것이고 나의 행동이란 자네 자신의 희망을 행동으로 보여주는 것이기 때문이지.

자네가 "바람이 동쪽으로 분다."고 말할 때면 나는 말하지. "그래, 바람이 동쪽으로 부네." 내 생각은 바람에 있지 않고 바다에 있음을 자네가 아는 것을 나는 원치 않는 까닭이지.

자네가 바다로 항해하는 내 생각들을 이해할 수 없을 뿐만 아니라 자네가 이해할 것을 내가 바라지도 않는다네. 나는 바다에 나 혼자 있을 것이니까.

나의 벗이여, 자네에게는 낮이지만 나에게는 밤이라네. 그래도 나는 언덕에서 춤추는 밝은 낮과 산골짜기 넘어가는 보라빛을 말하지. 자네는 나의 어둠의 노래를 들을 수도 밤하늘 별들을 향해 날아가는 나의 날갯짓을 볼 수 없기 때문이지. 그리고 나는 자네가 이를 듣거나 보지 않았으면 한다네. 나는 밤을 나 혼자 지내고 싶기 때문이지.

자네가 자네의 '천국'에 오를 때면 나는 나의 '지옥'으로 내려간다네. 그럴 때도 자네는 건널 수 없는 물굽이 만_※ 너머로 나를 부르지, "나의 동반자여, 나의 동무여" 그러면 나도 자네에게 대답하지, "나의 동반자여, 나의 동무여" 왜냐하면 나는 자네가 나의 '지옥'을 보지 않았으면 해서라네. 불길이 내 눈 길을 태우고 연기가 내 코를 메게 한다네. 나는 나의 '지옥'을 너무 사랑하기 때문에 자네가 방문하지 않았으면 한다네. 그 지옥에 나 혼자 있고 싶으니까.

자네는 진실과 아름다움과 정의로움을 사랑하지. 그래서 나도 자네를 봐서 이런 것들이 다 좋다고 말하지. 그러나 속으로는 자네의 사랑에 대해 나는 비웃고 있다네. 하지만 자네가 내 비웃음을 보지 않았으면 한다네. 나 혼자 웃고 싶으니까.

나의 벗이여, 자네는 착하고, 조심스러우며 현명하지, 아니 자네는 완벽해. 나도 자네와 말할 때면 현명하고 조심스럽지만, 나는 미쳤다네. 그러나 나는 내가 미친 걸 마스크로 가린다네. 나 혼자 미쳐야 하니까.

나의 벗이여, 자네는 나의 벗이 아니라네. 이를 내가 어찌 자네에게 이해시킬 수 있겠나? 내가 가는 길은 자네가 갈 길이 아닌데도 우리는 손에 손을 잡고 같이 걷는다네.

My Friend

My friend, I am not what I seem. Seeming is but a garment I wear a care-woven garment that protects me from thy questionings and thee

401

from my negligence.

The "I" in me, my friend, dwells in the house of silence, and therein it shall remain for ever more, unperceived, unapproachable.

I would not have thee believe in what I say nor trust in what I do— for my words are naught but thy own thoughts in sound and my deeds thy own hopes in action.

When thou sayest, "The wind bloweth eastward," I say, "Aye it doth blow eastward"; for I would not have thee know that my mind doth not dwell upon the wind but upon the sea.

Thou canst not understand my seafaring thoughts, nor would I have thee understand. I would be at sea alone.

When it is day with thee, my friend, it is night with me; yet even then I speak of the noontide that dances upon the hills and of the purple shadow that steals its way across the valley; for thou canst not hear the songs of my darkness nor see my wings beating against the stars-and I fain would not have thee hear or see. I would be with night alone.

When thou ascendest to thy Heaven I descend to my Hell-even then thou callest to me across the unbridgeable gulf, "My companion, my comrade," and I call back to thee, "My comrade, my companion"-for I would not have thee see my Hell. The flame would burn thy eyesight and the smoke would crowd thy nostrils. And I love my Hell too well to have thee visit it. I would be in Hell alone.

Thou lovest Truth and Beauty and Righteousness; and I for thy sake say it is well and seemly to love these things. But in my heart I laugh at thy love. Yet I would not have thee see my laughter. I would laugh alone.

My friend, thou art good and cautious and wise; nay, thou art perfect-and I, too, speak with thee wisely and cautiously. And yet I am mad. But I mask my madness. I would be mad alone.

My friend, thou art not my friend, but how shall I make thee understand? My path is not thy path, yet together we walk, hand in hand.

'시인詩人'도 아닌 내가 이 '시詩'를 나대로 이해하기로는, 우리는 모두 각자 각자 대로 자신의 숨을 혼자 쉬듯 자신의 삶과 사랑도 혼자 하는 것으로 자기 자신을 자신의 '벗'으로 삼아야 한다, 다시 말해 자기 자신이 자신의 벗이 될 때 언제 어디서나 우리 각자는 심심하거나 외롭지 않고, 우주 나그네 코스미안으로서 자유롭게 그리고 자족자급自給自足스럽고 행복하게 아니 황홀하게 코스모스바다로 항해하고 코스모스하늘로 비상할 수 있다는 우주적 메시지Cosmic Message를 전하는 것이리라.

우린 모두
코스모스 상사병 환자다

2016년 데뷔하자마자 '휘파람', '불장난'으로 국내 가요계를 휩쓸었던 블랙
핑크가 4년 만의 정규 1집으로 세계 음악시장을 뒤흔들고 있다는 보도다.

지난해 추석 연휴인 10월 2일 발매된 정규 1집 'THE ALBUM' (디 앨범)
타이틀곡 'Lovesick Girls' (러브식 걸스)는 세계 최대 팝시장인 미국을 비롯
해 총 57개 지역 아이튠즈 송차트 1위에 올랐고, 일본, 중국, 홍콩, 마카오, 싱
가포르, 태국, 베트남 등 아시아 지역에서도 1위며, 특히 일본과 중국에서는
아이튠즈뿐 아닌 현지 주요 음원사이트에서 정규 1집 수록곡들을 전부 10위
권 내 진입시키는 '줄 세우기'에 성공했다고 한다.

해마다 가을이 오면 한국에는 가는 곳마다 길가에 깨끗하고 고운 코스모
스가 하늘하늘 하늘에 피어 길가는 나그네의 향수를 달래준다. 이때면 모든
나그네들 가슴앓이를 하게 되는가 보다. 아물어가던 가슴 속 깊은 상처가 도
져 다시 한번 '코스모스 상사병' 가슴앓이를 하게 되는 것이리라.

다음은 영어英語/靈語를 배우는 청소년들에게 For the young people interested not only in the
carnal/sexual language but also in the spiritual 조금이나마 도움이 될 수 있지 않을까 해서 내
가 평생토록 앓아온 내 코스모스 상사병相思病 이야기 My Cosmos-Lovesick Story를 아래
와 같이 영문으로 적어보리라.

When I was fourteen years old, I left home and went on a journey.

People said I became a vagabond at an early age. One summer night,
I wrote a poem:

Cosmos

When I was a boy,
I liked the cosmos
Cozy and coy
Without rhyme or reason to toss.

Later on as a young man,
I fell in love with the cosmos
Conscious of the significance
Of this flower for me sure,
The symbol of a girl's love pure.

As I cut my wisdom teeth,
I took the Cosmian way,
Traveling the world far and near
In my pursuit of the Cosmos
In a chaotic world.

Upon looking back one day,
Forever longing,
Forever young,
Never aging, and
Never exhausted
By yearning for the Cosmos
I'd found unawares

Numerous cosmos
That had blossomed
All along the road
That I had walked.

The dreamland of a bluebird
Looking for a rainbow,
Where could it be?
Over and beyond the stormy clouds,
That's where it would be,
Right there arainbow!

Come autumn, wherever you go in the countryside of Korea, the pure and pretty cosmos, shyly swaying in the breeze against the sky, catches the wanderer's eye all along the journey. At times like this, you suffer from an old heart-ache. As a constant stream of humanity flowed by, I became a young man.

One day, in a bakery café' in Seoul, I was instantly captivated by a girl so pure and pretty. It was the 'love at first sight.' If she were a flower, what flower would she be? There was a saying that among all the creations of God, the cosmos was the first and the chrysanthemum was the last. While I was in a daze, she was leaving. I hesitated before following her.

She became aware of being followed from downtown Jongno to Sinchon on the outskirts of town.

"Do you have any business with me?"

She asked. She had a clear voice.

"Please let me introduce myself, I'm a new philosophy-religion graduate of Seoul National University. I want to make your acquaintance, if I may. Do you mind?"

She blushed scarlet. I was delighted and decided to call her my Cosmos.

I started dating my Cosmos. We frequented music café's like C'est Si Bong and The Milky Way, in downtown Seoul.

One day we went to see a film, The Brothers Karamazov. Waiting in the second floor lobby for the next show time, she asked, "Do you want to go the bathroom?"

I didn't feel like going, but I went anyway. The entrance to the men's and women's bathrooms were side by side. I stood for a moment in front of the urinal and a thought crossed my mind that I and my Cosmos were not far apart with only a wall between us. I realized that if the distance were shortened by just a few feet, I could be in her.

At the very moment I experienced the contraction of space. Thereafter, I never felt lonesome again. Anytime, any- where, I could feel close to anybody. If the whole universe were compressed into a single dot, one could be united with all.

In the meanwhile, a powerful opposition politician asked me to work for him as his secretary. My involvement with the student movement opposing the corrupt and dictatorial government must have caught his attention. I declined the offer because I had other plans.

In the future, be it politics, economics, or culture, in all walks of life, I thought, it was going to be global, and therefore learning foreign languages was essential. Since middle and high school, I'd been learning English, Japanese, Chinese, German, French, and Spanish. And in college I studied Latin, Greek, Hebrew, Russian, and Arabic. I became fluent enough in English, German, French, and Spanish to tutor fellow students, businessmen, and military generals.

Being a greenhorn at that age, I decided three jobs were unworthy of a man: secretary, spokesperson, and ghostwriter. If you possessed a modicum of self-respect, I reasoned, why should you run errands, speak or write for somebody, instead of doing your own things? If you could become a secretary, why not a presidential secretary? Even that was not because I coveted the position of a presidential aide.

There's an old saying in Korea: 'You've got to enter a tiger's den if you want to catch a tiger.' This was not to say I thought of harming anyone, but it was rumored that President Syngman Rhee, the first president of the Republic of (South) Korea, was surrounded by a pack of sycophants and schemers blinding him to the true state of affairs. If I worked for him, I would open up the President's eyes and ears to people's needs and problems. In fact, I had secured glowing recommendations from several VIPs for a protocol post of the Kyungmudae, the President's Office, now called the Blue House.

After graduating from Kyungnam Girls' High School in Busan, my Cosmos attended the School of Pharmacy, Ewha Women's University in Seoul.

Before going home for the winter break of 1959, she gave me a copy of Dante's The Divine Comedy as a Christmas present. I was going to visit her and meet her parents in Busan as soon as I got my official appointment. In case, I couldn't make it for some reason, I also made an appointment to see her on the next Valentine's Day, February 14, 1960, at the Lake Restaurant in Seoul.

A few days later, I fled the capital city of Seoul. Because of the active part played in the student movement, I had to go into hiding.

After going underground, I wrote a letter to my Cosmos. Writing in ink wouldn't convey the urgency and the intensity of my love for her, so I drew blood from my forearm and calligraphed the note in blood. Apologizing for not keeping the appointment, I begged for understanding and asked her to wait for me until I could contact her. My message was rolled into a parcel and mailed.

Apparently frightened by this shocking 'blood-letter' she replied with a short note saying, "Please forget me."

Falling into an abyss of despair, I devised a plan on how to take my own life. If I could find a boat, I would row it as far as I could in that great expanse, the sea and the sky, often likened to a life-journey itself. If not, I would simply jump into the sea and swim as far as I could.

As if drawing a long-kept sword, I wrote a suicide note:

Dear Cosmos,

Call me a crazy, stupid madman, or what you may.
I'm going to jump into the sea, into the bosom of the Cosmos.

After sending this parting note off, I threw myself into the East Sea. Were life and death indeed providential? My one life was miraculously spared, escaping from nine deaths. In the hopeless turmoil, I hurt my back and was hospitalized. After my surgery at the Medical Center in Seoul, the simmering student uprising of April 19, 1960, finally erupted.

Reading newspapers one day, I spotted someone identified as Cosmos on the list of donors helping the victims of the Uprising who were killed or wounded by the police. I intuited that it was my Cosmos! She was grieving over my victimhood, for sure. I was deeply moved. Even if I were to breathe my last at that very moment, I could not have been happier.

After one surgery, I recuperated but I pretended otherwise and underwent two mor surgeries. Following operations on my spine to remove herniated discs, I wished I would have never awakened from the anesthetic. But even if I came to myself, I would be happy with vivid memories of my Cosmos forever.

Hospitalized for almost a year, thinking of my Cosmos, day and night, I happened to read a newspaper article on graduating students of Ewha Women's University. My Cosmos was then a senior there. Asked about their personal views on marriage, a few students said they didn't want to get married at all.

One observation in particular was penetrating: "A man's life seems too tough and tragic." These words took away my breath and soul.

"Oh, my goodness, my Cosmos thought I was dead and couldn't forget me. And she wouldn't marry. What a horrible thing I've done to her. I've got to set her free from this nonsense."

Then I panicked when I recalled hearing that someone had become impotent after a spinal surgery.

"Have I become impotent too? Even if not, could I father a child?" I asked myself.

I was apprehensive of my conditions. Only after my sperms were tested and I received a clean bill of health, did I write to my Cosmos for an appointment to meet her at the Lake Restaurant on the next Valentine's Day, February 14, 1961. I planned to get the two families together to arrange for our engagement.

I went to her school to check if she got my letter. The letter was still in the school mailbox, uncollected. I inquired her whereabouts and went to deliver it myself.

In no time, after speaking with her, it dawned on me that mine was the typical case of 'a misconception at liberty and of a delusion at sea.'

She told me that she was seeing another man. Thunder-struck by the harshness of reality, I wished her all the happiness. And I mused.

Was the grass wet with early morning dew to pay my dues of life and love?

Were they dewdrops of life-giving and love-making, or rather teardrops of joy and sorrow?

Was that for breathing in this magic world to the full, and breathing it out to the last, before transforming back into the mystical essence of the Cosmos?

세상 사람 모두가 찾는 아름다운 우주 코스모스는 우리 각자가 각자 대로 밖이 아닌 자신 안에서 찾아야 한다는 것을 우리 모두 평생토록 코스모스 상사병 가슴앓이를 통해 깨닫게 되는 것이리.

있을 이 이슬이슬 맺혀
이슬이던가
삶과 사랑의 이슬이리
아니
기쁨과 슬픔의 저슬이리
이승의 이슬이
저승의 저슬로
숨넘어가는

우리 모두 자문해보리

사람이 삶을 산다는 게 무슨 의미가 있는지
사람이 삶을 살았다는 게 무슨 뜻이 있는지
무엇을 또 누구를 위한 삶을 살아야 하는지
그 답을 우리는 어디에서 찾아볼 수 있을까

What does it mean to live your life?

What does it mean to have lived your life?

For what and for whom one should live and die?

Where can one find the answer?

우주는 네 밖에 있지 않다.

네 안을 보라

네가 원하는 것 모든 것이

이미 바로 너 자신이어라.

— 루미

The universe is not outside of you.

Look inside of yourself;

Everything that you want,

You already are.

— Rumi

이 글을 나의 '기도문'으로 끝맺으리라.

사랑의 숨 쉬는 순간마다
삶은 충만해지는 것이리

이렇게 살지 않고 쓰여진
삶이라면 헛된 것이 되리

빌고 또 빌건대

이렇게 헛된 게

내 삶이 아니길

Life is fulfilled every moment

When it is lived in love.

Life is totally wasted

When it's written about

Without living it.

This is

not my case,

I pray.

우린 모두 사랑의 구도자 코스미안이어라

이제 3주도 채 남지 않은 미국 대선에서 열세劣勢에 몰려 날로 패색敗色이 짙어가는 도널드 트럼프가 옛날 그의 TV쇼에서 외치던 불호령 '너는 해고야 You are fired'가 부메랑boomerang처럼 자신에게 떨어질 운명의 날을 직면해서일까. 코로나바이러스 양성 판정을 받고 입원까지 해 치료받던 중 조기 퇴원해 10월 12일 콜럼버스데이에 플로리다 유세장으로 갔다. 코로나 방역수칙을 전적으로 무시한 그를 따라서 그의 지지층 청중들도 마스크를 쓰지 않고 열광적으로 그를 환호하는 바람에 주요 언론사 취재기자들이 자신들의 건강을 지키기 위해 철수하는 사태까지 벌어졌다는 보도다. CNN이 인터뷰한 남녀노소 몇몇 지지자들은 이구동성으로 하는 말이 자신들은 코로나바이러스를 전혀 두려워하지도 않을 뿐만 아니라 코로나바이러스에 걸려 '죽어도 좋다'는 것이었다. 동서고금 언제 어디에서나 있어 온 '순교자殉教者'들의 광신적狂信的인 신앙고백信仰告白 같았다.

1970년대 내가 젊은 시절 읽고 기억에 남는 글 하나가 떠오른다. 한국어로도 번역 소개되어 잘 알려진 영국의 철학자 버트랜드 러셀Bertrand Arthur William Russell 1872-1970의 자서전 서문 "뭘 위해 내가 살아왔나 What I Have Lived For"에 나오는 말이다.

"세 가지 단순하나 압도적으로 강렬한 열정이 내 삶을 지배해 왔다. 사랑과 지식과 인류가 겪는 고통에 대해 견디기 힘든 연민의 정情이다. Three passions, simple but over- whelmingly strong, have governed my life:

the longing for love, the search for knowledge, and unbearable pity for the suffering of mankind."

여기서 그가 말하는 '사랑'은 남녀 간의 로맨틱 사랑romantic love이고, '지식智識/知識'이란 진리탐구眞理探究이며, '연민憐憫/憐憫'이란 인류애人類愛를 뜻한다. 이는 우리 모든 코스미안의 가장 중요한 일 아니랴. 그의 영문 서문 전문을 인용해보리라.

Description: This is the prologue to the Autobiography of Bertrand Russell, written on 25 July 1956 in his own hand. The text follows:

PROLOGUE. WHAT I HAVE LIVED FOR.

Three passions, simple but overwhelmingly strong, have governed my life: the longing for love, the search for knowledge, and unbearable pity for the suffering of mankind.

These passions, like great winds, have blown me hither and thither, in a wayward course, over a deep ocean of anguish, reaching to the very verge of despair.

I have sought love, first, because it brings ecstasy-ecstasy so great that I would often have sacrificed all the rest of life for a few hours of this joy. I have sought it, next, because it relieves loneliness-that terrible loneliness in which one shivering consciousness looks over the rim of the world into the cold unfathomable lifeless abyss. I have sought it, finally, because in the union of love I have seen, in a mystic miniature, the prefiguring vision of the heaven that saints and poets have imagined. This is what I sought, and though it might seem too good for human life, this is what-at last-I have found.

With equal passion I have sought knowledge. I have wished to understand the hearts of men. I have wished to know why the stars shine. And I have tried to apprehend the Pythagorean power by which number holds sway above the flux. A little of this, but not much, I have achieved.

Love and knowledge, so far as they were possible, led upward toward the heavens. But always pity brought me back to earth. Echoes of cries of pain reverberate in my heart. Children in famine, victims tortured by oppressors, helpless old people a hated burden to their sons, and the whole world of loneliness, poverty, and pain make a mockery of what human life should be. I long to alleviate the evil, but I cannot, and I too suffer.

This has been my life. I have found it worth living, and would gladly live it again if the chance were offered me.

Bertrand Russell won the Nobel prize for literature for literature for 'A History of Western Philosophy, 1945)' and was the co-author (with Alfred North Whitehead 1861-1947 of 'Principia Mathematics, 1910)

그러니 생전에 그는 이런 말도 했으리라.

"그 어떤 신중함보다 참된 행복에 가장 치명적인 것은 어쩌면 사랑에 신중함이다. Of all forms of caution, caution in love is perhaps the most fatal to true happiness."

우리 미국의 제16대 대통령 에이브러햄 링컨_{Abraham Lincoln 1809-1865}이 남녀 간의 사랑에 대해 한 말도 음미해보리라.

"어떤 여인이 나와 운명을 같이 하기로 결정한다면 나는 전력을 다해 그 여인을 행복하고 만족하게 해주리라. 이렇게 하는데 실패한다면 이보다 더 나를 불행하고 비참하게 아는 일은 없으리라. Whatever woman may cast her lot with mine, should any ever do so, it is my intention to do all in my power to make her happy and contended; there is nothing I can imagine that would make me more unhappy than to fail in the effort."

우리 김구_{金九 1876-1949} 선생님의 말씀도 되새겨보리라.

'대붕역풍비 생어역수영_{大鵬逆風飛 生魚逆水泳}'

'커다란 새는 바람을 거슬러 날고, 살아있는 물고기는 물을 거슬러 헤엄친다.'

"사랑의 문화와 평화의 문화로 우리 스스로 잘 살고 더불어 인류 전체가 의좋고 즐겁게 살도록 하자. 네 인생의 발전을 원하거든 너 자신의 과거를 엄하게 스스로 비판하고, 한마음 한뜻으로 덕을 쌓고 네 앞날을 개척할지어다. 마음속의 3.8선이 무너져야 땅 위의 3.8선도 무너질 수 있다. 인류 전체로 보면 현재의 자연과학만으로도 충분히 편안하게 살아갈 수 있다. 인류가 불행해지는 근본 이유는 인의_{仁義}가 부족하고, 자비_{慈悲}가 부족하며, 사랑이 부족한 까닭이다. 개인의 자유를 주창하되, 그것은 저 짐승들과 마찬가지로 저마다 자기의 배를 채우기에 급급한 그런 자유가 아니라 제 가족을 제 이웃을 제 국민을 잘살게 하는 자유이어야 한다.

또한 공원의 꽃을 꺾을 자유가 아니라, 공원에 꽃을 심는 자유여야 한다.

우리는 남의 것을 빼앗거나 남의 덕을 입으려는 사람이 아니라, 가족에게, 이웃에게, 동포에게 나눠주는 것을 보람으로 삼는 사람들이다. 이른바 선비요, 점잖은 사람들인 것이다. 사랑하는 처자를 가진 가장은 부지런할 수밖에 없다. 한없이 주기 위함이다. 힘든 일은 제가 앞서 행하니 그것은 사랑하는 동포를 아낌이요, 즐거운 것은 남에게 권하니 이는 사랑하는 자가 잘되길 바라기 때문이다. 우리 조상이 추구했던 인후지덕仁厚之德이란 것이 그런 것이다."

앞에 인용한 러셀의 '뭘 위해 내가 살아왔나'를 우리 모두 스스로에게 물어볼 일 아닌가. 우리 모두 하나같이 사랑의 구도자求道者 코스미안이라면 말이어라.

안녕하십니까.

오늘 아침(2020년 10월 16일 자) 중앙일보 투데이 페이지에 실린 김호정 기자님의 기사 "일본 유학하면 친일파 후폭풍, 조정래진중권 연일 설전"을 읽은 독자의 한 사람으로 극히 외람됨을 무릅쓰고 삼가 이렇게 몇 자 적습니다.

저는 어려서부터 '출세出世'한 '공인公人'이니 '유명인有名人'이니 '작가/예술인'이니 하는 자칭/타칭의 라벨/레이블에 강한 거부 반응 알레르기 증상을 느껴왔습니다. 사람을 포함해 자연만물이 이 세상에 태어날 때 이미 출세했고 누구나 다 이름을 갖고 있어 이미 유명인이며, 공적公的이면서 동시에 사적私的 생활을 하는 공인公人이요 또한 사인私人인데 그 무슨 '쥐뿔 나게' 유무명인有無名人과 공사인公私人을 따지는가 하는 것이었습니다.

그리고 또 좀 생각해 보니 우주 자연 만물 이상의 '예술'이 있을 수 없고 사랑의 피와 땀과 눈물로 쓰는 글 이상의 '작품'이 있을 수 없는데, 아무리 훌륭한 예술작품이라 해도 고작 '실물實物'의 그림자와 모조품에 불과한데, 어떻게 실물보다 그 짝퉁 모사품을 더 애지중지愛之重之할 수 있겠는가 하는 것이었습니다. 이제 우리 어서 '우물 안 개구리'의 '도토리 기재기' 졸업할 때가 오지 않았을까요. 문화적인 특권층 귀족인 양 행세하는 치졸한 행태와 사고방식 말입니다.

2020년 10월 16일

코스미안은 사랑의 화신이다

미국 뉴저지 테너플라이에서
두 분의 건강과 건필 아니 건생을 기원하면서

망언다사妄言多謝

이태상 드림

미나리 타령

내가 아주 어렸을 때 애들이 즐겨 부르던 노래가 있다. "미나리밭에 앉아서 좆이나 박박 긁어라."

"내가 자라면서 느낀 것은 우리가 극복하려 했던 주요 장애물은 가족으로서 함께 살아남는 방법이었지, 외부에 있는 그 지역사회 공동체와 관계를 맺는 방법이 아니었다. 인종차별은 있었고 나도 끔찍한 일들을 겪었지만 돌이켜보면 농사짓는 일과 서로를 사랑하기 위해 애쓰는 일이 더 힘들었다. I grew up feeling like the main obstacles that we were trying to overcome had more to do with how we survive together as a family, and less to do with external relationships that we had with the community. Racism did exist and I've experienced some horrific incidents, but when I think about those days, it's more about farming and the difficulties of trying to love each other."

지난 3월 7일자 영국 일간지 가디언 일요판 업저버The Guardian Sunday Observer와 가진 인터뷰에서 1980년대 아메리칸 드림을 쫓는 이민가정의 고단한 삶을 재현한 영화 '미나리Minari' 감독 리 아이작 정(한국 이름 정이삭 42세)이 하는 말이다. 작년 초 선댄스 영화제에서 최고상인 심사위원 대상과 관객상을 받은 후 지난달 28일 제78회 골든글로브 최우수 외국어상을 수상한 데 이어 올해 오스카상 유력 후보인 이 영화는 미국 콜로라도주에서 1978년 태어나 다섯 살 때부터 아칸소 시골 마을에서 자란 정 감독이 자신의 어린 시절을 바탕으로 제작한 자전적 영화이다. 앞에 인용한 정 감독의 말은 이 지구별에 태어나 잠시 머무는 우리 모든 인간가족의 증언이 되리라.

영국의 진화생물학자 리처드 도킨스Richard Dawkins, 1941 - 는 어머니 자궁에서 아빠의 정자와 엄마의 난자가 만나 잉태되는 확률이 아라비아 사막에 있는 모래알 숫자보다 많은 수 가운데 하나라고 했다. 이런 확률은 더 낮아진다. 왜냐하면, 복권 당첨이란 우리가 임신하기 전부터 시작되기 때문이다. 하늘의 별처럼 수많은 사람 중에 우리 부모가 될 남녀가 만나야 하고 이 두 사람의 성적性的 관계를 통해 불가사의不可思議하게도 내가 수정受精 수태受胎된 까닭에서다.

어디 그뿐이랴. 상상을 절絶하는 태곳적에 크게 한탕 치는 '빅뱅Big Bang'을 통해 우주의 원초적 정자들이 검은 구멍 '블랙홀Black Holes'에 몰입해 수많은 별들이 탄생했을 터이고, 부지기수不知其數의 별들 가운데 하나인 이 지구라는 아주 작은 별에 생긴 무수한 생물과 무생물 중에서 당첨되는 이 복권이야말로 더할 수 없는 '행운의 여신Dame Fortune'의 은총, 우리말로는 '삼신할머니'의 점지點指란 축복이 아니라면 무엇이겠는가.

앨버트 아인슈타인Albert Einstein 1979-1955은 "신神이 세상과 주사위 놀이를 한다. (God plays dice with the world.)"고 믿고 싶지 않았다지만, 신 또는 신적인 존재가 관여했든 안 했든 간에 천문학적으로 기적 이상의 복권 당첨으로 일단 인간으로, 그것도 우리 부모가 즐겁게 나눈 사랑이란 무지개를 타고 이 지구별에 태어난 우리 모든 코스미안들은 이 지상에 머무는 동안 만큼은 이 '행운의 주사위 놀이'를 해봄 직하지 않은가. 가능한 한 고생苦生이 아닌 낙생樂牲을 해보자는 말이다.

내 동료 법정 통역관 중에 로물로Romulo라는 아주 젊고 남성미 철철 넘치는 스패니쉬가 있다. 나와 스스럼없이 성적 농담도 즐겨 나누는 친한 사이다. 내가 이 친구에게 붙여준 별명이 '제비 왕자Prince Gigolo'이다. 이 친구는 얼굴에 시커멓게 난 수염도 안 깎는다. 자기는 공화당원Republican이 아니고 민주당원

_{Democrat}이라면서 씨익 웃는다. 우리 둘 사이에서는 이 두 단어가 정치적이 아니고 성적_{性的}으로 쓰인다. 빌 클린턴처럼 여성으로부터 오럴 서비스를 받기만 좋아하면 공화당원이고 주는 걸 더 좋아하면 민주당원이다. 이런 관점에서 볼 때 트럼프는 물론이겠지만 전전 번 민주당 대선 후보였던 힐러리 클린턴도 공화당원이었으리라. 만일 그렇지 않고 그녀가 열성 민주당원이었었더라면 빌 클린턴과 모니카 르윈스키의 스캔들도 없지 않았었을까.

언제부터인가 미국에선 '슈거 대디_{Sugar Daddy}'와 '슈거 마미_{Sugar Mummy}'란 말들이 대유행이다. 부부나 애인 또는 사랑하는 자녀에게 흔히 달콤한 꿀단지 같다고 '허니_{Honey}'라는 애칭을 쓰듯이, 당뇨병과 비만증 등을 유발해 건강에 해로운 설탕_{Sugar}보다는 '허니 대디, 허니 마미, 허니 베이비_{Honey Daddy, Honey Mummy, Honey Baby}'라 하는 게 더 좋지 않을까.

현재 세계 인류 모두가 겪고 있는 코로나 사태가 발생하기 얼마 전 주요 일간지에 AP통신 기획 기사가 기재되었다. 대학 등록금이 매년 치솟자 돈 많은 아버지뻘 남자_{Sugar Daddy}와 원조 교제를 통해 학비를 해결하는 여대생이 크게 늘어나고 있다는 얘기였다. '슈거 베이비_{Sugar Baby}'로 불리는 여대생들을 '슈거 대디_{Sugar Daddy}'와 연결해주는 SeekingArrangement. com 등의 웹사이트도 성업 중이라고.

지난해 미국 대학졸업생들은 1인당 평균 5만 달러, 대학원 졸업생들은 10만 달러, 법대나 의과대학 졸업생들은 몇십만 달러의 학자금 빚을 지고 있다. 이런저런 장학금과 융자금으로 겨우 등록금을 해결한 다음에도 기숙사나 아파트 월세와 용돈을 벌기 위해 변변치 않은 보수의 아르바이트를 할 수밖에 없는 여대생들이 찾는 편리한 대안이 바로 '슈거 대디'라고.

청순미와 지성미를 갖춘 슈거 베이비들이 아버지뻘 슈거 대디의 비즈니스 여행에 동반하기도 하면서 낮엔 비서로, 밤엔 연인으로 섹스 서비스를 제공하는 대가로 받는 월평균 용돈 수입이 수천 달러인데, 한 슈거 대디는 지난 2

년간 3명의 슈거 베이비들과 사귀면서 수십만 달러를 썼다고 한다.

전문웹사이트 SeekingArrangement.com은 2010년 7만 9천 4백여 명이었던 등록자 수가 그 후로 매년 수백만 명으로 늘어났고, 이들 중 약 3분의 1이 여대생이며, 매일 수천 명이 등록하지만, 등록금 납부시즌인 8월과 1월엔 등록자가 평소의 몇 배로 폭증한다고 한다. 미국의 슈거 베이비들은 성인이므로 법적제재 대상도 아니라서 앞으로 계속 증가할 전망이라고, 특히 요즘처럼 코로나 사태로 대학졸업생들이 일자리를 찾기가 하늘의 별 따기만큼 어려워진 상황과 처지에선 수많은 젊은이에게는 거의 유일한 생존전략이 될 수밖에 없지 않을까.

뿐만 아니라 남녀평등사회를 지향해서인지, 슈거 대디와 맞먹는 슈거 마미도 증가추세라고 한다. 사회적으로 성공한 재력 있는 커리어 여성들이 아들뻘 되는 젊은 남성을 슈거 베이비로 삼는데, 이런 청년들은 한국의 제비족처럼 꼭 남자 대학생이 아닐 수도 있단다. 내가 새파랗게 한창 젊었을 때 내 주위에도 이런 친구가 하나 있었는데 실은 나도 내심 이 친구를 많이 부러워하기만 했었다.

"모든 전문 직종의 직업인들이란 일반 대중을 등쳐먹는 음모의 공범자들이다. All professions are conspiracies against the laity."

이렇게 일찍이 아이리쉬 극작가 조지 버나드 쇼George Bernard Shaw 1856-1950는 갈파했다. 이는 극히 자연스럽고 상식적인 진실을 외면한 채 괜히 어렵고 복잡하게 점잔을 빼며 이러쿵저러쿵 공연한 말로서 유식하게 말 팔아먹는 전문가들을 풍자한 것이었으리라.

너 나 할 거 없이 우린 모두 뭣인가를 팔아먹고 산다. 육체노동이든 정신노동이든 감정노동이든 노동을 파는 자가 노동자라면, 우린 모두 하나같이 노동자일 뿐이다. 그런데도 그 알량한 지식을 파는 사람을 학자다, 선무당 같은 의료기술이나 법률기교를 부리는 사람을 의사다 법관이다 변호사다 하면서 높으신 양반들로 떠받든다. 어디 그뿐인가. 사람 노릇도 제대로 못 하면서 신神의 이름과 권위를 빙자해 빈말로 기도 팔아먹고 살면서 사람 이상이라도 된 듯 '성직자聖職者'로 행세하는 서커스와 쇼가 있지 않은가.

우리 깊이 좀 생각해보면 구체적인 몸을 파는 게 추상적인 정신을 파는 것보다 더 정직하고 실질적이 아닌가. 더군다나 추상적인 정신보다 더 막연한 가공의 예술을 판다는 건 그 더욱 구름잡이가 아닐까. 같은 몸을 팔더라도 인명을 살상하는 전쟁과 폭력의 용병이 되기보단 나부터 즐겁고 동시에 너도 즐겁게 해주는 성性노동이 억만 배 낫지 않겠는가 말이다.

이렇듯 정치적으로, 법적으로, 사회적으로, 학문적으로, 예술적으로 또는 종교적으로 오리무중五里霧中의 독선 독단적 정신과 영혼을 파는 거창한 형이상학적인 구두선口頭禪의 남창들과 창녀들보다는 차라리 형이하학적으로 솔직하게 몸을 파는 것이 훨씬 더 자연스럽고 인간적이 아닐까.

내가 조숙했던 것일까. 사춘기思春期 때 일찍 사추기思秋期를 맞았었는지 그 당시 지어 불렀었던 가을 노래를 70여 년이 지나 이제 새삼스럽게 읊조려 본다. 돌이켜 보면 어쩜 사춘기 이후로 나는 언제나 가을을 타는 '가을살이'를 해왔는지도 모르겠다.

가을 노래

낙엽이 진다
타향살이 나그네 가슴 속에
낙엽이 진다
그리움에 사무쳐
시퍼렇게 멍든 내 가슴 속에
노랗게 빨갛게 물든 생각들이

으스스 소슬바람에 하염없이

우수수 흩날려 떨어지고 있다

왕자도 거지도 공주도 갈보도

내 부모형제와 그리운 벗들도

앞서거니 뒤서거니 하나둘 모두

삶의 나무에서 숨지어 떨어지고 있다

머지않아 나도 이 세상천지에서

내 마지막 숨을 쉬고 거두겠지

그러기 전에 내 마음의 고향 찾아가

영원한 나의 님 품속에 안기리라.

엄마 품에 안겨 고이 잠드는 아기같이

꿈꾸던 잠에서 깨어날 때

꿈에서 깨어나듯

꿈꾸던 삶에서 깨어날 때

삶의 꿈에서도 깨어나

삶이 정말 또 하나의 꿈이었음을

비로소 깨달아 알게 되겠지

그렇다면

살아 숨 쉬며

꿈꾸는 동안

새처럼 노래 불러

산천초목의

춤바람이라도

일으켜볼까

정녕 그렇다면

자나 깨나

꿈꾸는 동안

개구리처럼 울어

세상에 보기 싫고

더러운 것들 죄다

하늘의 눈물로

깨끗이 씻어볼까

정녕코 그렇다면

숨 쉬듯 꿈꾸며

도를 닦는 동안

달팽이처럼 한 치 두 치

하늘의 높이와 땅의 크기를

헤아려 재어볼까

아니면

소라처럼

삶이 출렁이는

바닷소리에

귀 기울여볼까

아니야

그도 저도 말고

차라리 벌처럼

갖가지 아름다운

꽃들 찾아다니며

사랑의 꿀을 모으리라

그러면서

꿀 같이 단꿈을

꾸어 보리라

Autumn Song

Autumn leaves are falling

I've been traveling far away from home.

Autumn leaves tinted in yellow and red

Are falling in my pining heart

Bruised black and blue.
Prince and pauper,
Princess and harlot,
Father and mother,
Brothers and sisters,
Friends and neighbors,
All are falling one by one
From the tree branches of life.
Soon it'll be my turn to fall.
Before then I've got to go home
To fall fast asleep like a baby
Deep in peace in the bosom of Mother Earth.

As I realize it was only a dream
When I wake up in the morning,
I'll be realizing life too was but a dream,
When I wake up from life-dream.
If so, while breathing and dreaming,
Shall I sing like a bird to raise a wind
To dance with trees and grasses of
The mountains and streams of the valleys?
If so, while breathing and dreaming,
Shall I croak like a frog for rain
To cleanse the earth of all the dirty and ugly things
With the teardrops of the heaven?
If so, while breathing and dreaming,
Shall I stretch out stalks like a snail
To measure up inch by inch the height of
The sky and the size of the earth?

Or shall I listen to the song of
The waves like a conch shell?
Nah, like a bee,
I'd rather call on
The beautiful flowers
And dream sweet dreams,
Collecting the honey of love.

이렇게 하니 비_{Honey Bee}같이 고생 아닌 낙생의 삶을 우리 모두 살아 볼거나!

"나는 초대장 없이 이 지구에 와서 가슴 뛰는 대로 살았다. 순간순간마다 사랑에 취해 살았다. 살아 숨 쉬는 매 순간이 기적이었다. 부질없는 신의 영원보다 위대한 인간의 한순간이 기적이라고 믿으며 살았다. 인생은 절대 진지하지 않다. 비밀스럽고 신비해서 감탄스럽다. 만일 죽음이 나를 찾아오면 나는 춤을 추면서 맞이할 것이다. 나를 행복하게 했던 한 줄기 바람, 쏟아지는 햇살, 아이들의 웃음소리, 풍뎅이의 바스락거림, 별들의 노래를 기억하면서.

그녀들을 만나러 왔지만 나는 그녀들이 어디 있는지 모른다. 그대가 내게 그녀들이 있냐고 묻는다면 나는 있다고 말할 수 없다. 다시, 그대가 내게 그녀들은 없냐고 묻는다면 나는 없다고 말할 수 없다. 그녀들은 있기도 하고 없기도 하다. 그녀들은 전체이면서 하나이다. 그대도 알고 있지 않은가 침묵은 시간이 지나가면서 내는 소리라는 것을, 그녀들은 시간 안에서도 시간 밖에서도 침묵으로 흐르고 있을지 모른다. 그러니 그대들이여 나에게 그녀들을 묻지 마라. 그녀들은 무지개를 올라탄 코스미안들이다. 여기 지금 이 순간 살아있는 그대들이 바로 코스미안이기 때문이다."

"I came here on earth uninvited and lived as my heart beat, always drunk on love. Every breath I breathed was a miracle, believing that one human moment was much more worthwhile than the divine eternity meaningless to mortals. Life is not so serious, and yet full of mystery and wonder. I was so happy with a whiff of wind, a ray of sunshine, a child's laughter, and everything of the world as anything was better than nothing.

I came to meet the ladies, but I didn't know where they were. If you ask me if they exist, I cannot say they do. If you ask me if they don' t exist, I cannot say they don't. They are the whole as one. You know that silence is the sound of time passing. Don't you? They may be passing in silence, in and out of time. So please don't ask me about the ladies. They are Cosmians Arainbow. For all of you, living here and now, are very Cosmians. Thus. as a Cosmian myself, my cosmic journey is open-ended."

Excerpted from 'Cosmian' (p. 127) by Lee Tae-Sang published by AUSTIN MACAULEY PUBLISHERS, London-Cambridge-New York-Sharjah, 2019

우주의 병아리 감별사

다가오는 4월에 있을 아카데미 시상식 6개 부문의 후보에 오른 '미나리'가 지난해 수상한 '기생충'에 이어 또 수상하게 된다면 모름지기 이번에는 영화 속 한 장면 때문이 아닐까 유추期推해본다.

'기생충'이 그 영화 내용보다 제목 때문이었었다면, 아칸소주 시골에 정착한 제이콥Steven Yeun 연 가족이 병아리 감별소에서 근무하는데 굴뚝에서 나오는 연기를 보고서 아들이 "저게 무어냐"고 묻자 아빠 제이콥은 아들에게 "수놈은 맛도 없고, 알도 낳지 못하고 아주 쓸모가 없어 불에 태워 죽인다"고 설명하면서 "우리는 꼭 쓸모가 있어야 해!"라고 강조한다.

아카데미상 심사위원들이 무의식적이든unconsciously, 잠재의식이든subconsciously, 또는 초의식적으로든superconsciously, 자신들도 모르게 바야흐로 열리고 있는 '코스미안 시대정신Cosmian zeitgeist'을 의식意識하고 감지感知하는 것일지 모른다.

이 아름답고 경이로운 지구별에 존재하는 자연 만물 가운데 가장 지독至毒하고 악성惡性의 독성毒性 기생충이라 할 수 있는 인류를 암시 지칭한 영화 제목 '기생충'과 '미나리'의 수놈 병아리 태워죽이는 장면 역시 인류 그중에서도 여성인류womankind 는 살려 두고, '알도 낳지 못하고 아주 쓸모가 없을' 뿐만 아니라 지구를 온통 오염시켜 온난화로 인한 기후변화를 초래해 자연 생태계를 파괴하면서 전쟁과 폭력 그리고 온갖 착취를 일삼는 남성인류mankind를 태워 죽이는' 통쾌한 장면에 심사위원들 시선이 꽂힌 게 아닐까 말이다.

임기 만료 4개월을 앞두고 최근 사퇴한 윤석열 전 검찰총장 띄우기에 요즘 열을 올리고 있는 건 '국민여론'이 아닌 '보수 언론'이라는 한 해외 언론인의 논평이 있다. 내년 한국 대선 대권 도전에 나설 인물들의 각축전角逐戰이 벌써 벌어지고 있는 양상樣相인데, 르네상스 시대의 이탈리아 사상가, 정치철학자 니콜로 마키아벨리Niccolo Machiavelli 1469~1527는 그의 '군주론 The Prince, 1532'에서 국가 지도자의 명운은 두 가지에 의해 결정된다고 했다. 그 하나는 행운을 뜻하는 '포르투나Fortuna' 또 하나는 덕성德性과 자질資質을 의미하는 비르투virtu'라고, 그는 다음과 같은 말도 남겼다.

사람들이 널 좋아하거나 무서워한다면 무서워하는 편이 더 낫다. It is better to be feared than loved, if you cannot be both.

사람들은 일반적으로 손보다는 눈으로 판단한다. 누구나 볼 수는 있어도 느끼는 사람은 드문 까닭이다. 보이는 대로 사람들은 너를 보지만, 네가 정말 어떤 사람인지 아는 사람은 별로 없기 때문이다. Men judge generally more by the eye than by the hand, for everyone can see and few can feel. Every one sees what you appear to be, few really know what you are.

그 어느 누구에게 상처를 입히려거든 그가 복수할 수 없도록 치명적이라야 한다. If an injury has to be done to a man it should be so severe that his vengeance need not be feared.

정치란 도덕이나 윤리와는 아무 상관이 없다. Politics have no relation to morals.

사람들이 네게 복종하기를 원하거든 먼저 어떻게 사람들을 통솔할지를 알아야 한다. He who wishes to be obeyed must know how to command.

의욕이 크면 그 어떤 난관도 결코 크지 않다. Where the willingness is great, the difficulties cannot be great.

위험부담 없이 성취될 수 있는 위대한 업적이란 없는 법이다. Never was anything great achieved without danger.

악행惡行뿐만 아니라 선행善行도 똑같이 미움을 산다. Hatred is gained as much by good works as by evil.

사기꾼은 언제든지 스스로 속아 넘어갈 사람들을 발견할 것이다. One who deceives will always find those who allow themselves to be deceived.

사자는 함정에 빠지고 여우는 늑대를 당하지 못한다. 그러니 여우처럼 덫을 피하고 사자 같이 늑대에게 겁을 줄 일이다. The lion cannot protect himself from traps, and the fox cannot defend himself from wolves. One must therefore be a fox to recognize traps, and a lion to frighten wolves.

지도자의 지능을 가늠할 수 있는 그 첫 번째 척도는 그가 어떤 인물들을 측근으로 두는가 하는 거다. The first method for estimating the intelligence of a ruler is to look at the men he has around him.

아부나 아첨으로부터 너 자신을 지키는 방법은 한 가지밖에 없다. 사람들이 바른말 한다고 네가 기분 나빠하지 않는다는 걸 사람들에게 주지시키는 거다. There is no other way to guard yourself against flattery than by making men understand that telling you the truth will not offend you.

속임수로 이길 수 있거든 힘(폭력)을 쓰지 말라. Never attempt to win by

force what can be won by deception.

　사람들이 너를 좋아하는 것보다 무서워하는 것이 훨씬 더 안전하다. 누가 널 좋아할 때는 의리로 그 명맥이 유지되지만 사람들의 천박성_{淺薄性} 때문에 이해타산에 따라 수시로 그 신뢰가 깨지나, 복수와 처벌을 두려워하는 공포심은 언제나 유효하다. It is much safer to be feared than loved because love is preserved by the link of obligation which, owing to the baseness of men, is broken at every opportunity for their advantage; but fear preserves you by a dread of punishment which never fails.

　나는 현상 유지에는 관심이 없고, 현상타파가 내 관심사다. I'm not interested in preserving the status quo; I want to overthrow it.

　사람들은 두 가지 충동에 따라 움직인다. 사랑 아니면 두려움 말이다. Men are driven by two principal impulses, either by love or by fear.

　모든 행동에는 위험이 따른다. 위험을 피한다는 건 불가능한 일이니, 그 위험을 잘 감안해서 결단적으로 단호하게 행동을 취해야 한다. 야심이란 우_愚를 범할지언정 태만이란 게으름 피우지 말고, 어떤 일이든 용감하게 감행_{敢行}할 능력을 개발토록 하라. 고통을 감내_{堪耐}할 인내력_{忍耐力}을 키우는 대신 All courses of action are risky, so prudence is not in avoiding danger (it's impossible), but calculating risk and acting decisively. Make mistakes of ambition and not mistakes of sloth. Develop the strength to do bold things, not the strength to suffer.

　세상에는 세 가지 등급의 지성_{知性}이 있다. 그 하나는 스스로 이해 인지하는 지성, 다른 사람들이 이해 인지하는 걸 알아보는 지성, 그리고 스스로도 아니고 다른 사람들을 통해서도 깨닫지 못하는 지성인데, 첫 번째가 제일 우수하고, 둘째는 그 다음이며 셋째는 아무 쓸데없는 것이다. Because there are three classes of intellects: one which comprehends by itself; another which appreciates what others comprehend; and a third which neither comprehends by itself nor by the showing of others; the first is the most excellent, the second is good, the third is useless.

그 어떤 직위나 직함이 사람을 높여주는 게 아니고 사람이 그 직위나 직함을 영예롭게 하는 거다. It is not titles that honour men, but men that honour titles.

우리가 어떻게 사는가는 어떻게 살아야 하는가와는 전혀 다르다. 뭘 하는 대신 뭘 해야 하는지를 연구하는 자는 자가보존하는 대신 자멸의 길을 밟게 되리라. How we live is so different from how we ought to live that he who studies what ought to be done rather than what is done will learn the way to his downfall rather than to his preservation.

천박한 무리는 언제나 겉보기에 현혹된다. 그리고 세상에는 이런 어리석은 무리가 판친다. The vulgar crowd always is taken by appearances, and the world consists chiefly of the vulgar.

한 가지 행동 양식에 익숙해진 사람은 변하지 않는다. 시대가 변해 종전의 생활방식으로는 더 이상 생존할 수 없는 파멸 지경에 이를 때까지. A man who is used to acting in one way never changes; he must come to ruin when the times, in changing, no longer are in harmony with his ways.

세상에 종교적인 티를 내는 것 이상 중요한 일은 없다. There is nothing more important than appearing to be religious.

신중하고 사려 깊은 사람이라면 가장 위대한 사람들의 훌륭한 본을 받아 노력하되 그들과 같은 경지에 이르지 못하더라도 어느 정도 그들의 색 조色調를 띠게 되리라. A prudent man should always follow in the path trodden by great men and imitate those who are most excellent, so that if he does not attain to their greatness, at any rate he will get some tinge of it.

항상 성공을 원하거든 변하는 시대에 따라서 자신의 행동거지行動擧止를 바꿔야 한다. Whosoever desires constant success must change his conduct with the times.

일반적으로 말해서 인간이란 변덕스럽고, 위선적이며, 욕심꾸러기이다. Of mankind we may say in general they are fickle, hypocritical, and greedy of gain.

잊지 말고 명심불망銘心不忘해야 할 것은 새로운 계획을 짜고 성공을 기약하며 위험을 부담하는 데 있어 새로운 제도를 관리 운영하기보다 힘든 일은 없다는 것이다. 왜냐하면 혁신은 도모하는 자에 대한 기존 이득권자들의 막강한 반대와 적의, 그리고 새로운 제도에 대한 미온적인 지지를 극복해야 하기 때문이다. It must be remembered that there is nothing more difficult to plan, more doubtful of success, nor more dangerous to manage than a new system. For the initiator has the enmity of all who would profit by the preservation of the old institution and merely lukewarm defenders in those who gain by the new ones.

언제나 옳고 착하려고 노력하는 자는 그렇지 않은 수많은 사람들 가운데서 실패할 수밖에 없다. 그러니 지도자는 필요에 따라 나쁜 수단과 방법도 쓸 줄 알아야 한다. Any man who tries to be good all the time is bound to come to ruin among the great number who are not good. Hence a prince who wants to keep his authority must learn how not to be good, and use that knowledge, or refrain from using it, as necessity requires.

　이상의 여러 마디를 단 한마디로 줄이자면 훌륭한 지도자는 훌륭한 민초民草에게서 나올 수밖에 없다는 것이리라. 다시 말해 국민이 먼저 깨어나야 깨어난 지도자가 가능한 것이지, 그렇지 않고 국민이 어리석은 한 우중주의愚衆主義만 가능할 뿐, 진정한 민주주의民主主義는 있을 수 없다는 뜻이리라.

　온 우주와 더불어 숨 쉬는 우초宇草들인 우리 모두 어서 우주적 정체성을 깨달아 코스미안으로서의 자의식을 갖도록 우주의 병아리 감별사로 어쩌면 코로나바이러스가 현재 지구촌을 방문 중임에 틀림없어라.

코스미안의 존재론
The Cosmian Theory of Existence

"지상地上에 존재하는 모든 것은 다 그 어떤 목적이 있고, 모든 병에는 그 병을 고칠 수 있는 약초藥草가 있으며, 모든 사람에게는 각자의 소명召命된 사명使命이 있다. 이것이 인디언의 존재론存在論이다."

크리스탈 퀸타스켓1888-1936 미대륙 동부 플랫헤드 보호구역 살리쉬 인디언 부족

"Everything on the earth has a purpose, every disease an herb to cure it, and every person a mission. This is the Indian theory of existence."

Christal/Christine Quintasket(1884-1936) Salish, an anglicization of Selis, an endonym for the easternmost Salish Tribes of the Flathead Reservation

노랫소리가 우우~ 우하는 것이 슬픔이 배어있어 '슬퍼하는 비둘기'란 뜻의 비둘기 종류인 '애도哀悼하는 비둘기Mourning Dove'라는 필명을 가진 미대륙 원주민 작가 크리스탈/크리스틴 퀸타스켓은 홈이슈마Hum-ishu-ma로도 불리는데 그녀의 가장 많이 알려진 작품으로는 1927년에 나온 소설 '혼혈의 코제와: 대몬타나 소 목장 Cogewea, the Half-Blood: A Depiction of the Great Montana Cattle Range'과 1933년작 '코요테 이야기들Coyote Stories'이 있다.

위의 인용문 끝 문장 "이것이 인디언의 존재론存在論이다"를 나는 "이것이 코스미안의 존재론存在論이다. This is the Cosmian theory of existence."라고 바꿔보리라. 공교工巧롭다 해야 할까 아니면 기이奇異하다 해야 할까. 아지 못게라. 그녀가 이 지구별을 떠나 우주로 돌아간 해인 1936년에 내가 사랑의 무지개 타고 이 지상으로 내려왔으니.

2005년 출간된 정창권의 '세상에 버릴 사람은 아무도 없다: 역사 속 장애인 이야기'도 있지만 어디 사람뿐이랴. 심지어 오늘날 전 세계 인류가 겪고 있는 역병 코로나바이러스조차도 병들대로 병든 이 지구생태계를 근본적으로 구제救濟하기 위한 비약秘藥이 아니겠는가. 올가을 영문판으로 영국과 미국에서 동시에 출간된 우생愚生의 졸저拙著 마지막 장章 '우리 모두에게 바치는 송시頌詩 An Ode to Us All'를 아래와 같이 옮겨본다.

47. An Ode to Us All

Dear All,

Candidates for the second (2020) Annual Cosmian Prize of Nonfiction Narrative are being cordially invited to represent "Cosmian" as the Spirit of this Age (Zeitgeist).

Faced with the dire climate change resulting in the pollution of what we breathe, drink and eat, all caused by our capitalist materialism and industrial technology, we have to change our perspective and vision completely, if we are to survive as a species.

First of all, we have to realize our true identity as brief sojourners on this most beautiful and wonderful planet earth, a tiny starlet, like a leaf-boat floating in the sea of cosmos.

As such, we have to appreciate everything, including ourselves, with love and respect, believing in the oneness of us all, not only human beings and our fellow creatures but also all things in nature.

In order to come to this realization, we must get rid of all the arbitrary and self-righteous dogmatism of ideology, nationalism, racism, sexism, and whatnot; in other words, the false dichotomy between black and white, right and wrong, us and them, etc.

If I were to put 84 years of my lifelong credo in a nutshell, it could be this:

Writing is not to be written but to be lived; words are not to be spoken but to be acted upon; no matter how great works of arts and literature are, they are at best mere images and shadows of life and nature; no love, philosophy, religion, thought, truth or way, can be caged, like the cloud, light, water and wind or stars.

Hence, the global online newspaper CosmianNews was launched in July 2018 to share our real-life narrative as described in the inaugural address:

All of us, born on this star called the planet earth to leave after a short stay, each living with whatever kind of love, in whatever style of life, in whatever color, shape and form, in one's own way, each can say something special for one sentence, as different from each other. And yet if we were to find one common denominator, could it not be that "we all are Cosmians?"

So on this proposition that "we all are Cosmians" I am inviting each and everyone of you to share that sentence of yours. Each will be the song of a pearl-like life, or rather of a rainbow-like love.

I'd like to dedicate the poem, Praise Be, written by the American publisher of my book Cosmos Cantata, as the common motto for us all.

Praise be to those

Praise be to those
who in their waning years
make others happy

Praise be to those
who find light in the darkness
and share it with others

Praise be to those
who can spread joy
through trust and tolerance

Praise be to those
who look far beyond themselves
to their place in the cosmos

For Lee Tae-Sang
November 15, 2013
Doris R. Wenzel

I sincerely trust that all of you will kindly accept this invitation.

Gratefully yours,

Lee Tae-Sang
Founder of CosmianNews

동시는 코스미안 찬가

"An die Freude"
"Ode to Joy"

Freude, schöner Götterfunken,
Tochter aus Elysium,
Wir betreten feuertrunken,
Himmlische, dein Heiligtum!
Deine Zauber binden wieder
Was die Mode streng geteilt
Alle Menschen werden Brüder
Wo dein sanfter Flügel weilt.

Wem der große Wurf gelungen
Eines Freundes Freund zu sein;
Wer ein holdes Weib errungen
Mische seinen Jubel ein!
Ja, wer auch nur eine Seele
Sein nennt auf dem Erdenrund!
Und wer's nie gekonnt, der stehle
Weinend sich aus diesem Bund!

Freude trinken alle Wesen

An den Brüsten der Natur;

Alle Guten, alle Bösen

Folgen ihrer Rosenspur.

Küsse gab sie uns und Reben,

Einen Freund, geprüft im Tod;

Wollust ward dem Wurm gegeben

und der Cherub steht vor Gott.

Froh, wie seine Sonnen fliegen

Durch des Himmels prächt'gen Plan

Laufet, Brüder, eure Bahn,

Freudig, wie ein Held zum siegen.

Seid umschlungen, Millionen!

Diesen Kuß der ganzen Welt!

Brüder, über'm Sternenzelt

Muß ein lieber Vater wohnen.

Ihr stürzt nieder, Millionen?

Ahnest du den Schöpfer, Welt?

Such' ihn über'm Sternenzelt!

Über Sternen muß er wohnen.

Joy, beautiful spark of Divinity [or: of gods],

Daughter of Elysium,

We enter, drunk with fire,

Heavenly one, thy sanctuary!

Thy magic binds again

What custom strictly divided

All people become brothers,

Where thy gentle wing abides.

Whoever has succeeded in the great attempt,

To be a friend's friend,

Whoever has won a lovely woman,

Add his to the jubilation!

Yes, and also whoever has just one soul

To call his own in this world!

And he who never managed it should slink

Weeping from this union!

All creatures drink of joy

At nature's breasts.

All the Just, all the Evil

Follow her trail of roses.

Kisses she gave us and grapevines,

A friend, proven in death.

Salaciousness was given to the worm

And the cherub stands before God.

Gladly, as His suns fly

through the heavens' grand plan

Go on, brothers, your way,

Joyful, like a hero to victory.

Be embraced, Millions!

This kiss to all the world!

Brothers, above the starry canopy

There must dwell a loving Father.

Are you collapsing, millions?

Do you sense the creator, world?

Seek him above the starry canopy!

Above stars must He dwell.

2020년 12월 16일은 루트비히 판 베토벤(1770-1827)의 250회 생일이었다. 그의 교향곡 9번 4악장에 나오는 합창의 가사는 독일 시인 프리드리히 실러 Friedrich Schiller 1759-1805가 1785년에 지은 시 '환희歡喜의 송가頌歌'(독일어로는 'An die Freude' 영어로는 'Ode to Joy')로 화합和合의 이상理想과 모든 인류의 우애友愛 인류애人類愛를 찬양하는 내용을 담고 있다.

이제 며칠만 지나면 우리 모두 나이를 한 살 더 먹게 된다. 나이는 먹는 것이 아니라 익어가는 것이라고 한다. "어떻게 나이 들어가야 하는지 아는 게 슬기의 결정체이고, 삶이라는 위대한 인생예술작품을 완성하는 데 있어 가장 힘든 과정이다. To know how to grow old Is the masterwork of wisdom and one of the most difficult chapters in the great art of living."

스위스 철학자 앙리 프레데릭 아미엘Henri-Fréde'ric Amiel 1821-1881의 말이다. 이 말에서 지혜의 결정체라는 데는 동의하지만 가장 힘든 과정이라는 데는 아래와 같이 반론을 제기해보고 싶다. 우리가 나이를 먹는다는 것은 먹는 만큼 '싼다'는 뜻이 아니랴. 그러니 힘들기는커녕 아주 쉽다 해야 하지 않을까. 힘들이는 대신 힘 빼는 일일 테니까. 수영초보자들은 힘을 많이 들이지만 힘을 빼기 시작하면서 수영이 늘듯이 말이다. 삶이라는 산을 오르면서 이제 인생 80대 고개를 오르고 보니 시야도 점점 넓어지고 마음도 여유로워지는 것 같다. 젊어서는 뭣이든 얻고 받느라고 숨을 들이쉬기에 바빴는데 이제는 내게 있는 것 하나도 남김없이 죄다 주고 베풀면서 숨을 내쉴 일만 남았기 때문이리라. 있는 정 없는 정 다 쏟으면서 손에 쥔 것 다 놓아버리고 몸과 맘 깃털처럼 가볍게 저 푸른 코스모스 하늘로 날아오를 준비만 하면 되는 까닭에서이리.

　서양에 "지옥으로 가는 길은 좋은 의도로 포장되어 있다. The road to hell is paved with good intentions."는 말이 있다. 이는 천국으로 가는 길은 시늉이나 선의가 아닌 선행으로 닦아진다는 뜻이리라. 영어로 "네가 먹는 것이 너다. You are what you eat."라고 하고 우리 한국말로는 나이를 먹는다고 하는데, 이는 우리가 무엇을 어떻게 먹느냐에 따라 우리 나이와 삶이 결정된다는 뜻이 아니랴.

우리가 사랑을 먹을 때, 사랑을 낳게 되고
우리가 미움을 먹을 때, 미움을 낳게 되며
우리가 희망을 먹을 때, 희망을 낳게 되고
우리가 절망을 먹을 때, 절망을 낳게 되며
따라서 우리 삶이, 아니 순간순간의 우리 숨이
코스모스의 축복이나 카오스의 저주가 되는 것이리.

In Korean, we say we "eat age."
The implication seems to me that
how and what you "eat" decides your age.
We're used to the popular saying in English
that "you are what you eat."
Wouldn't this mean that
when you eat love, you beget love;
when you eat hatred, you beget hatred;
when you eat hope, you beget hope;
when you eat despair, you beget despair;
thus your life, or rather each breath
of yours is destined to become either
a blessing of the Cosmos or a curse of the Chaos?

코스미안은 사랑의 화신이다

30년 전 '담다디'로 강변가요제 대상을 수상한 가수 이상은은 어느 기사에서 "아티스트 이상은의 인생을 관통하는 삶의 도道가 있다면 뭘까요?"라는 질문에 이렇게 답했다고 한다.

"동심童心을 잃지 않는 게 중요해요. 동심이 없어지는 순간, 감수성도 소통 능력도 함께 사라질 테니까요."

이야말로 만고의 진리를 밝히는 너무도 생생한 증언이다. '동심童心'이야말로 우리 모두의 인생을 관통하는 삶의 도道라고 할 수 있다. 안데르센 동화 '황제의 새 옷'에 등장하는 어린애와 생텍쥐페리의 어른들을 위한 동화 '어린 왕자' 같은 동심 말이다.

나는 아주 어릴 때부터 어른들의 독선독단적인 위선을 싫어하여, 아무리 나이를 많이 먹더라도 결코 동심을 잃지 않겠노라고 굳게 다짐했었다. 아빠가 되고 나서는 세 딸들 이름에 다 어린애 '아兒' 자를 넣어 해아海兒, 수아秀兒, 성아星兒라 이름을 지었다. 하늘에 하늘님이 계시고 땅속에 땅님이 계신다면, 하늘에서 내려오신 하늘님과 땅속에서 솟아오르신 땅님이 바로 어린아이들이 아닐까. 어린이들이 사는 곳이 바로 천국인데, 공중에 무슨 천국이 있으며 지하에 무슨 지옥이 있겠는가. 어른이 어린 애처럼 되려면 필요한 것이 종교다. 그래서 어린이는 종교의 교주라고 할 수 있다. 그런데 누가 누구에게 전도를 하고 설교를 한다는 것인가?

나는 어린이가 곧 '하나님'이라고 믿는다. 예수도 우리가 어린아이같이 되지 않으면 천국에 들어갈 수 없다고 했다. 어린이에게는 참도 거짓도, 선도 악도, 아름다운 것도 추한 것도, 옳고 그른 것도, 남자도 여자도, 너와 나도 따로 없다. 동물, 식물, 광물도 어린아이와 같은 하나가 아닌가. 하나님이 '하나님'이라면, 어린이도 어린 공주/어린 왕자 같은 어린 코스미안이라 해야 하리라.

Asked in an interview with The Entertainment/Sports of The Korea

Times, December 13, 2018 "If there is a tao running through your life as an artist, what that would be?"

Korean singer songwriter Lee Sang Eun a.k.a. Lee-Tzsche answered:

"Not to lose the childlike innocence. The moment I lose it, I lose everything, all my perceptions, means of empathy."

Wow, what a convincing, ever-lasting and universal testimony! Shouldn't this be the tao for every human being? That is to say like the child in Hans Christian Andersen's The Emperor's New Clothes and Antoine de Saint Exupery's fairy tale for grownups The Little Prince/(Princess).

'Do Children Need Religion?' by Martha Fay was published in 1994. The author, an ex-Catholic, of this book with its quizzical title doesn't give clear-cut answers. She tells how she responds to the questions of her young (then only ten-year-old) daughter, Anna, about a She or a He God, a black or a white God, death, Heaven, the meaning of right and wrong, and the like.

Ever since my youngest days, I was disgusted by all the self-righteous dogmatism full of hypocrisy constantly exhibited by grownups. I kept telling myself that I would never grow up to be like that. When I became a father, I named my three daughters, Hae-a (Child of the Sea), Su-a (Child of the Sky) and Song-a (Child of the Star) with the common letter '아' in Korean and '兒' in Chinese character, meaning 'child', praying that they would never lose their childlike curiosity, enthusiasm, innocence and sense of wonder.

I, for one, believe that the child in us is the most divine 'god-ling.' Didn't Jesus say we couldn't enter heaven unless we were childlike? To a child, nothing is true or false, good or bad, beautiful or ugly, right or wrong, high or low, male or female; you and I are not separate, not separate from animals, plants or rocks. For, literally, all things in Nature are one and the same.

If the God of the sky is up there and the God of the earth is down here in the ground, children are those very Gods that descended down and ascended up. If anywhere children are, there is the very Heaven, if so, what Heaven up there in the sky or what Hell down in the underground could there be? If children are founders of religions, how could then anyone dare to preach to the godlings! If God is oneness, so are the children as Little Cosmians like The Little Princess/ The Little Prince.

우리 황미선의 동시 '코스모스'를 같이 읊어보리라.

흔들흔들 바람 따라
춤을 추는 코스모스
싱글벙글 노래 따라
인사하는 코스모스
방긋 웃는 햇님 따라
활짝 웃는 코스모스

그리고 아울러 강소천(1915-1963)의 '닭'도 함께 읊어보리.

물 한 모금 입에 물고
하늘 한번 쳐다보고

또 한 모금 입에 물고
구름 한번 쳐다보고

이런 동시야말로 우리 모든 어린 공주, 어린 왕자, 어린 코스미안 찬가 Ode to Little Princess, Little Prince, Little Cosmian이어라.